La Leyenda de La Princesa Dorada

Segundo Tomo: El Príncipe en la torre

de **Yesenia Cardona-Müller**

4

Copyright © 2013
La Leyenda de la Princesa Dorada: El Príncipe en la torre
De Yesenia Cardona-Müller.

All rights reserved.

All character and events in this book are fictitious. Any resemblance to persons
living or dead is strictly coincidental.

The scanning, uploading and distribution of this book via the Internet or via any
other means without the permission of the publisher or author is illegal, and
punishable by law. Please purchase only authorized electronic editions, and do not
participate or encourage the electronic piracy of copyrighted materials. Your
support of the author's rights is appreciated.

Todos los derechos reservados.

Todos los personajes en este libro son ficticios, cualquier semejanza a una persona
viva o muerta, es una coincidencia.

Cualquier reproducción parcial o total de este libro, e uso no autorizado por la casa
editorial y/o publicitaria, ó sin permiso del autor está prohibido. Por favor compre
obras de mercantes legítimos, no apoye la piratería. Su apoyo a los derechos del
autor le es apreciado.

Unedited Copy/Versión Inédita

LeyendaPrincesaDorada.info@gmail.com
Primera Edición 2013
First Paperback Edition 2013

Hecho en U.S.A
Printed in the U.S.A.

Dedicatoria...

Para Melaní, con acento en la i. Gracias por ser mi mejor amiga y aceptarme en las buenas y en las malas. Decirte que te amo sería una cursilería redundante, pero ahora lo tienes por escrito.

Para Brice, Anaia, Lara, Natalie, Alfredo Amir, Paula, Malena y Matías. Ustedes son los guerreros del futuro, llénenlo de magia.

Para mi familia completa por darme apoyo. Gracias Mamá Elba, Tití Felita, Tití Hilda, mami, papi, Deliris...

Para mi familia extendida en Santa Cruz... Sole, Maury, Krishna, Steve e hijos.

No se me olvida nadie... lo que pasa es que no puedo darles menciones a todos por igual. Así que gracias a todos los que me han apoyado estos años de tantas maneras para hacerme quien soy.

Índice

Capítulos:

Capítulo 1: La casita del bosque

En una casita en el bosque en el tronco de un árbol gigante, entre el musgo y los helechos, vivía una familia muy peculiar. Entre el silencio y los ruidos que se encuentran en los rincones más recónditos del mundo, esa casita despedía a todas horas uno que otro que repicaba por el aire fresco del claro en que se posaba. Música, risas, explosiones y regaños salían disparados por sus ventanas para indicar que en sus adentros los habitantes se desplazaban por la vida como una orquesta intuitiva. Los animales del bosque que curiosamente miraban hacia el corazón del pequeño hogar, observaban como una vieja ciega, sorda, muda, greñuda y con una pierna coja; dominaba a los demás habitantes. En un rincón frente a una pequeña chimenea se encontraba postrada una mujer que apenas podía hablar o moverse. Su piel estando tan severamente quemada que parecía que se encogería hasta desaparecer por completo. La tercera habitante de aquel extraño hogar en el medio del bosque encantado era una niñita de unos meses de vida, quien había sido orfandada cruelmente por circunstancias ajenas a su corta existencia. La vieja bruja se llamaba Lula, quien a pesar de sus innumerables faltas y su raquítica constitución, hacía hasta lo imposible por proveer para los que de un modo u otro habían quedado en su cuidado.

Lula se levantaba antes que el sol para que no la sorprendiera desprevenida. Presentía amorosamente el sueño tranquilo de la niña entre unas mantas de lana y el sueño adolorido de su hermana, envuelta en grasa de sirenas y vendas que aliviaban su condición. Sin hacer ruido navegaba con su bastón por la casita buscando la salida hacia el bosque, olfateando la puerta que olía al aire húmedo y fresco de las afueras. Lula se imaginaba la belleza del bosque, recordando como cientos de años atrás había visto el espesor de su verdura. Se imaginaba también el sonido de sus alrededores que hubiese deseado poder oír una vez más, como el cantar matutino de un gallo, o el contento chirriar de los pajarillos del bosque. Llevaba una canasta en manos en la cual posaba los alimentos que lograba encontrar. Su nariz le era imprescindible en la búsqueda de bayas, raíces, plantas medicinales y verduras comestibles que ofrecía el bosque. La bruja conocía el bosque tan bien, que no le hacían falta los sentidos para poder buscar sustento en él. Después de su recorrido habitual recogía leña antes de volver, para calentar su casita y poder hervir el agua, la cual había buscado la tarde anterior en un riachuelo cercano.

Una vez de regreso, Lula hurgaba los nidos de las gallinas que eran una de sus más preciadas posesiones, ya que le daban huevos a diario y carne cuando era necesario. Hacía luego un fuego en la chimenea para ahuyentar el frío nocturno que había hecho guarida sin haber sido invitado. A pesar de que era una bruja, los años le habían robado la certeza de su magia, no se atrevía a usarla como una vez lo hizo en su juventud, por lo que un fuego mágico no estaba a su disposición. Después preparaba los brebajes para su hermana. Unos para su dolor, otros calmantes y otros curativos. Ella le hacía una pomada de grasa de sirena y sangre de dragón para combatir el fuego que le intentaba consumir la vida, ingredientes muy caros que a veces se le hacía difícil conseguir. Tenía que untarle la pomada todos los días sin falta, porque sino la muerte la alcanzaría dolorosamente. Lula preparaba el desayuno para las otras mientras cantaba con su voz desafinada, no le importaba este hecho, pero le gustaba sentir la vibración de lo que quedaba de su voz en su pecho.

Los días eran muy parecidos los unos a los otros, se pudiesen haber puesto fuera de su lugar en la semana y no hubiese importado. La única que cambiaba a diario era la pequeña Kairi, quien era el deleite de la casa y la única distracción para las extrañas brujas. Lula tomaba en brazos a la niña a mitad de mañana montándola en su espalda, envuelta en un cincho de lana para emprender la larga caminata hacia el pueblo más cercano. El pueblo de Querze y su aldea colindante al bosque, se encontraban a unas tres horas de distancia en pié de la casita del bosque, hecho que no le importaba a Lula por que relativamente tenía todo el tiempo del mundo. La gente siempre se sorprendía al ver la anciana bruja salir del bosque con la niña al lomo. Mientras que también cargaba un enorme cesto en las manos donde traía algunas cosas para vender, o intercambiar, en el mercadito de la aldea. Cualquiera que la viera temería que con cada paso su cuerpo se hiciese añicos, pero la bruja era de constitución fuerte y mente aguda a pesar de sus limitaciones.

Las mujeres de la aldea cuestionaban la capacidad de Lula de estar al cuido de la niña, la cual no sabían de donde había salido, ni quienes eran sus padres. Una vez el alguacil de la ciudad trató de acercarse a Lula para preguntarle por la niña, teniendo dificultad debido a la sordera de la vieja. De todos modos Lula lo logró tocar enterándose de sus intenciones, por lo cual le pudo informar que la niña era su nieta, que sus padres habían muerto en los ataques del malvado General Orión. El alguacil dejó que la bruja lo tocara nuevamente, para dejarle saber que habían algunas mujeres de la aldea interesadas en darle una familia a la hermosa criatura. La bruja se molestó enormemente y le informó al hombre que nadie la separaría de la niña. Justo esa tarde un extraño brote de erupciones de la piel le salieron a las mujeres de la aldea, como una señal de aviso de parte de la bruja de que ella defendería su cría a como de lugar. Nadie en la aldea se atrevió a sugerir nada acerca de la extraña bruja y su nieta desde ese entonces. Lula tomó la precaución desde ese momento de embadurnar a la pequeña en barro, para que no se le viera el rostro ni su cabello, tratando así de esconderla del mundo. Lo único que Lula no lograba esconder eran los luceros que la niña tenía por ojos, hermosas esferas café que brillaban con unos intensos destellos dorados, dando la impresión que eran de oro puro. Con el pasar de los años la gente de la aldea acogió a la niña y a su abuela como partes de sus vidas, sin importar su extraña existencia, siempre tratándoles con generosidad pues sabían que eran extremadamente pobres.

La bruja Altea se dedicaba a educar a la niña cuando tenía la oportunidad, pidiéndole siempre que le leyera en voz alta, pues era uno de los pocos placeres que tenía en la vida. Kairi era una niña muy buena, aunque a veces le encantaba hacerle travesuras a su abuela escondiéndole su bastón, o alguna que otra cosa que la hiciera enfadar. Poco a poco Kairi empezó a ser indispensable para Lula, ya que con sus ojos y oídos le hacía la vida más fácil a todas. La niña comenzó casi por completo a los cuatro años a cuidar a sus dos brujas, habiendo aprendido a levantarse afanosamente antes que el sol según le había indicado Lula. Corría entre sonrisas al bosque cual conocía como la palma de su mano, donde de vez en cuando se juntaba con las ninfas en su búsqueda de hongos y comestibles. También con agilidad se trepaba en los árboles para buscar huevos frescos, frutas, o musgos para comer. Las hadas y las ninfas le decían los secretos mágicos del bosque, de modo que Kairi disfrutaba a plenitud de su hermosura. La niña regresaba a la casita del árbol con su cosecha de comestibles entrando sigilosamente antes para encender la chimenea, según Lula lo había hecho tantas veces. Se alegraba de poder asistir a su abuela con su magia, reemplazando finalmente el fuego de leña con unas hermosas llamas azules. Seguido Kairi preparaba el desayuno y las pócimas que había que untarle a su tía Altea. Ambas mujeres se despertaban con el rico olor de la comida, siempre sorprendidas de ver el pequeño cuerpo desplazarse por la cocina tan hábilmente. A pesar de los indicios de rutina, esa mañana había un silencio extraño entre las brujas, quienes usualmente platicaban entre sí. Kairi estaba ya acostumbrada a leer sus pensamientos, pero aquel silencio en el silencio era insoportable.

"¿Sucede algo abuela?" Kairi decidió preguntar finalmente.

"No… Es que hemos tomado la decisión, de que es importante que vayas a la escuela con los otros niños de la aldea." Le explicó Lula con aplomo.

"¿Por qué? Altea ya me enseñó a leer y puedo escribir también. Es más, hasta puedo comunicarme con las bestias. Ya he leído todos los libros de la biblioteca…" Comentó Kairi un poco confundida con lo que le había anunciado su abuela, ya que siempre la había escuchado comentar lo mucho que detestaba la educación formal.

"Es que…creemos que sería mejor para tí si tienes la experiencia de una infancia normal, con otros niños de tu edad, cuidar de dos brujas en estados fatídicos no es tu destino. Tú mi querida Kairi, tienes mucho que hacer y es mejor que aproveches a vivir una vida tranquila mientras puedas." Altea añadió con un aire de misterio.

"Ustedes siempre me están diciendo cosas raras, que si una princesa malvada, que si una reina hermosa, que si un príncipe en peligro…¿Qué tengo que ver yo con todo esto?" Les decía Kairi riéndose ya que pensaba que todas esas cosas eran cuentos de hadas de las brujas, porque ella bien sabía que las hadas se pasaban hablando todo el tiempo e inventando mañas.

"Ya todo caerá en su lugar si está por pasar, el momento llegará en que tu serás clave para cambiar muchas vidas." Le comentó Altea con aire de augurio. Kairi no dijo nada al respecto, a su corta edad le era muy difícil absorber esa información, todo aquello era muy abstracto. Se levantó de la mesa pensativa, con el fin de recoger la casita antes de salir a la aldea, sabiendo que no sería el fin de la conversación. Lula ya no la llevaba en su lomo lo que les hacía el tramo más corto hacia la aldea. Un día Kairi decidió echarse la bruja a espaldas cuando la vió a punto de sucumbir al cansancio. Era una escena impresionante, una niñita cargando un estropajo de vieja, quien a su vez llevaba una gigantesca canasta balanceada en la cabeza. Lo que los demás no sabían era que Kairi era muy adepta a la magia y había hecho que su abuela no pesara más que una pluma, al igual que la canasta. Una vez en la aldea, Kairi era la que se encargaba de buscar provisiones y vender los productos del bosque. Ellas siempre tenían para ofrecer hongos, huevos y musgos apetecibles. Alguna que otra vez trataban de vender una criatura comestible, cuando necesitaban hacer una compra grande. La gente también contaba con la venta de las pócimas de Lula; unas para quemaduras, otras para artificios de amor, otras para dormir... Estas eran confeccionadas bajo la dirección de Altea por Kairi, ya que Lula no era muy confiable debido a su edad, pero nadie sabía este hecho.

Esa tarde Lula se dirigió hacia la escuela y le pidió a Kairi que la dejara hablar con la mujer a cargo. Kairi la llevó hasta una señora que estaba muy bien vestida quien debía ser la directora, dejándole saber a la mujer que para comunicarse con Lula había que tocarla. La bruja estuvo conversando unos minutos, dándole la oportunidad a Kairi de ver las pequeñas aulas. La niña observaba fascinada los mapas, los lápices y los colores; todo tan bonito que su corazón ya se sobresaltaba deseando poder ir a la escuela. Se sintió un poco culpable pensando que dejaría solas a sus brujas, pero estaba emocionada con el prospecto de conocer otros niños.

Lula y la profesora se reunieron con Kairi mientras sonreían.

"Aquí esta tu abuelita de regreso, en el otoño ya ingresarás a la escuela. Me alegro mucho conocerte Kairi, yo soy Doña Alba, estoy a cargo de la escuela primaria y ya verás que te va a gustar mucho."

"Gracias." Kairi le sonrió sorprendida de escuchar su voz, pues no estaba acostumbrada a usarla a diario con las brujas.

"Me gustaría añadir, que en la escuela esperamos que los niños mantengan una buena apariencia. No vas a poder llegar llena de fango, también creo que puedo facilitarte algunas vestimentas nuevas." Doña Alba sonrió al ver la apariencia de la niña. Acto seguido Lula agarró a Doña Alba por el brazo y le dejó saber enfáticamente que Kairi seguiría viniendo de ese modo a la escuela, sino no vendría. Doña Alba se dió cuenta que no ganaría esa batalla, accediendo al pedido de Lula ya que quería que la niña se educara. Las vió partir de la escuela sorprendida de aquel extraño par, más aún cuando vió que la niña se echó la bruja a cuestas y siguió su camino rumbo al bosque.

Mientras tanto en un reino lejano dentro de una enorme torre de un castillo austero, un hermoso príncipe suspiraba con añoranza al desear estar libre. El cielo azul le parecía el tope de una enorme burbuja, la cual él quería tocar con su dedo, para hacerla estallar. Observaba las nubes arrastrándose en un baile místico, dejándole saber secretos del viento y sus rumbos. El ronquido de una ogra estremecía su habitación, el cantar triste de una Demi-diosa le servía de recordatorio de su miserable existencia y el vacío del silencio le martillaba intensamente en la cabeza. Los últimos cuatro años de su vida habían sido un lamentable tormento lleno de llanto e injusticia. Por una razón misteriosa el destino se había vuelto en su contra para hacerlo preso en su propio castillo. Sus pensamientos caían nuevamente en la mujer que le causó tan vil desgracia. La persona a quien más odiaba en el mundo era nada más y nada menos que su esposa. No porque él lo hubiese deseado, sino porque a nadie se le ocurrió jamás establecer una edad apropiada para que una persona pudiese casarse. Si lograba sobrevivir su suplicio para llegar a ser rey, lo primero que haría sería pasar una ley que indicara que ningún niño debería casarse.

Su esposa era la mujer más bella del reino, él aún se acordaba de su rostro celestial aunque ella lo escondía desde hace años. Recordaba la primera vez que la vió, las veces que jugó con ella de soldaditos y las veces que la tomó de la mano para ir a la sala de audiencias que regía su padre. Su padre el maravilloso Rey Papo, monarca que sirvió al reino con justicia y sabiduría en el corazón. Quien enorgulleció a su reina, la hermosa Reina Violeta, mujer que según le comentaban los que se acordaban de ella era el epítome de la perfección. Ya no quedaba nada de ellos... No, no era cierto. Miró hacia el interior de su habitación, más allá de la ogra durmiente, para posar su vista en una estatua de piedra. Esa fría escultura era todo lo que tenía como recuerdo de su madre. Recordaba el día en que se casó con extraña claridad, el mismo día en que su madre se convirtió en piedra... el día en que empezó a cumplir su sentencia de muerte. La dragona Kalani a quien consideraba una amiga, le había traído la estatua como un hermoso recuerdo de lo que fue su madre. Kalani le era uno de los más preciados seres en su corta existencia, pues los dos habían sido víctimas de la misma maldad. Aquella maldad tenía un nombre... Koren, la Princesa Regente de Bandah.

Koren había sido una de las damas de confianza de su madre la reina hasta que con tramas muy bien planeadas, logró matar a sus padres y llegar al poder. Con el auxilio del vil Príncipe Orión, un hombre temido en todas las partes del reino por su capacidad de hacer el mal. Eran muchas las historias que daban fé de las atrocidades llevadas a cabo por ese hombre y miembros de su ejército; quemaban aldeas, mataban niños y mujeres, decapitaban los subversivos... El príncipe temblaba cuando recordaba al General Orión. El hombre tenía los ojos verdes como el bosque, pero no como un bosque mágico, sino como uno siniestro que esperaba tragarse a cualquiera que se atreviera a adentrarse. Las pocas palabras que cruzaban jamás eran cortesías, más bien regaños, pues Bickett disfrutaba de hacer travesuras para causar el caos en la torre donde había sido desterrado.

Sonrió al pensar en las veces que le arruinaba la mañana a Koren, o la cena, o la hora del té. Cada estorbo era un invaluable tesoro, que valía más que el dolor físico al cual era sometido como castigo. Una vez incendió la torre, aunque tristemente vió como Koren con un chasquido de sus dedos, regresó todo a la normalidad. Siempre era la misma rutina, él hacía algo para protestar su situación, ella venía a arreglar todo en un instante, y después le ordenaba a Kalani que le diera una paliza que lo dejara al borde de la muerte. Su amiga Kalani lloraba amargamente cuando le propinaba los golpes, pero no le quedaba otro remedio que dárselos, porque era una esclava que si desobedecía pagaría con su vida. La ogra Grinda lo recogía como siempre y lo curaba, rogándole que por favor no hiciera enfadar nuevamente a la Princesa Koren pues no valía la pena sufrir tanto para nada. Kalani le pedía lo mismo, le aconsejaba que guardara sus fuerzas para hacerse un mago poderoso y escapar del castillo en el debido momento. Escapar. La palabra ya ni tenía sentido en su vocabulario, no creía que existía, era más bien entre una burla y un eructo mental. Desde que había cumplido sus cinco años había dedicado cada momento de su lucidez para buscar una oportunidad en la cual burlar su destino. Ya tenía siete. Pero tal vez eran cien, no estaba seguro, había vivido cada segundo como una existencia porque nunca sabía cual era el verdadero universo del tiempo. El sol y las lunas eran las únicas claves de que los días sí estaban pasando, el frío nocturno le recordaba el cruel invierno y el calor de la brisa le hacía sentarse cerca de las ventanas a ver como el sol veraniego se desplegaba sobre el paisaje. Una vez intentó arrojarse al vacío, pero Kalani le salvó la vida...

Todos sus días eran malos, pero una vez al mes lo hacían bajar a la sala de audiencias para que los demás lo saludaran y supieran que estaba vivo. Ese día era pésimo. Llegaba Lenna la dama de honor de Koren, quien estaba a cargo de sus atuendos oficiales, para ofrecerle un traje que lo humillara hasta más no poder. Lenna casi le hablaba, ni le miraba a los ojos, a veces lo miraba como si él fuera una aberración curiosa. La última vez lo hizo vestirse de color rosa encendido, con un sombrero de plumas grises que lo hizo sentir como si los payasos de la corte lo fueran a abofetear por robarles la atención. El General Orión se burló de él hasta más no poder... Su fantasía más íntima era escaparse de noche hasta la torre de Koren y matarla junto a su amante mientras dormían juntos... Pronto llegaría Lenna, después lo llevaría con Kalani hasta la sala de audiencias de Koren, donde ella estaría con Orión. De allí harían procesión sombría hasta el palacio de la legislación, a la sala de audiencias reales. Pasarían por la plaza mayor, por las fuentes, los jardines, entre la gente, el servicio... Se sentarían en los tronos donde él ocuparía el que un día fue el lugar de su padre, para sentarse callado por largas horas espiando las caras de los delegados, tratando de buscar algún brillo de solidaridad en sus ojos. Kalani siempre se paraba a su lado, su belleza radiaba un halo de seguridad que lo arropaba misteriosamente. Ella no tenía un corazón, pero lo amaba. Sólo otro ser lo amaba más que Kalani, Grinda, la ogra que lo había criado como su hijo. Quien lo consolaba diciéndole que algún día una hermosa y valiente princesa vendría a liberarlo. Una princesa llena de magia y valor, quien sería una reina digna de Bandah... Kalani y Arkana le decían lo mismo, pero para él aquello eran palabras vacías. Nadie lo vendría a buscar, nadie lo vendría a salvar, moriría como tantos nobles que estaban en el medio de las ambiciones de otros. Recordó con cariño el día en que estaba platicando con Kalani acerca de aquello. "Es importante que no perdamos la esperanza, nos van a salvar. Es lo único que nos queda."

Escuchó unos pasos acercarse, su estómago se hizo un nudo. Eran pasos livianos, cortos... Lenna. Sus pequeños taconcitos rozaban la superficie del mármol, pues gracias a sus delicadas alas de hada, no se sabía si volaba o caminaba. Más pasos la acompañaban, pasos livianos pero firmes, Kalani llegaba también. Él sabía que Grinda no estaba, no la dejaban estar presente cuando él salía de la torre. Sería una afrenta para el reino de Bandah que el futuro rey fuese sido educado por una horripilante ogra.

"Su majestad, es hora de que se prepare." Lenna anunció con las campanillas de sus voz.

"Ajá. ¿Y qué estupidez quieres ponerme encima hoy? ¿Así vestías a mi madre? ¿Te acuerdas de mi madre? ¡Yo no me acuerdo!" Le espetó Bickett con veneno en la voz. Lenna permaneció callada como siempre, pero Bickett pensó que vió un pequeño movimiento nervioso en el párpado de Lenna.

"Uh. ¡Violeta... que refrescante! Creo que es el color de moda de todos los varoncitos de Bandah. ¿Me habrás hecho taconcitos para completar mi ajuar?" Le dijo Bickett furioso al ver la túnica aterciopelada de un color violeta vibrante que le iba a tocar ponerse ese día. Sin pensarlo dos veces cerró sus ojos y cambió el color de la túnica a gris oscuro.

"¡NO hagas eso!" Le gritó Lenna en un sorpresivo brote de rabia, regresando la túnica a su color original.

"Si lo vuelves a hacer se lo diré a Koren para que te castigue." Amenazó Lenna.

"¿Crees que me importa? ¿En serio? Me va a dejar más cicatrices en el cuerpo... ah, que miedo."

"Bickett, no vale la pena. Vamos." La voz de Kalani aplacó la furia que estaba creciendo en su pecho. Ella tenía razón, hoy no estaba con ganas de latigazos, ni tener que estar postrado en una cama por semanas en lo que se recuperaba. El silencio se metió entre ellos a golpes, dejándolos a todos heridos. El grupo se dirigió en conjunto hacia la torre del rey donde Koren los esperaba. Bickett no perdía la oportunidad de ver las paredes y los pasillos, grabando en su memoria peculiaridades que luego pondría en su cuaderno de notas, para pretender que sus incursiones al mundo exterior eran hazañas majestuosas. El castillo le parecía frío y sombrío, la gente le parecía igual. Estaba seguro que nadie se atrevía a darle una sonrisa no fuese que Koren los eliminara del castillo… Se le hacía difícil imaginar un castillo lleno de vida bajo semejante nube de maldad. El nudo en su estómago se apretaba más al acercarse a la sala de Koren, estaba contento de que ella se cubría la cara ante los demás pues su belleza era desarmante. Sus ojos eran como el turquesa de las piedras, su rostro de simetría perfecta, y sus labios rojos como las fresas silvestres. Su esposa Koren era perfecta. El odio que él sentía hacia ella era intenso pero abstracto, a veces se le perdía entre la rutina, sólo para salir a la luz cuando se acordaba de su vida. Se adentraron a la oficina donde ella estaba frente a su escritorio, el General Orión estaba a su lado como siempre. Él le daba la espalda a todos, observando despreocupado lo que había más allá de la ventana.

"Ya era hora. ¿Por qué se tardaron tanto?" La voz sensual de Koren acaparó la oficina.

"Bickett no quería vestirse." Contestó Lenna sin emoción en la voz. Orión se volteó a mirar los recién llegados.

"Yo tampoco me pondría esas fachas. Lenna, viste a este pobre niño como un príncipe." Comentó Orión disgustado al observar a Bickett, quien se sorprendió de que hubiese dicho algo en su favor. Con un gesto de su mano Orión cambió el color de la vestimenta del niño a gris en un súbito acto de compasión.

"Pues yo no sé que cosas se ponen los niños… no me gustan." Lenna miró a Orión con lo que parecía un poco de miedo.

"No peleen por tonterías. La sesión de hoy va a ser muy cargada. Me temo que no son buenas noticias. Las comitivas de Ture, Nubis, Runda y Kaniba están aquí." Koren acrecentó la tormenta.

"¿Por qué están aquí?" Bickett se sorprendió al escuchar su voz. Todos los ojos del lugar se voltearon a mirarlo, no dejando escapar su transgresión. Orión caminó hasta él, parándosele enfrente para mirarlo fijamente. Bickett sintió que sus piernas estaban temblando un poco, aquel hombre era como una torre musculosa, con ojos amenazantes que lo estaban amedrentando.

"Hoy no se te ocurra hacer una de tus insolencias... si te atreves yo mismo te arrancaré la lengua." Al escuchar las palabras de Orión, Koren se irguió súbitamente, haciendo que el chillar de las patas de su butaca aumentaran la tensión del cuarto.

"Basta ya." Su orden definitiva dejó por sentado el asunto haciendo que todos empezaran a tomar su lugar en la procesión hacia la sala de audiencias. Como de costumbre Bickett y Koren caminaban juntos frente a todos, seguidos de Lenna y Orión. Normalmente una reina no iría a la sala de audiencias, esas menudeces serían parte del trabajo de un rey, pero como el heredero al trono estaba muy joven su esposa reinaba absolutamente. Al niño le parecía tan ridículo tener que tomarle la mano a esa mujer, mano fría y sin emoción. Hubiese preferido cortarse las manos...

La caminata avanzaba eficientemente por las rutas familiares sin ningún percance. Bickett robaba una mirada a Koren, quien ya se había cubierto el rostro con su pañuelo negro, solo para ver aquel perfil tan hermoso que permanecía inmutable. Mientras más se acercaban al Centro de Gobernación siempre le entraba un horrible pesar... ¿Cuántas veces no había estado en aquel lugar desde pequeño? La imagen y el recuerdo abstracto de su padre el rey le llegaba a la mente en pulsos dolorosos. Le parecía escuchar su voz, pero no era más que el eco de impertinentes cuervos burlándose de él. Recordaba recorrer la sala de audiencias con admiración, riéndose a carcajadas, eran recuerdos felices. Días que tal vez nunca pasaron, que viven en su interior como un cuento de hadas, para darle la esperanza de que las cosas buenas si existen en el mundo. Estaba perdido en sus cavilaciones, casi a punto de llorar cuando entraron por las majestuosas puertas del palacio legislativo. El esplendor del mármol, las cúpulas de cristal, las plantas vivas y los óleos del pasado le daban la bienvenida como de costumbre. Nunca se le habían quitado las ganas de salir corriendo por los pasillos sedosos para interrumpir aquel silencio austero que plagaba el edificio. Sintió como Koren halaba su mano dándole a entender que debían ser anunciados formalmente en la sala de audiencias. Ambos se pararon en el umbral de la puerta, las trompetas sonaron con pompa y el cetro negro que significaba el poder mágico de la monarquía de Bandah le era entregado a Koren.

Bickett no escuchaba las formalidades, ni miraba con curiosidad a la enorme comitiva que llenaba la sala. Se dirigía con desgano hacia el trono que una vez ocupó su padre, desde donde desearía que se le cumpliera el deseo de que Kalani le arrancara la cabeza a Koren. Le gustaba mucho mirar a la gente, primero con ansiedad buscando sonrisas, luego estudiando sus caras y sus gestos… La Ogra Grinda siempre le había dicho que los ogros no hablaban mucho, porque se comunican con su cuerpo, lo que los hacía más eficientes en el campo de batalla. Ella tenía razón, observando a la gente sabía más acerca de ellos que tal vez ellos mismos. Koren aun permanecía parada frente a todos dando por comienzo a la sesión con un golpe del cetro en el suelo, cual hizo retumbar las paredes.

"Bienvenidos a Bandah. Espero que esta sesión culmine con una solución cordial ante todas las situaciones propuestas. Han venido aquí a pesar de todos nuestros intentos diplomáticos de buscar un compromiso entre Bandah y sus virreinatos." Koren se dirigió a la sala antes de tomar asiento, se veía incomoda. Bickett notó que esta sesión no era como las demás, Koren traía su porte afectado y se veía a la defensiva. Decidió que tal vez era mejor prestar atención a lo que estaba sucediendo, ya que siempre era el último en enterarse de lo que estaba pasando en el reino. Si es que se enteraba del todo. El Canciller Usor, una de las pocas personas que le hacía una cortesía y lo saludaba amablemente, se acercó al podio para moderar la audiencia. A Bickett le pareció que el hombre había envejecido cincuenta años en un mes…

" A pesar de nuestros esfuerzos diplomáticos, los virreinatos de Runda, Ture, Nubis y Kaniba han decidido apelar directamente a los Príncipes Regentes de Bandah. La primera cuestión en foro, es presentada por los delegados de Ture, ante nosotros se encuentra Randa, canciller del virreinato."

Una mujer de austera disposición se levantó de su asiento y caminó frente a los Príncipes Regentes para dirigirse a todos en la sala. Bickett observó que la mujer era elegante, de buen porte, con unas manos largas y delgadas que estaban frívolamente decoradas con anillos. Llevaba puesta una tunica larga de lana y un turbante, que en más detallada inspección, no era otra cosa que su pelo enrollado sobre su cabeza. La mujer daba pasos firmes no parecía tenerle miedo a Koren, ni a ninguno de los presentes, incluyendo a Kalani.

"Su majestad, le hemos pedido sin solución que el Príncipe Eligio sea transferido al virreinato de Ture. Su madre y sus ancestros fueron parte de una de las más antiguas familias de Bandah, creemos que es mejor que nosotros nos hagamos cargo de su educación formal." La mujer habló sin delatar emoción alguna. Bickett agarró los lados de su butaca con fuerza, no podía creer lo que acababa de escuchar, tenía familia en algún lugar. Alguien quería sacarlo de las garras de Koren.

"Como ya le hemos comunicado, el Príncipe Eligio pertenece al reino de Bandah, su lugar es en el castillo." Koren habló con un tono de voz firme.

"Creemos que los intereses y la felicidad de este niño están comprometidos en este lugar." Contestó la mujer sin haber sido intimidada.

"Eligio está siendo educado como un miembro de la familia real de Bandah, es mi esposo y mi deber es mantenerlo sano y salvo. Aquí ese le provee de todo." Koren proclamó.

"Todo menos una vida feliz, no es un secreto que vive desterrado en una torre. Aislado del mundo... viviendo bajo el tutelaje de sombras y maldad. Esa no es manera de tratar al futuro rey de Bandah." La mujer le recriminó esta vez con un poco de emoción en la voz.

"Me ofenden sus insinuaciones. Esta no es manera de tratar a la futura reina de Bandah. Entre él y yo, todos sabemos quien importa más." Koren le dijo cortante. La mujer permaneció callada. Todos permanecieron callados. Bickett sintió su corazón hacerse añicos, esperando que alguien dijera algo más. Los ojos de la mujer se posaron sobre él. Le pareció ver lágrimas, pero tal vez se pudo haber inventado eso, tanto como se inventó que le importaba a alguien. Al ver la mujer voltearse su corazón sintió un dolor agudo, trató de hablar pero su voz le falló. Sintió como el color abandonaba su rostro... Por lo menos sus piernas no le fallaron. Saltó de su trono ante la sorpresa de todos, quienes no supieron como responder, para arrojarse ante los pies de Randa. Agarraba sollozando el borde adornado de su gruesa túnica, mientras que la mujer dejaba escapar las lágrimas que tanto había intentado tragarse.

Orión fue el primero en reaccionar, agarrando a Bickett por su espalda y de un halón haciéndolo erguirse, lleno de mocos y sin casi poder respirar. Los miembros de la audiencia habían dejado sus asientos al presenciar horrorizados lo que estaba desenvolviéndose ante sus ojos. Bickett no soltaba las ropas de la mujer, quien intentaba arrancársela de las manos. Koren se irguió de su trono levemente dejando caer el cetro negro en el suelo, causando un estruendoso golpe que logró derribar a Orión, Randa y a Bickett.

"Kalani, regresa al Príncipe a su lugar." Ordenó Koren secamente. La dragona tomó al niño con ternura y lo cargó en sus brazos con tristeza, depositándolo en su trono como si hubiese sido un harapo. Orión se incorporó al mismo tiempo que la mujer, mientras que un revuelo se sentía entre los presentes. Voces se empezaban a escuchar más alto, susurros se ensanchaban de emoción para difundirse entre la sala.

"Lamentamos esta escena tan deplorable. Que continúe la sesión." Koren anunció firmemente a pesar de que ya los presentes estaban demasiado exaltados como para poder escuchar sin prejuicios. Randa tomó asiento en su lugar sin quitarle los ojos de encima a Bickett mientras platicaba con el resto de la comitiva. Su conversación era inaudible pero sus gestos emocionados denotaban que el tema era pesado. Bickett sintió como su piel sudaba pegajosamente, como su sien palpitaba con fuerza y como su corazón latía apresurado. Kalani se acercó más a él y sin que nadie se diera cuenta le apretó su hombro levemente, dejándole saber que aunque le costara la vida lucharía por él.

Una mujer y un hombre de baja estatura fueron los próximos en salir del mar picado dentro de la gente en la sala. Bickett sabía muy bien que eran brujos por sus numerosos tatuajes tribales. Sin ser anunciados por el Canciller Usor, comenzaron a hablar.

"No estaremos con rodeos, ya vemos como está la situación en el Castillo de Bandah. El Príncipe Eligio no es el único prisionero de la Princesa Regente Koren, el reino entero ha sucumbido. Estamos aquí de parte de los virreinatos para decirle que no aceptamos los nuevos impuestos establecidos por la monarquía central. En especial cuando el General Orión todavía usa la asistencia de ogros y troles para llevar acabo sus fechorías. Muchos mercantes están en calabozos porque las tarifas impuestas son abusivas, se sabe sin duda que el reino no está en buenas condiciones. La tierra no se puede sembrar del mismo modo, la magia de la reina no existe. Las guerras de Orión decimaron el sustento de muchos. Todos sabemos que estamos cortos de manos, pues este individuo le dió a comer nuestros hijos a los ogros." Declaró el hombre con voz airada. La reclamación causó nuevamente que las voces se esparcieran descontroladas por la audiencia, mientras que Koren observaba todo en silencio.

"Las negociaciones diplomáticas han terminado de nuestra parte. Los virreinatos de aquí representados se niegan rotundamente a seguir alimentando el ejército de malditos del General Orión. También estamos de acuerdo de que el príncipe heredero se vaya con su familia en Ture." La mujer añadió. Una anciana bruja de unos miles de años se acercó como un espectro hasta la pareja, llevaba el cabello cobrizo, mientras que un gigantesco bastón de madera le daba apoyo al andar.

"No hace falta que me presente. Nubis está de acuerdo con lo que se ha discutido." La áspera voz surgió de la mujer como el chillido de una urraca. Koren se irguió finalmente de su trono acercándose en silencio hacia el grupo de emisarios que se habían dirigido a todos. Los miró fijamente a los ojos uno a uno. Le hizo seña a Kalani para que buscara el cetro que llevaba en sus manos, los presentes permanecían en un silencio incómodo esperando tensamente los próximos sucesos.

"Eres una bruja muy poderosa. Demasiado...Tienes mucha experiencia y mucho poder." Koren comentó sus observaciones en voz alta mientras se acercaba más a la mujer anciana, quien la miraba con recelo. Acto seguido Koren se quitó el paño de seda que le cubría la cara, haciendo que un gemido de admiración surgiera inevitablemente de todos. La vieja la miró fijamente, tratando en vano de leer su mente, ver más allá de la ventana turquesa que eran sus ojos.

"Siempre quiero que mis enemigos me vean bien antes de morir..." Le susurró Koren al oído a la anciana sin que nadie más oyera, mientras casualmente posaba su mano en el hombro de la bruja. Una terrible corriente eléctrica surgió de sus dedos electrocutando a la vieja desprevenida. El cuerpo cayó humeante, espasmódico y tieso ante las miradas horrorizadas de la sala de audiencias.

"Sé que ya estaban enviando mensajes a sus virreinatos, no vinieron aquí a negociar sino a declarar guerra. No se llevarán al príncipe, habrá guerra y más les vale que se despidan porque ninguno regresará con vida..." Una algarabía surgió mientras que todos trataban de escapar como podían. Kalani ya había sido ordenada por Koren a cerrar las puertas de la sala de audiencia para evitar que nadie escapara. Orión ya había comenzado a embestir con gusto a los dignatarios cercanos, haciéndose paso entre ellos como si estuviese cortando trigo. Hombres y mujeres sucumbían fácilmente, al no tener armas más que su magia, la cual debido al sorpresivo ataque les estaba fallando en protegerlos. Bickett gritaba mientras observaba como sus ultimas esperanzas de libertad perecían violentamente. Las lágrimas le brotaban calientes y amargas, tantas veces que pensó que era inmune a ellas, tan sólo para encontrarse completamente derrotado. Sintió que el mundo se le venía encima, sin poder aguantarse cayó de bruces al suelo...

El dolor de una bofetada que le partió el labio inferior hizo que Bickett abriera los ojos lleno de terror. Las imágenes de hacía unos instantes inundaron su mente como un maremoto de destrucción. El dueño de aquella mano tan dura e inhumana, no era otro que el General Orión, quien ya se estaba preparando para golpearlo otra vez cuando Koren lo detuvo.

"Déjalo. Dile a Kalani que se lo lleve a la torre." La voz femenina de Koren logró que la bestia que residía en Orión se domara de inmediato.

"Se merece un castigo... Voy a estar muy contento de ser yo quien te saque las tripas..." Orión le escupía las palabras a Bickett con desprecio, mientras él trataba de hacerse lo más pequeño posible.

"¡Basta! No lo tortures. No es que me importe, pero no es necesario." Añadió Koren mirándolos a ambos sin emoción en el rostro.

"Yo no sé por que me odian, ese derecho sólo lo tengo yo." Les dijo Bickett sin importarle los golpes que recibiría por su osadía. Orión alzó su mano para pegarle, pero Koren la agarró con fuerza.

"He dicho basta."

Kalani se acercó apresurada, ensangrentada después de haber llevado a cabo los asesinatos ordenados por Koren, para ir a la ayuda de Bickett. Lo tomó en brazos poniendo su cuerpo entre él y Orión. Su rostro era como el de una estatua... inmóvil. Liso como el mármol... frío. Bickett miraba con curiosidad como los restos de la sangre de los muertos bajaba en diminutas cascadas por la cabeza calva de Kalani. Podía imaginarse el terror que había reinado en su corazón al verla acercarse, ella era un verdadero ángel de muerte. Sembró su cabeza en el pecho de Kalani porque no quería ver el desastre de la sala de audiencias, el olor a sangre permeaba las paredes, las sillas, el aire... El día en que fuera rey derribaría el castillo y los palacios en su totalidad para que se llevaran consigo la maldad que habían presenciado. Los pasos firmes de Kalani le sirvieron de arrullo, para calmarse y dar rienda suelta al llanto. Llanto libre que sólo entre amigos se comparte...

"No me gusta que le pegues a Bickett. Tenemos cosas más importantes en cuales poner nuestra energía. Debemos prepararnos para la guerra, sabíamos que iba a pasar tarde o temprano." Koren le recriminó a Orión mientras salían de la sala de audiencias.

"¿De cuando a acá te interesa el niño?" Comentó Orión con tono de burla.

"No me interesa. Pero soy una madre... No sé, es que todo lo que pasó y sigue pasando es una lucha tan inmensa... Con esta guerra ahora estarás lejos de mí. Nuestros momentos robados, serán menos. Mis noches sin tí... insoportables." Koren se detuvo mirando a su alrededor para asegurarse que estaban solos. El pasillo estaba desierto en la antesala de la torre del rey. Sus ojos se encontraron, era el único lugar donde sus pasiones coincidían inevitables y libres. Acercó su cuerpo al de él sintiendo la proximidad de su olor, de su calor... un imán de sensualidad. Era sólo así que ambos recobraban las fuerzas... juntos. Orión acarició su rostro con ternura sabiendo que el amor era lo único que redimía su existencia.

"Entonces dile que abdique al trono... Que lo enviarás a Ture si lo hace." Ofreció Orión tiernamente dejándole saber que su apoyo era inequívoco.

"Sí, lo pensé. Una vez él entre en mayoría de edad puedo anular el matrimonio..."

"No nos queda mucho tiempo... da lo mismo." Orión le besó la mejilla delicadamente, luego los labios. Sus corazones se apretaban porque sabían el peso de aquellas palabras. Orión se estaba muriendo poco a poco, el gusano de la muerte crecía en su interior lento pero voraz. La bruja Altea le había dado una herida mortal mágica, la cual buscaba llevar a cabo su misión a pesar de los años, ni los intentos de Koren de evitar lo inevitable.

"No digas eso. Haré lo que sea por salvarte. Todo lo que he hecho en mi vida ha sido para estar a tu lado. Cada momento, cada beso, han sido una diminuta redención que me eleva. Pienso en todo lo que ha sucedido... en mi vida, en lo que soy y en lo que fui. Nada hace sentido sin ti." Koren se acercó más para poder esconderse entre sus brazos, no le importaba que los vieran. El reino estaba en guerra. Si ellos ganaban la batalla algún día podrían casarse. Si ellos perdían, de seguro ambos morirían... Este último pensamiento sólo le molestaba porque no podrían ir juntos a las llamas negras.... Almas tan perdidas como las de ellos no se convertirían en otra cosa que llamas negras, de esas que se tragan la vida.

"Mi amor, es mejor que te salves tú. No me puedes ayudar... no hablemos más de esto. Ayer estuve con los niños... tomamos el té y los llevé a jugar al bosque en la torre. No te creas que sólo a ti te afecta lo que está pasando. Cuánto no he soñado vivir a tu lado, tranquilamente, con nuestros hijos...Ona es tu misma cara, es la niña más hermosa que jamás hubiese visto..." Koren comenzó a acariciar amorosamente la ancha espalda de su príncipe en medio de su abrazo. Ambos ensanchados de amor y orgullo paternal.

"Ander no se queda atrás…las nanas me han dicho que le encanta jugar a la caza. Cada vez que los veo siento el amor que los creó. Él es también una copia tuya. No deben salir de la torre, menos ahora que estamos en guerra…" Ambos apretaron sus cuerpos contra el otro, buscando la seguridad y el apoyo en donde seguir luchando contra el destino. Unos pasos se acercaban, lo que los hizo saltar separándose de inmediato.

"La voz se ha regado, Neris y Bedega se han unido a la guerra." Lenna les informó.

"Maldita sea." Orión contestó entre dientes.

"Pues, a hacer guerra…" Koren sonrió tranquilamente.

Capítulo 2: La guerra y el destino

Kairi se despertó inesperadamente cansada, había tenido pesadillas toda la noche y se estaba sintiendo de muy mal humor. Decidió irse al bosque como de costumbre a buscar provisiones antes de que el resto de la familia se levantara. El bosque estaba frío lleno de espesa neblina. Las hadas, duendes y otras criaturas mágicas aun dormían. No sabía describir lo que le pasada pero tenía la sensación de que algo estaba diferente en el bosque. Los árboles le parecían tensos, sus hojas tiritaban aunque no había brisa. Posó su mano sobre la corteza de un gigantesco árbol, cerrando sus ojos para ver si lograba comunicarse... Guerra. La palabra llegó llena de alarma a su mente, haciéndola asustarse por lo cargada que estaba la noticia. Sabía muy bien que los árboles no odiaban, ni temían otra cosa en su existencia más que a la guerra de los humanos. Trató de concentrarse más para poder obtener más información, pero el árbol estaba muy emocionado y se le hacía difícil entenderlo. Tal vez era mejor regresar a la casita del bosque y avisarle a Altea, ella sabría que hacer. Corrió lo más rápido que pudo, pero al acercarse se acordó que no tenía nada para el desayuno. Sin saber cuales serían las consecuencias, hizo un llamado a las criaturas del bosque haciéndoles saber que cualquier cosa que les pudiesen brindar esa mañana, iba a ser muy agradecida.

Altea estaba aun dormida envuelta en las viejas cobijas de lana, a veces se le hacía difícil mirarla por que estaba tan horrendamente desfigurada. Se avergonzó de pensar esto, pues su tía la trataba con ternura y la educaba como podía. Supuestamente en algún momento de su vida Altea había sido la bruja más temida del reino de Bandah, pero mirándola postrada en un camastro esto le parecía otro cuento de hadas.

"Tía, tía despierta." Kairi trataba de no hacer mucho ruido para que Lula no se despertara. Altea abrió los ojos con pesar, el sueño nunca le daba calma, sólo un breve descanso del dolor que su cuerpo experimentaba cada segundo de su existencia.

"¿Qué sucede?"

"Hay guerra, me lo ha dicho un árbol."

"¿Qué más te dijo?" Altea despertó en seguida.

"No me dijo más nada, estaba muy emocionado y no pude entender." Altea permaneció pensativa.

"Sabía que era una cuestión de tiempo. Es una guerra en vano. Lo único que decidirá quien gana es la vida, o la muerte, de Eligio."

"¿Pero por qué? No entiendo." Kairi comentó confusa.

"Cuando Eligio entre en edad será coronado rey de Bandah, es el heredero legítimo, puede entonces anular su matrimonio con Koren y hacerla pagar por sus injusticias. Me temo que Koren va a impedir esto. El día que se haga rey será su ultimo día con vida, de eso estoy segura. Koren será reina y viuda... otra nueva línea monárquica se establecerá en Bandah. Si Eligio muriese antes de que llegue a su mayoría de edad, el reino caería en manos de los cancilleres, habría más luchas para establecer otra monarquía..."

"¿Esto es malo?" Kairi no lograba acaparar la severidad del asunto.

"Claro, no ves como está el reino sublimado bajo el poder de Koren y su General Orión, imagínate si los otros nobles ya no tuviesen límites. Las guerras nunca son buenas. Además, hay que salvar a Eligio." Altea cerró sus ojos perdiéndose en el pasado, compartiendo con Kairi en su mente las imágenes de un niñito sonriente.

"Yo no sé como podríamos ayudarlo. No sería mejor dejar que las cosas caigan en su lugar, una monarquía u otra siempre va a estar. ¿Qué tenemos que ver nosotras con esto?" Le dijo Kairi encogiéndose de hombros.

"Mucho. Nosotras no, tú sí. En su momento decidirás si quieres salvarlo... ahora estás muy joven. Esperemos que el reino aguante por mucho tiempo sin sucumbir a la guerra y que Eligio permanezca con vida." Las palabras terminaron de salir de la boca de Altea cuando unas ardillas se asomaron por las ventanas arrojando nueces al interior, seguidas de pajaritos que tiraban lombrices y bayas por todas partes. Un cuervo chillaba mientras tiraba un ratón asustado en medio del cuarto, a la vez que un venado traía una rama con hojas verdes en su boca para depositarla por la ventana al interior de la casa.

"Me imagino que has sido tu." Altea miró a Kairi con enfado.

"Pues no me dio tiempo a buscar cosas para el desayuno y pedí ayuda. Ya limpiaré todo…"

"Hazlo antes que se despierte Lula, porque sino no dejaremos de oír quejas por días." Kairi le dejó saber a los animales que ya tenían suficiente y los mandó a regresar al bosque mientras recogía el desorden en el lugar. No quedaría otro remedio que comer hongos y pan duro del día anterior. Lula se levantó esa mañana con un intenso dolor en los huesos, sentándose cabizbaja a la mesa, mientras Kairi le servía una taza de té.

"Hay guerra." Kairi le dijo sin poder aguantarse la novedad. Lula se sobresaltó, comenzando a murmurarse cosas para si misma. Kairi pensó que iba a escuchar nuevas historias del castillo de Bandah, pero Lula parecía estar en otro mundo. Altea también parecía haberse retirado a su oficina de cavilaciones sin ninguna intención de salir por el resto del día. Decidió que lo mejor sería irse al pueblo temprano. Dejarlas que se resolvieran con sus pasados y presentes como mejor pudieran, porque ella no tenía nada que ofrecerles. Estaba más interesada en el prospecto de ir a la escuela porque ese día cumplía cinco años, aunque las brujas se habían olvidado, su maestra le había dicho que harían una fiestecita en su honor en la escuela.

Deseaba con anhelo que alguien le regalara ropa. Era lo que más quería, pues su abuela y su tía eran tan pobres que las botas de cuero que llevaba puestas habían sido remendadas tantas veces que parecían una madeja. Para completar Lula insistía en todo momento en que debía vestirse mal, ensuciarse el rostro y dejarse el pelo como un nido de pájaros. Le había hecho caso a la bruja desde hacía tiempo bajo la amenaza de que debía pasar desapercibida, si quería ir a la escuela. Kairi complacía a los pedidos de la bruja pues la escuela era el lugar más placentero que conocía. Le encantaba estudiar y aprender, pero sobre todo disfrutaba enormemente de la compañía de niños de su edad. Aunque recientemente los niños no querían jugar con ella, le llamaban pordiosera y se burlaban de su ropa…

Kairi caminó apresurada porque siempre le gustaba llegar temprano a la escuela. La maestra Doña Alba estaba en su oficina tomando el desayuno y leyendo un libro. Esperando que los pasos de Kairi se acercaran para ofrecerle cordialmente que entrara. Ambas llevaban a cabo esta rutina disimulando cada día que no era rutina. Kairi se asomaba y saludaba cordialmente, comentando que se le había hecho el camino corto. Doña Alba le decía que podía sentarse a leer con ella, después le servía un poco de chocolate caliente, junto a un pedazo de pan con queso. Kairi siempre se negaba a aceptarlo, aunque ambas sabían que se lo iba a comer. Luego se sentaban a leer en silencio, disfrutando de su proximidad. Doña Alba la observaba con cariño y con pena pues sabía que la niña era huérfana, deseando a veces poder llevársela a su casa y criarla como su hija. Una vez los demás alumnos llegaban a la escuela cada una seguía su día por su lado, agradecidas de haber compartido un momento agradable. Como lo había dicho, al final de ese día Doña Alba le hizo una fiesta a Kairi. Los otros alumnos le obsequiaron hermosas tarjetas con sus dibujos, golosinas, frutas y un lapicero nuevo. Muy sonriente, Doña Alba le obsequió a Kairi un hermoso abrigo de lana roja, ya que el de ella estaba visiblemente a punto de deshilarse.

"No dejes que tu abuela lo vea." Le advirtió a la niña con un guiño del ojo.

"¡Ha sido el mejor día de mi vida!" Exclamó Kairi con alegría. Iba contenta con todas sus cositas en su saco de espalda cuando se dio cuenta que los demás se dirigían a la plaza del pueblo. Su abuela le había advertido que después de la escuela era mejor que se fuera a la casa, pero su curiosidad pudo más que su prudencia. Al llegar a la plaza se dio cuenta que la gente rodeaba una carroza donde se estaba llevando a cabo una función artística. Acróbatas saltaban por todas partes, brujas lanzaban llamas coloridas al aire y un grupo de mujeres bailaban la danza de vientre mientras sonaban intensas campanillas. La audiencia reía con las hazañas de los payasos, quienes se adentraban en la multitud para hacer travesuras. Unos músicos tocaban afanosamente, alegrando el ambiente con su armonía. Kairi se fijó en un hombre que tocaba la guitarra de largos cabellos negros y ojos penetrantes, jamás había visto una persona tan interesante. Ni siquiera las hermosas bailarinas lograron llamarle la atención tanto. Sabía que debía regresar al bosque, pero no podía dejar de ver aquel espectáculo tan ameno. Un payaso se le acercó con su sombrero de muchas alas haciéndola sobresaltar y olvidarse de su cautela. El hombre tenía una moneda en la mano y le hizo seña para que Kairi la tomara.

Cuando ella lo intentó, con tan solo un gesto de su mano el hombre hizo la moneda desaparecer ante la admiración de todos. Kairi sonrió pensando que era un mago muy poderoso ó un increíble ilusionista. La función terminó después de una hora, desvaneciéndose lentamente y haciendo que la gente se fuera poco a poco a sus hogares. Kairi decidió marcharse al bosque de una vez antes de que oscureciera por completo. Fue en ese entonces que notó, para su horror, que su pequeño saco de espaldas había desaparecido. Su corazón latía desesperado mientras su vista recorría cada lugar de la plaza. Con una inmensa tristeza, el peso de la realidad de haber perdido sus únicas pertenencias le cayó encima. Lágrimas le rodaron por las sucias mejillas haciendo surcos de pena, llenando su pecho lleno de enfado y de impotencia. Sus pies casi ni se movían hacia el camino al bosque, jamás en su vida había experimentado tanta sensación de amargura. Cuando estaba llegando al bosque una voz la detuvo:

"¡Oye, niña. Ven!" Al voltearse se dio cuenta que el guitarrista la estaba llamando mientras llevaba en su mano su saquito de espalda. Kairi corrió hasta él quedándose sin respiración.

"Entonces, esto es tuyo." Le dijo el hombre sonriente.

"Sí, pensé que lo había perdido para siempre."

"No lo perdiste, uno de mis hombres tiene la manía de hacer desaparecer las cosas… Es una mala manía que tiene. De casualidad te vi con él puesto y por eso te lo puedo regresar." Le informó el hombre cortésmente.

"Gracias, creo que sé a que hombre se refiere, sus manos son rápidas… Ya me dí cuenta que tipo de magia practica." Ella contestó llena de desilusión.

"Ja, ja, ja. Me caes bien, me llamo Pau." El hombre le ofreció su mano.

"Mi abuelita me dijo que no hablara con extraños." Kairi se alejó un poco del hombre.

"Tu abuelita tiene razón. Ya te dije mi nombre, ya me conoces, ahora decide tu que hacer."

"Yo me llamo Kairi. Sigues siendo un extraño, de todos modos gracias por devolverme mis cosas. Estaba muy triste."

"¿Vives en el bosque?"

"Sí." Contestó ella mirándolo sospechosamente.

"Sólo te pregunto porque a veces los guardias se ofenden con nuestra presencia, me gusta conocer gente que conozca los bosques, en caso de que tengamos que buscar rutas alternas…"

"Ah, ya entiendo. Tu amigo no es el único que hace desaparecer cosas. Yo no ayudo a los criminales." Kairi le informó mientras que emprendía el regreso al bosque.

"No es eso, nosotros de vez en cuando operamos en contra de la monarquía. Le ayudamos a alguna que otra persona a conseguir armas… Algo así como una clase de rebeldes…" Confesó Pau.

"Van a necesitar mucha ayuda. La guerra va a ser intensa."

"¿De qué guerra hablas?" Pau preguntó sorprendido.

"Yo no sé, pero es una guerra bien grande porque los árboles estaban temblando cuando me lo dijeron." Kairi se encogió de hombros, dejando a Pau en la entrada del bosque.

"Vengo todos los días al pueblo, por si me necesitas… Gracias otra vez."

Kairi se despidió corriendo por el sendero entre los árboles. La noche estaba llegando y haciendo que el bosque se inundara en una oscuridad espesa que parecía impenetrable. Kairi llamó a las hadas, quienes se acercaron con luminosas esferas para alumbrarle el camino. Aunque su abuela se lo había prohibido terminantemente, llamó a un unicornio también para que le ayudara a buscar el camino a casa. La bestia no tardó en aparecerse, Kairi se trepó en su sedoso lomo para galopar a prisa sabiendo que Lula estaría preocupadísima. Ella jamás había llegado tarde a su casa…

La casita del bosque se presentó a la vista repentinamente. Kairi se angustió al notar que las velas estaban misteriosamente apagadas y que el humo de la chimenea no apestaba el aire. Lula siempre hacía un fuego para mantener la casa caliente, por lo que temió la posibilidad de que la vieja se hubiese ido al pueblo a buscarla y todavía estuviese metida en el bosque. Kairi empezó a patear el unicornio para que apretara su paso, la bestia respondió con una velocidad estrepitosa haciendo que sus pezuñas brotaran chispas. Corrió hasta la puerta abriéndola de un golpe. La casa parecía estar vacía, un silencio de ultratumba acompañaba la oscuridad.

"¡Lula!" Llamó Kairi al vacío. Le hizo señas a las hadas para que entraran e iluminaran la casa en lo que ella encendía las velas. Fue entonces que para su sorpresa se dio cuenta que Altea estaba dormida en su camastro y que Lula parecía estar dormida en su butaca. Un enorme alivio se apoderó de su pecho al saber que estaba todo normal. Caminó hasta la cocina para calentarse algo de cenar, pero le estuvo muy raro que las cosas estaban según ella las había dejado en la mañana. Regresó a la salita sentándose junto a Lula, observándola con curiosidad y preguntándose si ella había crecido, ó Lula se había encogido tanto.

"Abuela, abuela." Kairi trató de hacerla mover, pero no logró que respondiera.

"¡Lula, responde!" Gritó Kairi desesperada sintiendo en su pecho una extraña sensación de ahogo.

"No grites. No te va a responder. Está muerta. Ya se le habían olvidado tantas cosas que era hora que se le olvidara vivir." La voz débil de Altea la hizo sobresaltar, pues ni se acordaba de su presencia en ese instante. No le quedó otro remedio que arrojarse a los pies del cadáver de la bruja a llorar desconsolada pues en su corta existencia era la única que le había dado calor maternal.

"Kairi, no llores... Ni se dió cuenta." Altea trató de consolarla en vano. Fue tan sólo cuando el frío del bosque se adueñó de la casita que Kairi pudo levantarse del suelo a prender el fuego. El resto de la noche el silencio cayó sobre ellas como un pésame inesperado. Antes de retirarse a dormir Kairi arropó a Lula con cariño con su vieja manta de lana, no por que la necesitase sino por la costumbre. Por el simple hecho de que esta sería la última vez que lo haría.

Kairi se despertó con los ojos hinchados, con dolor de cabeza y sin ganas de hacer nada. Sabía que tendría que hacer algo con el cuerpo de Lula. Le echó ganas al fuego mágico en la chimenea para que calentara la casa lo más que pudiera, pues estaba sintiendo un extraño frío en los pies. Buscó los ingredientes de la pócima que le untaba a diario a Altea con el fin de tratar de mantener la rutina, como si Lula aun estuviese viva. Sintió como Altea se movía incómoda despertando de su sueño pesado.

"Buenos días." Kairi saludó desganada.

"Buenos días." Fue lo único que respondió Altea. Ambas se preguntaban como serían sus vidas sin Lula... Altea estaba preocupada de que sería una carga para Kairi, mientras que Kairi temía que Altea también se muriese y la dejase sola. Kairi se sentó al lado de Altea, cariñosamente empezando a untarle las pociones en su piel quemada. Las pequeñas manitas frotaban con esmero mientras las lágrimas le brotaban de sus ojos, expresando la enorme pena que la consumía.

"Kairi me estás rompiendo el corazón, la muerte es parte de la vida. Lula tuvo una vida muy larga y sus últimos años fueron muy felices... gracias a ti." Altea habló llena de emoción. Kairi trataba inútilmente de limpiarse los mocos y el llanto en la manga de su camisa estropeada.

"Es que me hubiese gustado despedirme de ella... darle las gracias por cuidarme tan bien como lo hizo. Yo sé que no era mi abuela, pero si hubiese tenido una, no creo que hubiese sido mejor que ella."

"Eres nuestra familia. Los lazos de amor van más allá de la carne. Yo sé que sólo seré una carga para ti, pero te quiero como la hija que nunca tuve." Altea trató de hablar, sus pensamientos erráticos por la tristeza del momento.

"No eres una carga para mi, tu eres mi tía, tanto como ella fue mi abuela. Te cuidaré. Lo único que no quiero es quedarme sola..."

"Siempre estaré contigo." Altea sonrió amorosamente tratando de darle tranquilidad a Kairi aunque ambas sabían muy bien que esas palabras eran sólo simbólicas.

"Puedes despedirte de Lula... Hazle los ritos de muerte." Declaró Altea.

"¿Cómo es posible? Yo no puedo hacer eso. Sólo las sacerdotisas lo hacen, yo vi una vez una ceremonia desde lejos en el pueblo..." Contestó Kairi preocupada por la proposición.

"Kairi, tu eres un ser mágico. Lula ya ha muerto y tendré que decirte muchas cosas pues no sé cuanto más pueda esperar para contártelas..." Altea pausó.

"Ve al bosque, llévate el cuerpo de Lula. Haz un círculo en la tierra, crea un lugar para una hoguera dentro de este y embárrate los pies de fango... En este mundo nada se destruye, sólo se rehace... Tienes que abrir la tela de la muerte. Concéntrate en la energía negativa del mundo, no es mala, sólo es una fuerza opuesta que es parte del balance del universo. Invoca el nombre de Lula, su energía todavía no se ha transferido... podrás verla pero no por mucho tiempo. Cuando el fango se seque te tienes que salir del círculo, o perderás contacto con la tierra. Estas muy joven para poder quedarte más tiempo en las llamas negras. Morirás." Kairi escuchaba en silencio, tratando de absorber la información mientras que el miedo se ensanchaba en su cuerpo. No quería morir, pero sí quería ver a Lula una vez más.

"No sé si pueda hacerlo." Contestó Kairi finalmente con tristeza en la voz.

"Pues entiérrala en medio del círculo, entre las brujas es un acto de reverencia. La tierra se encargará de que su cuerpo la alimente... No te sientas mal si no puedes hacerlo, es una magia poderosa, pero uno nunca sabe lo que es capaz de hacer ni cuando. Una vez yo desestimé los poderes de una niña, tal vez condenándola a un destino equivocado..."

"¿La puedo traer de vuelta?"

"No. Eso sólo se hace en ciertas circunstancias, me temo que ya es muy tarde. Ya le tocaba morir, Kairi. " Altea le dijo con tristeza. Ambas quedaron en silencio nuevamente. Al terminar de embadurnar a Altea de pócimas, Kairi se alejó de ella sin decir palabra. Recogió los restos de Lula envolviéndola en la misma cobija de lana en la que la había arrullado la noche anterior. El cuerpo de la vieja bruja no pesaba más que un pequeño saco de granos de trigo, sus ojos apagados mirando hacia delante en espera de algo que buscaban ver... Kairi se entristeció pensando que tal vez Lula se había sentado en su sillón a esperar su llegada, que su mirada estaba fija a la puerta, para recibirla como de costumbre. Apretó el cuerpo inerte hacia sí, convenciéndose que haría hasta lo imposible por verla una vez más. Llegó hasta un pequeño lugar tranquilo en medio del bosque donde depositó el cadáver al pié de un árbol, luego buscó algunas ramas con las que hacer una fogata. Hizo un círculo en la tierra lo mejor que pudo, insegura de los particulares de su tamaño y regularidad. Luego, agarrando la tierra húmeda y fangosa, se embadurnó los pies generosamente. No fuese que no le diera tiempo suficiente para hablar con Lula. Acomodó el cuerpo inerte sobre las ramas secas, mirando con ternura lo que quedaba de su abuela. La piel estrujada, el pelo erizado y escaso, los ojos abiertos...

No comprendía que era la muerte aunque la estaba presenciando, pero el dolor que causaba la arropaba por completo. Muerte. La palabra le llenó la cabeza desafiante, tratando de afincarse para hacerse real… Había visto la muerte antes en el bosque. Árboles caídos, animales muertos, hojas secas…Cuando tocaba a Altea sentía esa fuerza negativa tratando de arrancarla del mundo poco a poco.

Por más que trataba llamarla no lograba encontrar la fuerza de la muerte. Se sentó al lado de Lula llorando amargamente, sintiendo el dolor de perderla, de no poder verla otra vez y de que sus pasos no llenarían la casita del bosque.

"¡Lula, Lula! No me dejes…" Kairi clamaba adolorida, sintiéndose abandonada. En ese momento una llama intensa de color negro salió disparada de entre las ramas secas incendiando la pequeña hoguera. Kairi se irguió asustada, mucho más cuando vió la imagen de Lula justo al frente suyo.

"Kairi, ¿Dónde estabas? ¡Te dije que regresaras después de la escuela!" Las palabras de Lula resonaron audiblemente por el bosque asombrando a ambas. Lula miró a su alrededor dándose cuenta inmediatamente de lo que estaba sucediendo.

"Ya me estaba muy raro que no me estaba doliendo nada… ¡Maldición! Me quedé muerta." Refunfuñó Lula.

"Abuelita, perdóname que no llegué a tiempo. Hubiese dado cualquier cosa por darte un abrazo." Dijo Kairi sollozando mientras abría sus bracitos.

"¡No me toques! No quiero que te vayas a las llamas negras, ni que te lleves algunas contigo al mundo de los vivos. ¡No seas tonta! No te sientas mal ya yo estaba muy vieja… Duré más de lo debido gracias a ti. Ahora quiero que seas fuerte, cuida mucho a Altea. Si has podido a tan temprana edad hacer que regrese brevemente de la muerte eres la esperanza de este mundo…" Lula le sonrió cariñosamente.

"¿De dónde vine Lula?"

"No tengo tiempo para decirte eso ahora, dile a Altea que te cuente todo. Yo te encontré aquí en este mismo bosque, te dejó aquí una figura blanca que no sé como logró salvarte del destino que le tocó a tu familia. Altea tampoco lo sabe. Espera un tiempo, luego ve a las ruinas del Castillo de Astra. Has oído hablar de ellas, sí existen. Dile al castillo como te llamas y te dará paso a sus entrañas. La biblioteca Real de Astra te dará todos sus secretos…"

"El castillo está lejos y es parte de Bandah, va a estar guardado por soldados..." Comentó Kairi.

"Todos los castillos tienen secretos, los guardan para sus verdaderos dueños... Yo ya me tengo que ir, no me quiero convertir en un ánima que vaga el mundo sin rumbo."

"¿Vas a estar bien?"

"Ja, ja, ja, ¿Qué pregunta es esa? Yo estoy bien. Aquí no se siente nada, es más, ya quiero ir a investigar... algunas brujas siempre comentaban que uno se puede ir a otros mundos. Te dejo con todo mi amor, con el deseo de que nos veamos nuevamente, espero poder reconocerte cuando llegues." Lula sonrió a carcajadas.

"Gracias por todo Lula, me voy a portar bien." Kairi contestó irrumpiendo en llanto.

"Más te vale. Siempre ten valor, bondad, generosidad y sobre todo nunca pierdas las esperanzas, es lo que nos hace ver la luz cuando el mundo se apaga... Ah, el amor. Se me olvidó el amor... no hay fuerza más poderosa, úsalo para el bien."

"Lula..." la pequeña voz de Kairi se quebrantó de dolor.

"No es justo que sea más fácil para mi irme que para ti quedarte, pero recuerda lo que te dije, no lo olvides nunca." Las últimas palabras de Lula desaparecieron del aire tan pronto como las llamas negras y su imagen. Lo que había sido el cuerpo de Lula ahora era una figura de cenizas negras que se desplomó con el delicado toque de la brisa. Extrañamente las llamas no habían consumido las ramas que formaban la hoguera y el fango en los pies de Kairi estaba seco, a pesar de la humedad que preñaba la tierra del bosque. Kairi se sintió tranquila a pesar de estar en una suma soledad en medio de un gigantesco bosque. Caminó de regreso a su casa pensando en las cosas que le había dicho Lula. No tan sólo en eso, sino en el hecho de que había logrado hacer su primer gran acto de magia. Se sintió extraña, como si en realidad se hubiese imaginado lo que había pasado. Entró a la cálida salita donde recordándose que Altea no podía aguantar calor, corrió a la chimenea para apaciguar el fuego sin hacer ruido.

"No lo apagues estoy bien." La voz áspera de Altea la hizo sobresaltarse pues ya hacía años que las voces no recorrían los recovecos de las habitaciones de la pequeña morada.

"¿Qué pasó?" Altea le preguntó.

"Logré despedirme de Lula, me siento mejor." Contestó Kairi tratando de acostumbrarse a los nuevos sonidos de la casa.

"¡Increíble! No pensé que lo lograrías." Exclamó Altea con unas carcajadas raspantes.

"Entonces, ¿Por qué me dijiste que lo hiciera?" Inquirió Kairi enarcando la ceja un poco molesta.

"Eh, nunca se pueden descartar las posibilidades, como ves. Además, quería saber más o menos cuanta magia tienes…"

"¿Y qué piensas ahora?"

"Primero que nada me alegro que estés viva, llamar a los muertos es un acto que requiere mucho atamiento a la vida, porque hay muchas energías positivas y negativas en juego. Usualmente las sacerdotisas estudian y practican por cientos de años antes de poder controlar el fuego negro. Aunque Lula te hubiese protegido…"

"¡Me pude haber muerto!" Kairi interrumpió a Altea con desmayo, de tan sólo pensar en la idea.

"Bah, ya lo hiciste. Lo bueno es que ahora sabes como llamar la energía negativa a tu favor. Créeme, puede que te venga muy bien algún día. Sólo recuerda qué usaste para atraerla, en que pensaste…"

"En realidad no me acuerdo en que pensé, pero si sé que el recuerdo de Lula y el deseo de verla una vez más fue muy fuerte."

"Perfecto. El amor es la fuerza más poderosa que existe. Estoy muy orgullosa de ti. Hoy aprendiste a que nunca sabemos si somos capaces de hacer algo, grande o pequeño, hasta que intentemos." Altea le entregó una sonrisa chueca desafiando el dolor de su piel agrietada.

"Me dijo que te dijera que me contaras todo. Que fuera a las ruinas del castillo de Astra y que le dijera mi nombre. ¿Qué tengo que ver yo con el castillo?"

"Ah, mi querida Kairi, tienes que ver todo y nada. Ven, siéntate a mi lado para poder contarte una larga historia. También, desde hoy en adelante quiero que uses la magia lo más que puedas. Que si la decides practicar sea como tu aliento, natural, parte de ti. Que no tengas que pensar en ella..."

"Está bien, pero...¿Todavía tengo que estar harapienta?" Comentó Kairi más preocupada con otros menesteres de su vida.

"Sí. Lula lo decidió y yo estoy de acuerdo. Tenemos que tratar de que pases desapercibida, mientras más tiempo, mejor. Se está haciendo difícil, tus hermosos ojos son luceros de reflejos dorados, tu cabello nace en hebras de oro...Tu piel... Kairi, las doncellas de extrema belleza son enviadas por costumbre a la corte a servir a la reina, o a la futura reina. La belleza natural se celebra porque es una distinción única, una culminación de la magia estética de la vida. Lo menos que quisiera es que termines en la corte frente a Koren. Ella es muy astuta y no tardará en deshacerte de ti." Altea le dijo seriamente.

"Pero entonces, yo podría estar cerca del príncipe y sacarlo del castillo..."

"No es tan fácil como te crees. Estoy segura que Koren te mirará una vez y pensará en tu posible identidad. Si no tienes dexteridad mágica para defenderte, no importa cuanto poder tengas, no te servirá de nada. Koren ha leído muchos libros del castillo, además de ser sumamente mágica, me imagino que a estas alturas sabe que es casi invencible... Si tan sólo pudiésemos encontrar la estatua de Violeta, la podrías revivir para acabar con todo esto."

"No sé de que hablas. En verdad no entiendo que es todo este asunto."

"Ya te contaré, ten paciencia conmigo mientras relato porque a veces me confundo, o me olvido, o me canso. Tan sólo te puedo decir lo que sé, o he deducido con el pasar del tiempo..."

"Para el tiempo en que encontramos a Koren ya habían habido muchos presagios negativos en las estrellas..." Altea comenzó su relato. "Aunque, obvio, nadie se hubiese imaginado que ella fuera parte del mal que se auguraba. La que la vió por primera vez fue la elfa Palea, una de las damas de la reina Violeta, quien por casualidad andaba en la cocina real buscando algo de comer. Koren estaba junto a su madre, Palea se quedó muda al verla, pues la niña era de indescriptible belleza. No tan sólo eso, pero Palea sintió una fuerza mágica inimaginable. Recuerdo que corrió de inmediato a contárselo a Violeta. Estábamos estudiando unas leyes cuando ella entró sin aliento para contarnos. Violeta y yo conferimos por mucho tiempo, pues a la luz de tantos malos presagios, pensamos que tal vez Koren era La Princesa Dorada."

"¿La Princesa Dorada?" Interrumpió Kairi sin querer.

"Shhh, no me interrumpas ya sabrás... aunque... La Princesa Dorada es parte de una leyenda que ha existido por muchos milenios. Un conjuro mágico se llevó a cabo para proteger al mundo en caso de que una fuerza muy negativa descendiera sobre este. Una niña de inmenso poder mágico sería la verdadera monarca de los reinos para unificarlos y lograr que la paz exista. Niña poseedora de poderes mágicos, de control sobre todas las bestias, llena de amor... Nosotros pensamos que era Koren. Violeta la mandó a buscar prontamente decidiendo que era mejor educarla y que viera como era la vida del castillo, pues si en verdad era la Princesa Dorada, le tocaría reinar en algún momento. Me sentí preocupada, Violeta era mi amiga del alma. Ella y Papo eran los mejores reyes que un reino hubiese podido desear... Decidimos consultar con la Demi-Diosa Arkana, quien nos sugirió tal vez acercar a Koren a la Espada Dorada a ver que pasaba."

"¿La Espada Dorada?" La pequeña voz de Kairi preguntaba llena de curiosidad.

"Bueno, esa espada ha existido yo creo que siempre. Cada cien años se pasa de un reino a otro donde es protegida. Es una protección simbólica porque es un artefacto mágico, simboliza el deber que todos tenemos ante la justicia y la paz. Supuestamente, cuando la Princesa Dorada aparezca, una de las maneras de saber su identidad es que no se puede cortar con la espada. Yo he visto la espada, hasta el aire le debe temer, su filo es inigualable. De todos modos nunca se nos presentó la oportunidad de poner a Koren bajo su filo, que de hecho hubiese sido una bendición para todos..."

"¿Y dónde está la espada?"

"Arkana la tuvo por mucho tiempo, pero cuando empezó el tumulto en los reinos decidió mandársela a las reinas Amazonas. Su reino no se rige por las normas de los demás, son un mundo aparte, era mejor que la espada estuviese en un lugar neutral que con Arkana. Esa decisión fue invaluable, el reino de Arkana fue destruido. Lula me dijo que los árboles le contaron que el bosque fue demacrado. Me imagino que Koren fue allí buscando la Espada Dorada, no sé como supo que estaba ahí, pero jamás se atrevería a entrar al reino de las amazonas, eso sí lo sé. "

"¿Y qué pasó cuando Koren llegó a la corte?" Kairi trató de regresar al principio.

"Cuando yo la ví pensé que sí era la Princesa Dorada, era hermosa. Todos nos quedamos encantados con su físico, era placentera y de buen porte. Me puse a investigar más y encontramos que provenía de una línea real de dragones muy antigua, lo que explicaba su poder y su manera de ser. Esto solidificó nuestra creencia de que era la Princesa Dorada porque usualmente la escogida viene de una línea real, debido a su alto contenido de seres mágicos. Aunque esto no creo que fuese un requisito... De todos modos, Violeta sabía que Koren tenía más derecho a reinar que ella, pero no había otro remedio que esperar a ver si era ella La Princesa, o no. Los malos presagios seguían aumentando con el tiempo, queríamos que ella fuera nuestra esperanza... Koren era distinta, creo que no nos dimos cuenta de la realidad por nuestra culpa, si hubiésemos estado más atentos a su carácter... hubiésemos sabido la verdad a tiempo. A pesar de su inteligencia era bastante altanera. Ignoramos muchos de sus actos de magia negra porque pensamos que tal vez era muy joven para entender lo que estaba haciendo. Se pasaba en la biblioteca leyendo, haciendo obras militares y le gustaba estar sola. Esto no es nada de otro mundo excepto que leía libros sobre la magia negra, lo supimos en una ocasión que la reina y yo fuimos a la biblioteca real a buscar unos pergaminos... También en sus practicas militares su agresividad era absoluta, su cuerpo era perfecto para la batalla siendo alta, delgada y fuerte. La mirábamos con orgullo pensando que sería una reina formidable, o una guerrera invencible. En fin, todos esperábamos lo mejor de ella. Un día quemó un vestido de la reina y yo no pensé que fue un acto tan horrible así que lo descarté del todo, en otra ocasión torturó una niña... Violeta y yo comenzamos a sospechar que ella no era la Princesa Dorada después del todo. Su corazón no era noble... Lula también empezó a tener visiones de una mujer rubia de alta estatura que quemaba la gente viva, de ojos azules...Tontamente no quisimos abandonar del todo que aun era posible que ella fuese La Princesa Dorada. En cierta ocasión Koren se fue lejos del palacio por mucho tiempo, creo que se fue al mar, me imagino que ya habría hecho muchas cosas malas pues ya conocía a Orión." Altea pausó.

"¿El mismo General Orión?" Kairi preguntó sorprendida.

"Sí. El mismo. Lo conoció de seguro una vez que fuimos a Cyrus, él llevó a cabo un terrible ataque a la comitiva real. Perdimos una gran amiga en ese lugar...Yo pensé que él había muerto en esa batalla porque yo le propiné un golpe mágico que lo debió haber matado. Supongo que de algún modo Koren mitigó mi ataque, no hay otra explicación. Curiosamente, en esa misma ocasión Koren le salvó la vida a Violeta. Desde ese entonces Koren se volvió más resguardada, casi nunca hablaba, sus ojos siempre estaban en otro lugar. Creo que estaba afectada por el amor. Orión era un joven hermoso, yo lo ví y en verdad era perfecto. A veces me pongo a pensar como habrán logrado encontrarse, buscarse, hay algunas cosas que no puedo explicar del todo. Lo que sí sé es que cuando Koren volvió de su viaje al mar todos nos pusimos en alarma. Quedamos desarmados por su belleza, pero era su actitud tan desafiante la que nos incomodaba, era tan poderosa que su mente estaba cerrada ante mí. Yo la miraba de reojo tratando de captar algún pensamiento descuidado, pero fue en vano. Un amigo de ella murió en el castillo, no creo que ella haya tenido nada que ver con eso, pero fue la única vez que la ví derrotada y llena de dolor. Eso nos tenía preocupados, había una sombra indescifrable que la cubría, ahora sé que era el mal amor y la maldad que ya se le estaban desbordando. Le sugerí a Violeta que tal vez sería mejor que la sacáramos de la corte un tiempo. Pensé que era una buena idea casarla con un Virrey. Por una de esas cosas del destino el hermano de Orión quedó prendado de ella desde el primer instante en que la vio. Todo fue en vano, el reino estaba siendo atacado por una milicia misteriosa, que ahora comprendo era Orión en concierto con Koren. El hecho de que ella estaba en el castillo le daba toda la ventaja sorpresiva a él. Metódicamente destruyeron muchas partes del reino..."

"Sí, he escuchado hablar de todo eso en el pueblo. La gente no se olvida de lo que sucedió. La gente odia la presencia militar, mas cuando cuentan con ogros, troles y lagartunos como refuerzos."

"Los ataques seguían, todos estábamos con la moral por el suelo, el palacio se había convertido en un lugar triste por lo que estaba sucediendo. La única luz que tocaba nuestros días era el pequeño Príncipe Eligio, o Bickett como le gustaba llamarse a sí mismo. Sus risas llenaban el vacío de la ansiedad en que vivíamos, sus pasos correteando por los pasillos, eran la única muestra de felicidad que nos permitíamos. No quiero ni pensar en cuantas veces le confiamos a Koren el cuido de Eligio, es una ironía muy pesarosa. Nos llegó la noticia que los reyes de Astra habían recibido en su hogar una hermosa niña y querían celebrar su presentación al mundo. Para todos fue un alivio pensar en un festejo, nuestras almas estaban llenas de pesar, el reino estaba deshaciéndose ante todos, noticias de muertes y ataques llegaban a diario...Violeta decidió que iríamos todos a la celebración de la Princesa de Astra. Todos nos alegramos de darnos el lujo de una distracción ante lo que estaba sucediendo en el reino. Hicimos los preparativos con esmero, preparamos infinidad de regalos para la niña, los elfos se encargaron de hebrar las más finas telas, las hadas prepararon todos sus mejores encantos para regalárselos, en fin, era todo un evento maravilloso. Desafortunadamente, le dimos la oportunidad a Koren y a Orión para planear un ataque directo a nosotros, porque cuando se llevó a cabo fue muy eficiente. Yo ví la pequeña princesa de Astra en brazos de la Reina Risa, me pareció tan delicada y diminuta, sus ojitos brillantes miraban curiosos a su alrededor. Yo la tomé en brazos por un momento y desee con ansias haber podido tener hijos... Sus pequeñas manitas eran tan hermosas, sus labios rosaditos...Todos quedamos prendados de la princesa, recuerdo que Bickett la miró con curiosidad y pensó que era una muñequita perfecta. La fiesta estuvo fenomenal, todos disfrutamos a gusto, yo ni siquiera recuerdo que estaba haciendo Koren..." Altea pausó nuevamente a tomar aliento, dejando que un profundo respiro le abriese las puertas al recuerdo, que no tan sólo llegaba claro pero también doloroso.

"Recuerdo que estábamos todos en la carroza real en pleno vuelo, cuando me quedé dormida. Me imagino que Koren hizo que nos durmiéramos para poder despacharnos fácilmente... Desperté con unos extraños silbidos, de inmediato supe que era por la muerte de la ninfa Marussa. Koren estaba frente a mí ensangrentada, con una mirada mortal en sus ojos dirigida a Violeta. Reaccioné en un instante logrando salvarle la vida a Violeta convirtiéndola en piedra viva, hice un encanto que le daría protección de hasta la magia más poderosa. Claro, tenía la intención de liberarla después... Acto seguido concentré mi furia en Koren, la ataqué con magia negra porque quería evaporarla. Aunque siendo ella muy poderosa pudo contrarrestar mi ataque por buen tiempo. La tenía casi vencida, cuando de repente un poco de magia blanca surgió de su aura, me dí cuenta que estaba embarazada. La sorpresa fue tan grande que detuvo mi ataque por un abrir y cerrar de ojos. Desafortunadamente, esto le dió la ventaja a ella para atacarme con más fuerzas. Supe que estaba perdida, Koren me haría cenizas, entonces cualquier posibilidad de ayudar a Violeta jamás se daría. Con lo poco de magia que me quedaba me convertí en un ratoncito, huyendo al bosque sin que ella se diera cuenta que estaba viva, sino de seguro hubiese ido tras de mi a terminar conmigo. Ó mandado a Kalani, su dragona... Ahora ya casi todos sabemos que Koren esclavizó a Kalani, uno de los actos más deplorables del mundo..."

"¿Por qué?" La curiosidad de Kairi se hizo audible.

"Esclavizar un dragón es un acto horrible, porque requiere mucha magia negra. Quiere decir que un mago canaliza el mal en su alma para usarlo a su favor. Ya jamás esa energía se disipará, estará con Koren hasta el día de su muerte... Se convertirá en el terror del fuego negro que presenta la muerte, no podrá seguir a lo que hay más allá de la muerte."

"¿Qué hay más allá después de la muerte?"

"No sé, no me he muerto. He hablado con muchos muertos, pero todos afirman que no tienen miedo, que saben que siguen adelante."

"Lula se dió cuenta que estaba muerta porque no le dolía nada." Comentó Kairi.

"Era una bruja muy astuta, tenlo por seguro. También es malo esclavizar un dragón porque se hace cuando están muy jóvenes, sería como si yo te arrancase el corazón..."

"¡Soy tan sólo una niña, que horror!" Exclamó Kairi.

"Exactamente... Es muy importante que Koren nunca llegue a ser reina. Parte de su coronación conlleva entregarle al Reino de Bandah su sangre, su magia negra envenenará todos los reinos, una oscuridad mortífera descenderá sobre el mundo. No habrá belleza, sólo desolación, miseria..."

"¿Y cómo llegaste adonde Lula?" Kairi logró regresar al relato que Altea había pausado.

"Escapé a este bosque, pude comunicarme con algunos animalillos, que me dejaron saber que había una casita con una bruja en su interior. En algún momento perdí la razón, cuando desperté estaba aquí con Lula. Afortunadamente, ella había hecho caso a sus visiones y escapó del castillo a tiempo. ¡Ja! Y nosotros que le decíamos loca... Cuando ella tenía toda la razón. Lula también había encontrado algo en el bosque ese día. Me dijo que estaba ensimismada haciendo pócimas cuando escuchó el canto ancestral de los elfos y los dragones, del tiempo... de la vida. Desde hacía tiempo le habían estado llegando señales de que algo iba a pasar, los huesos le estaban doliendo más que antes. Como pudo, llegó hasta el lugar donde provenía la voz. Los animales del bosque la ayudaron en su búsqueda. Me contó que se quedó pasmada al ver una hermosa joven hecha de perlas que depositaba una bebé en el claro del bosque. Estoy segura que era Kalani, lo que no sé es por qué ni cómo, fue posible que la princesa de Astra llegara al bosque..." Las últimas palabras se quedaron rondando el aire buscando en donde depositar su enorme peso.

"Yo soy la princesa de Astra." Declaró Kairi casi sin respirar.

"Tu eres la Princesa Dorada..."

Capítulo 3: Prisioneros del mal

La guerra se desenvolvía y el reino nuevamente estaba a la merced de los ejércitos militares, que cruzaban su interior arrastrando todo a su paso. Muerte, desesperación y angustia, recorrían a sus anchas las calles solitarias. Bickett trataba de ver más allá de lo que su vista le otorgaba, siguiendo hasta el infinito los escuadrones de soldados que pasaban por la plaza rumbo a las batallas. Desde que se declaró la guerra la guardia en la torre de Bickett se había triplicado. Las ventanas casi se habían sellado por completo, el contacto con el mundo exterior se había extinguido. Caminaba a sus anchas por el bosque mágico en la torre soñando que tal vez Koren perdería la guerra y alguien lo vendría a buscar. Le gustaba imaginarse quien sería capaz de enfrentarse a la bestia... ¿Una reina amazona? ¿Una bruja de Nubis? ¿Un elfo de Runda? La imagen de Koren siendo decapitada le era muy agradable, tal vez después de que Kalani le arrancara los ojos, la piel...

Decidió no hacer caso a sus fantasías redundantes y concentrarse en pasar el tiempo en la torre sin perder su cordura. Era muy posible que ya la había perdido, aunque era un niño. ¿Los niños perdían la cordura? Otra pregunta más que tendría que anotar para tratar de aclarar en sus escapadas a la biblioteca del palacio. Koren no le permitía andar a sus anchas por el castillo durante el día, pero en la noche era otra historia. Cuando ya todos sucumbían al sueño, él caminaba placenteramente entre los fríos pasillos hasta llegar al corazón del castillo. La biblioteca era grande, rústica y con un exquisito olor a tierra húmeda. No le gustaba estar mucho tiempo en ella, no fuese que alguien le dijera a Koren que estaba muy a gusto y le prohibieran su entrada. De todas las damas de Koren la que más le molestaba era Lenna. Parecía que siempre lo observaba, casi nunca lo miraba a los ojos, pero cuando lo hacía lo miraba fijamente como si lo estuviera estudiando. Él trataba de no parecer incomodado, no quería darle el gusto a que lo viera retorcerse en su piel. Caminaba sigilosamente a pesar de la desolación en los pasillos, le parecía un crimen perturbar la calma. Sus pasos rozaban los escalones descendientes al umbral de la biblioteca, tocaba tiernamente el frío de las paredes, eran su familia. Este pensamiento no estaba tan lejos de su realidad, pues su madre era una estatua.

Sonrío al pensar que era el niño de piedra, ahora si tan sólo fuese inmune a su vida, pues las piedras no sienten nada...

Al llegar a la sala de la ventana de la biblioteca sus piernas se quedaron tiesas. Su respiración se cortó, mientras que su corazón latió lleno de pesar. En una butaca estaba la figura de Koren, quien había alzado la vista para ver quien había quebrado el silencio. Sus ojos turquesa le observaron fríamente, su rostro sin emoción alguna. Bickett se quedó admirándola sin poder contenerse, era tan bella. Una joven mujer de unos veinte años, que radiaba la luz de vida de la primavera, su cuerpo delgado y elegante, cubierto por una fina batola de seda negra. Su piel como una perla, le hacía parecer un espectro entre la luz tenue. Koren le pareció que podría darle frío al frío.

"¿Qué haces aquí a esta hora?" La voz femenina lo hizo sobresaltarse. Estaba en compañía de su fiel mascota, su gata Neroli. Un animal tan perverso como su dueña.

"Es mi castillo, puedo ir donde me de la gana." Contestó Bickett desafiante.

"Ten mucho cuidado." Le advirtió ella, observando como él tomaba asiento en una butaca cercana, casi incrédula de que pretendía quedarse en la biblioteca.

"¿Y tú qué haces aquí? Acaso no te has leído todos los libros... Pensé que esa era tu tarea cuando trabajabas para mi madre, digo, antes que la mataras." Koren le propinó una mirada fulminante sin responder nada.

"¿Por qué me odias tanto? Te repito... ¿Acaso ese no es mi derecho?" Le exigió una respuesta sin temer al genio explosivo de Koren. Sabiendo muy bien que él le servía más vivo que muerto, lo que le daba un poco de fuerza... por el momento.

"Yo no te odio. Eres tan sólo un estorbo. Una casualidad. Es más me gustaría hacerte una proposición." Una marejada de emociones empezó a crearse en el pecho del niño al saber que ella no lo odiaba, le hubiese hecho mejor que le entregara el veneno del odio para poder vivir en calma.

"Quiero que abdiques al trono a mi favor. Si lo haces, te mandaré a vivir con tu familia en Ture." Continuó ella.

"En verdad te crees que soy un idiota. El segundo en que yo abdique al trono y haga las ceremonias, no tardarás en matarme como a un animal. Ese salvaje que tienes como pareja se encargará de tirarle mis tripas a los canes. Nunca, nunca, nunca serás reina. Menos si yo tengo que ver algo con ello, prefiero la muerte."

Bickett habló con una fría serenidad que desconocía. Ambos se miraron fijamente en silencio.

"Vine a buscar una imagen de mi madre, quiero verla." Bickett habló.

"Mírate en un espejo." Espetó Koren mientras se erguía para marcharse.

"No puedo creer que tanta belleza hubiese sido derrochada en una persona tan fea." Contestó él mientras veía como Koren parecía flotar sobre el suelo con su ligero andar, ella se detuvo antes de partir para mirarlo una vez más. Acto seguido le arrojó algo que tenía en la mano, y partió.

Bickett miró el pequeño manual que había caído en su regazo. Parecía un viejo manual de páginas maltratadas por el tiempo, donde se distinguía un título sencillo: Principios Fundamentales de la Magia. Se quedó impresionado porque Koren lo había llevado consigo, más aun porque se lo había dado. Koren siempre le había prohibido el uso de la magia... ¿Qué la habría hecho cambiar de parecer? Leyó el libro con esmero, tratando de buscar el significado del gesto de Koren, pero no logró ver nada extraordinario. Nada. Casi por instinto lo guardó en su bolsillo, pues le pareció que si Koren había estudiado ese libro debía de ser importante. Se preguntaba qué estaría buscando ella en la biblioteca, sabía que se escondía en ella por largo rato a leer... Tal vez había algo que no había tenido la oportunidad de leer. ¿Qué?

"¿Qué vino a buscar Koren?" Bickett se dirigió a la ventana mágica que servía de bibliotecaria en el castillo. Un pequeño libro apareció ante él.

"La Leyenda de La Princesa Dorada." Bickett leyó en voz alta. Sabía muy bien cual era la leyenda, estaba seguro de que Koren también conocía la leyenda. ¿Estaría preocupada? Kalani le había dicho muchas veces en secreto que una princesa vendría a salvarlos... ¿Sería verdad? Tal vez por eso estaba tratando de convencerlo de abdicar al trono, porque sabía que su reino vil tendría un fin certero. Algo no hacía sentido, si en realidad existía una princesa Koren no tendría ninguna escapatoria, pero si no existía... ¿Por qué Koren estaría buscando información de la leyenda?

Koren caminó por el pasillo lentamente, sus pasos silenciosos caían rítmicamente uno tras el otro, llevándola a su habitación. Trataba de olvidar su encuentro con Bickett en la biblioteca, a pesar del tiempo no podía dejar de sentir una extraña pesadez cuando estaba a su lado. Bickett le recordaba tanto a su madre que le era imposible mirar esos ojos metálicos sin que el recuerdo la poseyera. Estaba loca porque el tiempo terminara de borrar todos los recuerdos que tenía de la reina, su olor, su calor, la efervescencia de su presencia cuando entraba a un lugar. Ya había tenido tanto tiempo para aceptar todo lo que había sucedido, pero el niño era como una espina que le hacía sangrar recuerdo. No estaba arrepentida de nada, valió la pena hacer hasta lo imposible para haber ganado el tiempo que compartía con Orión.

Orión... Sabía que lo encontraría tendido desnudo en su cama, como todas las noches, una vez más preso del sudor y las pesadillas. A veces gritando aterrorizado, tratando de escapar de las garras de los demonios de muerte o de la sangre que ahogaba su conciencia, ó de los gritos de los muertos que se quedaron atrás para torturarlo. Ella se acostaría a su lado, le susurraría palabras tiernas, dejándole saber que lo amaba. Le entregaría su cuerpo cuantas veces él quisiera para ferozmente encontrar sosiego. Era un concierto de rutinas que ya ambos sabían de memoria.

La habitación estaba tranquila, Koren se dirigió directamente a su lecho, una luz de una vela mágica alumbraba tiritante. Orión estaba profundamente dormido, arropado completamente tratando de defenderse del frío espeso que lo consumía a pesar de la chimenea encendida. Se deslizó silenciosamente hasta llegar a su costado, le agarró su brazo pesado para esconderse a dormir debajo de este. Al sentir la presencia de Koren, Orión se estrechó más a ella en su sueño. Ninguno tenía más nada en el mundo que el otro. La piel de Orión se sentía fría y pastosa, ya no era la tersa suavidad que Koren había experimentado años atrás. Una vez más el llanto la sorprendió en la noche, llorando por la angustia de que Orión partiría pronto. Sabiendo que ella no podía evitarlo. Siempre llegaba a la misma conclusión. No podía salvarlo.

"¿Por qué lloras?" La voz somnolienta de Orión surgió de la nada. Koren permaneció en silencio.

"¿Estuviste en la biblioteca nuevamente?" Ella no respondió pero se aferró con más fuerzas a él.

"No tiene caso mi amor, no te sigas torturando. Me voy a morir. Me tragarán las llamas negras. No hay más que hacer."

"Sí, hay esperanzas, creo que he encontrado una manera...Tengo que buscar mi equivalente, pero con magia positiva. Un corazón puro..." Contó Koren sollozando.

"No creo que vaya a haber muchos voluntarios para ir a mi auxilio." Orión comentó jocosamente.

"La encontraré... ya verás." Diciendo estas palabras Koren buscó los labios de Orión para disfrutar un beso tranquilo, antes de poder conciliar el sueño.

En la mañana Koren se levantó de la cama con un dolor de cabeza insoportable. Orión ya había partido en la madrugada para su habitación, llevando a cabo la farsa de negarle al mundo que dormían juntos. Sonó la campanita del servicio, frotándose las sienes arduamente haciendo desaparecer el dolor. La sirvienta llegó rápidamente, pues todos sabían que hacer la Princesa Koren esperar era un acto muy atrevido.

"Tráeme el desayuno a mi oficina, llama a Lenna y dile que es imperativo una convocatoria en la sala de legislación para marcar el curso de la guerra. También alerta al General Orión." La mujer asintió antes de desaparecer, mientras Koren se vestía. Nunca había permitido que nadie estuviese presente cuando se cambiaba su ropa, algo que se le había hecho muy conveniente cuando tuvo que esconder sus embarazos. Tan sólo con pensar en el recuerdo de su cuerpo ensanchado con sus hijos le hacía sonreír. Era imperativo que se convirtiera en reina, la vida de sus hijos estaba en riesgo. Sabía muy bien que serían desterrados a una torre, o sacrificados para placar el mal que ella había hecho. Siempre habría alguien que estaría sediento de venganza... La guerra le daría tiempo para llevar a cabo su plan, no el de casarse con Orión, sino el de salvarlo. Era posible que no podría salvar su vida, pero tal vez sí podría salvar su alma... No le importaba que ella ya estuviese perdida para siempre, tan sólo saber que él seguiría mas allá de la muerte, le daba un poco de paz. Lo liberaría del dolor, de la angustia... Desde el momento en que sus vidas se unieron su papel fue salvarlo, ahora en el momento de la muerte, todo seguía igual. No sabía porque le había tocado ese rol, pero ya que más daba era absurdo preguntarse esas cosas. Encontró sus ojos en el espejo, los odiaba. La miraban apagados, temblorosos de una angustia escondida que se tragaba cada intento de vivir. El poder se concentraba tras ellos como una llamarada intensa e implacable que la abrazaba, quemándola poco a poco, consumiendo lo que quedaba de su conciencia. Su alma estaba entumecida desde hacía años, no sabía querer nada apropiadamente. Veía a sus hijos con un cariño extraño, sin poder amarlos completamente porque su alma sólo conocía la soberbia de la maldad. Lo que sentía por Orión era un amor amargo, que le apretaba el pecho dolorosamente, era como sentirse desangrar lentamente. Orión no era el mismo la muerte lo tenía preso, su mente ya no pensaba en ensueños de amor, ni palabras de luna. Dos vidas que se toparon con tanta fuerza que se destruyeron... Aunque aun le quedaba la sensación de tristeza cuando pensaba en una vida sin él, podría vencer todo menos eso. Orión era su vida, su muerte. Le dolía pensar que no podría ir con él hacia la muerte, sino ya se hubiesen ido los dos. En las noches, cuando los gritos amargos de Orión aterrorizaban el silencio, sentía deseos de matarlo de una vez. Hundirle sus garras en el pecho para arrancarle el corazón envenenado, dejándolo morir en sus brazos para entregarle la paz que en vida jamás tendría. Siempre le pasaba lo mismo, se quedaba sin fuerzas, las lágrimas la ahogaban castigándola por atreverse a pensar en arrojarlo despiadadamente a las llamas negras. Lo atrapaba en sus brazos aguantando los golpes, los gritos, evitando que en su sueño se arrancara la piel. Cuando él despertaba finalmente, ensangrentado y aturdido, se arrojaba ante sus pies miserablemente, suplicándole que lo perdonara. Eran dioses caídos, llorando a mares, sin vida.

Bickett estaba en el bosque cuando sintió un leve movimiento que no provenía de la brisa. Automáticamente caminó en silencio para no ser detectado por lo que se había adentrado. Con todos sus instintos de cazador que había aprendido de la ogra Grinda y tocando la piel áspera de los árboles para que lo guiaran por el bosque, finalmente pudo observar dos figuras. Eran dos niños de corta edad, quienes tomados de la mano, corrían sin rumbo obviamente perdidos. La niña parecía ser mayor que el niño, quien la seguía asustado y a punto de llorar. Bickett sonrió al reconocer quienes eran, sin duda tenían que ser hijos de la infame de Koren... La niña era la imagen exacta de ella, el niño era un diminuto Orión que a leguas delataba su parentesco. Sin pensarlo dos veces creó un arco y dos flechas de la nada, la sonrisa se le expandía en el rostro como una explosión maniaca. Le iba a cobrar a Koren su encierro, le cegaría la vida a sus hijos, quitándole el derecho de ser madre según ella se lo había hecho a la suya. Brincó frente a los niños apuntándoles con las flechas justo al corazón de ambos. Sobresaltados ambos cayeron al suelo, temblorosos de miedo, abrazándose el uno a otro al verse amenazados de tal manera. Finalmente, el niño irrumpió en llanto, mientras se aferraba a su hermana quien miraba fijamente a Bickett intentando saber su verdadera intención.

"¿Qué hacen aquí? Este es mi bosque." Declaró Bickett ensanchando su pecho con autoridad legítima por primera vez en su vida.

"Me llamo Ona, este es mi hermano Ander. Estamos tratando de escapar." La respuesta dejó a Bickett desairado... más prisioneros, lo que le faltaba.

"¿Quién es su madre? ¿De qué escapan?" Les gritó Bickett.

"No tenemos madre, vivimos con nuestra tía Koren. Nos mantiene en esta torre porque dice que nos tiene que proteger de la gente que mató a nuestra familia." Contestó la niña llena de miedo.

"¿Cuántos años tienes? Casi ni sabes hablar..." Bickett le apuntó las flechas a la caras de ambos. El niño gimió de miedo.

"Tengo tres años, mi hermano dos. Casi no habla. Nos cuidan Lenna y una dragona."

"Kalani." Bickett dijo en voz alta.

"¿Tu la conoces?" Preguntó Ona con esperanzas de que tal vez la flecha bajara.

"Sí. También está encargada de mantenerme en esta torre. Pero por si no lo sabías tu madre es Koren, tu padre es Orión, no sean estúpidos. Nadie mató a su familia, los están escondiendo porque son una vergüenza. " Bickett declaraba con desdén en la voz, aunque sabía que sus palabras eran demasiado pesadas como para que la niña entendiera la magnitud del asunto.

"Por favor no nos hagas daño." Suplicó la niña. Bickett se fijó en los ojos turquesa, iguales que los de la madre, iguales que el mar que se imaginaba, mar que nunca había visto… que tal vez nunca vería. Sus dedos soltaron el cordón del arco, dejando escapar la flecha en dirección de la tersa y blanca frente que se encontraba en la mira. Bickett cerró sus ojos, esperando escuchar el golpe mortal… No se escuchó nada. Abrió sus ojos incrédulo para ver el paradero de las flechas y para su sorpresa Kalani estaba frente a los niños, con la flechas en las manos. El rostro de Kalani estaba fijo, sin expresión, tomó los niños de la mano marchándose en silencio. Mientras se alejaba se volteó a mirar a Bickett con un poco de tristeza en los ojos. Él tan sólo se quedó con su arco en mano, sintiéndose vacío e inmundo, sin saber a fines de cuentas que clase de monstruo era.

Caminó en silencio, derribando a golpes los árboles en su camino, sintiéndose más ogro que humano. Una vez en su habitación encontró a la ogra Grinda sentada en el suelo, como lo solía hacer de vez en cuando para echarse una siesta. Se sentó a su lado sintiendo la piel áspera cerca de la suya, buscando un lugar seguro donde poder descansar su alma. La ogra lo miró inquisitiva con sus ojos grises mientras gruñía tersamente, dándole un poco de sosiego. Bickett se despertó finalmente cuando sintió un intenso calor sofocándole, frente a sus ojos somnolientos la imagen de Kalani se aparecía amenazante.

"¡Levántate!" Le ordenó Kalani severamente.

"No." Le dijo Bickett con voz cansada.

"¿Qué te estas creyendo? ¿Cómo serías capaz de hacerle daño a unos niños?" Le gritó la dragona entre ahogadas bocanadas de fuego. Grinda se paró defensivamente, protegiendo con su enorme estatura el cuerpo indefenso del príncipe. Con un gesto amenazante le dirigió un gruñido que hizo a Kalani retroceder, ambas sabiendo que un ogro era capaz de infligir mucho daño a cualquier dragón.

"No peleen." La voz pequeña de Bickett las hizo a ambas dejar sus posturas amenazantes.

"Bickett, lo que hiciste no está bien, si yo un hubiese llegado a tiempo hubieses matado a la niña Ona, tal vez a Ander también." Recriminó Kalani airada.

"No me digas que no sabes quien es su madre. He visto su rostro y es idéntica a Koren, el niño a Orión. El odio que llevo adentro finalmente hubiese podido tener un poco de consuelo. ¿Por qué los salvaste?" Le contestó Bickett ácidamente.

"No los salvé a ellos... te salvé a ti." Kalani se sentó al lado de Bickett dejando rienda suelta al llanto, sabiendo bien que ambos vivían el mismo infierno, pero que Bickett no tenía la capacidad de conllevar su condena. Grinda le preguntó al joven que era lo que sucedía, una vez él le explicó todo, esta también estuvo molesta con lo que había sucedido.

"Los hijos no tienen la culpa de los actos de sus padres, son tan victimas como tu, viven encerrados en el palacio." Le decía la ogra a gruñidos, inteligibles a Kalani.

"No me importa. Me hubiese hecho sentir mejor el haberlos matado a los dos, ustedes me dicen que debo ser mejor que todos, pero por qué razón. A mi me van a matar como a un cerdo, por lo menos denme la satisfacción de hacer algo que me agrade una vez en la vida. ¿Qué felicidad tengo yo? La próxima vez que los vea los mato con mis propias manos." Les dijo Bickett a ambas lleno de rabia. Grinda lo agarró por su chaleco alzándolo del suelo fácilmente y arrojándolo fuertemente en el aire. Bickett se levantó sin inmutarse, sus años al cuido de un ogro le habían impartido una constitución fuerte y una magia primordial más allá de su raza humana. La escena dejó asombrada a Kalani, quien observaba boquiabierta. El joven se dirigió a Grinda golpeándola con todas sus fuerzas en las rodillas, haciéndola caer de bruces al suelo con un enorme estruendo. Sabía muy bien todos los puntos débiles de los ogros para desgracia de Grinda en ese instante.

"Tu no eres mi madre." Con tales palabras venenosas se alejó de la ogra y la dragona, quienes se auxiliaron mutuamente sollozando abiertamente.

Los días siguientes fueron muy oscuros para Bickett ya que se ahogaba del odio, sin importarle el amor que Kalani y Grinda intentaban darle. Miraba a lo lejos el humo de destrucción proveniente de las guerras lejanas, cuales consumían poco a poco el reino.

"Eligio." La voz familiar, de la única persona que le llamaba de ese modo, le hizo sobresaltarse.

"Koren." Se volteó para encararla.

"Mañana irás a las audiencias, tu ausencia se ha notado y nuestros aliados tienen que verte vivo." Le comentó Koren la orden.

"Me niego. Estas destrozando el reino, veo como arde en llamas. Espero que no tengas aliados y te ganen de una vez las brujas. Creo que no han atacado con certeza porque temen por mi vida, pero si supiesen que ya no estoy al medio, las cosas serían diferentes."

"Si, las tontas todavía te quieren vivo. No me importa sino quieres ir, vendrán por ti."

"He visto a tus hijos." Dijo Bickett haciendo que Koren quedara inmóvil.

"No sabes lo que dices."

"La próxima vez que los tenga cerca los voy a destripar. Arrojaré sus extremidades por las ventanas para que te llueva su sangre, colgaré sus cabezas de mis ventanas para que el castillo completo se de cuenta que la princesa es una adúltera. Te matarán con mucho gusto, ya ha pasado bastante tiempo para que todos tus enemigos estén fortaleciéndose... Es cuestión de tiempo, solo necesitan una oportunidad..." Koren se acercó a Bickett llena de odio, sin poder creer lo que escuchaba, observando el monstruo que criaba. Alargó sus uñas creando garras afiladas las cuales sin piedad enterró en el torso de Bickett haciéndolo aullar de dolor.

"Si los tocas, ni la muerte será un consuelo para ti." El dolor era tan intenso que Bickett perdió el conocimiento inmediatamente después de haber escuchado la advertencia de Koren. Al recobrar el conocimiento estaba en su habitación, siendo atendido por un batallón de curanderas, Kalani y las brujas del castillo. Cuantas veces ya había experimentado el odio de Koren, quien lo dejaba en el umbral de la muerte, pero nunca lo dejaba entrar. Las mujeres lo atendían con las mismas miradas llorosas y sus manos tiernas, tratando como pudiesen de sanar algo más que su cuerpo.

Los próximos días de recuperación serían largos y dolorosos, cicatrices le sellarían sus viejas cicatrices. Grinda rugiría de rabia en las noches, Kalani dormiría a su lado, las brujas le besarían la frente rogándole paciencia... Diciéndole que la guerra terminaría pronto. Bickett soñaba con un intenso olor a jazmines, a rosas. Escuchaba unas risas lejanas... Se sentía caminando por un bosque tranquilo, escuchando la voz de una niña que cantaba mientras salpicaba agua en un riachuelo. Siempre se acercaba a ella y quería hablarle, pero no podía. Solo gritaba...

La habitación de Bickett era un lúgubre calabozo, sus apartamentos en la torre estaban desahuciados y vacíos. Su dormitorio era sencillo, comprendido por una simple cama litera no digna de un príncipe. En una esquina estaba una mesa donde se posaba la cabeza de una Demi-diosa a quien había salvado de una recámara aislada para que le hiciera compañía. La estatua de la que fue su madre servía de decoración junto a la ventana que le brindaba una vista al mundo que no conocía. Un poco alejado de todo había un camastro de paja de construcción sólida, que servía de camilla para la ogra Grinda. La paja era muy práctica, pues el hedor habitual de los ogros que desprendía Grinda hubiese sido una tortura, sino fuese fácil asear su área de dormitar.

Bickett abrió los ojos para apreciar la luz filtrándose por la ventana, dándose cuenta que estaba solo. Estaba postrado en su cama sin poder levantarse. Seguramente ya todos sabían que estaba sanando bien y no era una prioridad para nadie mantenerlo vivo. Sintió que unos ojos se posaban sobre él con curiosidad.

"¿Cómo te sientes?" La voz melodiosa de Arkana le saludó.

"Mejor que tu, por lo menos tengo un cuerpo." Bickett sonrío con ironía.

"No pensé que esta vez sobrevivirías, le diste mucho pesar a las brujas."

"Que tontas son... Koren jamás me mataría. Es muy astuta." Un silencio los sobrellevó.

"¿Por qué no la mataste?" Bickett preguntó tranquilamente.

"Me has hecho tantas veces la misma pregunta. No la maté porque soy una Demi-diosa, no podemos interferir en asuntos de mortales, todo río tiene su cauce. Yo he vivido todo, he visto todo, no hay nada que pueda hacer yo matando un mortal. La muerte no gana, la vida no gana, solo el tiempo gana. Yo tengo todo el tiempo. He visto otros como ella, veré otros como ella." Contestó Arkana con voz sosegada.

"¿Y cuantos has visto como yo? ¿Cuántas veces has perdido tu cuerpo? No te ves tan divina como tan solo una cabeza parlante."Comento Bickett con desdén.

"En algún momento me reuniré con el resto de mi cuerpo, ninguno de los dos perecerá, ya me ha pasado antes."

"¿Y si te suplico que me ayudes? ¿Acaso a ustedes los inmortales no le gustan las súplicas de nosotros los mortales?" Una lágrima se deslizó por su mejilla, aunque trato de aguantársela a como de lugar.

"Bickett, la vida tiene muchas desgracias, a veces empieza y termina de esa manera. Ningún otro mortal me ha tocado como tu, eso es cierto, pero si interfiero puede que cosas que estaban por suceder no sucedan. Yo tengo el lujo de observar las cosas de principio a fin, aunque para ti nada de esto tenga sentido, es probable que todo sucedió por alguna razón." Arkana habló con simpatía.

"Tus sabidurías no me impresionan. La existencia de Koren no tiene justificación, ni la de Orión, ni la de sus aliados. Todo es un artificio de maldad, tan sencillo como eso, es probable que se saldrán con la suya como otros antes lo han hecho. Y si no lo hacen, que importa, ya hicieron lo que les dió la gana. A ti no te molesta, pero los que han muerto, ya no regresaran jamás. Si algún día me hago rey, ni te creas que te voy a devolver tu cuerpo. Te voy a arrojar en las entrañas del castillo para que sepas lo que siente querer morirse y no poder hacerlo, ni pedir ayuda. Nadie va a encontrarte." Bickett le dijo mientras perdía su vista en la nada del techo.

"Bickett, no sacas nada con odiarme, pero si eso decides también te lo respeto. Aunque no debes olvidar que mis ninfas fueron aliadas de tu castillo, ellas son parte de mi, como extensiones mías. Hice lo que pude, si estuviese en mi bosque haría un ejercito de ninfas..."

"Que tontería más grande dices, que las ninfas son tus extensiones… pero piensan diferente a ti, que hacen cosas que tu no sabes." Refunfuñó molesto.

"De la misma manera que a veces tu no eres tu, yo puedo serlo, pero a otro nivel. Solo quiero que tengas paciencia, las brujas están peleando por ti, ya vendrá ayuda."

"Las brujas están poniendo resistencia, no han logrado ganar ninguna batalla definitiva hasta ahora, la guerra esta arrasando con todo. Ya sabes que hay guerras que duran muchos años, son contrincantes formidables. Además, a mi no me importa la guerra, me importa que vivo encerrado, maltratado y solo. Yo soy la guerra." Las lágrimas de Bickett brotaron libremente, mientras que Arkana cerró sus ojos para evitar ver la dolorosa imagen. Desafortunadamente ninguno de los dos podía huir de la presencia del otro.

Capítulo 4: Nuevas alianzas

Bickett se levantó finalmente de su lecho después de lo que le pareció una eternidad, haciendo su primera acción; el voltear la cabeza de Arkana para otro lugar que no fuera su camastro. No era que le desagradara su compañía, era que ya estaba cansado de tener que estar mirándola, pues la pobre no podía moverse por su propia voluntad. Decidió irse a caminar al bosque para por lo menos escuchar el sonido de los animales mágicos que lo habitaban. Estaba concentrado en la ruptura del cordón de sus botas cuando escucho unos pasos acercarse, se puso en alerta de inmediato, pues sabía que nadie visitaba el bosque. Lo primero que le vino a la mente fueron los hijos de Koren y su encuentro con ellos la vez pasada. Fue aquel evento lo que hizo que terminara herido de cama y no le parecía bien tener que pasar por aquello nuevamente, pensó que lo mejor era evitar al intruso. Bickett se estaba alejando sigilosamente cuando se topo cara a cara con el pequeño niñito, a quien ya había visto. Recordó que el niño se llamaba Ander, en verdad era un pequeño hermoso.

"¿Qué haces en el bosque? ¿Qué hace un bebecito como tu, solo por estas partes?" Pregunto Bickett genuinamente curioso.

"Me he perdido, estaba jugando con mi hermana y me quise esconder de ella." Le dijo el hombrecito un tanto arrogante.

"Vaya, tan pequeño y tan altanero como tu padre. Tengo una idea muy buena, voy a ayudar a esconderte..." Bickett lo tomó de la mano, mientras que el chico lo miraba de reojo, tal vez recordando su encuentro la vez anterior. Ambos caminaron un poco, hasta que Bickett encontró el corazón del bosque.

"¿Ves este árbol? Estamos en el corazón del bosque, aunque nadie sabe esto. Yo conozco este lugar como si lo hubiese creado, no sabes cuanto tiempo he pasado aquí. Algo que nadie sabe, es que tengo un secreto... ¿Quieres saberlo?" Le preguntó Bickett con una sonrisa malévola en los labios. El niño se quedó callado, afirmando con su cabeza aunque presintiendo que algo andaba mal, pero sin atreverse a huir.

"Yo soy un poderoso mago. Día tras día me hago más fuerte. Pronto podré deshacerme del hechizo que me hizo Koren y podré escaparme de aquí. Todos los días trato de buscar las palabras exactas que ella pudo haber usado para encantarme al destierro en la torre. El practicar tanto me ha dado la oportunidad de aprender conjuros de aprensión. ¡Voy a darte un lugar de esconder donde nunca te encontrarán!" Diciendo estas palabras empujó al niñito hacia el tronco del árbol, dentro del cual desapareció por completo. Tragado. Bickett se quedó observando el árbol, no se veía cambio ninguno en su apariencia, su magia había funcionado. El niño estaba efectivamente aprisionado en el árbol. Nadie, tan solo él, podría liberarlo... Cosa que haría el día en que él fuera libre, si le daba la gana. Con su uña rasgó un pedazo de corteza del árbol, de donde salió un poco de sangre. Bickett se sonrió satisfecho de lo que había acabado de hacer... sin importarle más nada.

El revuelo en el castillo no tardó en materializarse entrada la tarde. Bickett sentía los guardias por todas partes, pasos rápidos y frenéticos recorrían por doquier. Su apartamento fue rebuscado varias veces, mientras él permanecía tranquilo, observando la preocupación de los guardias. Podía ver en sus rostros el miedo por sus vidas, la ansiedad de no saber si serían victimas de la furia de Koren... Kalani le informó que el hijo de Koren había desaparecido, que estuviera pendiente. Bickett le respondió con una carcajada. Kalani lo observó fijamente, permaneciendo callada, continuando su búsqueda sin comunicarse con él por el resto del día. Bickett no quería perderse la acción por lo cual se sentó en el pasillo para oír los llantos de Ona, los gritos de Lenna y la furia de Koren hacia el resto del mundo. Sabía que lo que había hecho estaba mal, pero no pensó que fuese tan malo, por lo menos cuando el conjuro lo liberase el niño estaría igualito... Lo único malo que le podría pasar sería que el bosque se incendiara, o que cortaran los árboles... Cuando se cansó de escuchar el ruido en los pasillos, caminó con una extraña livianez hasta su recámara.

"Estas de buen humor." La voz de Arkana observó acusativa.

"A ti eso no debe importarte, ¿Te acuerdas? Además, contéstame algo... ¿Quién determina lo bueno y lo malo?"

"Tu corazón, Bickett. Tu corazón."

"El mío sigue latiendo."

Koren corría por todas partes buscando sin cesar a su hijo. Le reclamaba a todos su ausencia…Su pequeñito… desaparecido. Era tan solo un bebe. Solo pensaba en sus mejillas redonditas, su cabello castaño hecho de seda. Un apretón se le apoderaba del pecho, una angustia insoportable la consumía. Llamó a todas las brujas para que lo buscaran, a las sacerdotisas, quien fuera. Orión corría de un lado a otro, sintiendo por primera vez en años el temor de perder algo. Ambos estaban tan frustrados que ni a la cara podían mirarse. Orión se sentía culpable por no pasar ningún tiempo con sus hijos, su única preocupación en los últimos meses había sido la guerra interminable que rugía en Bandah. Koren se sentía destrozada porque sus hijos eran lo único que en verdad le daban aliento en la vida. Su amor por Orión estaba desvaneciendo, no era la misma pasión de antes. Él estaba hecho casi un esqueleto y levantarse a su lado era una prueba de amor que ya no sabía pasar… Koren lo miró fijamente, su alta estatura, sus ojos verdes que no habita…

"Hemos buscado por todas partes, hasta en los aposentos de Eligio. No hay rastro." Informó Koren con voz angustiada mientras se quitaba el velo con el cual escondía su rostro.

"¿Cómo es posible que haya desaparecido de esa manera? Creo que han infiltrado el castillo y se lo han robado. Es posible que quieran cambiarlo por Eligio."

"¿Pero cómo se habrán enterado? Si acepto que es nuestro hijo, por ley tengo que morir, no creo que pueda enfrentar un ataque de parte del castillo entero, la milicia se irá en mi contra por adulterio."

"Koren, cálmate. Tenemos que pensar en que hacer. Es posible que se haya metido en algún lugar del castillo y no lo hemos encontrado, sabes que los niños son traviesos. Además, nadie tiene acceso a la torre. Tiene que estar aquí, si es necesario moveremos cuanta piedra, cuanto muro. He ordenado que busquen y rebusquen el bosque mágico, si es necesario, podemos cortar algunos árboles para tener más visibilidad."

"No, ya yo busqué ahí. Conozco bien el bosque." Koren irrumpió en llanto arrojándose en los brazos de su amante.

"Lo vamos a encontrar, te lo prometo. Tenemos que asegurarnos que Ona este bien resguardada de ahora en adelante, ya no puede tener acceso libre a donde quiera en el castillo. Está destrozada..."

"Me imagino. Siempre estaban juntos." El llanto la hacía quedarse sin aliento, no recordaba haber llorado de esa manera hacía años. Una extraña sensación de alivio se estaba esparciendo por su cuerpo como un líquido tibio. Sin pensarlo dos veces salió corriendo hasta donde estaba Ona, abrazándola en silencio.

"Yo soy tu madre, nunca dejaré que te pase nada, te lo prometo." La niña se soltó del abrazo de Koren, para mirarla fríamente.

"Es una mentira. Kalani es mi mamá, ella me ama. Ella es buena." Las palabras de Ona le quemaron el pecho a Koren, agarró a la niña con fuerza apretando sus hombros, haciéndola estremecerse de miedo.

"Esa dragona es mi esclava, tu eres mi hija. Yo soy buena, el que te diga lo contrario es un mentiroso." Koren le dijo con voz tranquila a pesar de lo que sentía en su alma.

"Tienes al príncipe encerrado en la torre, yo lo vi."

"No esta encerrado, esta protegido. Es mi responsabilidad que ese niño este vivo."

"¿Él es mi papá?" Ona comentó confusa.

"No. No preguntes más nada." Le ordenó Koren perdiendo la calma. La niña se quedó callada y permaneció inerte sin saber que hacer.

"¿Y Ander? ¿Cuándo regresa?" Ona preguntó finalmente.

"No lo se, no sabemos donde esta." Koren decidió marcharse, llevándose el peso del rechazo de Ona. Las paredes del castillo temblaban con sus pasos, llegó a su torre, donde desató su furia destrozando todo a su alrededor. Orión llegó hasta ella y trató de calmarla sin lograrlo.

"No sacas nada con tu ira. Tenemos que seguir buscando." Le susurró Orión al oído mientras la apretaba en un abrazo.

"Ona ha aceptado a Kalani como una madre... le he dicho la verdad. Creo que debemos pasar tiempo con ella y darle nuestro amor. Ya que importa el resto."

"Yo haré lo que tu me digas, si quieres podemos visitarla juntos todas las noches para compartir con ella. Me hacen falta las veces que salimos al campo con los niños… Ahora que Ander no esta, no podemos perderla a ella tampoco."

"No esta perdido. Tiene que aparecer. Mi niño… Una vez lo encontremos jamás lo voy a dejar salir de mi vista. No me importa más nada." Koren exclamó amargamente.

"Mi amor, no podemos ser descubiertos. Nos matarían, a los niños también. Yo pensé que íbamos a ganar esta guerra fácilmente, pero como sabrás no tenemos muchos aliados. Las brujas ya han tenido experiencias de guerra, son muy astutas… Por lo menos nos tenemos el uno al otro."

"Lo que queda de ti…. Orión, si me dejas sola me muero." Koren pronunció estas palabras con el pesar de saber que eran proféticas. A pesar de todo lo que habían vivido, una vida sin su presencia en ella, era inimaginable. Ella lo amaba con la fuerza de la rutina, con la atadura del corazón entregado, con el delirio de la pertenencia. Se miraron con ternura, uno medio muerto y otra medio viva, sorprendiéndose de lo que el amor todavía lograba hacer por ellos. Cuando se besaron, el mundo quedó callado, presenciando el poder absoluto de dos almas unidas por una fuerza universal.

Bickett estaba en su habitación leyendo un libro de artillería cuando unos pequeños pasos le interrumpieron.

"Vaya, vaya, mira quien visita." Bickett observó a Ona fijamente.

"Mi hermano desapareció."

"Me alegro." Bickett regresó a su lectura.

"¿Me puedes ayudar a buscarlo?"

"No puedo creer que vengas tan osada a pedir eso. Ya viste que vino la guardia y destrozó todo lo que quedaba de mi miserable apartamento. Tu madre lo esta buscando y sabes que nadie mejor que ella lo podría encontrar... Porque sabes que es tu madre..." Bickett le respondió fríamente.

"Si, me lo acaba de decir ella misma. Te pido tu ayuda por que el castillo te puede hablar a ti y decirte donde esta Ander. Yo se que así funciona, lo leí en un libro. Tienes sangre real."

"Eres muy inteligente para tu edad. Y tienes toda la razón, pero primero tendrían que cortarme los brazos antes de que yo ayudase a tu madre en algo. Estas perdiendo tu tiempo."

"No, no pierdo mi tiempo, estoy buscando a mi hermano y tuve la esperanza de que a lo mejor tu podrías ayudar."

"Esperanza... Déjame decirte algo acerca de eso. La esperanza es la ilusión de que algo bueno te va a pasar, solo te sirve para que no te des cuenta de que no va a pasar. Mi única esperanza es que tu madre y tu padre se mueran."

"No se quien es mi padre."

"Retiro lo que dije antes, no eres inteligente. Tu padre es la bestia del castillo, que traga sangre, que arrasa el reino con su milicia y que hiede a muerte. Tu padre es Orión. Espero que esto te arruine la vida, porque aunque crezcas a ser buena persona, su sangre corre por la tuya. Ninguna parte de ese engendro debería existir en este mundo... Aunque, pensándolo bien, tu madre es peor que él." Bickett comentó casualmente.

"Yo soy una niña buena. Kalani me lo ha dicho." Le contestó Ona tranquila. Bickett la observó con más intensidad, tratando de ver algo en la niña que le indicara que aquello era cierto. Lo único que lograba ver era el enorme parecido a su madre, por ende, lo único que lograba ver era odio.

"Pues si Kalani lo ha dicho ha de ser cierto. Yo no sé donde esta tu hermano, pero me imagino que lo echarás de menos. Puedes visitarme cuando te plazca, obviamente no le digas a nadie de ello, porque me castigarían a mi. Los castigos de tu madre no me apetecen." Le dijo Bickett pensando que tal vez le convendría más tener a Ona de amiga que de enemiga. Tal vez sería la clave para su salida de aquel lugar.

"Gracias, ya verás que soy muy buena." Ona le dijo sonriente y se fue contenta. Bickett sonrío ante aquel suceso tan extraño, aquel vuelto del destino tan sarcástico.

"Un amigo te llevará más lejos que un enemigo..." La voz de Arkana lo arrebató de sus pensamientos.

"Pues esperemos que ella tenga muchos amigos."

"Bickett, no pierdas tu alma. Se que estas saboreando la satisfacción del poder, pero no es bueno. Si mal siembras, mal cosechas."

"Arkana, tal vez al igual que nosotros los mortales somos irrelevantes en la existencia de los inmortales, tal vez así son tus consejos."

El día en que Altea murió fue uno tan mundano que Kairi sintió una inexplicable rabia hacia todo. El sol se atrevió a salir brillante, el bosque vibraba lleno de vida, nada de nada cambió. Solo el corazón de una adolescente de doce años sintió el peso del vacío y la perdida de un ser querido. A pesar de que Altea le había rogado que la dejara en el bosque y se fuera a vivir su vida, Kairi le dijo que estaría con ella hasta el final, y así fue. La joven tenía una rutina diaria la cual siempre culminaba con el pensamiento de que algún día estaría sola, enfrentando un mundo hostil, el cual tendría que batallar para salvar a un príncipe. Ella sabía que ese príncipe era real. Había escuchado su voz, lo había escuchado llorar en las noches, había escuchado sus gritos.

La guerra había convertido al Reino Unido de Bandah en un lugar siniestro, donde no se sabía quien era amigo u enemigo. Kairi viajaba a diario a la aldea cercana para vender pócimas, conjuros y comidas silvestres como de costumbre. Desde la muerte de Lula unos cinco años atrás, había dejado de asistir a la escuela, pues temía que sin Lula presente la separarían de Altea. El único contacto seguido que había mantenido en la aldea era el de Pau, quien de vez en cuando le traía artículos fascinantes de sus viajes por los reinos, a cambio de guiar su caravana a un lugar seguro en el bosque de vez en cuando. Pau recibió a Kairi como una más en su tropa de artistas, dándole a la joven una oportunidad de pertenecer a algún tipo de comunidad. De esta manera aprendió a hacer acrobacias y bailar junto a las brujas la danza del vientre en las noches de luna llena. Nunca logró unirse al espectáculo, pues se rehusaba a ponerse presentable para el público. Lo que enfurecía a Pau pues era de la opinión de que Kairi no era tan solo muy talentosa, pero también muy intrigante.

Kairi miró al interior de su casita del bosque relegando todo a su memoria, pensando a la vez en que pertenencias se llevaría consigo. Nada le llamaba la atención. Solo poseía ropajes viejos, un collar que le regaló Altea para que se presentara ante las amazonas y una ollita de cobre que Lula le había heredado. Agarró la cobija de lana vieja que en algún momento le dió calor a Altea posándola junto a las cosas que planeaba llevarse. En la mañana ya había arrojado a la chimenea los restos de Altea, quien había quedado tan encogida por las cicatrices de sus quemaduras, que parecía ser la mitad de una persona. La bruja le había hecho prometer que la pondría en la chimenea, que no la llamaría una vez se muriese y que se iría del bosque para no regresar hasta que hubiese cumplido su destino. Su destino. Ese prospecto le aterrorizaba, pues ese destino misterioso le deparaba mucha angustia y tal vez muchas pérdidas.

Se sentó a la mesa, posando su cabeza en sus brazos para llorar con gusto. Un estruendo en medio del bosque la hizo despertar de un sueño intranquilo que se había posado sobre ella. Corrió hacia el bosque buscando el origen de semejante alboroto, cuando se topó con una escena macabra. En el claro cerca del riachuelo un Pegaso yacía de lado con un ala casi arrancada de su lomo, con las bruces ensangrentadas, e inerte. Kairi corrió hasta el lugar temiendo que tal vez el Pegaso hubiese tenido un jinete y estuviese en igual estado que la bestia. Al acercarse vió como el tronco de un árbol que estaba puntiagudo había empalado al Pegaso de tal modo que algunas de sus tripas guindaban como vibrantes guirnaldas rojas. Se acercó al Pegaso para observarlo, pues nunca había visto uno, se quedo inmóvil cuando sus ojos se posaron en ella.

"No te puedo ayudar. Vas a morir." Le dijo Kairi sin saber que más decirle.

"Ayúdalos a ellos." Suplicó el Pegaso cerrando sus ojos y expirando con un suspiro profundo. Acto seguido Kairi empezó a rastrear el área buscando los posibles "ellos" a quien se había referido la criatura. Vió un cuerpo inerte, entre coloridas telas que resplandecían al sol. Al acercarse se dio cuenta que aquella persona que yacía en el suelo era tan solo una joven muchacha más o menos de su edad, quien portaba una vestimentas hermosas, que sin duda era una noble. Se acercó para ver si estaba con vida, la agarró por los hombros para moverla y tratar de despertarla. La joven tenía un hermoso cabello negro en el cual parecía estar perdida, estaba revuelto sobre su blanco rostro debido a su aterrizaje tan violento. Kairi se quedó contemplándola momentáneamente porque le pareció que posiblemente era la persona más bella que vería en su existencia, parecía la perfección de los elfos hecha humano. Seguía moviéndola hasta que finalmente, la joven abrió los ojos, para sorprender a Kairi con el color más extraño. Un turquesa tan intenso como las plumas de las aves más coloridas.

La chica empezó a tratar de moverse, su respiración agitada y forzada.

"No creo que es buena idea que te muevas, puedes tener heridas internas, tu bestia esta muerta. Yo te llevaré a mi casa, luego buscaré ayuda en la aldea."

"¡No! No le digas a nadie que nos has visto." Al decir esto la niña empezó a buscar a su alrededor desesperada, mientras las lágrimas empezaron a brotarle.

"¿Dónde esta mi compañero de viaje? ¿Dónde?"

"Cálmate, lo voy a buscar. Tan solo te vi a ti, tu Pegaso me dijo que eran más de uno. ¿Son solo dos, verdad?" La joven asintió con la cabeza y Kairi se irguió para buscar el área, entre unos arbustos encontró el cuerpo de un joven quien permanecía tieso y con mal color. Su rostro estaba ensangrentado, al igual que uno de sus brazos del cual protuberaba un hueso. No le parecía que el joven estuviese vivo, pero al acercarse, pudo ver que su pecho subía y bajaba lentamente con la presión de su respirar. Lo levitó con su magia llevándolo cerca de su compañera de viaje, con el fin de llevarles a su casita del bosque, donde podría darles auxilio.

"Creo que tu compañero esta vivo, herido al igual que tu, parece que hoy fue su día de suerte." El camino a la casita del bosque se hizo corto con la prisa que Kairi llevaba. Colocó a sus huéspedes inesperados en el frío suelo de tierra plana, pues no había mucho espacio en el tronco del árbol para acomodaciones más elaboradas.

"¿Cómo te llamas?" Trató de hacer conversación con la joven, quien no paraba de llorar, ni calmar su agitación.

"Me llamo Ona. Estábamos tratando de llegar a Ture."

"Bueno, pues están bien lejos de Ture. De hecho, han pasado a Astra. Iban por el rumbo equivocado. ¿Qué, acaso el Pegaso no sabía a dónde iba?"

"Es que nos estaban atacando las brujas, tuvimos que cambiar la ruta, Zaur no había pensado que nos fuesen a atacar. Las brujas saben que los pegasos vienen de Bandah, del castillo..." Se detuvo al divulgar esta información.

"No te preocupes, aquí están a salvo, ya me di cuenta que eran nobles por sus vestimentas." Kairi trató de calmarla.

"Olvídate de mi, por favor ayúdalo a él." Le suplicó Ona.

"Está inconciente, pero está vivo, lo atenderé tan pronto termine contigo. Tienes suerte que me criaron unas brujas muy sabias, estarás como nueva antes de un abrir y cerrar de ojos."

"¿Tú cómo te llamas?"

"Yo soy Kairi, del bosque." Respondió ella mientras le brindaba una amistosa sonrisa. Con sus manos hábiles lograba componer el cuerpo de Ona.

"Gracias, Kairi."

"Quédate aquí recostada, dentro de un rato puedes pararte a caminar si gustas, pero no te entremetas que tengo que arreglarle un hueso a tu hermano." Ofreció Kairi.

"No es mi hermano, es mi... mi amigo." Se sonrojó ferozmente al decir estas palabras, indicándole a Kairi de inmediato, que la joven consideraba al chico algo mucho más que un amigo. Se sonrío para sus adentros pensando que a lo mejor eran dos chicos huyendo juntos, que tal vez era una de esas travesuras de amor de las que había escuchado hablar.

"Muy bien. Lo que sea." Kairi sonrió. Ona se recostó en el suelo y dejó escapar un suspiro angustioso, mientras temblaba de frío. Kairi se percató de aquello, lo que le recordó encender nuevamente la hoguera de la casita del bosque. Ona se asustó al ver las llamas brotar energéticas para brindar calor al lugar.

"¿Eres una bruja?" Ona acusó con miedo.

"No pertenezco a ninguna tribu en particular, no estoy en guerra con nadie, me criaron las brujas por eso sé usar magia práctica." Kairi le dijo reafirmantemente para apaciguar su miedo. Se enfocó entonces en el muchacho quien aun estaba tieso, con dexteridad, le arregló el hueso roto del brazo, luego la nariz que también había sufrido una fractura con el impacto. No sin darse cuenta antes de las múltiples cicatrices que ya estaban en la piel del joven. Lo que le estuvo muy extraño, pues los nobles tenían a su empleo las mejores brujas. Le frotó la piel con lo que había sobrado de la grasa de sirena que le untaba a Altea aunque no hizo nada para aliviar las cicatrices del joven, indicándole que tal vez ya tenía demasiadas y el ungüento no serviría para nada. Se acordó del mejor conjuro que le enseñó Altea, el cual había practicado todo los días para ayudarla a sobrellevar las quemaduras que sufría. Pasó su mano por la piel del joven mientras recitaba los encantos, quedando complacida cuando la piel sanó por completo. Esperó un momento la reacción del joven, pues ya estaba sano, pero no observó ningún movimiento.

"No se va a mover. Está bajo un hechizo." Ona se acercó.

"¿Qué clase de hechizo?"

"Pues, eh, un hechizo que no le permite salir del castillo de Bandah. Bueno, puede salir, pero al hacerlo experimenta un dolor sobrehumano. Gritaba angustiado cuando salimos a las afueras... empezó a sudar copiosamente. Estaba atado pero se desgarró las sogas, su mordaza también cedió. Esto fue lo que le llamo la atención a los centinelas de las brujas, traté de acercarme para pedirles ayuda, pero nos atacaron de todos modos. En eso el Pegaso fue herido en un ala, trato lo más que pudo de perder el ataque, estuvimos a punto de ser muertos en ese instante. Por lo menos Zaur aunque estaba viejo era muy sabio y logró escabullirse. Desafortunadamente empezó a perder mucha sangre, en ese entonces también Bickett dejó de gritar y perdió el conocimiento..."

"¿Bickett?" Preguntó Kairi sintiendo como se le erizaban los cabellos de su piel.

"Si, ¿Por qué?" Ona preguntó a su vez observando intensamente a Kairi.

"No, por nada. Es un nombre extraño, no lo había escuchado nunca." Comentó Kairi tratando de esconder el furor en su pecho. Había escuchado ese nombre tantas veces que había pensado que era tan solo parte de un cuento de hadas, una fantasía extraída de la memoria corroída de Altea. El príncipe Bickett estaba ahí, frente a ella... vivo. Estaba loca por correr a su lado nuevamente para mirarlo, tocarlo y decirle que lo iba a ayudar como pudiese. Que su destino era salvarlo.

"¿Por qué iban hacia Ture?" Kairi inquirió.

"No te lo puedo decir."

"Si quieres que los ayude de aquí en adelante vas a tener que empezar a explicarme algunas cosas. Creo que si están huyendo del castillo, no van a querer regresar ahí tan pronto... Sin su Pegaso están muy vulnerables, nadie aquí les va a dar ayuda."

"Íbamos hacia Ture a buscar ayuda con la familia de Bickett. Arkana le dijo el paradero de algo que le interesa mucho..."

"¿Quién es Arkana?" Preguntó Kairi.

"¡Arkana! Tenemos que ir por ella, estaba en un estuche de cuero en el Pegaso." Exclamó Ona con los ojos casi desorbitados.

"Esta bien, cálmate, iré por ella. Pero...¿Qué es específicamente lo que estoy buscando?"

"Una cabeza."

Kairi ni se atrevió a mirar dentro del pequeño baúl de cuero pues nunca había visto una cabeza separada de un cuerpo, ni podía creer que los jóvenes cargaran con ella como si nada. Regresó a la casita del bosque, donde posó el baúl en la mesa, justo frente a Ona.

"Bueno, aquí tienes el único estuche de cuero que encontré, cerciórate tu si tiene una cabeza adentro." Ordenó con un poco de disgusto.

"No entiendes... esto no es una cabeza cualquiera, está viva. Esta es la Demi-diosa Arkana." Explicó Ona mientras sacaba de su lugar la cabeza en cuestión, agarrándola por el cabello sin remilgos. Kairi se quedó boquiabierta al ver la sonrisa y los intensos ojos marrones de la cabeza dirigidos hacia ella.

"Una Demi-diosa; ¡Increíble!" Exclamó Kairi.

"Arkana, ella es Kairi, del bosque." Ona las presentó.

"Kairi, del bosque. Al parecer el destino nos ha entregado en buenas manos."

"Gracias, yo solo estoy ayudando en lo que puedo. Pero al joven no lo puedo ayudar. Su conjuro es muy poderoso." Explicó Kairi con timidez.

"No te preocupes, sabemos como trabaja la magia. Vamos a seguir necesitando de tu ayuda. Teníamos planeado llegar a Ture, de allí me llevarían a mi bosque para reunirme con mi cuerpo. Es el único modo de que puedo ayudar a Bickett."

"¿Tu ayudarías a Bickett?" Le dijo Kairi sorprendida, pues sabía según lo que le había dicho Altea en algún momento, que los inmortales no ayudaban a los mortales.

"Si. He decidido hacerlo. Aunque creo que ya se desencadenaron bastantes eventos que le ayudarán."

"Yo los puedo ayudar a llegar a Ture." Kairi dijo con firmeza.

"No, creo que es mejor que regresemos al castillo. El plan no salió como lo habíamos planeado, es posible que Bickett pierda la vida." Arkana comentó temiendo por la suerte del joven.

"No podemos regresar al castillo, entonces Bickett sí se moriría. Me pidió que bajo ninguna circunstancia regresáramos y se lo prometí." Ona se expresó airada.

"¿Entonces?" Preguntó Kairi. Un silenció permaneció incómodo entre ellas, hasta que finalmente Arkana habló.

"Tenemos que ir a pedirle ayuda a las amazonas."

"Teníamos que ir ahí de todos modos, era cuestión de tiempo…" Ona comentó crípticamente, sin que Kairi pudiese entender a que se refería.

"Es nuestra única opción." Arkana declaró firmemente.

Las tres hablaron un poco más acerca de su partida, decidiendo no seguir esperando pues el viaje se haría largo. Kairi le extendió algunos de los ropajes que pudo encontrar en la casa para que Ona se quitara su ropa elegante. Tendrían que viajar en pie la mayor parte del tramo hasta que pudiesen conseguir algo más eficiente y debían pasar desapercibidos ante los soldados de Bandah. Debido a que Bickett iría arrastrado en una camilla, se pusieron de acuerdo a que su historia sería que habían sido atacados por brujas renegadas. Estaban posiblemente a meses de la Amazonia, por lo que debían tener un plan para poder regresar de inmediato a Bandah si el estado de Bickett se deterioraba demasiado. Si llegara ese momento, ambas dirían que eran doncellas reales y que necesitaban ayuda para su hermano. Nadie haría muchas preguntas, pues sabían que en la guerra todo pasaba.

Nuevamente Kairi pasó por la experiencia de tener que despedirse del lugar al que había llamado su hogar. Miró el interior de la casita del bosque con el pecho apretado, grabando sus particularidades en su mente. La chimenea de barro en la cual quedaban los restos de Altea, la mesita donde jugó a las cartas con Lula, su sillita de madera en la cual leyó con esmero. Le dijo un ultimo adiós a sus muñecas de trapo y sus canicas de cristal, las únicas pertenencias de su infancia. Salió del lugar tratando de evitar el flujo de lagrimas que le estaba acechando. Ona y ella caminaban en silencio. Kairi trataba de llevarse consigo cada imagen, sonido y olor del bosque, mientras que Ona pensaba en su futuro cercano.

"Yo conozco un hombre que es posible que nos ayude. Precisamente está en temporada de descanso y anda por la aldea. Iremos a su campamento a ver si nos puede ayudar. Mientras tanto Ona, procura tener tus pertenencias bien guardadas y no dejes que nadie te hable. Algunos de los artistas son muy ágiles separando a los dueños de sus pertenencias." Finalmente Kairi rompió el silencio.

"Vaya amistades tienes." Comentó Ona algo molesta. Kairi permaneció callada observando a la joven, quien a pesar de llevar trapos puestos, seguía pareciendo una hermosa doncella.

"¿Por qué tu también escapaste del castillo?"

"Bickett es mi mejor amigo, desde que perdí a mi hermano, él ha sido la única persona importante en mi vida. Mi madre y mi padre me visitaban a diario, pero yo siempre me escapaba a compartir con Bickett. Ha sufrido mucho, pero es muy noble. Yo siempre había soñado con escapar del castillo también, por eso nos hicimos de un plan... Una vez que llegáramos a Ture, tendríamos refuerzos para luego ir hacia el reino de las amazonas... Nos entregarán una espada muy especial. Aunque tu no entenderías nada del asunto." Comentó Ona con un poco de arrogancia.

"No soy tonta, puedo entender muchas cosas. ¿Qué espada están buscando? ¿Cómo saben que está ahí?"

"Estamos buscando la Espada Dorada, es parte de una leyenda, aunque resulta que la espada es muy real. Arkana nos dijo que ella fue su guardiana y se la entregó a las Amazonas... Le dijo esto a Bickett para que la ayudara a reunirse con su cuerpo."

"Suena como una espada muy especial, no creo que las amazonas te la entreguen tan solo con pedírsela." Kairi continuó hablando con curiosidad, también con un presentimiento pesado que le estaba creciendo en el pecho.

"Lo que pasa es que yo soy una niña muy especial, esa espada me pertenece. Yo soy La Princesa Dorada." Ona declaró con orgullo, ante los ojos sorprendidos de Kairi. Las rodillas de Kairi empezaron a temblar, el color a irse de su rostro, le pareció que un muro de piedras le había triturado el cuerpo. De repente se le vino a la mente la idea de que Altea pudo haber estado equivocada, ella tal vez no era La Princesa Dorada, como lo había creído todos estos años. ¿Sería posible que Ona fuera la verdadera Princesa Dorada?

"¿Cómo sabes que eres tú La Princesa Dorada?" La voz temerosa de Kairi logró preguntar.

"En realidad quien se dió cuenta fue Bickett, el me dijo que le parecía demasiada casualidad de que yo hubiese nacido al mismo tiempo que él, que nos hubiesen encerrado juntos... Es más, una vez vio a Koren leyendo el libro de la leyenda."

"Bueno, pues son una pruebas contundentes." Sonrió Kairi un poco aliviada.

"El hecho de que la Demi-diosa Arkana nos ha dicho el paradero de la espada creo que es indicativo de que en efecto soy yo la escogida. ¿Por qué habría de una deidad renegar su estatus neutral a menos de que supiese la verdad?" Ona declaró. Kairi se quedó callada, pues ese punto le llegó hondo. Ona tenía la razón, el hecho de que Arkana los había ayudado daba mucho de que hablar...

A pesar de aquellas noticias tan ingratas, decidió que aun así ayudaría a Bickett todo lo que pudiese. Ella ya se había hecho a la idea de que su destino era salvarlo, pero ahora que otra persona era dueña de ese destino, lo salvaría porque así lo deseaba. Lo había visto, Bickett era real, le había limpiado la sangre seca de su rostro para observar su hermosura. Claro, ahora pasaba a ser ella nuevamente una niña huérfana. Sin destino, sin ni siquiera la esperanza de alguna vez rescatar un reino, ni nada. Con una extraña pesadez se resignó a la idea de que una vez los ayudara como pudiese, se regresaría al bosque, tal vez regresaría a la aldea a ser la curandera. A pesar de que esto era un buen prospecto para una joven sin mucho destino, no le llenaba de alegría el alma. La verdad era que por muchos años soñó con el príncipe en la torre, con rescatarlo, con salvar el reino. Soñó con poder decirle al mundo que ella no era un huerfanita en el bosque, sino la heredera de Astra. Se sintió como una vanidosa arrogante, por lo cual merecía el castigo de avergonzarse de sus fantasías triunfales. Ella más bien que nadie sabía que ser una persona común y corriente no era malo, la nobleza no llegaba mediante los títulos, sino mediante el buen carácter.

El campamento de Pau estaba en las afueras de la aldea como de costumbre con la algarabía de los artistas, músicos, acróbatas y otros por todas partes. La pequeña comitiva guiada por Kairi pasó desapercibida por los demás, pues cada cual estaba preocupado por lo que hacía, algo que Kairi agradeció para sus adentros. Llegaron hasta la caseta de Pau, donde se escuchaban voces exaltadas, como las que suelen tener los ebrios. Ona se acercó más a Kairi, casi temerosa de aquella situación que estaba a punto de presenciar. Kairi no logró suprimir una sonrisa, ella no sería una niña especial, pero sabía del mundo.

"¡Pau!" Llamó Kairi por encima de las voces, causando un silencio inmediato. Acto seguido, una daga afilada voló por el aire, la cual Kairi arrebató de su rumbo con un rápido gesto de su mano. Ella la agarraba por el lado afilado sin haber ni siquiera recibido un rasguño. Ona se había quedado paralizada, casi a punto de desmayarse al ver la daga volar. Quedó muy sorprendida con la rapidez y agilidad con la cual Kairi logró atrapar la daga automáticamente.

"Kairi, la del bosque. Algún día de estos me tienes que explicar como es que haces eso. Vieron amigos, siempre le tiro una daga, y así por que si, la agarra del aire. Espectacular. No me pregunten como empezó…" Pau le habló a sus compañeros visiblemente embriagado, mientras que agarraba a una mujer por la cintura tratando de besarle el cuello, lo que le causó a esta que perdiera el balance y cayera al suelo ante las carcajadas de los demás.

"Pau, necesito hablar contigo." Le dijo Kairi acercándose al grupo y extendiendo la daga como si la fuese a tirar. Todos los demás le prestaron su atención pues no sabían con que intención alzaba el arma blanca.

"Kairi, Kairi, baja la daga, sabes que no es necesario." Rió Pau.

"Quiero que hablemos a solas, ó salen ellos, ó sales tu a hablar conmigo."

"Amigos, ya escucharon a la damita, como saben no es buena idea enfrentarse a una mujer armada… Por favor despejen mis lujosos aposentos y regresen pronto." Los presentes se marcharon entre quejas, la mujer le dio un beso medio torpe a Pau antes de partir y él una nalgada acertada.

"Mi daga." Pau le reclamó a Kairi con un gesto de la mano. Ella la lanzó al aire haciéndola caer justo al borde de su bota. Él la recogió sin inmutarse, dando entender que era parte de un extraño ritual entre ambos.

"Pues bien mi querida Kairi del Bosque, que te trae por aquí con esta extraña compañía…" Pau se acercó para mirar a Ona, cuando de repente se asustó y sacó su daga al aire en defensiva.

"¡No puede ser! ¿Qué hace ella aquí?" Exclamó Pau alarmado.

"¡Pau has bebido demasiado! Ella es Ona, es una conocida mía." Kairi contestó sin entender la reacción de Pau.

"No puede ser, no ha cambiado… es una bruja. ¡Kairi, aléjate de Koren!" Gritó Pau listo para atacar a Ona.

"Me llamo Ona." La joven habló firmemente ante la confusión de Kairi. Pau retrocedió unos pasos intentando descifrar si la imagen que veía era la correcta o era resultado de su embriaguez.

"Koren es mi madre." La declaración de Ona no tan solo dejó boquiabierto a Pau, pero hizo que Kairi se sobresaltara.

"¿De que estas hablando? ¿Cómo es posible?" Reclamó Kairi incrédula.

"El parecido es increíble, claro, pero ella tenía el pelo rubio plateado. La vez que la vi en el bosque estaba joven como tu…" Pau comentó buscando en su memoria una imagen distante.

"¿Cuándo me ibas a decir que Koren es tu madre?" Kairi le preguntó sintiendo una inmensa furia. Ona se sintió intimidada y retrocedió varios pasos.

"No veo por que sea de importancia. Yo no soy como ella, yo quiero salvarle la vida a Bickett. Yo también estaba oculta en la torre…"

"Tienes razón." Kairi logró controlar su furia porque no le haría bien a nadie en ese momento perder la razón y la compostura. Aunque no lograba parar de pensar en que la hija de la asesina de sus padres estaba tan cerca de ella…

"Ya que sabemos que nos espera la pena de muerte por habernos mezclado con usted, Doncella Ona. Entonces, pregunto yo el por qué de su visita… Distinguidas damas." Pau habló en tono dramático, posando su pregunta en Kairi obviamente molesto.

"Es que… pues este que ves aquí tirado en esta camilla, no es otro que el príncipe de Bandah y tenemos que llevarlo con las Amazonas. Había salido de camino a Ture, pero por unas circunstancias trágicas no creo que sea buena idea seguir ese plan. Me imagino que estarán tratando de interceptar su llegada allí… nadie se imaginará que querrá ir a donde las Amazonas." Kairi ofreció con tono conciliatorio.

"¿Y que tengo que ver yo con esto? Si ustedes están por las de salvar príncipes, allá ustedes." Les dijo Pau burlonamente.

"Necesitamos transportación. Yo se que tu viajas por el reino y no levantas sospechas, todos conocen que tienes un circo andante. Yo pensé que tal vez…"

"Oh no, no, no. Ya yo he estado manipulado por bastantes rebeldes, brujas, lo que sea. Ya he arriesgado demasiado mi cuello por las buenas causas, en una guerra interminable, donde cada vez arriesgo más por menos." Pau interrumpió a Kairi en media oración.

"Entonces dame una carreta. Te doy este collar a cambio." Sugirió Kairi entregándole el collar que Altea una vez había llevado en su cuello. Pau lo miró minuciosamente apreciando el valor de la prenda. Se lo echó al bolsillo de su pantalón sin decir nada más.

"No, no puedo. Cada carreta es esencial para nosotros, tu muy bien sabes que vamos de lado a lado y no tenemos lujos. Kairi, no te metas en estos asuntos. ¿Qué te importa a ti este muchacho?"

"Me importa porque este pobre muchacho ha estado desamparado en una torre, tratando de escapar a como de lugar. Ha llegado con su compañera a pedir ayuda, yo se las brindaré, es lo que me dicta mi consciencia." Kairi lo miró fijamente a los ojos.

"Kairi, sabes que siempre te he acogido como la hija que si tal vez hubiese tenido, me hubiese caído bien. Lo que me estas pidiendo es mucho, no tan solo te comprometes tu, pero comprometes a todos. Si tu quieres salvar el mundo, porque tienes que arrastrar a los demás contigo."

"Porque es nuestro mundo, no mío, ni tuyo. Si tu quieres seguir como estas, un patán dando tumbos y buscando la vida entre pillerías, allá tu. Recuerda como era todo antes de la guerra, antes de Koren. Yo no estuve para presenciar el mundo sin guerra, sin dolor, sin desastre, pero tu si lo conociste. No te voy a seguir rogando, si no me vas a ayudar dímelo de una vez. Y devuélveme el collar." Kairi habló airada. Ona la observaba sorprendida, admirando el carácter de la chica que le había parecido una simple pordiosera hasta ese instante. Pau dio varios pasos por la caseta, agarrándose las greñas mientras pensaba, masticando sus opciones.

"Quiero algo más a cambio." Declaró Pau.

"¿Qué quieres?" Contestó Kairi.

"Que te cases conmigo cuando entres en edad. Ya estoy envejeciendo y creo que asentarme sería lo mejor. No estaría mal una mujer joven, que me cuide, que me de hijos fuertes."

"¡Estas loco!" Gritó Ona ante el pedido de Pau, mientras que Kairi se quedó sin habla temporeramente.

"Yo pensé que me querías como a una hija, Pau. La costumbre es que la mujer escoge su pareja..." Kairi declaró con tristeza.

"Lo se, pero en estas condiciones, si yo voy a arriesgar tanto de mi parte es necesario que tenga una justa recompensa. Obviamente, no te voy a forzar a nada, es tu decisión. Tu no eres mi hija, ni nunca te vi como tal. Eres una niña, que en unos años va a entrar en edad… Estoy siendo práctico."

"Kairi, es mejor que nos vayamos. No sé que te hizo venir a pedir ayuda aquí, pero esto no es lo que Bickett hubiese deseado. Él es muy noble y jamás aceptaría que hicieras este trato." Ona le dijo con ternura mientras se viraba para marcharse.

"Acepto. Haré lo que tu quieras, Pau. Yo no soy nada más que una huérfana sin peso, lo que me ofreces no es un mal prospecto después de todo. Ona, esas cosas de nobleza son lujos que los pobres no entendemos. Necesitamos llegar a Amazonia, a menos de que tengas otra opción, esta es la mejor. Pau conoce cada recoveco del reino, podrá llevarnos a salvo hasta que puedas entonces seguir adelante." Kairi habló segura de lo que decía.

"¡Ves! Mira que clase de mujer va a ser esta…" Declaró Pau satisfecho de lo que acababa de llevar a cabo. Acto seguido, salió de su caseta vociferando a todas partes para que los miembros de la comitiva artística se prepararan para emprender viaje.

"Mis queridos compañeros, emprendemos viaje a Yesén. Este viaje será uno especial pues se une a nosotros mi comprometida, Kairi la del bosque. ¡Ja, ja, ja! Si, mis adoradas damas, ya no más Pau para ustedes. Desde este momento en adelante, ya me han reclamado." La algarabía de los artistas se entrelazaba con burlas y carcajadas, mientras que Pau tambaleaba hacia el centro del campamento dando las noticias de su compromiso. Estaba a punto de llegar cerca de los establos de los caballos, cuando tuvo que doblarse a vomitar, ante las risas de los demás.

Ona y Kairi permanecían paradas observando todo aquello en silencio, cuestionándose su presencia en aquel lugar, por distintas razones.

"No puedo creer lo que hiciste." Comentó Ona con voz de admiración, de incredulidad.

"¿Qué hubieses hecho tú?" Kairi se encogió de hombros, ignorando pensar lo que el futuro le depararía. Sabía dentro de si que no se casaría con Pau, desde ese momento en adelante su única misión sería desvivirse por salvar a Bickett, literalmente… Alguien que ni si quiera estaba al tanto de lo que ella haría por él.

La comitiva finalmente partió en la mañana siguiente luego de una noche de celebración por el compromiso de Pau, quien prometió a todos los presentes que cuando Kairi entrara en edad, la boda sería espectacular y duraría toda una semana. Kairi, Ona, Bickett y el baúl que contenía la cabeza de Arkana viajaban en un vagón de madera que se añadió a la carreta de Pau. No era muy grande ni muy cómodo, pero les daba transporte seguro, pues parecía una carreta de víveres. La primera parada de la comitiva sería Astra, donde darían varias funciones para recaudar dinero e indagar por la seguridad de las vías a seguir. Ona y Kairi estaban un poco emocionadas porque a pesar de las circunstancias, era la primera vez que alguna viajaba a algún lugar que no hubiese sido el lugar en que crecieron. De cada rato asomaban sus caras para ver el paisaje por la solapa del costado del vagón, para otear el camino.

"Estoy muy agradecida por lo que hiciste." Arkana comentó una vez que Kairi y Ona la sacaron de su escondite para que pudiese respirar aire fresco.

"Espero que no sea en vano."

"No lo será, estoy muy segura." Sonrió Arkana.

"Una vez que tenga La Espada Dorada seré la reina y ordenaré que tu compromiso con Pau sea nulo." Ofreció Ona.

"Gracias."

"Una vez que tengamos La Espada Dorada todo va a ser muy diferente." Aseguró Arkana. Todas se mantuvieron en silencio por un rato, luego Ona sucumbió al sueño cansado que no había podido conciliar desde la noche anterior. Kairi la observaba pensando en lo extraño de su inocencia.

"Es tan hermosa. ¿Koren es así?" Kairi le comentó a Arkana.

"Koren es aun más hermosa. Aunque no importa… Ona es de buen corazón. Eso la hace más bella que su madre."

"¿Sabes quien soy?"

"Se quien eres, pero… ¿Lo sabes tú?"

"Soy Kairi, del bosque. Huérfana, bruja y curandera." Sonrió Kairi.

"Muy bien. Nunca te olvides de eso. Creo que debes hablar con Pau, pídele que me lleve a Albah. No les sirvo de nada, sin embargo una vez tenga mi cuerpo puedo ayudar."

"Si le voy con más pedidos, Pau va a terminar con dos esposas... ya he visto como se pasa mirando a Ona. Ja, ja, ja...Tal vez esta pensando que pidió la equivocada." Kairi soltó una carcajada irónica, pues parecía que en todo ella era la persona equivocada.

"Es que no te ha visto bien. Eres muy astuta al esconderte tras de tanto sucio y fango, aunque tus ojos son difíciles de ignorar. Creo que no podrás pasar desapercibida por mucho tiempo. La seguridad del sucio y el bosque ya no te servirán de nada."

Las palabras de Arkana parecieron tener poderes proféticos, pues esa misma tarde unas de las bailarinas de la tropa se hicieron a la tarea de asear meticulosamente a Kairi. Las mujeres la llevaron a un riachuelo cercano donde con cariño le sacaron la mugre que la cubría de pies a cabeza, le tuvieron que rapar el cabello pues estaba demasiado enredado para que un peine pudiese domarlo, le dieron también un trajecito sencillo para que dejara atrás sus harapos. Las mujeres quedaron boquiabiertas al ver la joven finalmente. Sus ojos café relucían con el destello de flecos de oro en la luz, su piel acaramelada de un cremoso dorado parecía ser del más exquisito nácar. El rostro ovalado que había escondido tras la tierra era tan perfecto que era imposible encontrar defecto alguno, sus labios carnosos y definidos eran como una llamativa invitación a las sonrisas perfectas.

"Yo creo que deberíamos enfangarla otra vez." Comentó una de las mujeres encogiéndose de hombros.

"Nadie puede verla, va a causar demasiados problemas, se la llevarán a Bandah... a la corte." Contestó otra.

"Que Pau decida que hacer, él fue el que nos dijo que la pusiéramos decente." Decidió la tercera, lo que las demás aceptaron. Las cuatro regresaron al campamento, sin poder esconder a Kairi quien estaba llamando la atención de todos, no tan solo por su aspecto pero por su porte. La muchachita contaba con la elegancia innata de su nobleza, con la fluidez de sus extremidades largas y ágiles, y con la cabeza erguida como quien confía en si sin vacilar. Llegaron finalmente hasta Pau, quien al verla quedó mudo.

"Aquí esta Kairi, limpia, como lo pediste." Sonrió una bailarina antes de marcharse para seguir su día, las demás también se fueron pues no querían ser parte del extraño espectáculo.

"Estoy sorprendido, quien lo hubiese pensado. Tus ojos siempre me encantaron, pero la tierra que te tapaba era todo un engaño, eres... Mira, aquí tengo algo para ti. Te prometo que nunca te va a faltar nada y todo lo que es mío es tuyo. " Pau le extendió una pequeña sortija de plata la cual Kairi recibió en silencio.

"No quiero una niña, no me gustan las niñas Kairi, no soy un asqueroso de esos. Te respetaré hasta que nos casemos, tienes que comprender que siempre que veo una buena oportunidad la agarro. Tu eres una huérfana y estando conmigo vas a tener un buen futuro, te lo juro. Es más, yo te apoyaré en cuanto quieras." Los ojos negros de Pau se fijaban en ella con intensidad, con la intención de tal vez forjarse una vida nueva a costas de Kairi. Él había vivido tanto, amado y desamado tanto que ya que el tiempo no era su amigo le daba la bienvenida a un futuro tranquilo, sosegado. Kairi sin embargo, lo observaba sin rastro de emoción, en su corazón el desdén de haber tenido que acceder a tan absurdo pedido de alguien que consideró un amigo. Miraba las canas que salpicaban sin frenos el largo cabello oscuro, las trenzas que se entrelazaban entre mechones, la barba que empezaba a crecer en la piel endurecida por los años, tal vez en su juventud Pau debió haber sido un hombre muy apuesto, pero en ese momento, Kairi lo veía como un viejo apestoso.

"Tengo otro pedido. Quiero que envíes a un jinete hasta Albah. Hay que reponer una reliquia en el templo de la Demi-diosa Arkana. Es muy importante que esto suceda." Kairi le dijo.

"Será como tu quieras, ya te dije que todo lo que tengo es tuyo. Mandaré a uno de mis hombres de confianza, Eprah. Sabes que nadie lo va a parar, no me fallará." Pau respondió contento, como si creyera que entre ellos se estaba forjando una unión estrecha, algo parecido a una pareja real.

Kairi regreso al vagón donde Ona la esperaba inquieta. La chica la miró de reojo sin poder creer que ante ella estaba la misma persona que había conocido hasta hace poco. Un sentimiento de molestia inexplicable le invadió, pues la duda de quien era más bella entre las dos, surgió en su mente.

"No te reconocí. Te iba a preguntar donde andabas, pero ya me di cuenta que tienes que haber pasado la mañana aseándote."

"No fue tanto. Yo no estaba sucia, siempre me he bañado, pero mi abuela me tapaba de fango y tierra de pies a cabeza para que no me vieran. No fuera que me robaran para meterme en la corte de tu madre. Bien sabes que tan solo por su belleza es que llegan algunas a la corte..." El tono cortante de Kairi se dejó palpar en sus palabras. No iba a permitir bajo ninguna circunstancia que nadie la hiciera sentir menos por ninguna razón. La personas no se medían por su apariencia ni por sus bienes, sino por su corazón, tal como se lo habían enseñado sus adoradas brujas. En ese momento Kairi pensó que el corazón de Ona tal vez no era lo que ella pensaba. El silencio se posó entre ellas como una amenaza, una profecía de ambivalencia que las ensañaría la una en contra de la otra en el momento menos esperado.

"Es mejor que salgamos a comer algo, los artistas se irán a hacer su espectáculo, por lo cual creo que quiero investigar un poco la ciudad de Astra."

"No puedes irte del campamento, que pasa si te pasa algo, o te pierdes." Le recriminó Ona.

"A mi no me están buscando, he sido independiente desde niña y se cuidarme, además no iré tan lejos."

"Entonces llévame contigo, será mejor que quedarme aquí estancada."

"No puedes ir conmigo. Quiero ir sola y Bickett necesita que alguien este aquí por si acaso." La verdad era que Kairi estaba pensando buscar las ruinas del castillo de Astra en las afueras de la ciudad, para ver si lograba encontrar algún residuo de lo que fue el hogar de sus padres.

"No te demores entonces, no me gusta estar sola en este lugar."

"Arkana te hará compañía, no me voy a tardar." Kairi desapareció de vista tan pronto como pudo, no sin antes llevarse un paño de seda el cual le sirvió para tapar su cabeza de tal modo que solo se le veían lo ojos, tal como si fuese una de las brujas del desierto, se sentía incomoda sin el peso de su cabello, pero empezaba a acostumbrarse a la falta de este. Corrió sin mirar atrás lo más rápido que sus piernas le llevaron, no fuese que alguien le diera por evitar que se marchara sin saber a donde se dirigía. Sabía que todos estaban enfocados en la función de la noche por ello se le haría fácil pasar de largo. Encontró una vía que le pareció ser la principal, la cual siguió hasta que logró ver algunas casas de granjeros, donde decidió preguntar por donde andaba. Se acercó a unos niños, pues sabía que siempre estaban más prestos a ayudar abiertamente y sin preguntar mucho. Estos le indicaron que estaba cerca de la central de Astra, pero que si quería ir a las ruinas, tendría que pasar por la ciudad hasta su final y recorrer hacia el norte hasta llegar a unas montañas. También supo que las ruinas no estaban guardadas por soldados, nadie iba por aquellas partes, era un lugar desolado. Le indicaron que se dejara llevar por las nubes. Kairi siguió su rumbo casi a punto de correr todo el tramo, con el corazón en la boca, pues estaba deseosa de ver el lugar donde había nacido. Desafortunadamente, el castillo estaba lejos de la ciudad, la ciudad era grande y ya sus pies le estaban fallando a pesar de su ahínco por llegar.

Las horas se estaban pasando volando, su andar era interminable, pero no parecía avanzar en su misión. Si tan solo pudiese volar hacia el lugar, o al menos haberlo visto antes para transportarse mágicamente, pero las opciones tal vez eran impertinentes en ese momento. Con su agilidad logró treparse en alguna que otra carreta que transitaba las vías sin que nadie se diera cuenta, hasta que finalmente llegó a las afueras de la ciudad, dándose cuenta que ya era muy entrada la tarde. No podía regresarse después de tanto trabajo, seguiría adelante y después ajustaría cuentas con los demás. Caminó por unas tres horas más hacia las nubes en las montañas hasta que finalmente llegó a un gran claro donde se veían las ruinas de las murallas de lo que fue el castillo. Mármol blanco se esparcía en enormes pedazos como si un gigante hubiese tirado unos dados mal hechos por todas partes. Pudo ver el lugar donde alguna vez existió una entrada oficial, una guarnición militar. También se dio cuenta que se tardaría mucho en llegar al castillo mayor, más bien, a lo que quedaba. La naturaleza se había tragado copiosamente los restos del difunto palacio por lo que se le hizo un poco difícil adentrarse en el corazón de este, todo aun mostraba los indicios de un fuego catastrófico. La dragona que llevó a cabo el ataque debió haber sido de inmenso poder, el lugar fue convertido en una verdadera fosa común.

Las rodillas de Kairi empezaron a temblar misteriosamente, una fuerza mística la envolvía, guiando sus pasos hacia el corazón de las ruinas. Sentía como algo le apretaba el pecho, pero no para sofocarla sino para llenarla.

"Soy Kairi, la princesa de Astra." Habló a la nada por si caso había espíritus en el lugar. Nadie respondió. Sin embargo, un temblor rumió entre las ruinas, en ese momento dejó de sentirse sola. Una luz clara y brillante, empezó a vislumbrar ante ella. No titubeó en ir hacia ella para ver de que se trataba. Una esfera pequeña se encontraba en el suelo, tan pequeña que cabía en la palma de su mano, la cual logró guardar en su saco de viaje. No sabía que era aquello, pero no dudaría en preguntarle a Arkana para qué servía. Mirando a su alrededor, la atacó la desolación, la tristeza y el llanto. Lamentaba no tener ni un recuerdo de sus padres, de su corta vida en el castillo... Lula le había dicho que visitara el castillo, su interior, pero obviamente aquí no había nada para ella.

"No llores." Una vocecita atrevida le hizo saltar de su piel, pues se creía sola.

"¿Quién eres? ¿Dónde estas?" Reclamó Kairi mirando nuevamente a su alrededor.

"Estoy aquí a tus pies, soy un lagartijo. De hecho, este ahora es mi reino. Te acabamos de entregar lo único de valor que quedó del castillo, La Luz de Astra. Es un artefacto mágico muy especial, le aumenta el poder mágico al que la posea y tú como princesa de Astra la puedes usar. Nos sirvió de candelabro en nuestra guarida por mucho tiempo, espero que le des buen uso." Kairi lo observó asombrada, el lagartijito parecía uno común y corriente.

"¿Hace cuánto vives en el castillo? ¿Viste cómo era antes?" Le preguntó ella una vez que se le pasó el pasme.

"No, que te crees, no vivimos tanto tiempo. Aunque si tenemos leyendas entre nosotros, sabíamos que la Princesa de Astra sobrevivió el ataque cuando sucedió."

"¿Cómo lo supieron?"

"Las criaturas del bosque por más insignificantes que le parezcan a los demás, están al tanto de todo." Comentó el lagartijo un poco enfadado.

"No quise insinuar nada, yo me crié en el bosque, he hablado con muchas criaturas. Sólo busco información de mi pasado, quien soy, quien fui."

"Yo no sé muchas cosas de ustedes los humanos, nosotros los lagartijos vivimos diferente y menos tiempo, por lo tanto, mirar atrás es una tontería. Saliste de este castillo muy pequeña, así que en realidad nunca perteneciste a este mundo. El bosque es un mejor lugar para crecer de todos modos, es un hogar vivo, no tan concreto como los muros muertos donde ustedes hacen sus viviendas. De todos modos, te deseo lo mejor princesa de Astra. Haz lo que puedas para terminar esta guerra, estamos tan afectados. Ustedes los humanos son tan egoístas." Le recriminó el lagartijo.

"Lo siento mucho lo de la guerra, nos afecta a todos. Por lo que sé los humanos somos demasiado egoístas, pero tenemos la capacidad de cambiar. Espero poder ayudar, gracias por el artefacto mágico. Debo marcharme." Kairi habló con aplomo pues sabía que llegaría entrada la noche al campamento y todos estarían enfadados con ella.

"No tienes por que caminar de regreso, pídele a la Luz de Astra que te lleve a donde quieras ir. Nosotros no sabemos como usar esa cosa, pero si sabíamos que era muy poderosa, quien sabe que logres hacer con ella." El lagartijo desapareció entre las ruinas, mientras que Kairi sacaba nuevamente la esfera mágica a la luz. La apretó sintiendo un calor en su mano, mientras que pensaba en el campamento, luego en Ona, luego en Arkana... nada sucedía. La imagen de Bickett se le vino a la mente, como dormía tranquilo en su sueño mágico, postrado en el camastro. El mundo pareció iluminarse desenfrenadamente casi haciéndola quedar ciega, cerró sus ojos para evitar la luz penetrante, pero del mismo modo que apareció la luz así desapareció. Al abrir sus ojos estaba al lado de Bickett. Sin pensarlo, su instinto fue esconder la esfera de inmediato, por si acaso no estaba sola. Por suerte Ona ni se dio cuenta de su llegada silenciosa, la única que posó sus ojos en ella fue Arkana quien reposaba en un estante, desde el cual miraba hacia el interior del vagón.

"Buenas noches." Les dijo Kairi anunciando su llegada, más bien a Ona, pues Arkana la había visto llegar.

"¡Que susto me has pegado! No te oí llegar. Te tardaste mucho tiempo, Pau ha venido a preguntar por ti varias veces. Creo que es mejor que vayas a decirle que estas de vuelta."

"¿Quieres acompañarme? En verdad no quiero ir sola a esta hora a su caseta." Comentó Kairi medio suplicante, pues sabía que probablemente Pau y su comitiva ya habrían estado bebiendo.

"No. Vete tu sola. No quiero estar con ese grupo de depravados. Han metido un cerdo en su caseta, lleva chillando hace rato. "

"Por favor."

"No. Yo me quedo cuidando a Bickett y a Arkana. Allá tu que los dejas desamparados." Kairi posó sus ojos en Arkana quien escuchaba atentamente la conversación en silencio. Ona se recostó sobre un colchón de paja que le daba un poco de comodidad ante el suelo duro del vagón. Kairi tragó en seco y se marchó para enfrentarse a Pau. Caminaba con pies pesados resentida de que Ona no la hubiese acompañado, vaya Princesa Dorada que era, que dejaba que los otros se enfrenten solos a situaciones pesadas aunque le pidiesen ayuda. El jolgorio que salía de la caseta de Pau era de esperarse y tal como lo había dicho Ona, se podían escuchar los terribles chillidos de un cerdo. Ella paró brevemente en el umbral de la caseta, respiró profundamente y entró.

"Pau, me ha dicho Ona que has ido por mi. ¿Me estabas buscando?" Los invitados de la ocasión se detuvieron brevemente a ver quien había llegado, en especial porque Pau se irguió de su butaca con mala cara.

"¿Dónde andabas?"

"Me fui a conocer la ciudad, nunca había estado aquí y quise aprovechar." Contestó ella. Pau la miró de pies a cabeza.

"Mañana te haremos un tatuaje, justo en la cara. Tendrás los símbolos de mi familia."

"No puedes hacer eso, los tatuajes se los hacen las brujas para demarcar su tribu, tu no tienes ninguna. Además, en todo caso, tendrías que ser tu quien se tatúa mi línea. " Contestó ella airada, sabiendo muy bien que la línea materna era la única reconocida.

"Bah. Esta es muy avispada, te enseñaron muy bien en el bosque. Bueno, pues no salgas del campamento sin taparte la cara, no vaya a ser que te atrapen para servir en un castillo… Ó, no vaya a ser que seas como una gata y andes por ahí buscando quien te pille." Los presentes rompieron a reírse a carcajadas. Kairi miró a su alrededor disgustada de la comitiva, finalmente posando su mirada en un pequeño cerdito que estaba amarrado al pie de un pilar.

"¿Por qué ha estado chillando el cerdo tanto?" Le preguntó a Pau.

"Pues es que es nuestro invitado de honor. Queríamos saber si era posible embriagarlo, pero el condenado se resiste."

"Desátalo entonces." Sugirió Kairi.

"Mi querida Kairi, una cosa que tienes que entender, es que jamás me dirás que tengo que hacer. Si acaso será la cena de mañana, o acaso te crees que la carne que comemos aparece de la nada."

"Pero es tan pequeño y lo han hecho sufrir. Te suplico que lo dejes libre." Kairi imploró nuevamente. Pau se empezó a reír ante la situación, tambaleándose se fue justo donde estaba el cerdo, agarró la soga firmemente sacando su puñal como para cortarla. El chillido estremecedor del animal le heló a todos la sangre, pues el puñal jamás llegó a la soga sino al cuello del cerdo. Kairi se tapó la boca para evitar que el grito de su garganta escapara. Dió media vuelta y se marchó de la caseta, empezando a llorar mientras que odiaba el prospecto de su vida al lado de Pau. Se sintió culpable porque hizo que Pau matara al cerdo tan cruelmente, porque tal vez no hizo suficiente por salvarlo. Aunque de que hubiese servido… si como quiera estaría en un plato al día siguiente. Estaba aprendiendo mucho de la vida, de la gente, de las personas de las cuales se había hecho una idea, pero resultaban ser otra cosa. Hubiese dado su corazón por regresar al bosque, por vivir tranquila entre los animalillos y los árboles…

Al llegar al vagón se dió cuenta que casi no había espacio para ella dormir, Ona se había recostado junto a Bickett y ocupaba el único colchón que tenían disponible. Se acostó en el suelo frío e incómodo, usando su brazo de almohada, enroscándose en posición fetal. Sus sollozos llenaron la noche, pequeños, desapercibidos. Arkana empezó a cantar una canción que ella no entendía pero que logró calmarla. El sueño se la llevó a un lugar tranquilo, a un bosque mágico que nunca había visto, donde había un hermoso panteón que olía a flores frescas y agua pura. En sus sueños Kairi sintió como su cuerpo se posaba cómodamente en una enorme cama, en la cual casi se perdía. Un fuego voraz le calentaba la piel y una sonrisa placentera le llenaba los labios. Una mujer hermosa que parecía deslumbrar en la luz, se acercó a ella, recostándose a su lado y envolviéndola en un abrazo. Nada de aquello le pareció extraño, porque algo le decía que aquella mujer la quería mucho. Fue la noche más placentera que Kairi había tenido en su corta existencia.

Koren corrió hacia su habitación al escuchar los gritos estremecedores de Orión. Sacó a las brujas de su camino temiendo que estuviese muriendo finalmente. Se arrodilló a su lado, al borde de la cama, sin poder evitar las lágrimas. Le dolía tanto verlo en ese estado. Hacía casi un año que su constitución se había quebrado repentinamente, dejándolo en cama. Orión dejó de estar al mando de las fuerzas militares por lo que ella había asumido control total de la guerra, una guerra que era parsimoniosa, mortal, difícil de ganar. Las brujas se escondían y atacaban, no había batallas definitivas, no había victorias definitivas, era un conflicto canceroso que no acaba. Koren agarraba la frágil mano de Orión con temor a herirlo, no sabía como era posible que aún estaba con vida, su cuerpo se había encogido sobre su esqueleto de tal manera que más bien parecía un velo. Su rostro enjuto, no era más que un miserable marco en donde sus ojos desorbitados se exponían.

"¿Qué te sucede?" Le preguntó Koren cariñosamente.

"Me apuñalaron." La voz áspera de Orión confesó mientras miraba con odio a las brujas curanderas.

"No es cierto. Nadie te ha hecho nada." Koren trató de calmarlo. Orión se recostó en la cama mirando hacia el techo.

"¿Ha terminado la guerra?"

"No ha terminado. Ni tampoco hay rastro de Bickett, estamos en la expectativa."
Le comentó Koren sabiendo que esa sería su próxima pregunta.

"¿Y Ona?"

"Ya te dije, se fueron juntos. Ella lo ayudó a escapar. Pero es mejor así, no hay sospechas de nada." Orión logró sonreír un poco.

"Espero que mi plan salga bien. Pondremos fin a la guerra y tu te reestablecerás, te lo prometo."

"Mi amor, mi Koren. Yo ya no aguanto. Me quiero morir, mírame... Pudriéndome en una cama. Ni te creas que no he visto de vez en cuando los gusanos que me roen, las brujas estas no sirven para nada."

"No hay gusanos. Estás confundido." Ella le decía la mentira piadosa, mientras se levantaba para marcharse.

"No te vayas, no me gusta estar solo. Me dijiste que nunca te apartarías de mi. Es que te doy asco, ¿verdad?"

"Estoy al mando de la milicia, lo sabes muy bien. A eso se debe mi ausencia." Koren se marchó de una vez. Orión le daba asco... Hacían bastantes años que no compartían el mismo lecho, parte de ella lo amaba abnegadamente, la parte que añoraba el recuerdo y la pasión que tuvieron. También sabía que el recuerdo no era suficiente para sosegar sus deseos de mujer. Miraba con ansias a los soldados jóvenes de su edad, a los generales distinguidos... Aunque al fin y al cabo terminaba convenciéndose de que un hombre era igual que el otro, qué más daba. No le gustaba ni pensar en su vida, a veces se sentaba en la oscuridad tratando de recordar momentos agradables. El tiempo la castigaba, poco a poco se robaba las imágenes, los olores, las voces. Se enfurecía tratando de recordar a su hijo Ander, su mente le ofrecía poco, buscaba en el recuerdo el cascabel de su risa. Nada. Su pecho era un vacío profundo, del cual ni los halagos ni el sabor del poder la podían sacar. Lo único que le daba esperanza era que La Princesa Dorada existiera...

Capítulo 5: La Espada Dorada

Eprah se presentó al mediodía ante Kairi para saber los particulares de la misión que debía llevar a cabo.

"Es importante que lleves esta cabeza de piedra al altar del templo en Albah. Sabré si no lo has hecho." Le dijo Kairi seriamente, entregándole al hombre un saco conteniendo la cabeza de Arkana.

"No parece de piedra, no es tan pesada, creo que me estas mintiendo."

"Bueno, pues mira adentro y verás que hay una cabeza de piedra." Eprah hizo lo indicado y para su sorpresa se encontró con una cabeza que al parecer si era de piedra. Kairi había embarrado la cabeza de Arkana de una arcilla blanca para disimular su exquisito color vivo.

"Esta bien, es posible que me tarde unos meses, tendré que dar vueltas para pasar desapercibido. Yo creo que ustedes llegarán a Yesén antes que yo a Albah."

"No importa, lo que importa es que esto llegue al templo en el bosque." Kairi lo vió partir en su caballo, con el pecho angustiado, deseándole lo mejor a Arkana. Habían hablado brevemente en la mañana, pero ninguna quería decir algo definitivo respecto a sus destinos. Esa tarde el campamento seguiría su rumbo hacia Bedega lo cual le tomaría por lo menos una semana de viaje debido al paso tan atolondrado de la comitiva artística. Pau gustaba de parar en cualquier aldea para dar funciones imprevistas, con el fin de abastecerse de abarrotes, comida, mujeres, bebidas y monedas robadas. Kairi siempre se mantenía al margen de todo aquello, pasando casi todo su tiempo en compañía de Ona. Uno de sus temas favoritos era Bickett.

"Es un guerrero excelente, le ha criado una ogra."

"Pensé que los ogros se comían la gente." Comentó Kairi sorprendida.

"Me imagino que si, pero Grinda siempre quiso mucho a Bickett, aunque era difícil saberlo. Nunca hablamos, ella y Bickett se comunicaban en su idioma, el de los ogros. Siempre me parecieron tener un relación muy estrecha, yo creo que ella estaba muy orgullosa de él, lo amaba. También creo que Bickett la quería mucho, le llamaba mamá."

"¿Cuál es su color favorito?" Kairi preguntó.

"No se... Ninguno." Ona se encogió de hombros, dejando a Kairi boquiabierta al no saber algo tan sencillo de alguien que supuestamente era su mejor amigo. Ella sabía bien que el color favorito de Altea había sido el verde, el de Lula el violeta encendido. Se atrevía a adivinar que el color favorito de Ona era el gris.

"Para haber estado tanto tiempo con él me parece que sabes muy poco de él."

"Sé todo acerca de Bickett... Lo que pasa es que estas celosa." Acusó Ona.

"¿Celosa de qué? ¿De vivir encerrada en una torre, de ver como torturaban al príncipe? No creo." Las dos permanecieron en silencio, había una tensión indescifrable entre ellas que las hizo callar. Los siguientes días se pasaron largos y aburridos debido a que las chicas trataban de evitarse a como de lugar, se hablaban por cortesía y cuando lo hacían era con brevedad. La única distracción que Kairi tenía era cuando Pau la llamaba a su caseta para hablarle de alguna novedad del campamento. Él le había pedido perdón por sus ánticos detestables, logrando una tregua entre él y quien pensaba sería su futura cónyuge.

La ciudad de Bedega era muy hermosa, aun quedaban rastros a su alrededor de los árboles robustos, pero también habían colinas interminables que eventualmente culminaban en las planicies. El campamento se acercó a la ciudad y se estableció casi en su entrada para estar fuera del camino, pero lo suficientemente visible como para despertar la curiosidad de los residentes. Tan pronto se empezaron a izar las coloridas banderas y la tarima de madera, muchos ojos curiosos empezaron a añorar los tiempos en que el dolor de la guerra no teñía los días. Días lejanos que fueron felices, tranquilos y llenos de calma. Los niños eran los más felices pues alguna intuición extraña les decía que finalmente podrían sonreír y divertirse abiertamente, con la excusa de estar viendo un espectáculo artístico. Casi entrada la tarde un grupo de soldados empezó a hacer las rondas por los vagones y las casetas que ya se estaban poniendo en pie. Kairi no tardó en convertir a Bickett en un pequeño cachorro gris, que dormitaba tranquilo en unas cobijas sucias.

"Has hecho eso con mucha facilidad, me sorprende tu uso de la magia." Comentó Ona asombrada de la aptitud mágica de Kairi, no tan sólo por lo que acababa de hacer, pero también porque ella misma no era capaz de hacer algo semejante tan fácilmente.

"Crecí con unas brujas muy diestras. Creo que sería mejor si lo dejamos de esa forma pues ocupa menos espacio, así no tendremos que preocuparnos si la guardia nos da una sorpresa." Kairi señaló a Bickett en su forma canina.

"Pues tienes que decirme como rompo el conjuro, no vaya a ser que algo te pase y termine Bickett como un perro de por vida."

"Tienes razón, te escribiré el conjuro en este pergamino, para que lo deshagas si es necesario." Kairi escribió con un lápiz en un pequeño pergamino las palabras que desharían el hechizo: Cachorrito gris no eres. Ona lo leyó y se lo memorizó de inmediato por si acaso el papel se dañara de algún modo.

"¿Y nosotras?" Inquirió Ona.

"Conviértete tú en algo, así te puedes liberar del hechizo tu misma. Yo nada más me voy a poner cicatrices en la cara." Ona permaneció callada. No quería admitirle a Kairi que no tenía buen dominio de la magia, cerró sus ojos y se esforzó logrando que su piel y cabello se tornaran verdes.

"¿Qué se supone que seas, una rana?" Le preguntó Kairi riéndose.

"Diles que tengo una enfermedad rara, nadie se me acercará." Ambas se sentaran a esperar que los guardias llegaran, lo que tomó varias horas.

"Este vagón, como ven, distinguidos caballeros, soldados, nobles militares de Bandah, es nada más para provisiones y tonterías." La voz de Pau empalagando a los guardias de elogios puso a las jóvenes en alerta. Tras de Pau ingresaron dos guardias de gran estatura con los uniformes reales de Bandah, que llevaban también la insignia oficial de la ciudad de Bedega. Un medallón de plata que resaltaba la imagen de un falcón cargando un ramo de uvas.

"¿Quiénes están aquí?" Preguntó el primer soldado a Pau, quien miraba con curiosidad el rostro desfigurado de Kairi, el perro durmiente y una niña verdosa tirada en el camastro.

"Esta que ve es mi comprometida, aquella que está allá tirada es su amiga y como ve usted, mi capitán, aquel es su perro." Contestó Pau lo primero que se le ocurrió. Kairi los miró en silencio.

"Amigo, le recomiendo que se busque otra prometida... Ahora, despierte a la otra, queremos verle los ojos." Exigió el soldado.

"Muy bien, pero que tienen que ver sus ojos con todo esto." Preguntó Pau recordando el turquesa tan extraño de los ojos de Ona, dándose cuenta que tal vez el castillo de Bandah estaría buscando a Ona y a Bickett.

"Está muy enferma." Kairi le habló al soldado.

"¿Qué tiene?"

"No se. Una bruja le hizo un conjuro, está muy afectada."

"Malditas brujas, solo causan problemas. No importa, despiértala." Kairi se acercó a Ona ocultando su rostro con su cuerpo mientras jamaqueaba sus hombros. Ona abrió sus ojos obviamente alarmada, pues seguían del mismo color. Kairi sonrío dejándole entender que no temía nada que temer. Ona se sentó y haciéndose medio adormecida miró a los soldados. Pau estaba casi pálido de aguantar su respiración, la cual dejó escapar con una carcajada al ver el marrón oscuro en los ojos de la chica.

"Para que la despierten, necesita descansar." Les reprochó Pau nuevamente en tono de complacencia.

"Es mejor que vayan y busquen una bruja en Bedega que les pueda ayudar, uno nunca sabe como estos hechizos pueden terminar." Les advirtió el guardia satisfecho de haber visto los ojos marrones, antes de marcharse a continuar con sus oficios. De repente un ogro que estaba con la guardia se asomó también al interior como si buscara algo. Dejó escapar un gruñido antes de irse.

"Que raro, el ogro parecía estar buscando otra cosa que el capitán." Comentó Kairi confusa.

"Si, eso creo también. Muy raro."

"Ona, no sabes mucha magia. ¿Verdad?" Comentó Kairi devolviéndole el color original a las pupilas de Ona.

"Si... soy muy poderosa, solo que si me pongo nerviosa no puedo concentrarme."

"Es un hechizo muy simple."

Una vez más el silencio cayó sobre ellas. Ona se quitó el verde de la piel, pero se lo pudo haber puesto rojo para denotar la rabia que llevaba adentro. Su madre le había enseñado bastante magia, al igual que la dragona Kalani, el hada Lenna y hasta el mismo Bickett. Sin embargo, parecía que la magia no la aceptaba a ella. Sabía que una vez tuviese la Espada Dorada en sus manos podría canalizar todo aquel poder que llevaba dentro para demostrar que en verdad era una maga proficiente. Ella sola se enfrentaría a su madre para salvar a Bickett, para que él la siguiera adorando por siempre… y reinar juntos. Lo amaba desesperadamente, cada momento de su corta vida lo pasaba pensando en él, en estar con él, o estando con él. Recordó como una vez estaban jugando en el bosque y lo vio bajo la luz del sol veraniego. Su rostro tan triste y delicado, sus ojos grises como la neblina de otoño, su sonrisa intranquila por el pesar de su encierro. Desde ese momento lo amó, sus memorias más gratas no existían a menos de que él estuviese en ellas. Se le había hecho tan difícil dejar el palacio, a su madre… Koren era una mujer desalmada, pero con ella siempre había sido cariñosa.

Recordaba con aplomo el día en que Bickett le rogó de rodillas que lo ayudara a escapar. Tenía la cara ensangrentada pues había peleado con uno de los guardias y esperaba el momento en que Koren le mandaría un castigo. Había estado a punto de quitarle la vida al guardia por no dejarlo pasar a la biblioteca, lugar que era sagrado para Bickett. El guardia tuvo que pedir refuerzos para salvarse pues Bickett tenía una fuerza monumental para su edad por haber vivido peleando amistosamente con una enorme ogra. Lo había visto llorar, pidiéndole que lo liberara. Bickett la había mirado con sus hermoso ojos grises y le dijo las palabras que ella quería escuchar.

"Sabes que eres lo único que tengo, si sientes algo por mi, ayúdame, te lo suplico." Lágrimas gruesas le habían hecho surcos en la sangre seca. Esa misma tarde Ona se fue a los establos de los pegasos, los miraba a todos a los ojos tratando de averiguar cual sería capaz de morir por Bickett. Sabía muy bien que lo que estaba a punto de pedir era un favor muy grande a las bestias, pero no le quedaba otro remedio. Esperó a que estuviese sola en el establo y a toda voz preguntó si había alguno capaz de arriesgar su vida por Bickett. Para su sorpresa todos estuvieron prestos, pero uno sobresaltó ante todos. Zaur, el Pegaso de su madre.

"Yo los llevaré a donde quieran ir."

"Tenemos que irnos ahora mismo, llévanos a Ture. Voy a amarrar a Bickett con sogas pues enloquecerá de dolor cuando empiece a alejarse del castillo, pero pase lo que pase no habrá marcha atrás."

"Lo se."

Kairi se fue a la caseta de Pau cuando vinieron a buscarla para compartir la cena con él y para su sorpresa las mujeres de la tropa le regalaron unos nuevos vestidos. Ella se los agradeció pues en verdad siempre soñaba con tener vestidos bonitos, aunque el saber que provenían de Pau le incomodaba bastante. No obstante, se sentó a la mesa con los demás, casi sin probar bocado.

"Amigos, gracias a la fuerza militar nos hemos quedado sin fondos. Tendremos que desviar nuestro viaje a Ossa para recaudar más dinero, es una ciudad grande y creo que se nos hará más fácil hacer ganancias."

"Malditos militares." Comentó un hombre barbudo mientras tomaba afrentadamente de su copa de vino.

"¿Cómo cuánto tiempo nos costará el desvío?" Preguntó Kairi alarmada.

"Tan solo un par de semanas, mi querida mujercita."

"No me llames eso." Contestó Kairi molesta. Sabía que no podría hacer nada para cambiar los planes del campamento, eso significaba que tendría que permanecer más tiempo con Ona y ese prospecto no le gustaba. La verdad era que había algo en ella que la incomodaba, aunque al fin y al cabo su buen carácter le hacía soportarla. La cena continuó sin más novedad, con la misma rutina de comer y beber con desenfreno. Una vez que los presentes se encontraban descocados, Kairi se marchaba prontamente pues sabía que en ese estado lo único que se podía llevar a cabo era la perversión y ella no quería cuentas con eso. Ya la habían mandado a buscar varias veces en el pasado para suministrar sus dotes de bruja curandera a los resultados de aquellos jolgorios, ya fuesen enfermedades venéreas, o criaturas indeseadas. Altea le había dicho que no se debía juzgar a las personas, pero mientras más las observaba, más se encontraba definiendo lo indeseable.

Encontró que Ona estaba despierta, a la luz de una vela, terminando de comer su mezquina cena de pan y verduras.

"Tendremos que pasar dos semanas más de viaje, iremos a Ossa. Los guardias se robaron todo lo de valor que encontraron."

"¡Maldita sea! Estoy harta de este estúpido viaje, no crees que seria mejor si nos lleváramos unos caballos y nos fuéramos solas con Bickett."

"Yo no se llegar a Yesén, tampoco creo que sea buena idea andar preguntando por ahí, levantando sospechas. Ya has visto como de peligroso es viajar con la guerra en pie. Aunque no lo creas estamos más seguras con este grupo de charlatanes." Comentó Kairi con aplomo. Se hizo una nota mental para tratar de buscarle una actividad durante el día a Ona para mantenerla ocupada.

"¿Qué te gustaría hacer?" Kairi habló.

"¿Cómo qué?"

"¿Te gusta bailar, pintar, coser, cocinar?"

"Me gusta leer."

"Esa no es opción, mira a tu alrededor, no creo que estamos en compañía de intelectuales...Creo que si nos mantenemos ocupadas en algo, se nos hará más llevadero el viaje. Bickett esta tranquilo, nadie lo molestará. Podremos verlo de vez en cuando para asegurarnos que esta bien."

"Esta bien, búscame algo que hacer, pero que no sea muy desagradable." Ona le suplicó.

Kairi y Ona se presentaron el día siguiente a donde la costurera encargada de los vestuarios, pues siempre estaba necesitada de manos diestras y ágiles para sus modas. Las chicas empezaron a cogerle el ruedo a unas faldas que le parecieron interminables. Kairi no se quejaba, aunque sí sufría los suspiros de Ona, cuales se hacían casi insoportables, más un cuando se convirtieron en quejas audibles. Se quejaba de su espalda, de sus dedos, de sus manos, de sus ojos, tanto que al fin y al cabo la costurera le dijo que se marchara y no regresara. Kairi terminó su trabajo y la fue a buscar al vagón donde se encontraba llorando.

"Este ha sido un día horrible, mira como estoy llena de piquetes en los dedos. En mi vida he tenido que hacer un trabajo tan bajo." Ona se quejó amargamente.

"Lo siento, pensé que sería un buen trabajo para nosotras. Mañana mejor nos vamos con las bailarinas, creo que eso será más divertido. Se contorsionan y aprenden los bailes de vientre, ya verás que cosas pueden hacer."

"Pues más vale que así sea, porque sino no vuelvo a salir de aquí, no veo la hora que lleguemos a Yesén para poder alejarme de todos ustedes." Kairi se entristeció ante la animosidad que Ona vociferaba. No podía entender que era lo que le molestaba tanto, Kairi había cuidado de otros desde su niñez y nunca se quejó de tener que hacer algo. Empezó a dudar seriamente de la capacidad de Ona para ser cualquier tipo de princesa.

En la mañana la neblina arropó el campamento, que ya estaba en pie, por completo. Al mediodía estaba planeado que todos irían a pregonar por la ciudad y sus alrededores, la función de la tarde. Gracias a su tamaño y a su gran composición artística, con el tiempo Pau había establecido una fabulosa presentación. Kairi estaba algo ansiosa pues el prospecto de ver la ciudad le atraía, pensó en sugerirle a Ona que se uniera a ella para anunciar el espectáculo con el resto, pero desistió de la idea. Ona prefería pasar sus horas metida en el vagón, esperando que el tiempo transcurriera sin ella.

"¿Te gustaría ir a los ensayos de baile?" Comentó Kairi mientras compartían un desayuno liviano de frutas y huevos duros.

"Si. Vamos." Ambas chicas se acercaron a la gran carpa donde ya las bailarinas se habían reunido para hacer sus prácticas, una mujer de unas cuarenta primaveras dirigía el resto. Ona siguió a Kairi de cerca para no perderse entre las filas de bailarinas, acomodándose junto a ella. La mujer empezó a hacer unos movimientos corporales sencillos, luego más avanzados, hasta que comenzó a mover sus caderas de una manera suelta y erótica. Ona la observó sonrojándose, mirando a su alrededor como todas se movían tan sensualmente, ondulando sus vientres y haciendo sus caderas rebotar con pequeños saltitos. Algunas de las mujeres tenían en sus manos unas campanitas de metal cuales tocaban melodiosamente al tiempo que marcaban el ritmo con sus cuerpos.

Ona estaba exhausta, el entrenamiento le había hecho doler hasta la uñas de los pies, las gotas de sudor le bajaban por la espalda y resentía su respiración agitada. Peor aun cuando notaba que Kairi no tan solo parecía saber lo que hacía, pero tampoco parecía estar ni un poco cansada. La frustración la estaba invadiendo y respiró de alivio cuando finalmente acabó la sesión. La mujer se acercó a ella y le dijo que aunque tenía que practicar era muy elegante y de gestos llenos de gracia, lo que la hizo sentirse mejor.

"¿Te gustó?" Le preguntó Kairi con alegría, pues ella amaba el baile.

"Si, pero no quiero regresar, me duele todo el cuerpo, y mis pies ahora tienen ampollas. Además, ese baile que practican se me hace muy raro, es muy… pervertido."

"No es pervertido, ellas son mujeres y disfrutan en mover sus caderas, ese baile se originó con las brujas del desierto para que las mujeres fortalecieran sus caderas antes de los partos. Acuérdate que nosotras las mujeres somos sagradas, por ser las que damos vida, nada que hagamos es perverso. Nuestros cuerpos son templos." Ona se recostó cerca del cuerpo inerte del cachorro gris en el camastro.

"No me gusta nada de esto. Lamento haber descendido en tu bosque, mira cuantas cosas tengo que aguantar." Se lamentó Ona.

"Eres una desagradecida. Te curé a ti y a tu príncipe. Si no hubiese sido por mi estarían tirados en el bosque, o ya hubiesen sido capturados. Tu suerte no hubiese sido la mejor con las brujas, no hubiesen dejado vivos a unos chiquillos con ropas del castillo de Bandah. Jamás te hubieran creído que ese es Bickett."

"Sabes, yo soy muy capaz de llegar por mi cuenta hasta la Amazonia. Soy La Princesa Dorada."

"Yo no se quien te ha convencido de eso, pero tu de princesa no tienes nada. A menos que seas La Princesa Engreída." Al oír estas palabras Ona se irguió, acto seguido abofeteando el rostro de Kairi, llena de rabia. Kairi la observó sorprendida pues nunca en su vida había sentido un golpe proveniente de una persona. Ona volvió a sentarse, sin atreverse a mirar a Kairi a los ojos. Esta decidió marcharse del vagón para coger aire fresco y sobarse su mejilla, mientras sentía como las lágrimas le rodaban por la misma. No podía creer que Ona le había pegado. Ella había sentido rabia en muchas ocasiones en su vida, pero nunca había tenido el deseo de hacerle sentir dolor a nadie, no era de las personas que el dolor ajeno le apetecía. Respiró profundamente y decidió olvidarse de lo que había sucedido, en fin de cuentas, solo estaba ayudando a Bickett. Una vez se deshiciera de ellos, ya no tendría que aguantarle nada a Ona… Bickett… Algo la unía a él, su triste historia se le había clavado en el corazón como un dolor propio. Daría cualquier cosa por verlo abrir sus ojos, por oír su voz, por saber como era aquel muchacho por el cual luchaba. Este prospecto le atraía y le daba miedo, una persona creciendo en una torre, con miseria y tortura, sería capaz de tener el alma rota... Regresó al vagón pues le iba a dejar saber a Ona que ya tenía que irse a anunciar la función con los demás. No estaba molesta con ella, estaba dispuesta a dejárselo saber. Tan pronto entro al vagón se dio cuenta que algo andaba mal, Ona había partido. El camastro donde había estado dormido el cachorro gris estaba vacío. No podía creer lo terca que estaba resultando ser Ona, por un instante pensó en no buscarlos, pero su razón la hizo preocuparse por ellos. Corrió por todos los alrededores, preguntando a todos los que veía si habían visto a Ona. Nadie la había visto, al parecer hizo un buen esfuerzo para pasar desapercibida, no le fue difícil pues todos estaban preocupados por otras cosas ese día. No le quedó otro remedio que sacar su esfera mágica, la apretó levemente hasta sentir el mismo calor que en la ocasión anterior.

"¿Dónde esta Bickett?" Preguntó lo primero que se le ocurrió. Una imagen vívida de una vereda en el bosque se le vino a la mente, por la cual caminaba Ona apresurada cargando a Bickett en sus manos. Se notaba cansada, mirando a su alrededor angustiada, como si estuviese perdida. Kairi se concentró en la imagen que había visto, específicamente en un árbol frondoso de ancho tallo. Cerró sus ojos y al abrirlos estaba junto al árbol que con tanto detalle había memorizado, recordando como Altea le había enseñado a aparecerse en un lugar, nunca cerca de alguien, para no asustarlos.

"¡Ona!" La voz de Kairi pareció romper el silencio en añicos. Ona se detuvo asombrada de lo que acababa de escuchar.

"¿Cómo me encontraste?"

"Creo que en este momento no soy yo la que deba estar dando justificaciones."

"He decidido seguir sola con Bickett, es mejor que te regreses." Ona le informó.

"Cuando emprendimos este viaje, sabías que no iba a ser fácil, yo hasta me he comprometido con un charlatán para ser de ayuda. Bajo ninguna circunstancia voy a dejar que sigas adelante con Bickett sola, si quieres regrésate tu al castillo, yo misma lo llevaré a las Amazonas." Kairi contestó desafiante.

"No sirve de nada que lo lleves sin mi, yo les voy a pedir la Espada Dorada."

"Entonces lo llevaré a otro lugar, a Albah, al templo de Arkana. Ella sabrá que hacer."

"No te acerques, no voy a regresar a ese campamento de repugnantes. Tu puedes aguantarlos, porque tu eres como ellos."

"Ona, me hieres con tus palabras. No me pondré furiosa pues se que estas hablando con rabia debido a tu frustración. Ni siquiera sabes en donde estas, ni para donde vas, tu magia no es tan diestra como aparentas, no creas que soy tonta. Regresemos antes que se haga tarde." Ona permaneció callada, asintiendo con su cabeza. Se había rendido ante la situación, ya que sabía que Kairi tenía toda la razón. Caminaron por un sendero claro, mientras Kairi palpaba los árboles para obtener direcciones de regreso, una que otra criatura del bosque le informaba más detalles durante su trayectoria.

"Hablas con los animalillos, con los árboles..." Comentó Ona casi con tono acusatorio.

"¿Y tu no? Será porque crecí en el bosque, saben que soy uno de ellos." Caminaron por un par de horas ya que Ona no había ido tan lejos, como no sabía el camino más bien había dado vueltas por el mismo lugar.

El campamento parecía desolado pues la mayor parte de los habitantes estaban en la función.

"Deja a Bickett en el vagón y salgamos a ver la función, te va a gustar mucho. Llevo años viendo el espectáculo y nunca me cansa."

"Esta bien." Para su sorpresa Ona estaba dispuesta a obedecer sin más quejas, la experiencia de haberse perdido tan tontamente le había afectado. Juntas buscaron el lugar cerca de la ciudad donde estaba la algarabía, la música, las risas audibles. Ona disfrutó de todos los festejos a pesar de sus prejuicios, por primera vez en su vida se sintió libre y feliz. Caminaba entre la gente risueña, bailaba con los chicos de su edad y aceptó con gusto las coronas de flores que entregaban las hadas. Kairi estaba contenta de ver a su compañera de tan buena disposición, compartieron varias golosinas y vinos dulces hasta que rendidas decidieron marcharse a dormir.

"Gracias." La voz adormecida de Ona irrumpió la oscuridad del vagón una vez que estaban las dos chicas listas para dormir.

"De nada." Kairi contestó sonriente.

Los siguientes días se pasaron placenteros en el campamento, ni siquiera la amenaza del frío invernal lograba oscurecer los corazones. Una vez de camino a su próximo destino, la antigua ciudad de Kaniba, la comitiva artística se sentía animada con el prospecto de pasar por las planicies. Pau se había dirigido a todos antes de la partida, sugiriendo que se mantuviesen en su mejor comportamiento, pues Kaniba era un área famosa por sus jinetes militares. Kairi y Ona, se pasaban horas jugando juegos de mesa, inventando historias, recorriendo la caravana de un lado a otro y disfrutando del escenario.

"Me gustaría que Bickett pudiese ver todo esto. Cuando reinemos me voy a asegurar de que visitemos muchas partes." Ona comentó mientras dejaba que su vista acariciara las altas yerbas doradas de las planicies interminables.

"Espero que cuando este libre, pueda viajar el reino para que vea lo hermoso que es. Me gustaría viajar por todas partes a ver el mundo, aunque el bosque me pareció un mundo inolvidable." Kairi decidió hablar como si no hubiese escuchado la ultima parte del comentario de Ona.

"¿Ese bosque era mágico, no? Escuché que era un lugar misterioso, lleno de criaturas extrañas, hadas y otras cosas."

"Si, había de todo. Yo tenía que respetar el bosque porque a pesar de que vivía ahí, era el hogar de muchos. Las hadas eran muy amables conmigo, aunque hablan demasiadas tonterías, nunca se les puede creer todo lo que dicen." Kairi soltó unas carcajadas. Una voz familiar las interrumpió.

"Kairi, Pau quiere que te presentes a su caseta." Le dijo una de las bailarinas, Raniet. Las chicas hicieron un gesto de disgusto ante la noticia, pues estaban metidas en su juego. Kairi se paró y siguió a Raniet con desgano.

"¿No sabes qué quiere?" Preguntó Kairi.

"No se, pero creo que es asunto serio, hay un hombre militar en la caseta. Usualmente eso significa problemas, aunque no entiendo que tienes que ver tu con eso." Raniet se encogió de hombros y dejándola en la entrada de la caseta se despidió de una vez. Kairi entró un poco inquieta, nunca había estado ante un militar y el hecho de que la caseta de Pau estaba demasiado silenciosa le molestaba. Pau estaba sentado en su sillón como de costumbre, a su costado estaba parado un hombre relativamente joven de imponente estatura. Ella nunca había visto un militar con tanta elegancia, corpulencia, o buen parecido como aquel. Él también la admiró asombrado pues no podía creer la hermosura de la chica. Además, algo en ella se le hacía familiar. El hombre tuvo la extraña sensación de que había visto a alguien parecido a la joven...

"Buenas tardes, mi querida Kairi. Te he llamado porque el General aquí presente es de mi confianza, no ha querido darle paso a nuestra caravana hasta que le diga el verdadero propósito de nuestra presencia en las planicies. Supuestamente Kaniba es terreno neutral, aunque nos han dado paso los guardias de Bandah, eso no significa que nos den paso libre aquí. Necesitamos su ayuda en este momento si queremos cruzar hasta la Amazonia." Pau habló sin rodeos.

"Mi nombre es Rómulo. Soy el General de Kaniba, como lo fue mi padre en Astra. El tramo entre Kaniba y Yesén es muy peligroso. No creo que sea conveniente que Pau lleve a toda su caravana hacia allá, es posible que no regresasen con vida. Tienen que viajar al Suroeste, pasando por las tierras de los reinos de los dragones. Si se van por la ruta del desierto es igual de peligroso, desde que comenzó la guerra todo aquel que buscaba un escondite, lo encontró ahí. Pau me ha dicho que tu eres su prometida, ¿Es cierto?" Espetó el hombre con incredulidad.

"Hemos hecho un trato, necesito llegar a Yesén." Respondió Kairi.

"Eres una niña, tu palabra no tiende peso. Pau eres un desgraciado si haces que esta joven cumpla su promesa. Debería arrestarte, mereces la muerte. ¿Cómo crees que yo sería cómplice de esto?" Vociferó el hombre enfurecido.

"No me voy a casar con una niña, voy a esperar a que ella entre en edad. No seas tan noble, el mundo es más práctico. Es una pobre huérfana, por lo menos hará un hogar conmigo. Mejor, concéntrate en el por qué ella tiene que llegar a Yesén." Le contestó Pau sin ni siquiera inmutarse ante el enojo de Rómulo.

"Niña, no se que asuntos me contarás, pero no te tienes que casar con nadie. Cuando entres en edad puedes escoger tu destino como te plazca, ahora dime, que es lo que te lleva a Yesén."

"Bickett, el príncipe de Bandah esta aquí, con una acompañante. Dicen que tienen que llegar a Amazonia a pedir la Espada Dorada." Kairi habló con claridad mirándolo a los ojos.

"¿De qué estas hablando? ¿Bickett? La Espada Dorada es parte de una leyenda, no existe." Contestó Rómulo molesto ante las tonterías que acababa de escuchar.

"Hace unos días unos guardias rebuscaron el campamento y uno de ellos le miraba a todos los ojos. ¿Exactamente qué buscaban?" Comentó Pau.

"El castillo de Bandah dió la orden de buscar una doncella de ojos turquesa. Supuestamente alguien la raptó, creen que las brujas la atraparon desprevenida, quieren salvarla."

"Parece extraño que una doncella le preocupe tanto a La Princesa Regente Koren." Sugirió Pau.

"Se llama Eligio, el Príncipe de Bandah se llama Eligio." Añadió Kairi comprendiendo que tal vez casi nadie supiese su sobrenombre. Al escuchar esto el hombre posó sus ojos en ella fijamente, como si tratara de adivinar sus intenciones.

"¿Por qué no mejor entregárselo a las brujas?" Rómulo habló finalmente.

"Eligio tiene que regresar al palacio, está bajo un hechizo poderoso. Es magia negra, está sin conocimiento pues mientras está lejos del castillo sufre horriblemente. Koren lo hechizó para que no huyera. Si logramos que las amazonas entreguen la Espada Dorada, la guerra acabará pues todos tienen que obedecer a la persona que la lleve. Hasta las amazonas mismas. Koren no tendrá otra opción que romper el conjuro, o al menos eso esperamos." Aclaró Kairi.

"¿Koren? Yo la conozco. Mi hermano se iba a casar con ella cuando estaba en la corte real de Bandah. Se dicen muchas cosas de ella pero no hay pruebas de nada. He visto al príncipe en algunas sesiones reales y no parece que esté en el castillo sin su consentimiento. Asumiendo que estas calumnias sean ciertas, las amazonas solo le pueden entregar la dichosa espada a la legendaria Princesa Dorada. " Rómulo parecía estar perdiendo su paciencia.

"Ella está aquí. " Pau y Rómulo la miraron boquiabiertos.

"Se llama Ona, es la doncella que está buscando el palacio. Pau, ve a buscarla." Kairi ordenó, mientras que él obedeció sin hablar, todavía sorprendido por la revelación que acababa de escuchar.

"Si fuese la Princesa Dorada, Koren no la hubiese dejado sin conocer, es la verdadera reina de todo." Reclamó Rómulo.

"Koren no es quien tu crees, todos los cuentos que ha tejido son falsos, ha logrado convencer a la gente de ver solamente mentiras. Ona estuvo encerrada en una torre… porque es su hija. Si alguien supiera esto antes de que Koren fuese reina, le costaría la vida."

"Niña, lo que estas diciendo es una acusación muy seria. Si mientes te mato por alta traición." El rostro de Rómulo se convirtió en un lienzo blanco.

"Koren, fue la que mató a los reyes de Bandah y a los de Astra. No fue todo maquinado por el General Orión como quisieron aparentar. Ella no se casó con Eligio para salvar el reino de Bandah, ella lo planeó todo con Orión porque eran amantes. Todo ha sido ella, todo." Kairi resumió su relato, mientras veía como Rómulo trataba de digerir todas aquellas cosas que Kairi le había arrojado sin tregua. Ella sabía muy bien que Koren había manipulado los relatos a su modo haciéndole creer a todos falsedades. Los que se habían negado a creer ya habían pagado con sus vidas. Ona y Pau se presentaron sin anunciarse, logrando que Rómulo se sobresaltara de tal modo al ver a Ona, que por poco pierde su balance. La miraba fijamente extrayendo de su memoria el recuerdo de una hermosa joven de ojos turquesa a quien había conocido hacía muchos años.

"Yo que usted, General, tomaba asiento porque parece a punto de perder el conocimiento." Comentó Pau ofreciendo prestamente un sillón y una copa de licor fuerte. Rómulo aceptó ambos agradecido, pues no le quedaba duda de que la niña que tenía en frente era una copia de Koren.

"Tiene que ser una coincidencia." Rómulo trató de razonar.

"Ona, este es el General de Kaniba. Sin su ayuda no podremos ir a Yesén, le acabo de contar quien es tu madre y quien dices ser."

"¿Eres la Princesa Dorada?" La voz temblorosa de Rómulo logró hablar, pues su mente estaba dando demasiadas vueltas.

"Si. Necesito llegar hasta las Amazonas." Ona le contestó. Él se levantó para arrodillarse ante ella.

"Su majestad."

El plan se había forjado, en la tarde el campamento de Pau se establecería en Kaniba hasta que pasara el invierno. Allí trabajarían sin levantar sospechas hasta nuevo aviso. Pau dejaría a Raniet al mando de todo, pues además de que era la bailarina que más tiempo llevaba en la tropa, había sido su amante y este confiaba totalmente en ella. Rómulo les serviría de guía por los terrenos colindantes al desierto, entre las tierras de los dragones para llegar a la Amazonia en menos tiempo. También les daría montas a todos, pues los caballos de Kaniba eran unas bestias fenomenales. Llevaban pocas provisiones, tan solo lo necesario para el frío, aunque contaban con las artes mágicas de Kairi. Rómulo era muy cortes y oficial en sus tratos, menos con Pau, a quien resentía abiertamente por su compromiso con Kairi. Se había dicho que hiciera lo que tuviese que hacer jamás dejaría que la niña cumpliera su promesa, pues la tuvo que hacer por un acto de desesperación. La noche antes de la partida hubo un gran festejo, Kairi y Ona se retiraron temprano pues todo indicaba a que una orgía desenfrenada estaba a punto de suceder. Al ver estas cosas Rómulo también se retiró, montando su pequeña caseta militar justo en la entrada del vagón de las niñas.

Habían decidido partir en la madrugada para evitar que las vías estuviesen transitadas como de costumbre. Rómulo les haría paso entre los soldados explicando que eran emisarios de Kaniba hacia las aldeas del Sur.

"¿Por qué Pau tiene que venir con nosotros? Ya esto no le concierne, ni a ti tampoco." Ona le comentó a Kairi mientras escuchaban los improperios de Pau al tener que haberse despertado tan temprano y en tan malas condiciones. Se había emborrachado la noche anterior de tal manera, que su cabeza quería explotarle.

"Yo quiero asegurarme de que lleguen bien. Mi magia es útil. No le puedo decir que no venga, sabe del mundo y tal vez nos pueda ser de provecho." Respondió Kairi sin aparentar estar ofendida. Rómulo estaba al mando, tomando control de la pequeña comitiva, pero escuchaba a las niñas sin hacer comentarios. Logró que todo estuviese listo y se hicieron paso según planeado hasta que el campamento desapareció de su vista. Pau era el último pues le tocaba guardar la parte posterior del grupo, lo que le caía bien ya que no estaba como para hacerle compañía a nadie. Gracias al rango de Rómulo la salida a las afueras de Kaniba se les hizo relativamente fácil, pues los soldados le reconocían y no se atrevían a preguntarle nada. Cabalgaron por horas en silencio, el cachorrito gris viajaba en un bultito en la espalda de Kairi, pues Ona no quería que le diera dolor de espalda. Los únicos descansos que Rómulo permitía eran los de unas comidas ligeras, o para hacer sus necesidades, todos aguantaban estoicamente el horrible entumecimiento de las piernas y el dolor en el trasero, pues entendían que era para su ventaja adentrarse en terreno rocalloso. Ona se quedó dormida sobre su caballo, por lo tanto Kairi amarró sus riendas al suyo para guiarlo. Se adelantó lo suficiente para estar al lado de Rómulo, ya que Pau todavía seguía un poco distanciado del grupo.

Rómulo le sonrió amablemente, aceptando su compañía.

"Me pareces tan familiar, es muy extraño. Me recuerdas a alguien." Comentó él sin quitar la vista del horizonte.

"No se que decirle. No conocí a mis padres." Kairi respondió sin querer divulgar su parentesco, reconociendo que era muy posible que Rómulo hubiese visto en alguna ocasión los reyes de Astra.

"¿Qué sucede si ella no es La Princesa Dorada?" Le dijo Rómulo, no por saber la respuesta, sino más bien para asegurarse que Kairi la sabía.

"Las amazonas nos matarán a todos. Incluyendo a Bickett. No les importa nada más que su reino." Ambos asintieron en conjunto.

"Nunca he visto un dragón." Declaró Kairi tratando de cambiar el tema.

"Espero que no veamos ninguno durante nuestro trayecto, no nos recibirían de brazos abiertos. Estas montañas rocosas son parte de su reino, son pocos los mortales los que han entrado, o salido de ahí, con vida."

"¿Esto es mejor que cruzar el desierto?"

"Al menos podríamos tratar de razonar con un dragón. El desierto siempre gana, es indómito, en especial en estas partes. A mi no me gustan los dragones, mi hermano murió en manos de uno."

"Lo lamento."

"Fue un dragón esclavizado. Existen también esos." Rómulo observó todo a su alrededor y decidió que era un buen lugar para acampar el resto de la tarde y la noche, pues así descansarían bien y no tendrían que estar buscando un lugar seguro en la oscuridad. Ona se despertó adolorida, lista para caminar un poco y abastecerse de agua. Pau sacó una flauta que cargaba entre sus cosas, con la intención de animar al grupo después de haber puesto en pie sus caseta.

"Tenemos que estar en silencio. No queremos llamar la atención de los dragones." Rómulo cortó de un zarpazo todas las ilusiones del grupo de poder entretenerse con música e historias. Tampoco la prohibición de una fogata les cayó bien a los demás, pues el frío de la noche estaba desenvolviéndose poco a poco. Comieron en silencio, pensando en lo largo que se les iba a hacer el viaje en esas condiciones. Kairi se entretenía haciéndole trenzas a Ona, mientras que Pau y Rómulo hablaban sobre los pormenores del viaje. Ninguno se quejó a la hora de dormirse temprano, pues cabalgar largas horas no era asunto agradable para nadie, excepto para Rómulo, quien Kairi pensó debió haber salido de su madre montando un caballo. Ella hacía lo que podía para aliviar las quemaduras de la piel de todos por la fricción de la silla de cuero en sus traseros, le dio masajes a Ona y a Pau para aliviar sus malestares corporales, también acordándose de frotar vigorosamente el pellejo de Bickett. Rómulo la observaba impresionado con lo servicial que era, sin aceptar en algún momento sus ofertas de alivios para sus malestares.

"Crecí con dos brujas excepcionales, he sido independiente desde temprana edad." Le informó Kairi sin comprender por qué Rómulo no aceptaba sus atenciones.

"Yo crecí en una familia de jinetes excepcionales, aprendí a no quejarme desde temprana edad." Le respondió Rómulo sonriente.

"¿Por qué no me cuentas como es que te metiste en este lío? Eres una huérfana, diestra en curandería y magia, que se queja poco y hace mucho. Veo como cuidas al cachorrito con ternura, te importa que el príncipe este bien ¿No?" Rómulo estableció conversación con Kairi sin que los demás se dieran cuenta pues cada uno se había marchado a sus respectivas casetas. Kairi le contó el descenso al bosque de Bickett y Ona, su fuga del castillo de Bandah y su trato con Pau.

"Me parece que eres admirable. Tan joven, pero tan valiente. Me siento honrado de estar en tu compañía. Ahora vete y descansa, el camino es largo y en este terreno inhóspito se hará muy pesaroso."

"Buenas Noches." Rómulo le dio las buenas noches y no se retiró a su caseta hasta verla entrar a la que ella compartía con Ona. Ella se acomodó lo mejor que pudo entre las incomodas frazadas, hasta que se le ocurrió hacerse un cómodo colchón. No tenía nada en contra del uso de la magia para algún beneficio propio. El sueño le llegó de inmediato, poco después de darse cuenta que en efecto la cabalgata le hacia doler hasta el pelo.

Rómulo fue el primero en despertarse, levantando a todos al jamaquear las casetas. Ona se dió cuenta del colchón acojinado de Kairi y le exigió que esa noche también le hiciera uno.

"Tu sabes magia, ¿Por qué lo tengo que hacer yo?" Le reclamó Kairi.

"Pues si, así lo haré. El mío será más cómodo que el tuyo." Declaró Ona airada. Kairi salió de la caseta para asearse y aliviarse en unos arbustos cercanos. No comprendía cual era el problema de Ona, tenía magia pero no la dominaba adeptamente, sin embargo trataba a los demás como si fueran menos. Al parecer, crecer en un palacio atendido por todos hacía que la gente no estuviese al tanto de lo que los demás hacían por ellos. Al pensar esto, le dio pena con Ona, pues el creer que uno se merece todo le pareció una ilusión muy cruel. Regresó al campamento para ayudar a repartir el desayuno, cual no era más que pan y queso con frutas, para luego recoger sus pertenencias y preparase para continuar el viaje.

"Gracias Kairi, por tu ayuda." Comentó Rómulo. Ella sonrió sin decir nada, solo le gustaba ayudar. El grupo salió antes que el sol se asomara en su totalidad, cubiertos entre la neblina matutina, saboreando su espesor húmedo. Los caballos repicaban con sus pezuñas las piedras del camino que se hacían más numerosas según avanzaban. Casi al mediodía ya estaban entre unas montañas rocosas de color grisáceo donde unos árboles espinosos parecían los únicos decididos a sobrevivir. De vez en cuando, algunos acantilados aparecían de la nada, al igual que un riachuelo sonoro.

"¿Por qué los dragones habrán escogido estas tierras tan temibles para vivir?" Comentó Kairi a Rómulo.

"Le gustan las piedras, las cuevas, el frío. Les gusta que no les molesten, honestamente, este terreno haría pensar dos veces a cualquiera antes de visitar."

"¿Crees que nos descubrirán?"

"Ellos ya saben que estamos aquí, tenlo por seguro. Esperemos que estén de buenas." Pau se les acercó para acompañarlos.

"He oído que a pesar de estas apariencias, el reino de los dragones es un paraíso."

"Puede ser. Aunque hasta ahora, solo sean cuentos de hadas." Le respondió Rómulo mientras espiaba con detalle el sendero cual tomarían. Un poco después del mediodía pararon para descansar. El reflejo brillante del sol en las piedras les hacía doler la vista, el terreno difícil les hacía su cuerpo entumecer por la incomodidad. El descanso se les hizo demasiado corto, Ona casi estaba a punto de llorar cuando Rómulo dio la orden de continuar cabalgando.

"¿Por qué no usamos magia para llegar hasta Yesén?" Ona exigió con lágrimas en los ojos.

"Sabes como funciona esto, ninguno de ustedes ha ido a ese lugar, no podrían visualizarlo para el transporte. Yo no soy mago. Además, me imagino que tendrían protecciones mágicas para evitar la entrada a cualquiera." Le explicó Pau impaciente. Si el futuro de Bickett estaba en manos de esta chica, estaba empezando a dudar que todos los sacrificios que estaban haciendo por ellos sirvieran para algo.

Ona se montó sobre su bestia tratando de acomodarse con la inútil intención de evitar las ampollas. No le gustaba tener que dejar que Kairi le untara ungüentos cada noche en el trasero, mucho menos tener que admitir que necesitaba su ayuda. Kairi la hacía sentir tan inepta que hubiese deseado no haberla conocido nunca. Aunque se consolaba pensando que cuando ella fuera la reina de todo, tal vez dejaría que Kairi fuese la bruja oficial del castillo.

Iban por un sendero pedregoso, cuando una figura oscura se les presentó al paso. Parecía ser un hombre, no se dejaba ver el rostro, pero todos sabían que tenía que ser un dragón.

"¿Qué buscan en estas partes?" Una voz ronca les habló.

"Estamos tomando un atajo hacia Yesén, es más seguro que el desierto." Contestó Rómulo con seriedad.

"Lleva usted el uniforme de Kaniba y la insignia de Bandah. No queremos militares en nuestros terrenos." Contestó la figura, todavía sin mostrar el rostro.

"Soy general de las fuerzas armadas de Kaniba, vengo en paz. Nuestra misión es llegar a la Amazonia, no queremos problemas con su reino."

"No estamos haciendo nada malo, déjenos pasar tranquilos." La voz de Ona reverberó entre las piedras, sobresaltando a los demás. Rómulo se irguió tensamente en su caballo, mientras que Kairi se volteó incrédula a regañarla con la vista. Pau soltó una carcajada irónica. El dragón finalmente presentó su cara blanca, elegante y con unos ojos rojos resaltantes que miraban fijamente al grupo.

"Por favor perdone usted a la niña, el viaje ha sido largo y duro." Rómulo habló al fin.

"¿Por qué me tengo que callar? Este tipo se mete al medio y no nos deja pasar, ustedes muertos de susto, si tan solo vamos a caballo por aquí." Ona siguió hablando a pesar de las miradas suplicantes de Kairi para que guardara silencio.

"Aparentemente, esta niña no esta al tanto de que nadie pasa por el terreno de los dragones sin permiso. Es una ofensa que se paga con la vida." El dragón habló secamente. Unas enormes garras le salieron de sus dedos amenazantes. Rómulo permaneció tranquilo, no sacó su arma. Pau hizo lo mismo, tal vez porque sabía también que si el dragón los atacaba estaban perdidos. Se hizo una nota mental de que si por alguna suerte del destino salían vivos, las próximas ampollas que Ona tendría en el trasero sería por las nalgadas que le iba a propinar.

"No lucharemos, venimos en paz. Entiendo las reglas, más le ruego su piedad para mi y mis acompañantes. Deseamos pedir ayuda a las Amazonas en nombre del Príncipe de Bandah." Rómulo habló con firmeza.

"Y en nombre de La Princesa Dorada." Añadió Ona con arrogancia sin importarle las miradas de furia provenientes del resto del grupo. El dragón se acercó a ellos amenazante, radiando un calor infernal. Haciendo que gotas de sudor le bajaran a todos por las sienes y no tan solo por miedo.

"Esa es una declaración muy seria. Estas invocando una magia muy antigua, ustedes los mortales se creen que es una leyenda, nosotros los dragones recordamos todo. ¿Eres tu La Princesa Dorada? ¿Dónde esta tu espada?" El hombre miró a Ona fijamente con sus rojos penetrantes. Ella palideció, su respiración agitada, el calor ahogándola.

"Ella no sabe lo que dice, estamos en guerra, el pueblo se cree todo." Pau trató de alivianar la situación, razonando que si el dragón no los había matado todavía, tal vez con suerte se escapaban.

"Silencio, estoy hablando con ella." Susurró el dragón amenazante.

"Yo...eh. No tengo la espada, vamos a pedírsela a las amazonas." Ona estaba a punto de llorar, su corazón le latía con furia dentro del pecho.

"Por supuesto." El dragón se rió cínicamente. Rómulo llevo quietamente su mano a la empuñadura de su espada. Sabía que iban a morir todos, pero al menos estaba decidido a morir espada en mano. Pau agarró el puñal que llevaba en su bota, con la misma intención. El dragón estaba tranquilo, tomó unos pasos hacia adelante en dirección a Ona.

"¡Deténgase!" La voz de Kairi sorprendió a todos, principalmente a ella. El dragón paró en seco. Kairi sacó de su bolso la esfera mágica que escondía y la mostró al dragón.

"Déjenos pasar." La voz temblorosa de Kairi ordenó, mientras que la luz parecía palpitar tenuemente en su mano. El dragón retrocedió mirando con curiosidad a Kairi. Sin embargo, se retiró del camino para darles paso. Ella golpeó levemente el costado de su yegua para indicarle que se moviera, mientras que los demás hacían lo mismo atónitos ante lo que acababan de presenciar. Rómulo volvió a tomar liderazgo del grupo alejándolos del lugar lo antes posible.

"¿Qué era eso?" Ona vociferó la pregunta que todos llevaban en mente.

"La Luz de Astra. Un artefacto mágico." Contestó Kairi con la verdad.

"¿Dónde lo conseguiste?" Ona continuó su inquisición.

"No importa de donde salió, es mía. De hecho, tenemos suerte que la tengo, porque nos salvó la vida después de tus imprudencias." Kairi le contestó molesta sin olvidar fácilmente el hecho de que Ona había puesto sus vidas en peligro.

"Yo tan solo dije la verdad. No estábamos haciendo nada malo..."

"¡Basta ya!" La voz fuerte de Rómulo hizo que Ona se quedara con la palabra en la boca.

"Estamos en un viaje donde no sabemos que pueda suceder, el silencio es una virtud." Añadió Rómulo como advertencia.

Durante tres largos días viajaron sin tregua, una lluvia ácida los sorprendió una tarde haciéndolos buscar albergue en una de las pequeñas cuevas de los acantilados. El caballo de Pau resbaló en una instancia quebrándose las patas delanteras, por lo que Rómulo tuvo que matarlo. Este evento causó la redistribución de los jinetes, haciendo que Kairi y Ona compartieran la misma monta, para el desagrado de las chicas. Su animosidad se hacía palpable desde que discutieron acerca de lo sucedido en el camino con el dragón. Ona le recriminaba a Kairi el haberle escondido la existencia de su esfera mágica, al mismo tiempo que Kairi le recriminaba a Ona su comportamiento. Rómulo y Pau, se mantenían al margen del asunto pensando que tal vez era mejor dejar que las féminas se las arreglaran solas. Al atardecer del cuarto día ya se estaba notando un cambio en el terreno, cuando una vegetación más frondosa se presentaba ante ellos. Los ánimos cambiaron con el paisaje y una ligereza les invadió a todos con el prospecto de estar acercándose a la Amazonia. Pasaron unos cuantos días más cuando finalmente Rómulo anunció que estuviesen pendientes de todo pues ya estaban en territorio Amazona.

Kairi estaba impresionada con la jungla, la humedad era casi insoportable, nunca hubiese imaginado que un lugar así existía. La vegetación era fenomenal, casi intimidante, cada criatura que observaban era grande y colorida. Ona por poco se muere del susto cuando una ardilla del tamaño de un perro les arrojó unas enormes nueces que por poco los deja achocados a todos.

"¿Cómo vamos a encontrar su reino? Esto parece una jungla interminable, no hay nada indicativo de que alguien habite estas partes." Se quejó Pau.

"Me parece que ellas nos encontrarán a nosotros, antes que nosotros a ellas. Usualmente hay una vía formal por donde se transita a la Amazonia, pero como vinimos por un atajo, no sé como buscar la entrada al reino. Por el momento no nos preocuparemos, pero sería fatal permanecer perdidos en la jungla por mucho tiempo." Rómulo declaró lo obvio.

"Tal vez sería mejor si llamamos su atención. Podemos hacer una buena fogata." Ofreció Pau.

"Muy buena idea." Rómulo aceptó la sugerencia dando la orden para acampar en el lugar que estaban.

"¿Por qué estas tan contenta?" Le preguntó Ona a Kairi.

"Yo nunca he visto una Amazona, dicen que son impactantes, que tienen el cabello verde." Kairi le dijo emocionada.

"Yo he escuchado que son unas salvajes. Lo único que saben hacer es la guerra."

"Yo creo que son una raza admirable." Kairi se encogió de hombros.

"Gracias." La voz de una mujer pareció salir flotando de las ramas de un árbol cercano. Rómulo sacó su espada al aire de inmediato al igual que Pau. Una enorme mujer musculosa saltó entre medio de ellos, quien para su sorpresa estaba desarmada y semi desnuda. Su cabello era de un verde intenso, largo y amarrado en varias trenzas finas. Sus firmes senos estaban al descubierto, aunque casi tapados por los numerosos tatuajes que decoraban su piel sedosa. La mujer se acercó a Rómulo sonriente, casi le llevaba una cabeza de estatura, con todo y que él era un hombre imponente.

"Entreguen sus armas, están en territorio de las Amazonas." La mujer les ordenó a los hombres. Pau le dió su puñal sin pensarlo dos veces, mientras que Rómulo titubeó un poco antes de acceder.

"Venimos en paz, queremos pedir audiencia ante la reina Amazona." Rómulo se dirigió a ella mirándola a los ojos, tal vez avergonzado de querer en realidad mirar su hermoso busto.

"Mi nombre es Kanat. Los llevaré hasta la corte, quienes crucen el territorio de los dragones con sus cuerpos intactos merecen ser escuchados. No estamos lejos, tan solo unas cuatro horas en pie." A mitad de camino se le unieron dos Amazonas más, quienes los miraban llenas de curiosidad. Kairi les devolvía las miradas curiosas acompañadas de sonrisas, pues consideraba a aquellas mujeres criaturas formidables. Las observaba moverse ágilmente sobre el matojo como si ni siquiera les molestara el paso, sus trenzas parecían lianas, sus musculosas extremidades eran como las fuertes ramas de los árboles. Brazos y piernas de buen contorno, robustos. Las otras Amazonas parecían ser de la misma edad de Kanat, aunque obviamente ella era la líder, lo que sorprendía a Kairi era que ninguna de estas mujeres estuviese armada, aunque estaba segura que eso no las hacía menos peligrosas. Una enorme muralla de árboles gigantescos apareció ante ellos, donde obviamente se notaban unas ventanas por las cuales se lograban ver las afiladas puntas de unas flechas. Kanat los dirigió hacia una vía de tierra rojiza, que presuntamente era la entrada oficial al reino Amazona.

"Bienvenidos." Les dijo sonriente. Su llegada llamó la atención de todos, quienes consistían en ese momento de decenas de mujeres y alguno que otro hombre amazónico, quienes resaltaban por las túnicas de metal que llevaban puestas. El grupo de visitantes se abrió paso ante las miradas curiosas, hasta que un conjunto de guerreras bien armadas les detuvo.

"¿Qué desean?" Una joven adolescente de gran belleza, vestida con su traje oficial de guerrera les preguntó. Kairi quedo embelesada, mirándola boquiabierta. Vestía unos pantalones de cuero, con unas botas altas amarradas a sus piernas con unas lianas del color del heno y una túnica de malla de acero. Llevaba su arco, su espada, sus flechas, puñales y su cabello verde enredado por su cuerpo como si fuera una planta trepadora. Kairi se fijó para su sorpresa que la joven llevaba una pequeña coronita plateada en su frente exquisitamente adornada con esmeraldas.

"Mi nombre es Rómulo, soy el General de las fuerzas militares de Kaniba, vengo en paz. Requerimos audiencia con la reina Amazona."

"Si esto se refiere a la guerra han perdido su tiempo. Nosotras no tomaremos parte en guerras ajenas." La muchacha habló firmemente.

"No venimos a abogar ni a favor, ni en contra de la guerra. Queremos audiencia con la reina y según tengo entendido cualquiera puede pedir esto." La joven observó a Rómulo pensativa.

"Iré con la reina, tan solo ella puede decidir si les concede la audiencia. Mientras tanto pueden establecerse en las afueras del palacio, hay unos hermosos jardines, plenos de fruta y fauna para su comodidad. Kanat, llévalos a ese lugar para que hagan su campamento. Si la reina decide darles audiencia podrán pasar la noche en el palacio. Mi nombre es Zoia." La joven desapareció con sus guardias en dirección a un enorme y hermoso edificio de madera, que Kairi asumió debía ser el palacio real de las Amazonas.

"Ella es la hija mayor de Ylana, la reina Amazona. Algún día será nuestra reina. Es una excelente militar al igual que su madre y sus ancestros." Comentó Kanat mientras los llevaba a un claro dentro de un hermoso jardín, repleto de flores extravagantes, aves sonoras, árboles frutales y un cristalino riachuelo. Pau no dejaba de mirar a Kanat, admirando su cuerpo espectacular. Ella parecía no darse cuenta, pues su atención más bien estaba enfocada en Rómulo, quien se sonrojaba incómodamente cada vez que ella se acercaba con sus exquisitos pechos expuestos. Los viajeros se hicieron a la tarea de hacer sus casetas, Kairi decidió sumergirse un rato en el agua helada del riachuelo para refrescarse, mientras que Pau le arrojaba pequeñas piedritas para molestarla. Rómulo estaba sentado en la orilla del riachuelo junto a Ona, compartiendo unas frutas jugosas que habían arrancado de un árbol cercano.

"Ona entra al agua, no esta tan fría." Kairi le sonreía desde el agua.

"Estas loca, tienes los labios púrpura." Contestó Ona burlándose de ella. Se sentía alegre de estar en ese lugar tan hermoso, a punto de reclamar su destino. Kanat regresó casi entrada la noche con la noticia de que la reina les daría audiencia el día siguiente, que estaban bienvenidos al palacio, pero estos decidieron quedarse donde estaban pues no tenían ganas de volver a deshacer su campamento. Ella les dijo que al salir el sol fueran al palacio, allí compartirían el desayuno con la corte y hablarían con la reina. Antes de marcharse, Kanat se acercó a Rómulo, sin aviso alguno le agarró el brazo indicándole que tenía que acompañarla. Pau empezó a reírse a carcajadas entendiendo las intenciones de la Amazona.

"Rómulo, no creo que puedas decir que no." Explicaba Pau entre su risa. Rómulo se sonrojó salvajemente, asintiendo con su cabeza, dejándose guiar por Kanat hacia la oscuridad. Kairi y Ona se miraron sorprendidas ante la facilidad con la que la Amazona se llevó consigo a Rómulo, aunque entendían que tal vez no le hubiese quedado otro remedio. De aquella manera tan poco ceremoniosa Rómulo regresó con una esposa Amazona al día siguiente. Rómulo les explicó a todos que la costumbre Amazona era que la mujer escogía al marido, Kanat lo había escogido a él. Relató que no había visto razón alguna por la cual negarse, así que cuando Kanat consiguió una sacerdotisa a mitad de noche para que les hiciera los ritos matrimoniales, se casó con ella. No sin antes anular el matrimonio de Kanat con una mujer Amazona con la cual había estado casada por unos años y con la cual tuvo que pelearse a los puños hasta que los separaron.

"Has tenido una noche espectacular. Por suerte yo no soy tan apuesto como tu." Pau se burló de Rómulo al terminar de escuchar los sucesos de la noche anterior.

"No es posible. ¿En verdad querías casarte con ella?" Le preguntó Kairi incrédula.

"Kairi, a veces no es cuestión de querer... Ella será una buena esposa." Rómulo le dijo sonriente. Jamás hubiese pensado que una noche con una Amazona le resultaría en un compromiso de por vida, pero ya era muy tarde. Solo esperaba que su mujer no encontrara otro que le gustara más que él y sufriera la suerte de su previa pareja. El prospecto de agarrarse a los golpes con alguien más, por cuestiones de parejas, no le atraía para nada. Kanat se les unió camino al palacio, acercándose cariñosamente a Rómulo, entrelazando su mano en la de él. Él la aceptó con un poco de timidez, pero dispuesto a ser buen marido.

El palacio de las Amazonas parecía interminable, estaba hecho de madera minuciosamente tallada en relieves de patrones delicados que más bien parecía una capa de encajes de madera sobre la madera. Kairi no había visto nada tan hermoso en su vida, le pareció que el místico reino de las Amazonas era particularmente mágico. El palacio estaba vivo con la presencia de Amazonas peliverdes por todas partes, de todas las edades y pintas. Niños corrían por todas partes alegremente, mientras jugaban con sus mascotas; perros, gatos y cerditos que se escurrían por doquier. Kairi admiraba la felicidad de aquel lugar, mientras que Ona se burlaba de los niños por sus ánticos salvajes. Entraron a un gran salón donde una mesa larga estaba repleta de alimentos exóticos, carnes y agua pura. En el centro del salón estaba una mujer hermosa rodeada de un grupo de mujeres similares, la corte de la reina Amazona más bien parecía un grupo de hermanas que particulares. Alguna que otra mujer de cabello rojo o marrón resaltaba entre ellas, pero aparte de eso hasta sus vestimentas eran similares. Algunas portaban túnicas de lino, mientras que otras iban con una correa de cuero solamente. Los pocos hombres presentes estaban completamente desnudos, si no se contaba la multitud de tatuajes que cubrían sus pieles.

Kanat les indicó a todos que comieran a su gusto, lo que hicieron de inmediato, tratando de evitar resaltar demasiado entre el grupo. Aunque Ona con su reluciente cabello azabache y ojos turquesa era difícil de ignorar. Por su parte, Kairi, quien casi no tenía cabello desde que le raparon la cabeza, solo parecía tener un encaje dorado en su coronilla. Sin embargo su rostro ovalado, su piel dorada y sus ojos destellantes eran demasiado hermosos como para no admirarlos. Los niños jugaban a sus alrededores disfrutando de la novedad, se acercaban con curiosidad, halándole de vez en cuando sus ropas para atraer su atención. Pau había conseguido un instrumento parecido a una guitarra, el cual tocaba alegremente para el deleite de todos. La ocasión resultó muy amena, en algún momento la comitiva salió a una terraza exterior para sentarse al aire libre a disfrutar de la tranquila mañana. Poco a poco los asistentes del desayuno fueron desapareciendo hasta que quedó un grupo pequeño que incluía a los forasteros. Kanat dejó el lado de su nuevo esposo para acudir a solas a donde estaba la reina, estas hablaron sin que más nadie pudiera escuchar su conversación. Kanat regresó a donde estaban Rómulo y los demás esperando.

"La reina les dará audiencia, debemos ir al caserón donde esta el cuartel, es donde se llevan a cabo todos los eventos oficiales." Todos caminaron callados tras Kanat, mirando a su alrededor en silencio, sintiendo por primera vez un poco de nervios. Rómulo no vestía la ropa militar con la cual había llegado, le habían dado unos pantalones de cuero y una camisa de malla metálica, pareciendo un auténtico Amazón militar. Caminaron por un largo rato hasta llegar a un gran edifico muy hermoso que era obviamente para uso militar, en el medio había una gran plazoleta donde mujeres aprendían artes marciales y militares. Se atacaban entre si con desenfreno, casi como si estuviesen en una batalla real. Algunas de ellas pararon sus practicas al observar que los extranjeros habían entrado a la guarnición, todas esperaban escuchar la audiencia con la reina, pues tenían curiosidad de ver que asuntos venían a proponer. La reina apareció justo en medio del grupo y caminó hacia Kanat, acompañada de la joven Zoia.

"Bienvenidos a mi reino, soy Ylana, reina de las Amazonas. Esta es mi hija mayor, la Princesa Zoia. Ya la habían conocido, si no me equivoco. Esta no es una comitiva oficial, según tengo entendido. Aun así quiero que esté mi concilio presente." La reina caminó hasta un trono adornado con hermosas flores blancas, desde donde se podía supervisar el lugar en su totalidad, justo al lado había una docena de asientos los cuales fueron poco a poco ocupados por varias mujeres que estuvieron practicando. Kanat permaneció junto a Rómulo y los demás.

"General, veo usted que ha aceptado mujer Amazona, ¿Se declara usted hombre Amazón?"

"Su majestad, he dejado atrás mi vestimenta militar, desde este momento en adelante me considero un Amazón. " Rómulo contestó seriamente mientras que Kanat sonreía orgullosa.

"¿Qué los trae a mi reino?" La reina habló con una voz clara y potente, que se escuchó en cada esquina del cuartel.

"Su majestad, mi nombre es Rómulo. Fui general de las fuerzas armadas de Kaniba y traigo conmigo al príncipe de Bandah, Eligio. En este momento esta convertido en un cachorro para proteger su identidad." Un tumulto de susurros recorrió entre las mujeres presentes.

"Muéstrelo." Ordenó la reina. Kairi se acercó depositando al pequeño cachorro inerte frente al podio donde estaba el trono de la reina.

"Quítenle el hechizo, necesito ver al muchacho." Exigió la reina. Kairi obedeció de inmediato, haciendo que las mujeres se escandalizaran cuando ante sus ojos el cachorro tomó la forma de un joven, quien permanecía inconsciente. La reina se levantó de su trono, observando al joven minuciosamente, se acercó para escuchar su tenue respiración y para tratar de abrir sus párpados.

"¿Por qué esta en este estado?"

"Esta bajo un hechizo de Koren…" Kairi prosiguió a contarle a la reina como había llegado Bickett hasta ella y todo lo que había sucedido hasta ese entonces sin divulgar que Ona creía ser la Princesa Dorada.

"Es admirable lo que han hecho por el príncipe, pero ¿por qué lo han traído aquí? Yo no lo voy a ayudar." Les informó la reina.

"No venimos a pedirle ayuda, venimos a pedirle algo que lo puede ayudar. La Demi-diosa Arkana nos dijo que la Espada Dorada está en su posesión. Venimos a reclamarla." Kairi terminó de hablar. La reina se irguió derecha, mirando fijamente a Kairi.

"Solamente la Princesa Dorada puede reclamarla, su verdadera dueña." La reina le espetó airada.

"Yo soy la Princesa Dorada." La voz de Ona las interrumpió causando una algarabía. La reina le hizo señas para que Ona se acercara.

"Tus ojos… tu rostro… Eres la copia de esa mujer que se sienta en el trono de la reina de Bandah."

"Koren es mi madre." Un silencio incómodo descendió sobre los presentes, seguido por unos susurros estrepitosos.

"Silencio." Ordenó la reina callando la muchedumbre.

"Es muy fácil saber si eres la Princesa Dorada o no, tu espada no te cortará jamás. Tengo que advertirte que si no eres quien dices ser, la muerte inmediata les llegará a todos a manos de nosotras."

"De acuerdo." Ona estaba visiblemente nerviosa, Kairi miraba a su alrededor intranquila viendo que estaban rodeados de guerreras armadas, sus rodillas le temblaban. Una mujer le trajo a Rómulo y a Pau sus armas, dejándole saber que podían tratar de defenderse si la situación lo meritaba. Aunque todos sabían que los forasteros no tendrían ni un solo chance de sobrevivir una situación así. La reina le indicó a otra mujer que buscara la Espada Dorada.

"General Rómulo, como hombre Amazón puede usted retirarse de esta comitiva."

"Su majestad, mi lugar esta con los forasteros. Acepto mi nueva tribu, pero he llegado con ellos y no los quiero abandonar." La reina aceptó las palabras de Rómulo en silencio.

Tras lo que le pareció a Kairi una eternidad, la mujer regresó con una hermosa espada en manos, que brillaba amarillenta a la luz del sol. Kairi se sintió inexplicablemente atraída a ella, como si pudiese sentir que la espada le susurraba algo inaudible. La Reina Ylana agarró la espada, le indicó a Ona que la siguiera a la mitad de la plaza, todas las Amazonas tomaron formación militar con sus armas en mano. Pau le sopló un beso y una sonrisa a Kairi cuando sus ojos se encontraron, era más bien una despedida que un acto de afrenta. Kanat tomó el lado de su nuevo esposo, lista a enfrentarse a las Amazonas que una vez fueron su familia. Ona palideció, su corazón martillando su pecho y ensordeciendo sus oídos. Kairi estaba igual, caminó hasta acercarse a Ona para darle su apoyo, pero apenas su piernas la aguantaban en pie.

Ylana le agarró la mano a Ona, acto seguido y con un leve movimiento de su mano, le hizo una pequeña tajadura en la palma. La sangre traidora resplandeció ante la luz del sol, Ona no pudo contener un pequeño grito de horror. Kairi sintió como el peso del mundo se le venía encima, su pecho casi ahogándose sin respiración. Habían fallado. La reina tiró la espada al suelo, alzando su mano hacia el firmamento dio la señal de batalla. Un grupo desenfrenado de mujeres se les avecinó violentamente, Kairi se acercó a Ona tirando hechizos a su alrededor para proteger a ambas, logrando una ceguera temporera a todas las guerreras que se le acercaban. Rómulo y Pau combatían sin tregua, atacados por todas partes. La Reina Ylana combatía con Kanat, quien por desgracia se había encontrado en contra de los suyos. Ona trataba de ayudar a Kairi con su magia lo más que podía, con lo que se le ocurría, de vez en cuando lograba partirle los brazos o las piernas a las Amazonas que las atacaban, pero era una batalla fútil. En cierto momento dado Kairi se alejó un poco de Ona en medio del tumulto. De repente perdió el balance cayendo al suelo por suerte encontrando un objeto metálico a su alcance con el cual defenderse. Sin darse cuenta de lo que era, lo agarró. Su mano sintió una fuerza inigualable, una voz que le decía que se levantara y luchara. Kairi hizo justamente eso, sin haber tenido ningún conocimiento de armas, se levantó a combatir las Amazonas. Una por una lograba subyugarlas, su combate era efectivo pero no mortal, sabía que no quería matar a nadie.

"¡Alto!" De repente la voz imponente de Ylana logró aplacar la batalla. Las Amazonas quedaron inertes al comando de la reina. La reina Ylana se arrodilló, haciendo que las Amazonas sorprendidas hicieran los mismo. Pau, Rómulo, Kanat y Ona estaban heridos y cansados; ya se habían dado por vencidos, por lo que aquello los dejó atónitos. Entre medio de todos estaba Kairi lista para atacar, con la Espada Dorada en su mano. Miraba a su alrededor sorprendida de su eficiencia combativa, de la sangre, de las mujeres vencidas bajo su arma. Por suerte la batalla había sido breve y aun no habían fatalidades.

"Yo soy Kairi, del bosque. La Princesa Dorada...¡Esta es MI espada!" La voz asertiva de Kairi recorrió cada recoveco con un grito de poder. Ona se desmayó, Pau dejó caer su arma al suelo de la impresión, mientras que Rómulo se tiró de bruces al suelo para saludar a la princesa. Kairi caminó hasta Ylana, posando su mano sobre su hombro, le pidió que se levantara.

"Debemos curar a los heridos." La primera orden como soberana de todos los reinos salió de su boca. Ylana hizo varias señas, alertando a las curanderas, las brujas, las guerreras, para que se ayudaran entre si. Una conmoción se desencadenó mientras que las mujeres atendían a los heridos, Ona fue llevada a un lugar de reposo, mientras que las heridas de Kanat eran atendidas, Rómulo sangraba profusamente de una herida en su pierna, estaba muy pálido. Las brujas lo acostaron en el suelo, ordenando que mejor llamaran las sacerdotisas pues no sabían si podrían salvarlo, palabras que hicieron que Kanat irrumpiera en un llanto amargo. Kairi se dio cuenta de lo que estaba sucediendo, corrió al lado de Rómulo de inmediato para auxiliarlo. Le posó sus manos en la herida, imaginando cada vena, cada fibra, cada músculo, hasta lograr repararlos. Kanat la abrazó con una fuerza indescriptible, casi haciéndola perder el aliento. Pau se acercó a Kairi con el rostro sombrío.

"Lo siento, su majestad. Merezco que usted me mande al calabozo, pero le ruego que tenga piedad..."

"Pau, es cierto que pudiste actuar de otra manera, no voy a castigarte por ser egoísta, todos los somos de algún modo. El compromiso es nulo, si gustas puedes regresar con tu grupo de artistas, es tu decisión." Kairi le habló sin rencor. Pau no le dio una respuesta inmediata, caminó hasta una banqueta cercana donde decidió descansar un poco. Tenía algunas heridas sangrantes las cuales una bruja joven le estaba tratando de vendar, a pesar de que parecía que quería estar solo. Su rostro estaba visiblemente nublado por su pensamiento, sus ojos perdidos en un paisaje interno, que al parecer no era muy placentero. Kairi también buscó un lugar en donde sentarse a descansar sus músculos temblorosos, repentinamente empezando a llorar agitada. La tensión de los últimos eventos en su vida finalmente le sobrevino, desde la muerte de Altea hasta la lucha reciente. Las Amazonas cercanas se aterrorizaron al verla llorar, angustiadas corrieron a buscar ayuda a las sacerdotisas, la reina y las brujas.

"Su majestad." La Reina Ylana le habló con preocupación en la voz, mientras se sentaba a su lado en el suelo. Kairi se le arrojó encima, buscando un abrazo que la ayudara a sentirse mejor. Necesitaba que alguien la arropara, que le diera sosiego, que por una vez le prestaran el calor de unos brazos para sentirse mejor. Ylana la abrazó, comprendiendo su necesidad, le acariciaba el poco cabello que tenía y la acompañó en su llanto. La reina entendía el pesar de verse a tan temprana edad ante adversidades, peleas y decisiones. Ella entendía lo que se sentía al tener que ser el centro de algún universo. Las sacerdotisas se acercaron a darle agua perfumada para beber, le tocaban con aprecio cualquier pedazo de piel expuesta, tratando de demostrar su apoyo de algún modo. Kairi empezó a sentirse mejor y se irguió junto a la reina quien la llevó de la mano hacia el interior del caserón donde la acomodaron en el trono. Ella no estaba acostumbrada a esos detalles por lo que se levantó para sentarse tranquila en un sillón de cuero que estaba dispuesto para cualquiera. La reina sonrió al ver esto, reconociendo que Kairi no estaba acostumbrada al trato que se le daba a los nobles. La tarde se esfumó en un abrir y cerrar de ojos. Una vez todo había regresado a la normalidad, la noticia de que La Princesa Dorada estaba en el reino de las Amazonas causó un furor en el territorio. Se ordenó que habría una celebración digna de su estatura. Kairi no quería que se hiciera nada, pues se sentía un poco avergonzada de todo lo que estaba sucediendo, sentía que ella era la misma que antes y todo esto de reconocimientos era absurdo. Ella era una huerfanita que había salido del bosque... Lo más que quería era descansar y planear que hacer de ese momento en adelante para ayudar a Bickett.

Al darse cuenta que las festividades se llevarían a cabo de cualquier manera, pues las Amazonas estaban demasiado emocionadas, decidió que no le quedaba más remedio que unirse a la fiesta. Kairi se dejó que la bañaran, que la perfumaran, que le dieran un hermoso atuendo de la gamuza más delicada. Las amazonas entretejieron finas lianas verdes en una corona de oro, que al ponérsela a Kairi, le hizo parecer que tenía el pelo verde como las demás. Le entregaron unas hermosas botas de cuero, las cuales completaron su vestimenta real. Kairi se sintió como una anciana guerrera, su cuerpo temblando al sentir un magnetismo remoto emanar de las tierras Amazonas.

La Reina Ylana vestida en su regalía oficial, era una visión de fuerza, carácter, elegancia y majestuosidad. Llegó a la habitación donde Kairi había sido establecida en el palacio para llevarla a la sala de festejos sin anunciarse. Miró a Kairi de arriba abajo, complacida con su apariencia. Sonriente, tomó de la mano a la nueva soberana para guiarla hacia el lugar donde miles de Amazonas esperaban con ansias echarle un vistazo. Estaba a punto de anochecer, por lo que una gran cantidad de antorchas alumbraban el palacio y sus alrededores, dándole una luminosidad exquisitamente dorada. Kairi se asustó al ver la multitud que se encontraba presente, no había visto tanta gente junta en toda su vida, ni se hubiese imaginado que era posible que cupiese semejante cantidad de personas en tan pequeño lugar. La Reina Ylana la precedía en la procesión, justo detrás de ella estaban las sacerdotisas, la Princesa Zoia y las demás Amazonas miembros del gabinete gubernamental. Con mucha ceremonia la Reina Ylana, sentó a Kairi en su trono, logrando que se tornara más roja que un carmín. La multitud enloqueció de júbilo, causando un ruido ensordecedor. El sonido poderoso de unos enormes tambores de guerra le abrió paso a unas formaciones perfectas de guerreras Amazonas, que venían a dar tributo a Kairi. Haciendo alarde de su precisión militar las guerreras lanzaron al aire lanzas de fuego que al regresar a la tierra se convirtieron en unas lloviznas luminosas para el deleite de la audiencia. Grupo tras grupo de Amazonas demostraba sus excelentes destrezas, uno que resaltó trajo consigo unos pequeños felinos los cuales ordenaban a hacer acrobacias, pero que al final demostraron sus feroces garras. Kairi estaba hipnotizada con el espectáculo, las Amazonas le parecieron temibles, formidables, sensuales y sobre todo, admirables. En una ocasión logró percatarse que Ona, Rómulo, Kanat y Pau estaban sentados en la parte lateral de la gran terraza sobre la cual se divisaba todo. Se le había hecho difícil de verlos desde el momento en que la batalla había concluido, por lo que se sentía un poco sola. Había convertido a Bickett nuevamente en un cachorro porque se hacía más fácil transportarlo de esa manera, además lo había colocado en un rinconcito sobre su cama para poder tenerlo cerca. Estaba segura de que Ona estaría molesta por esto, pero pensó que era mejor que ella lo tuviera cerca de ese momento en adelante. Ella era la Princesa Dorada y su misión era salvarlo... de ninguna de estas cosas tenía duda.

En algún momento de la ceremonia interminable Kairi se quedó tranquilamente dormida, cansada de la emoción y abrumada por la energía que la rodeaba. La Reina Ylana riéndose a carcajadas, se levantó de su silla indicándole a la multitud que permaneciera en silencio. Con mucha delicadeza tomó a Kairi en sus brazos, haciendo parecer que esta pesara igual que una pluma, para llevarla a su recámara. La posó en su cama, le besó la frente y le deseó sueños tranquilos. La reina regresó a despedir la muchedumbre con la promesa de que la celebración continuaría al día siguiente, para el alivio de las Amazonas.

Capítulo 6: La Princesa Dorada

Kairi se despertó asustada, pues no sabía como había llegado hasta la cama, se sintió avergonzada al realizar que tuvo que haberse quedado dormida durante la ceremonia. Unos leves golpes en la puerta la hicieron alarmarse, pues no estaba acostumbrada a ninguna atención.

"Buenos días su alteza, hemos venido a asearla." Una Amazona le indicó, mientras otra le servía un fragante té.

"No es necesario. Yo puedo atenderme sola, tan solo déjenme saber donde esta el área de aseo."

"La Reina Ylana nos ha dado la orden de que le tratemos con la mayor atención posible. Es un honor tener en nuestro reino a una leyenda." Las jóvenes sonrieron, mientras que manipulaban a Kairi a su antojo. Una hermosa música se escuchaba desde los alrededores del palacio. La opulencia del reino Amazona se desplegó sin censura en el festejo, por tres días corridos la celebración continuó en su apogeo, hasta que finalmente la Reina Ylana concluyó las ceremonias oficiales entregándole a Kairi un medallón de oro con el emblema de la Amazonia. Formalmente, la reina ponía a su disposición sus fuerzas armadas.

Pau había decidido regresar a su campamento, por lo que se acordó que unas guardias Amazonas le acompañarían hasta Kaniba. No había aceptado que Kairi le regresara el anillo de plata que le había dado y cuando Kairi insistió, arrojó el anillo a un riachuelo cercano. Rómulo y Kanat decidieron seguir con Kairi hasta el fin de su misión, cualquiera que fuese. Ona había observado todo los sucesos de los días pasados en un incómodo silencio, pues estaba un poco decepcionada que ella no era el centro de atención como lo había soñado. Había dormido intranquila, pensando en su futuro incierto, el hecho de que había huido con Bickett le pesaba en la conciencia. Una cosa era si ella hubiese regresado a Bandah a reinar, otra cosa era que regresaba como una persona cualquiera, más aun por que sabía que había traicionado a su propia madre...

La reina congregó a los visitantes a su sala de audiencias nuevamente para discutir cual sería el siguiente paso a seguir.

"Bickett tiene que regresar al palacio. De algún modo hay que hacer que Koren levante su conjuro." Kairi le explicó a la reina.

"¿Qué plan tienes?" Confirió la reina.

"Usted debe darle ayuda a las brujas, fortalecer todos los que han estado batallando a las fuerzas militares de Bandah. Debemos enviar a alguien a Albah para dar aviso a la Demi-diosa Arkana que ya estaremos de regreso a Bandah. Me voy a presentar al castillo de Bandah." Kairi declaró sin rodeos.

"¿Presentarte? ¿Sin ejército? ¿Sin plan?" Rómulo exclamó asombrado.

"Si atacamos en conjunto podremos ganar la guerra, Koren sería capaz de matar a Bickett de una vez, tan solo por maldad. Tiene que sentir que tiene una oportunidad de vencer, además también esta Kalani de por medio. Me gustaría liberarla si fuese posible." Kairi ofreció.

"Yo haré lo que me pidas, aunque creo que es una locura, deberíamos coordinar un ataque furtivo a Bandah, tomar control del castillo, tomando a Koren de rehén. Podríamos obligarla a que libere a Bickett." Ylana insistió.

"Van a haber muchas muertes de ese modo. Cualquier persona puede retar a Koren a un duelo, ya muchos lo han hecho. Es verdad que todos perecieron, pero creo que yo puedo sobreponerme sobre su magia negra. Si logro acorralarla, es posible que haga un trato conmigo para salvarse." Kairi les comentó lo que había pensado hasta ese momento. El grupo permaneció en silencio.

"Una vez que Bickett esté sin su hechizo, puede ayudarme a vencerla, necesito que me ayude a encontrar a alguien que esta perdida en el palacio. Una persona que podría librarnos de Koren para siempre..." Kairi añadió ante las miradas dudosas de todos. Podía ver claramente como ninguna de sus ideas estaba cayendo bien al resto de sus acompañantes.

"Haré que los dragones se nos unan, si tenemos su ejército, las Amazonas y las ninfas de Albah en nuestro bando, la guerra terminaría con tan solo una batalla decisiva. Necesito tan solo un poco de tiempo, una oportunidad para tratar de salvarlo... Si fallo, como quiera soy la verdadera monarca de Bandah. Koren perecerá bajo mi espada." Aunque Kairi habló en sentido figurativo, todos los demás presentes se alegraron de escuchar esa sentencia de muerte. Excepto Ona, quien aun estaba sumida en un silencio turbulento que se la estaba tragando.

En la tarde decidieron que al día siguiente Kairi partiría con su comitiva al reino de los dragones para pedirle su ayuda formalmente. La Princesa Zoia le pidió permiso a su madre y a Kairi para unírseles en su misión. Kairi no encontró objeción alguna, aunque Rómulo pensó que el hecho de que eran acompañados por dos Amazonas llamaría demasiado la atención. Kanat y Zoia ofrecieron raparse la cabeza, Kairi se negó rutadamente a aceptar esto, pues sus hermosos cabellos verdes no serían víctimas de tal crimen. La reina sugirió que se enrollaran el cabello en telas de color que llevarían como un turbante, lo que más bien las haría parecer brujas del desierto. Todo estaba arreglado, Pau los acompañaría hasta la entrada del reino dragón, luego seguiría hacia Kaniba con las Amazonas que le servirían de escolta. Kairi se sentía nerviosa, mas bien porque sabía que salvar a Bickett iba a ser un asunto muy delicado. Se sentía intimidada por el espectro de Koren, una mujer que había ocupado un lugar abstracto en su conocimiento, pero que tendría que enfrentar pronto. Se acomodó en la cama, tocando suavemente el pelo gris del cachorro dormido.

"Bickett, te voy a salvar. No se como lo haré…" Kairi se sintió cómoda en ese momento, por lo que comenzó a hacerle un relato a Bickett de todo lo que había pasado hasta ese momento. Luego, le habló del reino amazona y todas las cosas que había en él, sin omitir el hecho de que Rómulo se había casado con Kanat. Las historias le parecieron cuentos de hadas, se reía constantemente al hablar.

"Mañana iremos a ver el reino de los dragones, no sabes cuanto me gustaría que estuvieses conciente, me interesaría saber que piensas de todo esto." Comentó Kairi finalmente mientras se quedaba dormida de una vez.

Las Amazonas levantaron al reino con trompetas y tambores de guerra. Cada súbdito del reino estaría presente al momento de que la Princesa Dorada se marchara. La pequeña comitiva cabalgaba en silencio por la vía principal ante el estruendo de las mujeres quienes les despedían emocionadas. Pétalos de fragrantes jazmines y rosas llovían por doquier haciendo una alfombra ante los viajeros. Kairi llevaba puesto la misma ropa con que había llegado al igual que los demás, pues no querían llamar la atención demasiado. Zoia y Kanat los guiarían por los terrenos Amazonas hasta llegar a la tierra de los dragones donde entonces Rómulo serviría de guía. Todos sabían que el tramo se recorrería por casi una semana por lo que los ánimos estaban un poco bajos. Pau estaba impaciente por regresar a su campamento, pues el pesar de que como los eventos habían cambiado, le molestaba. El hecho de haber perdido su comprometida, de una manera tan espectacular, lo hacía sentir deprimido. Se había hecho a la idea de que Kairi sería suya en algún momento, de que le daría hijos fuertes y que lo cuidaría en su vejez. Había comprometido su campamento, su tiempo y sus recursos en vano, algo que no le complacía para nada. Por suerte, ninguna de las amazonas lo quiso como marido, pues lo menos que se imaginaba era tener que regresar con una de esas mujeres. Sabía muy bien que eran dominantes y el prefería las mujeres un poco más sumisas. Reconocía que una mujer sumisa era una barbaridad, pero sino no sería posible vivir como a él le gustaba, por más egoísta que esto fuese.

Ona platicaba con Kairi con una frialdad extraña, Kairi hubiese deseado que no fuese así pero no sabía como cambiar las cosas. Zoia le hacía mejor compañía pues la trataba como a un igual, no tan solo por su nobleza, pero por que era una joven de buen carácter. A pocos días de llegar al terreno de los dragones decidieron acampar cerca de un pequeño riachuelo, querían cenar bien para despedir a Pau. La ocasión fue un poco agridulce para Kairi, pues veía como Pau estaba afectado, le hubiese gustado seguir siendo su amiga de algún modo. Eso ya no era posible, con el compromiso roto, Pau no quería nada que ver con todo aquello. Ella también estaba un poco resentida de el hecho que él la había comprometido, por lo que sabía que a ultimadas cuentas una persona como él, no tenía valores. Rómulo y Kanat se adentraron a su caseta temprano, todas las noches se las pasaban bramando con sus pasiones, a veces despertando a los demás. Kairi se retiró con Zoia, aunque Ona quiso permanecer despierta un rato. Pau la observaba pensativo, mientras el fuego de la fogata perecía lentamente.

"¿Y ahora tu que vas a hacer?" Le dijo Pau finalmente.

"No sé. ¿A qué te refieres?" Ona le respondió algo confundida.

"Tu no eres ninguna princesa legendaria, cuando salga a relucir tu parentesco no creo que te vaya a ir muy bien." Pau se acercó a donde ella estaba y se sentó a su lado, acto que invadió un poco la comodidad de Ona.

"Kairi, hablará en mi favor, después de todo yo ayudé a Bickett a escapar. Además, Bickett es mi amigo, entre nosotros ha habido más que una amistad." Ona confesó.

"Ah, ya me doy cuenta…Dos jóvenes solos en una torre…me imagino que han descubierto muchas cosas juntos. Con razón harías lo que fuese por él. ¿Aunque qué piensas sucederá cuando el príncipe vea a Kairi? No creo que exista nadie más hermoso que ella…" Las palabras de Pau eran puñaladas venenosas en el pecho de Ona, dudas que le flotaban en la mente se convertían en pesadas piedras, que le golpeaban el corazón.

"¡Yo soy bella también y mi alma está llena de amor!" Exclamó Ona mientras una lágrima se le escapaba de sus ojos, su labio temblando de amargura.

"¿Qué te ha hecho el príncipe?" Pau le sugirió sugestivamente, acercándose más.

"No tengo porque hablar de esto contigo. No hemos hecho nada que ninguno no haya querido."

"Oh, pero el príncipe esta casado… La infidelidad es un delito castigado a muerte en la monarquía. No puedo creer que tu seas la prueba de la infidelidad de ambos monarcas de Bandah…" Pau empezó a acariciar la mejilla de Ona, quien se quedó tiesa sin saber que hacer ante ello.

"No me toques." Le ordenó ella.

"No seas tan áspera. Yo no le voy a decir nada a nadie. Solo quiero algo a cambio…" Ona lo miró fijamente a los ojos tratando de leer sus intenciones, aunque Pau las hizo bien abiertas cuando deslizó su mano por la pierna de Ona hacia dentro de sus faldas.

"Tu serías la ruina de tu príncipe y tu madre. Yo tan solo tengo que llegar a Bandah antes que ustedes…" Ona permaneció callada sin saber que hacer ni decir, pero sin evitar el asalto a su persona que se estaba llevando a cabo en manos de Pau. Ona no estaba pensando bien la situación, si lo hubiese hecho se hubiese dado cuenta que lo que le decía Pau no tendría ninguna consecuencia, pero en ese momento estando tan llena de dudas y temores estaba indefensa. Pau la recostó sobre la tierra fría, alzándole las faldas imprudentemente, mientras ella lloraba silenciosamente con el asco que le daba el respirar agitado de él. No sabía que hacer... estaba entumecida. Sabía que ella tenía magia, podía defenderse, pero inexplicablemente no era capaz.

"Deberías escaparte conmigo a Kaniba, yo te voy a tratar muy bien." Le susurró Pau mientras se abría el pantalón. Ona apretaba sus piernas los más que podía luchando contra aquel cuerpo pesado que la estaba sobrellevando, tratando de evitar algo que ya parecía inevitable. Se apretaba el labio con tanta fuerza que lo hizo sangrar, no quería que esto sucediera, se sentía indefensa.

"¡Detente!" La voz de Kairi ordenó. Pau se irguió de un sobresalto mientras se ajustaba la ropa. Ona se incorporó también, con el rostro tan pálido que resaltaba en la semi oscuridad.

"No es lo que tu piensas, Kairi." Pau le dijo lleno de tensión.

"Entonces más les vale que me expliquen, porque no veo como esta situación es aceptable bajo ninguna circunstancia. Ona es una muchacha no entrada en edad." Kairi habló llena de rabia dirigida hacia Pau.

"Nada ha pasado entre nosotros. ¿Verdad?" Pau trató de aplacar la furia de Kairi.

"Ona, te exijo que hables, si Pau ha tratado de forzarse sobre ti, será castigado como se merece." Kairi alzó su voz alertando a los demás en las casetas de que algo andaba mal. Rómulo salió de inmediato con su espada en mano, seguido por Kanat quien estaba completamente desnuda a pesar de su espada. Zoia y las Amazonas también respondieron armas en mano. Ona comenzó a llorar sin saber qué decir, no quería encubrir a Pau, pero tenía miedo de que le contara a todos lo que sabía.

"Sí, ha querido forzarse en mí." La voz temblorosa de Ona confirmó las sospechas de Kairi.

"No es cierto, ella es una mentirosa. Se ha acostado con el príncipe, quien sabe con quien más... Ahora que han visto esto, quiere hacerse la más prudente." Pau habló airado sin importarle lo inverosímil que sonaba su acusación.

"No importa lo que ella ha hecho antes, si ha dicho que tu la has querido forzar, su acusación es lo que cuenta. Obviamente, no ha consentido, estas bajo arresto." Rómulo alzó su espada acercándose a Pau.

"¡NO! Este hombre está en terreno Amazona, nuestra jurisdicción." La Princesa Zoia les informó.

"No la he violado, no he hecho nada." Exclamó Pau ante la mirada intensa de las Amazonas. Todos sabían que las Amazonas no tenían ninguna tolerancia ante los delitos en contra de las mujeres.

"La niña ha hablado, será castigado." Zoia le indicó a sus Amazonas que lo agarraran. Pau trató de resistir luchando a golpes con las mujeres, quienes lo vencieron fácilmente, propinándole una considerable golpiza. Kanat se puso frente a Rómulo, indicándole que no se metiera en asuntos de las Amazonas. Kairi y Ona observaron en silencio lo que estaba sucediendo.

"Kairi, por favor, intercede por mi. Recuérdate de todas las veces que te ayudé cuando vivías en el bosque. Yo te traía golosinas, libros…" Pau le suplicaba, mientras Kairi le negaba su pedido con su cabeza.

"Tu no me ayudaste para nada Pau, yo crecí muy bien en el bosque y en la aldea, no tengo deudas contigo. Sin embargo, cuando te pedí ayuda te aprovechaste de mi haciéndome un compromiso a pesar de mi situación. No tengo nada que decir a tu favor." Kairi le habló claramente. Zoia se acercó a Pau fríamente, abriendo su pantalón de un zarpazo. Las Amazonas lo agarraron con firmeza, pues Pau comenzó a luchar nuevamente, aunque en vano. Zoia agarró el sexo de Pau exponiéndolo al aire, a pesar de que Pau intentaba mover sus caderas inútilmente para sacarlo de vista. Zoia sacó una pequeña daga que llevaba escondida en su bota, castrando a Pau sin pestañear, inmune a sus gritos de dolor. Pau se desmayó de la impresión, las Amazonas lo dejaron caer al suelo de un golpe sin importarle un bledo. Los demás se retiraron a sus casetas silenciosamente dando por finalizada la situación, aunque Kairi tuvo que quedarse atrás para darle cuidado a la herida sangrante de Pau, pues era la única curandera del grupo. Tuvieron que permanecer en el campamento por unos días más de lo planeado en lo que Pau se restablecía, pues no podría regresar a Kaniba en el estado en que estaba. El día en que finalmente se marchó Pau con las

Amazonas, nadie salió a despedirlo. Había permanecido en su caseta mientras se le curaban las heridas de su castración, pero ya todos lo habían descartado. Kairi lo atendía en silencio, sin haberlo perdonado por tratar de violar a Ona, especialmente bajo pretextos tan inexcusables. No sentía nada de pena por lo que le había pasado, naturalmente, sus acciones habían tenido consecuencias... También había tenido la oportunidad de hablar con Ona, escuchando lo que había transpirado esa noche. No supo que pensar, o sentir, cuando Ona le comentó que Bickett y ella habían explorado su sexualidad en cautiverio, lo que sí sabía era que lo que Pau había hecho estaba mal. El pensar en que existió una intimidad entre Bickett y Ona le molestaba inmensurablemente, cuando pensaba en ellos como pareja, su corazón parecía dolerle demasiado. Daba gracias a que las Amazonas estuvieron presentes cuando sucedió todo aquello, sino Rómulo hubiese que tenido que llevar a Pau a Kaniba para encarcelarlo, haciendo todo muy complicado. El grupo entonces continuó su expedición hacia el reino de los dragones, aunque decididamente estaban todos un poco afectados por lo que había sucedido. El terreno pedregoso en las afueras del territorio Amazona les daba una mala bienvenida, estaban tensos pues sabían que los dragones ya presentían su presencia. Kairi se acordaba de su encuentro pasado con un dragón, encuentro que aun la hacía temblar un poco. Pasó un día completo antes de que los dragones se dignaran a reconocer su presencia en su territorio. Un dragón color crema, de intensos ojos grises, se les acercó finalmente a ver que les traía por aquellas partes. Kairi quedó embelesada viendo la forma tan elegante del dragón, una criatura musculosa que no parecía reptil ni humano. Sus escamas radiaban destellos a la luz del sol, mientras que sus garras permanecían amenazantes en sus extremidades, como un recordatorio de su verdadera naturaleza.

"Los mortales no están permitidos en nuestras tierras."

"Lo sabemos, venimos en paz. Deseamos audiencia con quien sea su líder." La Princesa Zoia habló antes que nadie.

"No obedecemos a nadie. No damos audiencia a los mortales en nuestra tierra." El dragón advirtió acercándose más al grupo.

"Llévenos con su líder." La voz decisiva de Kairi hizo que el dragón parara en seco. El reflejo de la Espada Dorada resplandeció a la luz, mientras Kairi se encaraba al dragón desde su monta.

"La Princesa Dorada…" El dragón siseó incrédulo.

"No lo repetiré, llévanos con tu líder." Kairi le ordenó asertiva. El dragón no habló, pero se volteó hacia el corazón del terreno rocoso dándoles a entender que lo siguieran. La caravana se movía lentamente pues los caballos no eran tan adeptos en el terreno hostil como lo era el dragón. Los viajeros podían sentir miradas curiosas sobre ellos, aunque no lograban ver de donde procedían. Sabían que estaban rodeados, un calor intenso más allá del que brotaba de las piedras los empezaba a azotar, de tal manera que el sudor se les evaporaba tan pronto surgía de sus frentes. Kanat y Zoia se quitaron la mayor parte de sus vestimentas, estando acostumbradas a estar semi desnudas. Rómulo se quitó su camisa, mientras que Kairi y Ona fueron las únicas que permanecieron igual. Kairi estaba casi apunto de desmayarse, su boca estaba seca, mientras que sus ojos luchaban por enfocarse en el camino. Ona estaba en las mismas, febrilmente se había empezado a desabrochar el corpiño de su traje, ya había vomitado una vez.

"¿Puedes hacer algo?" Rómulo le sugirió a Kairi quien no podía pensar en nada. Se le ocurrió que tal vez podía hacer una ráfaga de viento frío que les arropara. Intentó varias veces, en vano.

"Tu magia no sirve en esta tierra." El dragón le dejó saber al darse cuenta de sus intenciones. Sin embargo, el dragón empezó a tirar bocanadas de un aire frío y húmedo que les dio algo de alivio a los visitantes. Ninguno de ellos tenía idea del tiempo, era posible que hubiesen estado cabalgando por días, por horas o tan solo minutos. El caballo de Kairi sucumbió al calor, no estaba muerto, pero no podía dar un paso. Rómulo sugirió continuar el tramo a pie, sino terminarían perdiendo todas las bestias.

"Llévanos en tu lomo." Kairi le ordenó al dragón, ocurriéndosele finalmente que era posible que el dragón tendría que obedecerla. El dragón se detuvo, acto seguido pareció inflarse hasta hacerse el doble de su tamaño, luego se tendió al suelo para dejar que los forasteros se treparan en su lomo. Ona se arrojó a la piel fría con abandono, sin entender como era posible que un dragón pudiese ser tan infernal y tan invernal a la vez. Después de lo que pareció una eternidad, un frío helado les comenzó a castigar, a pesar de que se colocaron hasta las ultimas prendas de ropa que llevaban sus dientes comenzaron a chasquear. Nuevamente, el dragón les acomodó, esta vez con bocanadas de vapor caluroso para que no se helaran. Ante sus ojos, unos enormes edificios puntiagudos se empezaron a divisar. Eran unas torres altas y majestuosas que al verlas de cerca se podía dar cuenta que estaban hechas de minerales preciosos. El dragón los llevó a una torre hecha de rubíes en su totalidad, que parecía un pilar de sangre resaltando frente al azul del cielo claro. Rómulo observaba todo boquiabierto, las Amazonas un poco más comedidas en su reacción, aunque Ona y Kairi exclamaban sorprendidas por la belleza del reino de los dragones. Ya podían ver dragones por todas partes, de formas y colores distintos, tan numerosos como estrellas en la noche, quienes los miraban con la misma curiosidad.

"Mi nombre es Faroz. Les llevaré donde el rey Ahmand, líder escogido pues que sepamos es uno de los dragones que nunca ha hibernado." El dragón los dejó en una enorme antesala, que parecía un jardín de flores coloridas gracias a los cómodos cojines que cubrían el suelo.

"La Princesa Dorada." Una voz femenina se escuchó desde la parte trasera del salón. Una hermosa mujer de alta estatura, con largos cabellos grises y ojos rojos se acercaba tan delicadamente que parecía flotar. Kairi sintió como sus rodillas empezaron a temblar, pues había algo que le intimidaba de aquella figura astral. El frío inclemente del lugar tampoco ayudaba…

La mujer hizo que un gran fuego se iluminara en medio del salón, logrando que los forasteros dejaran de temblar.

"Lo siento, no estamos acostumbrados a tener mortales de sangre caliente en estas áreas. Yo soy Ahmand, rey de estas tierras." Ahmand les habló con cortesía sin dejar de perder de vista a Kairi.

"Pensé que el rey era un hombre…" Comentó Ona sin poder contenerse. Ahmand sonrió sin molestarse.

"Ah, nosotros los dragones tenemos la buena fortuna de tomar cualquier forma que deseemos, no soy ni rey ni reina, soy dragón. Esta apariencia que ven es la de la última reina mortal que conocí. Me dio dos hijos..." La oración quedó incompleta pues el dragón pareció perderse en los laberintos de su recuerdo.

"Era muy hermosa." Ona ofreció ante la sonrisa renovada del dragón.

"Cierto... Faroz me ha dicho que la Princesa Dorada esta en mi reino, obviamente es la única razón por la que permanecen con vida. Lazos mágicos ancestrales me hacen respetar su existencia, así que les pido que me digan a que han venido. " Ahmand les habló cortésmente, tratando de comportarse de una manera que no les fuera a intimidar. Kairi pensó que su miedo original había sido sin fundamento, pues obviamente el dragón estaba tratando hasta lo imposible por hacerlos sentir cómodos.

"Tenemos una guerra, en la cual su presencia es requerida." Kairi le informó.

"Si, ya había oído hablar de su guerra interminable. Los mortales no se dan cuenta que las guerras no sirven para nada, una vez que pierden la vida todo lo demás es en vano. Tal vez su mortalidad los hace desear poder y gloria, no cuentan con suficiente tiempo para darse cuenta que esos por menores son en vano." Ahmand compartió sus cavilaciones.

"Es posible... Desafortunadamente, así es la vida, demasiado corta. Yo soy una niña, no he vivido, pero me toca tomar decisiones de vida o muerte." Kairi le habló con un poco de pesadez en la voz. Había pensado tantas veces en cual debía ser su papel en la vida, que le parecía una realidad ajena.

"Obedeceremos las leyes antiguas, pelearemos en su guerra." Ahmand le confirmó lo que ya sabía.

"Hay algo que quiero añadir...Los del otro bando tienen un dragón esclavizado."

"Un dragón blanco... Si, ya había escuchado de su existencia. No podemos matarlo, ni hacerle daño... Pero él si puede matarnos..." Ahmand le daba vueltas al asunto en su mente.

"Ella... es una dragona. Tengo el plan de pedirle un duelo a la Princesa Regente de Bandah, Koren. Si gano, le pediré el corazón de Kalani y la libertad del Príncipe

Bickett. Esta encantado, no puede vivir si no esta adentro del castillo." Kairi le enseñó el pequeño bultito donde un cachorro gris dormitaba pesadamente.

"Puede que no acepte el duelo… puede que no ganes." Ahmand habló tranquilamente.

"A veces las posibilidades ni importan, es el intento. El deseo de salvar al reino, a Bickett, es más grande que mi miedo a perder." Kairi confesó. Rómulo se acercó a ella y le posó la mano en el hombro tiernamente, Kanat agarrada de su otra mano. Zoia también se le acercó posando su cabeza en su hombro libre, le entregaba su vida y su corazón abiertamente. Ona se acercó también, casi de mala gana, para unirse al grupo y darle apoyo a Kairi. Rómulo entonces le habló los por menores del plan a Ahmand ya que le gustaba discutir asuntos estratégicos. Las mujeres se acomodaron entre los cojines, disfrutando de la fogata que Ahmand les había preparado, comiendo unas delicadas frutas que les habían ofrecido unos diminutos dragones. Rómulo y Ahmand llegaron a un acuerdo, los dragones saldrían de su reino sigilosamente, estacionando grupos de batalla en lugares estratégicos, cada rincón del reino sería cubierto. Una vez dada la señal, atacarían en concierto con las Amazonas y las ninfas, la señal sería un tormenta de fuego.

"No sé como encontrar el corazón de Kalani." Comentó Kairi pensando en la posibilidad de que Koren no se lo entregaría fácilmente, aun estando vencida.

"Podrás sentirlo cerca. Un dragón puede sentir el corazón de otro, porque ya sabe que buscar. Ven, yo te demuestro…" Ahmand se acercó a Kairi tomándole su mano y acomodándola en su pecho. Los senos de Ahmand en su forma femenina desprendían un calor palpitante que Kairi jamás había discernido entre sus experiencias. Era muy singular, el calor y el ritmo eran uno, pero diferentes.

"Trata de sentir mi corazón, luego el tuyo, luego el de tus acompañantes…" Le ordenó Ahmand. Kairi se concentró más para escuchar, poco a poco empezó a recibir las palpitaciones de los presentes, cada uno con su única voz interior. Rómulo pulsaba fuerte y calmado, como su carácter, la sangre fluía como látigos de vida por sus venas. Kanat era casi igual que su esposo, aunque un pequeñito eco le repicaba en su interior… Kairi se dio cuenta que Kanat ya no estaba sola, un pequeño corazoncito rítmico le cantaba en su interior. Empezó a reírse a carcajadas, pues le pareció inverosímil que ella supiese algo tan íntimo antes que la propia Kanat. Zoia latía con fuerza, vibraba llena de vida, de emoción. Al sentir que Kairi la miraba su corazón le latía con fuerza, traicionando la verdadera razón por la cual se había unido a la misión. Kairi se sonrojó, sonriendo un poco avergonzada de haber encontrado tantos secretos en tan poco tiempo. Comprendió que así deberían que ser todos los corazones, llenos de secretos y canciones propias. El corazón de Ona la traicionaba, latía ferozmente, quejándose de su vida, de lo que deseaba que fuese la realidad pero no lo era. La envidia y el rencor eran canciones sin ritmo, inseguras de su tempo.

"Encontrarás el corazón de Kalani." Le confirmó Ahmand complacido de lo que estaba presenciando. En ese instante ordenó que trajeran una cena formal para los visitantes, pues debían descansar antes de partir al día siguiente. Los dragones no necesitaban el sueño, aunque comprendían que los mortales sí.

"Kanat, hay algo que tengo que decirte." Kairi se dirigió a ella sin que los demás le escucharan.

"¿Qué sucede?"

"Creo que debes regresar a la Amazonia con Rómulo, llevas una criatura dentro." Kanat la miró llena de asombro.

"Soy Amazona. Combatimos desde el vientre, mi prole no será diferente." Kanat le dejó saber, aunque estaba muy conmovida con el ofrecimiento de Kairi.

"Protégete bien."

"Así lo haré." Sonrió Kanat mientras que se apuraba a ir al lado de su marido para darle las buenas nuevas.

Al amanecer del día siguiente Kairi se despertó un poco alarmada pues había soñado que Altea la estaba buscando en el bosque y no la encontraba. Los latidos de un corazón asustado le palpitaban con un estruendo en los oídos y abrió sus ojos aterrorizada al darse cuenta que esos latidos eran los suyos. Los demás dormían tranquilos, por lo que caminó hacia una ventana cercana para expiar el increíble reino de los dragones que parecía extenderse más allá del horizonte. Estaba envuelta en una larga capa de lana suave que le habían brindado la noche anterior. Se acurrucaba con fuerza casi para darse un abrazo consolador. Su vida le parecía surreal, estaba sorprendida de ver todo lo que había visto, de hacer todo lo que había hecho. Tenía un poco de miedo más bien porque no le apetecía el hecho de que tal vez, todo por lo cual luchaba, no valía la pena luchar. Bickett valía la pena. A pesar del dolor que le causaba pensar que entre él y Ona ya existía una historia, ella sentía como si lo conociera bien, como si la hubiesen puesto a ella en el mundo para salvarlo. El pensar que tal vez él ni se fijaría en ella le golpeaba el pecho, pero no era razón para no liberarlo del terrible destino que le esperaba si ella no intercedía. De momento se dio cuenta que no estaba sola, la figura de un joven apareció de la nada.

"Los voy a acompañar en su misión." El joven habló con una hermosa voz. Tenía el cabello largo y rubio, recogido en trenzas diminutas las cual se había enrollado en el cuello como una exótica bufanda. Su piel brillante delataba las pequeñas escamas que su raza no podía disimular ni con magia, aunque sus ojos verdes parecían como los de un humano. Kairi se sorprendió, era muy raro que un dragón cambiara sus pupilas para que tuvieran la apariencia de los humanos. Sabía bien que aunque los dragones aparentaban físico como el de los hombres jamás disimulaban su raza, su cambio era para no intimidar, no para integrarse.

"¿Quién eres tu?" Kairi logró preguntar entre el asombro. No podía dejar de admirar la hermosa cara de aquel personaje tan enigmático que había aparecido de la nada.

"Escucha mi corazón." El dragón sonrió.

"¡Ahmand!" Kairi exclamó al escuchar la canción en su pecho, una canción familiar y cálida.

"Entonces, aceptas que los acompañe."

"Por supuesto, su majestad, aunque no entiendo porque usted querría venir con nosotros."

"De vez en cuando, es necesario buscar una razón para vivir." El dragón le dijo con una exuberante sonrisa. Kairi notó un extraño brillo en los ojos de Ahmand al decir estas palabras, como si tuviesen un significado más profundo que ella no lograba captar en ese momento.

"Le debo advertir que Rómulo no va a estar de acuerdo, cuando se nos unió Zoia puso el grito en el cielo."

"Tendremos que convencerlo, también me gustaría que me trates con menos formalidad. Porque si de títulos se tratara tu eres una leyenda viviente, con más nobleza que la mía." Ahmand le comentó.

"Nunca me percibí como tal, crecí en el bosque y no fue hasta hace poco que todo esto salió a relucir, que he pensado en mi estirpe. Mis padres eran los reyes de Astra." Kairi confesó por primera vez en voz alta el secreto más guardado que llevaba en su interior.

"Ah, una joven de nobleza, eso explica tu elegancia tan natural... Tu prudencia. Dentro de ti están escondidas generaciones tras generaciones de practicas nobles. Aunque tu belleza no es tan solo la de los mortales, ni la de la magia, lo que posees va más allá... lo he presentido." Kairi se sonrojó violentamente, nunca había pensado en su aspecto físico como otra cosa que no fuese una desgracia, pues su abuela Lula la encubrió de sucio año tras año para que no llamara la atención. Ahmand extendió su mano cariñosamente y acarició de manera juguetona el cabello corto de Kairi, dándole una extraña sensación de júbilo. Estaba aliviada de que en el grupo tal vez habría una persona con la cual podría establecer una amistad abierta, lo que no se imaginaba era que Ahmand quería algo más que una amistad. Caminaron juntos hasta el gran salón donde se encontraron que los demás ya estaban en pie.

"Ahmand se nos unirá en nuestra aventura." Declaró Kairi sin rodeos enseñándole al resto la nueva apariencia de Ahmand. Ona se quedó boquiabierta al admirar al apuesto muchacho que había aparecido ante todos, mientras que Zoia frunció el rostro en aparente disgusto.

"Nuestra comitiva es bastante grande, este señorito sobresalta desde la distancia." Zoia se quejó en voz alta.

"Puedo ser de mucha ayuda, soy inmortal y muy adepto en la magia. Cualidades que son más eficientes en batalla que la espada Amazona." Respondió Ahmand devolviéndole a Zoia su disgusto. Kanat se quedó a un lado sin ofenderse por el comentario, se había dado cuenta sabiamente que los egos de aquellos dos estaban tratando de medirse por otras razones.

"Kairi me ha dicho que puedo acompañarles, ella es la Princesa Dorada, ninguna palabra tiene más peso." Ahmand declaró triunfante, mientras que Kairi asentía en silencio, con la esperanza de que su decisión había sido la correcta.

"Bien, entonces partiremos en seguida, tenemos un largo camino frente a nosotros." Rómulo agarró a su esposa por la mano cariñosamente antes de salir al exterior. Un enorme dragón turquesa les esperaba para llevarlos hasta la entrada del reino dragón, donde sus bestias les esperaban. Ahmand volaba a un lado de ellos, de vez en cuando mirando a su alrededor, sintiéndose muy orgullo de su reino. Una vez la comitiva estaba en sus montas, con su equipo de viaje listo, un alivio descendió sobre todos. Rómulo estaba agradecido de haber salido de aquellas tierras con vida, mientras que las Amazonas estaban ansiosas por probar aventuras. Kairi y Ona se hablaban cortésmente de tonterías, pues ambas tenían sentimientos encontrados en lo que al viaje se refería. Ambas sabían que sus vidas estaban irremediablemente cambiadas desde ese momento en adelante. Ahmand buscaba cada oportunidad para caminar al lado de Kairi, siendo dragón no necesitaba de un caballo, algo que le hacía más fácil entrelazarse entre el grupo. Zoia también trataba de estar junto a Kairi cuando tenía la oportunidad, haciendo que Ona se sintiera rechazada por los demás. Kairi aceptaba la compañía de quien se le acercara, aunque se sentía más cómoda con Kanat, quien no parecía tener ninguna agenda que no fuese amistad sincera.

Su viaje estaba planeado de principio a fin, pasarían por el borde del desierto hasta llegar a Polaris, de allí a Albah, donde se encontrarían con Arkana en su templo. Su próxima parada sería Bandah... El nombre de ese lugar era como una maldición para Kairi, le conjuraba historias de tortura, veneno y muerte. Sabía que allí tendría que encarar a Koren, la mujer que había sido la causante de las penas de muchas de las personas en su vida. La mujer que había causado que el reino no fuese otra cosa que una fosa común para sus habitantes. Lo único que le daba ilusión era el prospecto de ver a Bickett despierto, estaba tan curiosa por ver sus expresiones, sus ojos. Quería escuchar su voz, ver su corpulento cuerpo joven animado, decirle cara a cara que su encarcelamiento tendría fin. No tan solo eso, tenía también la esperanza de devolverle a Bickett parte de su familia...

"Una de las mejores cosas de vivir muchos años es el ver como cambian los paisajes, recuerdo el desierto cuando no era desierto." Ahmand comentó mientras caminaba junto a Kairi.

"Daría lo que fuese por vivir eternamente." Ona su unió al grupo.

"En verdad, nunca pensé en ese prospecto. Crecí contenta en un pequeño mundo, aunque si me hubiese gustado jamás sentir el dolor causado por la muerte de mi tía Altea y mi abuela Lula." Kairi comentó.

"La mortalidad no es mala. Es parte de todo, creo que me hubiese gustado ser mortal para tener una finalidad en algún momento, es difícil de explicar." Ahmand confesó.

"Puedes hibernar, hay dragones que se hacen piedras por milenios, eso es parecido a la muerte. ¿No?" Ona inquirió.

"Tienes razón, pero no es lo mismo. Cuando eres inmortal un milenio es un día, o una hora. Sabes que algún día vas a despertar, no sabes que vas a ver, pero si sabes que no dormirás por siempre."

"Me parece que la inmortalidad y la mortalidad son perdidas de tiempo, no deberían dictar el como hacemos las cosas." Kairi ofreció su pensamiento abiertamente.

"Tienes razón." Ahmand le sonrió, mientras que Ona miraba a la distancia.

"Es fácil para ustedes decirlo, porque tienen algo que les eleva sobre los demás, sin embargo si fueran mortales comunes y corrientes pensarían diferente. Si no fueras rey, Ahmand, si no fueras dragón, estarías trabajando en algún lugar en una aldea cualquiera. Soñando con ser inmortal para tener suficiente tiempo de vivir, mientras que tu Kairi, si no fueses la Princesa Dorada estarías todavía comprometida con un viejo asqueroso." Ona declaró.

"Es verdad lo que dices, pero parte de vivir es aceptar nuestra situación. Cualquiera que hubiese sido mi destino, yo hubiese hecho lo que fuera por vivir con dignidad. No me hubiese casado con Pau al entrar en edad, me hubiese ido lejos. Todos sacrificamos algo de algún modo, pero no a cuestas de nuestra vida." Kairi se defendió.

"Estas dispuesta a dar tu vida por Bickett..." Le recordó Ona.

"Es mi decisión. Es importante saber escoger por lo que queremos luchar. Yo pienso que la vida es el mayor tesoro, por eso no la entrego en vano. Creo que la vida de Bickett merece ser salvada, eso es todo."

"Pero es tan solo una vida, él ni sabe quien eres." Ona indicó.

"¿Cuántas vidas son suficientes para que tengan valor? ¿Una? ¿Mil? No son cifras que se valoren sencillamente. Lo más hermoso de una vida, es que aunque sea una, es preciada." Kairi sonrió encogiéndose de hombros.

"Si, pero habrán otras vidas de por medio. Puede que por tu culpa mueran algunos inocentes." Ona recriminó.

"Lo he pensado, mi intención no es quitarle la vida a nadie. Sus propias acciones lo harán, es lo que suele suceder. Para merecerse la vida hay que respetar la de los demás." Kairi habló con voz clara. Había pensado en esto tantas veces, la respuesta perfecta nunca se le había presentado, sin embargo su alma le decía que a veces había que escoger entre la vida o la muerte.

Cuando establecieron su campamento esa noche todo parecía estar tranquilo, el lugar era perfecto pues estaba al lado de un riachuelo, el cual además de ofrecerles agua y aseo, les cantaba alegremente. Kairi, Zoia y Ona compartían una caseta, Kanat y Rómulo como siempre se retiraban temprano a la suya, mientras que Ahmand se quedaba a la intemperie apreciando la naturaleza.

"¿No duermes nada?" Kairi se acercó al lado de Ahmand llena de curiosidad. Él encendió sus manos con un delicado fuego rosado, que logró brindarle una temperatura exquisita al lugar donde estaban sentados.

"No necesitamos dormir." Ahmand le regaló una hermosa sonrisa.

"Entonces no sueñan..." Kairi comentó un poco decepcionada.

"Sueño despierto."

"Siempre tienes la respuesta perfecta." Kairi reclamó sonriente.

"No creas. El concepto de los sueños de los mortales siempre me ha interesado, pero me imagino que son parecidos a los míos. Todo ocurre en nuestras mentes, por lo menos tenemos eso en común."

"No siempre podemos controlar nuestros sueños, si estas despierto, si. Me gustaría poder soñar todas las noches con mi familia, siempre he querido ver una imagen de mis padres. O tal vez volver a caminar por el bosque con Lula, hablar con Altea... Los recuerdos no me son suficientes, quiero sentir que están vivos."

"Kairi, te entiendo." Ahmand la miró con ternura.

"Cuando tienes todo el tiempo del mundo, ¿En qué piensas?"

"En el amor." Ahmand dejó esas palabras libres como una confesión abierta a lo que sentía, su corazón latió con esmero angustiado. Las palabras dejaron a Kairi desarmada, jamás había escuchado unas palabras tan simples que llevaran consigo tanto peso. Sus ojos se encontraron, diciéndose historias ocultas... Kairi admiraba el rostro tan perfecto del dragón, sus labios tan carnosos, sintiendo por primera vez la intriga de un beso...

"El amor es terrible." La voz tranquila de Zoia hizo añicos cualquiera intimidad que había surgido entre Kairi y Ahmand en ese momento.

"¿Por qué dices una cosa tan horrible?" Le reclamó Ahmand molesto.

"Uno sufre por amor... Imagínate no poder controlar un sentimiento inoportuno, viendo el ser en quien no dejas de pensar vivir tranquilamente, sin sentir la tormenta que causa en tu vida." Zoia declaró posando su vista en el suelo.

"No controlamos a quien amamos, ni como. Nuestro único consuelo es que tal vez seamos amados de vuelta." Contestó Ahmand, esta vez un con un poco de suavidad en su voz.

"A algunos ni eso nos consuela, lo único que nos queda es estar cerca de quien amamos." La voz de Zoia traía consigo el sabor de la amargura. Alzó la vista para mirar a Kairi, quien parecía estar atrapada en una avalancha de intenciones amorosas en las cuales jamás había accedido participar. Era obvio que Ahmand y Zoia le estaban confesando su amor, lo que hacía que se sintiera como si le hubiesen depositado una carga pesarosa en los hombros. Ella no veía a ninguno como otra cosa más que un amigo, si tan solo pudiera decirles que ella estaba sintiéndose igual que ellos... Kairi sabía en su corazón que sentía un sentimiento fuerte hacia el príncipe encantado, no sabía si era amor u algo parecido, no sabía como había surgido aquel afecto, ni cuando. No entendía tampoco como era capaz de sentir algo por una persona con la cual nunca había cruzado palabras, ni miradas, ni momentos. Lo que sí sabía era que Bickett había sido una parte integral en sus cavilaciones diarias, que lo había sentido en sueños y ensueños, que cada vez que estaba a su lado los unía un lazo misterioso. Lazo, que sin duda sería desatado en algún momento. Kairi estaba al tanto de que tal vez Ona y Bickett se amaban, eran ambos jóvenes pero el amor no se fija en esas cosas, sucede por que sí sin limites ni reglas. Se sintió vencida.

Ona salió de su caseta para unirse al grupo, quedando algo sorprendida por el silencio amargo que acompañaba a los demás como un cómplice de la noche.

"Al parecer me he perdido una conversación interesante. ¿De qué hablaban?"

"Del amor." Kairi rompió el silencio, pues sabía que Ona no descansaría hasta saber de que habían hablado.

"¿Y por qué las caras largas? Por lo menos tu, Kairi, no tienes por qué quejarte tienes todo el amor del mundo." Ona le aseguró con una sonrisa maliciosa.

"Ona, en verdad crees que sea necesario indagar en el tema… " Comentó Zoia enviándole miradas asesinas a la otra.

"Ustedes todos son tan serios, como si cada cosa que dijeran, o pensaran, fuesen las palabras con luz. Este viaje se hace tan largo con sus silencios significativos, sus miradas furtivas, sus pensamientos profundos." Ona les dijo airada.

"Tal vez tienes razón Ona, sería más fácil pasar desapercibido por la vida. Vivir como si cada momento no fuese único, como si cada día no fuese una oportunidad existencial, como si cada palabra no importase." Ahmand sonrió con honesta alegría.

"No es fácil, ninguno de nosotros estamos en un momento cualquiera, estamos en medio de definir destinos. No se tu, pero yo tengo muchas cosas en las que pensar." Le dijo Zoia enfadada.

"No es que yo diga que las cosas que están sucediendo no tienen peso. Ni que la ocasión no merite que le dediquemos pensamientos. Solo estoy diciendo, que tal vez la vida no es tan meritoria como ustedes se lo creen. He visto en este viaje la maldad, la perversión y la crueldad. En realidad somos tan buenos como nuestras circunstancias lo indican." Ona le dijo.

"Dices palabras dichas… así es el dicho. Aunque creo que en este viaje también has visto la valentía, la generosidad, el amor…" Le recordó Ahmand mientras le daba una mirada furtiva a Kairi.

"Yo sé lo que es el amor. El mío yace convertido en un perro en la caseta, sin poder hablarme, tocarme, compartir conmigo lo que piensa. Yo sé lo que es despertarse con la angustia de esperar el momento en que verás a quien amas, de tener que tragarme las lágrimas al verlo sufrir sin poder hacer nada, también sé lo que es esperar ansiosamente una palabra de la boca de tu amado. Yo crecí amando en silencio, sintiendo en el alma la libertad que solo el amor ofrece." Ona habló con sinceridad, sin saber que aquellas palabras sofocaban el pecho de Kairi. Cada declaración era un látigo espinado que azotaba con crueldad la sensibilidad de su acompañante.

"Me alegro por ti, Ona. Me alegro de verdad." Kairi le dijo tratando de esconder el temblor que el llanto quería provocarle en la voz. La voz de Rómulo surgió del interior de su caseta ordenándoles que se retiraran a dormir de una vez. La interrupción fue la ocasión perfecta para que cada uno se fuera a dormir con sus propias angustias. Kairi se acostó en su camastro, dejando escapar unas lágrimas hirvientes en silencio, mientras que Zoia colocó sus cosas cerca de ella para poder agarrarle la mano en la oscuridad. Fue un gesto de apoyo, de amistad, el cual le sirvió a Kairi como un inmenso consuelo. En la mañana, sus ánimos estaban un poco apagados, pero con el pasar de las horas todos se hicieron de valor para estar de buen humor. El viaje era placentero, a pesar de que la pobre Kanat estaba sufriendo de unos vómitos obstinados. Rómulo atendía a su mujer con cara de espanto, sin saber como lograr hacer su travesía más soportable. Kairi no tenía ninguna de las hierbas necesarias para hacerle una tisana que le ayudara, por lo cual también se sentía inútil. Ahmand trataba de aliviar la situación con historias ancestrales, las cuales Zoia escuchaba atentamente, pues le parecía interesante la historia de los reinos.

"Tu cabello se ve bien, finalmente esta creciendo." Ona platicó con Kairi mientras cabalgaban juntas.

"Gracias, no me acostumbré del todo a estar calva. Me debieron haber llamado la Princesa Calva, como el cuento de hadas." Sonrió Kairi, mientras tocaba el hermoso cabello dorado que finalmente se hacía visible.

"Creo que Ahmand y tu harían muy buena pareja. ¿No te parece?" Comentó Ona sin que los demás escucharan.

"Estoy muy joven para decidir, cuando entre en edad podré pensar en esas cosas."

"No te molestes, pensé que te gustaba porque siempre están juntitos platicando. Sería posible que el amor crezca entre ustedes."

"Uno nunca sabe lo que pueda pasar. Ahmand sería una buena pareja para cualquier mujer, eso lo tengo por seguro."

"Cuando seas la reina, ¿Volverás a dividir los reinos de Astra y Bandah? Creo que sería bueno si Bickett pudiese reinar en Astra, se merece su propio reino después del todo."

"No he pensado en nada de eso. Una vez Bickett este libre podrá escoger el rol que quiera tener. Yo ni quiero ser reina..." Confesó Kairi.

"No creo que tengas opción, eres la Princesa Dorada, tu deber es reinar. " Le recordó Ona.

"Estoy al tanto de mi deber, estoy al tanto de todo. No quiere decir que me guste la idea de ser reina."

"Por eso creo que tu y Ahmand deben de estar juntos en el futuro, el ha sido rey por tanto tiempo que te ayudaría muchísimo." Ona insistió.

"Deja de preocuparte por mi futuro. Ya llegará a su tiempo." Ona se quedó en silencio sin querer seguir hablando del tema. Le atraía mucho la idea de que Kairi se enamorara de Ahmand, de esa manera ella no tendría nada que temer... Estaba muy insegura de lo que sucedería una vez Bickett despertase. La belleza radiante de Kairi sobrepasaba todos los ideales anticipados por la humanidad, su sonrisa desarmante era como un oasis en el universo caótico, sus ojos, destellos de luz despavorida que incitaban a la nobleza del ser. Ona daría lo que fuese por evitar que los ojos de Bickett se posaran en Kairi, el pensar que podrían adorarla le destrozaba el alma, el pensar que Bickett no la querría más era lo más cercano a la muerte que se podía imaginar.

Zoia y Ahmand estaban caminando juntos, hablando sin cesar. Con el pasar de las horas su amistad se hacía más estrecha y más obvia, Kairi estaba complacida pues su animosidad anterior se había disipado por completo. De hecho, Kairi estaba deseando en secreto que algo más que amistad surgiera entre ellos, pues las atenciones de Ahmand hacia ella, aunque no eran ingratas, le hacían sentir un poco incómoda. Ahmand le traía flores, aparecía con piedras preciosas que había arrancado de la tierra, le brindaba frutas que buscaba en la oscuridad de la noche por los alrededores. Kanat y Rómulo disfrutaban de los ánticos de los adolescentes como una pareja de viejos, quienes se encontraban al cuido repentino, de una camada de cachorros. La Amazona se pasaba vomitando, su rostro palideciendo cuando la atacaban las nauseas, aunque aguantaba todos sus pesares con un estoicismo admirable. Kairi le pidió de favor a Ahmand que consiguiera las hierbas que le servirían para ayudar a Kanat, éste estaba más que contento de poder hacer algo por ella, por lo que no tardó en conseguirlas. Kanat regresó a la normalidad de inmediato, eternamente agradecida a Kairi por sus conocimientos medicinales.

Durante un mes y medio viajaron entre las montañas que precedían al reino invernal de Polaris. No tuvieron contratiempos severos, a pesar de haber tenido encuentros no amistosos con alguna de las faunas salvajes de los lugares. Fauna que sin duda terminaba siendo la cena en cada ocasión. La nieve rugía en cada dirección por los terrenos de Polaris, el viento era casi insoportable, era como una mano arrasadora que golpeaba sin cesar la tierra. Ahmand hacía lo posible por mantenerlos calientes a todos, botaba bocanadas de vapor que evaporaban la nieve al contacto, logrando una delicada lluvia tibia en ocasiones. Buscaron guarida en una cueva donde pasaron un par de noches recuperándose del inclemente clima, sus pieles estaban agrietadas, sus pies entumecidos. Kairi pensó que Ona perdería unos dedos del pie, pero gracias a la sangre de Ahmand pudo salvárselos. Se miraban a los ojos cansados, temiendo que tal vez su misión era imposible.

"No falta mucho para llegar a la ciudad de Polaris. Ahmand, creo que nos debes llevar el resto del tramo. Una vez en las afueras de la ciudad el clima no es tan abominable." Rómulo comentó.

"Sí, estando en mi lomo se me haría fácil volar sobre la nieve, me orientaré con el sol. Jamás pensé que estas tierras fueran tan hostiles, de hecho, me gustan." Ahmand asintió encogiéndose de hombros. Ona se recostó cerca de Kairi buscando el calor, Zoia se unió a ellas. Kairi hizo una fogata estrepitosa que lograba contrarrestar un poco el frío espeso de la cueva. Todos soñaban con llegar a Polaris de una vez, sabían que la ciudad estaba protegida por una cadena de montañas, que la hacían la calma en medio de la tempestad. Al día siguiente, o al menos lo que le pareció era la luz del día, intentaron emprender vuelo en el lomo de Ahmand, quien había tomado su forma de dragón ante los ojos atónitos de los demás. Ahmand era un dragón exquisito, de un raro color grafito con intensos ojos rojos, con unas alas musculosas y angulares que poseían temibles espinas. Resaltaba en la nieve de una manera espectacular, por lo que decidieron que tal vez era mejor esperar a que llegara la noche. La espera se hizo interminable, la nieve azotaba despiadada haciendo cada intento de entrar en calor nulo. La noche tenía un color cenizo, perfecto para que Ahmand se perdiera en su interior, volaron sin contratiempo por un largo rato hasta que unas intensas ráfagas de viento crearon unos violentos remolinos que hicieron que Ahmand se jamaqueara con fuerza. El lomo del dragón estaba resbaladizo pues este tiraba bocanadas de fuego de vez en cuando, para evitar que sus pasajeros se congelaran. Desafortunadamente, cuando el dragón se movió repentinamente esto hizo que Zoia perdiera su agarre, cayendo hacia el vacío frío de la tormenta de nieve. Kairi empezó a gritar para hacer que Ahmand se detuviera, Rómulo le indicaba una negativa severa con su cabeza pues esto pondría en juego la vida de todos. Los ojos tristes de Kanat le indicaron a Kairi, que ella también estaba de acuerdo en no avisarle a Ahmand lo que acababa de suceder. Ona apretaba sus ojos mientras las lágrimas se le congelaban en la cara.

El corazón de Kairi latió pesado y angustiado, viendo la imagen de Zoia siendo tragada por la nieve tormentosa, una vez más en su mente. Sin pensarlo dos veces, cerró sus ojos y soltó sus manos de la cuerda que la salvaba del vacío. Sintió como si una succión poderosa la halara de un cantazo, un frío abrumador la golpeó sin piedad, luego se sintió caer, caer…. Los gritos de Ona, Rómulo y Kanat se desvanecieron en segundos… No sabía que le iba a pasar pero sabía que no le iba a pasar nada malo, cayó en la nieve con un golpe severo que la dejó sin respiración, posiblemente tenía las piernas y costillas rotas. En unos segundos estaba enterrada en la nieve que descendía desenfrenada. Pensó que había cometido un grave error, no era posible encontrar a Zoia en ese momento, tampoco parecía posible que Zoia estuviese viva. Buscó en su chaleco la esfera mágica que guardaba cerca de su corazón, apretándola con fuerza le rogó que sanara su cuerpo, se pudo erguir lentamente, surgiendo de la nieve poco a poco. Le pidió a la Luz de Astra que la mantuviese caliente, por lo que una luz brillante la arropó por completo. Kairi miraba a todas partes, la visibilidad era mínima a su alrededor. Le ordenó a la esfera que la llevara hasta donde estaba Zoia, pero sin tener un punto de referencia visual, esto podría ser cualquier copo de nieve. Caminó torpemente por lo que pareció una eternidad, llamando a Zoia a toda voz, cada minuto que pasaba su esperanza de encontrarla con vida disminuía significativamente. Cerró sus ojos y se concentró una vez más en Zoia, su cabello verde, su cuerpo corpulento. Abrirse paso en la nieve le era casi imposible, sin embargo su corazón afectado le indicaba que siguiera adelante, que siguiera buscando. De repente, un bulto se notó entre la espesura blanca de la nieve, Kairi avanzó lo más que pudo pues se dió cuenta que aquello que veía era el cuerpo inerte de Zoia. Se arrojó encima de ella, dándole el calor de la Luz de Astra, temiendo que ya la vida se había apagado en su cuerpo. Su rostro estaba pálido, sus ojos cerrados por las lagrimas congeladas en sus pestañas, sus labios parecían un mórbido color púrpura. Kairi logró hacer una guarida mágica que por lo menos les daría un poco de protección de la escena caótica. Una vez en control de la situación Kairi se acercó al pecho de Zoia, su corazón no latía, su canción no repicaba más. Kairi la llamó por su nombre, le posó la mano en el corazón y empezó a cantarle su ritmo para que no se le olvidara, para que lo encontrara nuevamente. El corazón de Zoia reaccionó débilmente, empezando a temblar con la emoción de la vida, del retoque de sus ritmos aprendidos con el tiempo. Una vez que se dio cuenta que el corazón cantaba por su cuenta, Kairi se dedicó a sanar el cuerpo quebrado de la princesa Amazona. No era fácil, había perdido mucha sangre, huesos protuberaban por todas partes en sus extremidades, Zoia había tratado de protegerse del impacto en vano. Kairi sabía que la situación era delicada, algunas veces ni la magia podía salvar a algunos… Empezó nuevamente a cantar el ritmo del corazón de Zoia, para asegurarse que este la acompañara, pues quería dejar de sonar, Kairi lo convencía de que no lo hiciera. Ahora todo estaba en manos del tiempo, el cuerpo de Zoia aceptaría la vida o se entregaría a la muerte, a pesar de los intentos de Kairi. Agarró el cuerpo de Zoia y se acostó junto a ella, temblando de miedo ante el espectro de la muerte. Pensó en las llamas negras, en la energía negativa que invadía la vida para ahogarla, trató de visualizar que se estaba comiendo esas llamas, que no eran bienvenidas en ese momento. Inexplicablemente, a pesar de todo lo que estaba sucediendo, se quedó dormida.

El calor de una ráfaga de fuego la hizo levantarse súbitamente. Ahmand… Encendió su cuerpo como una antorcha humana para llamar la atención del dragón, quien volaba como un ave rapaz en el firmamento gris. Lo vio descender de inmediato hacia ellas, un gran alivio le invadió el cuerpo. Estaban a salvo…

"Kairi." La voz tersa de Ahmand le hizo volver en sí. Estaban en una cueva. Estaba un poco mareada, se sentó lentamente sintiendo un extraño martilleo en la cabeza.

"¿Zoia?" Fue lo único que logró decir Kairi.

"La salvaste. Esta aquí con nosotros, con vida." Ona le informó emocionada.

"Debes descansar un poco, usaste una cantidad de magia considerable, cualquiera otra persona estaría muerta hace rato. Admirablemente, tu destreza y tu pasión han logrado que estén con vida las dos." Rómulo le habló tiernamente. Kanat le posaba un pañuelo perfumado por la frente, sonriendo con amor, mientras le hablaba.

"Estoy tan orgullosa de ti, has salvado la futura reina de las Amazonas, nuestra deuda es inmensa."

"Estamos en las afueras de Polaris, lo peor ya ha pasado, lo hemos logrado." Rómulo le informó. Kairi sonrió y se dejó caer en un sueño profundo. Cuando se despertó se sentía descansada, lista para continuar adelante. Zoia también estaba despierta y se dirigió a ella para darle un abrazo lleno de agradecimiento y emoción. Decidieron que partirían esa misma noche, tendrían que llegar al centro de la ciudad de Polaris para buscar un lugar donde quedarse y abastecerse para continuar hacia Albah. Kairi se dio cuenta que Ahmand curiosamente no se alejaba de Zoia, la atendía con esmero, se sentaba a su lado en cada oportunidad… Sonrió al darse cuenta que todas aquellas platicas en el viaje habían hecho un lazo misterioso entre ellos que ambos aun no querían admitir. Kairi sintió un gran alivio. Ona los miraba con sospecha, sin entender que era lo que estaba pasando pues sabía que la princesa Amazona prefería a las mujeres, el hecho de que parecía devolverle la ternura a Ahmand le preocupaba. Se había hecho a la idea de que algo surgiría entre Kairi y Ahmand, que era cuestión de tiempo...

La ciudad de Polaris era una ciudad blanca, cerca del mar, donde gigantescos glaciares se extendían hasta más allá de la vista. La nieve no era tan violenta en la ciudad, sino que caía como un leve manto infinito. Pasaron la inspección de los guardias, quienes no encontraron nada fuera de lugar con la pequeña comitiva, tal vez porque en aquellas partes nadie solía buscar problemas. La arquitectura de la ciudad era simple y redonda, hecha con la intención de que la nieve no se acumulara en techos ni rincones. La gente se movilizaba en elegantes trineos halados por unos inmensos osos, quienes a pesar de su temible apariencia parecían ser muy afables. El único color que se expiaba por doquier era el de las vestimentas coloridas de la gente, hasta sus gruesas botas resaltaban entre el blanco intenso de la nieve. Kairi pensó que era el lugar mas incómodamente mágico que había visitado. Rómulo encontró una hospedería con suficientes cuartos para todos, lo que les animó bastante. La idea de un buen aseo, descanso y una comida caliente les invadió a todos con fuerza. Rómulo salió varias veces a indagar por los alrededores buscando información acerca de los puestos militares. Polaris estaba casi aislada del reino por lo que había una relativa calma, de vez en cuando se veían soldados y ogros con los uniformes de Bandah, pero nadie parecía estar muy intimidado.

"He escuchado algo muy interesante... los ogros al parecer no quieren darle mas su apoyo a las fuerzas de Bandah. Es un rumor, aunque me han dicho que han habido bastantes casos confirmados de ogros desertores." Rómulo comentó a los demás esa noche en la cena.

"Me está muy extraño. Los ogros no son de los que se alejan de la guerra fácilmente. Si esto fuese cierto, algo serio está sucediendo... debemos encontrar más información." Ahmand añadió.

"¿Por qué sería serio?" Kairi preguntó intrigada.

"Los reinos de los ogros se han mantenido al margen por mucho tiempo, sin embargo, me imagino que aprovecharían la oportunidad de controlar todo si se presentara. Una cosa es arrebatarle el reino a Koren, otra a los ogros..." Rómulo le trató de explicar.

"No importa, porque tienen que obedecer a Kairi de todos modos ¿No?" Ona habló.

"Técnicamente, sí. Pero si los ogros deciden renegarse en contra del nuevo reino sería un gran problema, son muy poderosos y tienen mucha magia. Su perdición es su amor a la violencia, pero si se unen para atacar en conjunto son temibles. No podrían quitarle el reino a Kairi, pero podrían destrozarlo en el intento y eso es lo que creo que les daría más satisfacción." Rómulo le dijo mientras exploraba la idea con más detalle en su mente.

"Manténganse con los oídos abiertos, cada detalle que parezca tonto puede se importante." Ahmand advirtió.

Pasaron dos días muy llevaderos en Polaris, una tarde placentera atrajo a Ona, Zoia y Kairi al mercado de la ciudad donde pasaron momentos muy agradables. No pensaban en batallas, ni en enemigos, caminaban juntas sonrientes viendo cada ofrecimiento de los mercantes con gusto. Kairi probaba todo lo que había de comer, Ona disfrutaba de lociones fragantes, mientras que Zoia admiraba los puestos de armas. La mañana que les tocó partir, una extraña sensación de añoranza se apoderó de ellos, pues su estadía en aquel lugar les había hecho olvidar por completo su misión. Les esperaba otro largo tramo hacia el bosque de Albah, pasando cerca de lagos extensos y entre montañas empinadas. Los jinetes iban animados, el prospecto de ver el bosque de Albah era muy atractivo, pues su belleza era legendaria. El reencuentro con Arkana era el próximo paso a seguir antes de su destino final, destino que se habría paso ante ellos lentamente a pesar de su ahínco por llegar. Pasaban por aldeas, observaban los estragos de la guerra, hablaban con los que no los miraban de reojo. En una ocasión hicieron parada en una pequeña posada, en la cual un grupo de asaltantes intentó robarle sus pertenencias. A pesar de que se los pudo comer vivos, Ahmand decidió quedarse al margen de la trifulca, observando animadamente cuanto gozaban las Amazonas propinando golpes, al igual que Rómulo. Ona y Kairi se quedaron observando desde un lado seguro, lamentando la mala suerte de los maleantes al atacar su grupo. Kairi no fue al auxilio de los asaltantes después de la pelea, pues se merecían el severo castigo que le habían propinado por sus tendencias criminales. Ella entendía que las cosas estaban malas, pero según muchos podían ganarse la vida honestamente, ellos también. Las Amazonas estaban eufóricas, la violencia física las excitaba, por lo que esa noche Rómulo casi no durmió tratando de complacer las exigencias sexuales de su mujer. La sorpresa más grande se la llevaron todos cuando en la mañana siguiente Zoia amaneció desnuda en los brazos de Ahmand. Kairi se sonreía sonrojándose, cómplice de todos los amoríos que la pelea había incitado, luego ellos se entenderían. Ona no dejaba de mirar de reojo a Zoia con mirada acusativa, pues no le parecía bien que jugara con los sentimientos de Ahmand de esa manera. Kairi le comento en algún momento que Ahmand y Zoia ya eran adultos, que sabían en que líos se metían.

Desafortunadamente, desde ese instante una frialdad se hizo aparente entre Zoia y Ahmand, aunque no por parte de él. Ella lo trataba cortésmente pero no lo buscaba como lo había hecho antes. Los demás observaban la situación perplejos, en especial cuando Ahmand parecía estar afligido por el cambio de actitud de Zoia. Las cosas empeoraron cuando Kairi presintió un cambio severo en Zoia, dos semanas más tarde, cuando un corazoncito diminuto repicaba estrepitosamente. Al parecer ella no era la única que se había dado cuenta de ello, Ahmand estaba visiblemente angustiado, obviamente por la noticia de que había engendrado una criatura en territorio Amazona hostil. No obstante, ninguno de los dos reveló la noticia al resto del grupo.

"¿Cómo estas?" Kairi le susurró a Ahmand una noche en que se encontraron solos.

"Confundido. No sé qué hacer…"

"Debes hablar con ella. Ustedes habían entablado amistad, es muy importante que lleguen a un acuerdo, en especial por el pequeño detalle que ahora los une."

"Esa noche fue ella quien me buscó… me di cuenta de lo que sentía por ella." Ahmand habló con voz cargada de emoción.

"Yo pienso que ella también te corresponde, aunque no se por qué no lo quiere aceptar."

"Es su orgullo."

"No entiendo..."

"Ella tiene un ideal diferente del amor..." Ahmand le contó.

"¿Y tu?"

"Yo nada más la quiero a ella." Ahmand liberó de sus labios la verdad que había permanecido callada.

"A lo mejor ella también te quiere a ti, solo que de otra forma..." Sugirió Kairi indicando lo obvio.

"¿De otra forma?" Ahmand no captaba la insinuación.

"Por suerte, Ahmand, tu puedes cambiar tu apariencia..."

En la mañana siguiente todos se sorprendieron cuando una hermosa joven amaneció en el lugar donde Ahmand pasaba la noche. Kairi cayó en cuenta de inmediato de quien se trataba cuando escuchó el ritmo familiar del corazón de Ahmand. Su rostro tenía las mismas características de antes solo que más femeninas, su cuerpo de hombre jóven y viril había desparecido para transformarse en el de una sensual doncella. Ona lo observaba incrédula de que había decidido hacer aquel cambio tan dramático, cuestionando sus motivos, fue cuando vio la reacción de Zoia ante Ahmand que entendió todo. Zoia sonrió, dándose cuenta de una vez por todas que Ahmand estaba dispuesto a hacer lo que fuese por conseguir su amor. Se sentó junto a su lado a tomar el desayuno, causando que los demás sonrieran con gusto. Ahmand le había dado una lección a todos, si era posible cambiar por el ser que amábamos teníamos que hacerlo a como de lugar, la felicidad no se ponía en juego. Ahora era cuestión de esperar la reacción de Zoia cuando se enterara que esperaba un hijo de Ahmand...

El impetuoso bosque de Albah ya se empezaba a ver a los lejos, había perdido la gran parte de su majestuosidad años atrás cuando Koren lo había atacado, pero continuaba vivo. Los árboles eran frondosos, altos, imponentes. La fauna se paseaba a su gusto por todas partes, mientras que la humedad del aire era pura y refrescante. Kairi se aferró a un gigante árbol para que le anunciara su llegada a la Demi-diosa Arkana, quien en seguida mandó unas ninfas a recibirles. Las aldeas que pasaban estaban llenas de vida, parecían como si estuviesen inmunes a la guerra, los riachuelos cantaban sonoramente y las aves volaban sin temor por el firmamento. Caminaron el día completo antes de llegar al templo de la Demi-diosa, que estaba en medio del bosque, escondido entre la vegetación creciente. Parecía como que el templo estaba a medio construir, pues unas columnas de mármol yacían recostadas en algunas partes del terreno. Arkana corrió a recibirlos con los brazos abiertos. Kairi se sorprendió al ver su cabeza en un hermoso cuerpo curvilíneo, ya que se había acostumbrado a verla decapitada.

"Bienvenidos, vengan a mi hogar. Como ven, todavía estamos reconstruyendo todo. El bosque ha revivido con energía desde mi regreso, ya cuento con una buena cantidad de ninfas…" Arkana hablaba emocionada mientras les dirigía al templo. Las ninfas, todas muy jóvenes los atendían con ahínco, lavándoles las manos y los pies con agua perfumada. Otras comenzaron a traer frutas, tisanas y queso. Llegaron a un gran salón donde habían cómodos bancos donde sentarse. Las ninfas regresaron con grandes garrafas de vino para los invitados.

"Ahora, veo que cuentan con dos Amazonas y un dragón… si están aquí con vida, supongo que consiguieron la espada." Arkana alzó su copa para invitarlos a un brindis. La única que bajó su vista fue Ona, negándose a brindar.

"Me imagino que sabías la verdad." Ona le recriminó.

"Lo sé todo, no sé nada. Nunca dije algo que no fuese verdad." Le recordó Arkana, pues en efecto ella nunca dio un indicio de saber quien era la Princesa Dorada.

"Me enfrentaré a Koren sola." Kairi anunció sus intenciones sin rodeos.

"Es tu única opción si quieres ayudar a Bickett." Asintió Arkana.

"Escuchamos en Polaris que los ogros están desertando de la milicia." Comentó Rómulo cambiando el tema.

"Mis ninfas han escuchado los mismos rumores, pero no han logrado conseguir más ninguna información." Le respondió Arkana.

"Veo que este ha sido un viaje muy prolífico, las Amazonas son muy fértiles." Comentó Arkana casualmente sin darse cuenta que le estaba dando a conocer noticias inesperadas a Zoia.

"¿Esta hablando de Kanat, verdad?" Preguntó Zoia tratando de esconder su nerviosismo. Arkana miró a los demás sorprendida de que Zoia no estaba enterada, Kairi le mandó un mensaje mental de que ella no estaba al tanto de su condición. Zoia siendo muy astuta se dio cuenta de inmediato de las miradas extrañas que transpiraron entre la Demi-diosa y Kairi, volteándose a mirar a Ahmand, quien sonrió encogiéndose de hombros.

"¡Tu lo sabías y no me dijiste nada!" Acusó Zoia herida.

"Tenía miedo de decírtelo…" Confesó Ahmand.

"No fue mi intención causar problemas, pensé que la vida era una razón por la cual celebrar." Le dijo Arkana a Zoia mirándola fijamente a los ojos.

"Y lo es… Aunque no me agrada la idea de tener un dragón en mi vientre." Espetó Zoia. Ahmand bajó sus hermosos ojos verdes evitando que los demás vieran el dolor en ellos, sus exquisitas manos se posaron en su regazo con delicadeza, como un gesto de derrota. Kairi sintió un triste latir en su corazón.

"Nadie te va a forzar a tener en tu cuerpo algo que no aceptas. Pero mientras estés en mi templo ningún daño le debe llegar a la criatura, tenlo por seguro." Le advirtió Arkana amenazante.

"Zoia, eres princesa Amazona, nadie más que tu conoce la importancia del deber sagrado de las mujeres. Si no estabas dispuesta a aceptar las consecuencias, no debiste jamás compartir el lecho con Ahmand. O debiste tomar precauciones, lo mismo le aplica a él." Kanat se atrevió a decir en voz alta lo que los otros pensaban en silencio.

"Tienen razón, mi deber es ser una Amazona ante todas las cosas, yo consentí a la intimidad con Ahmand, no hubo nada en contra de mi voluntad. La criatura permanecerá en mi vientre, durante mi estadía en el templo y después." Zoia habló con firmeza, mientras que se sentaba al lado de su amante para agarrarle la mano. Ahmand dejó escapar un suspiro.

"Gracias. Me hubiese gustado ser yo quien llevara la criatura, pero a pesar de mi apariencia, no soy hembra. Ese poder solo lo tienes tu." El dragón le apretó la mano tiernamente. El grupo se mantuvo en silencio dejando que la situación se desenvolviera naturalmente.

"Aunque te advierto, tu serás su madre." Sonrió Zoia aceptando el hecho de que tal vez su pareja tendría que asumir ese rol. Ahmand se le arrojó encima en un fuerte abrazo, felíz de tenerla a como de lugar. Los ánimos se alzaron considerablemente desde ese momento y la platica entre todos regresó a ser amena. Se decidió que una vez estuviesen descansados partirían hacia Bandah para acompañar a Kairi hasta las afueras del castillo donde esperarían la señal pautada. Al igual que los dragones, el ejercito de ninfas de Arkana esperaría hasta ver la tormenta de fuego antes de atacar el castillo, tratarían de evitar muertes innecesarias por lo que se ordenó herir al enemigo para incapacitarlo, no matarlo. Esa noche todos durmieron en la gran cama comunal, disfrutando de la compañía cercana de aquellos con los que habían vivido en tan corto tiempo, tantas experiencias intensas. No sabían que sucedería el día siguiente, pero sabían que contaban con el apoyo de los otros... o al menos así lo pensaban.

Koren corrió por el pasillo, temía que lo había perdido para siempre... las brujas la habían mandado a llamar de urgencia. Llegó a la habitación, en donde la peste a muerte era casi insoportable. La respiración se le cortaba con el temor de que había llegado muy tarde, Orión había partido...

"Su majestad, el general ha caído en estado comatoso, creo que es mejor que le hagamos los ritos de muerte." Una bruja entristecida le daba las malas noticias. Gotas espesas le brotaban como lagrimas rodando por sus mejillas, dejando atrás las huellas de un dolor profundo, como la sombra que no existe, pero existe.

"No lo puedo quemar en vida. No puedo." Koren habló sintiendo como que tragaba pequeños pedazos de cristal. Se acercó a lo que quedaba de Orión, huesos, pellejo y una pestilencia arrasadora.

"¿Entonces que hacemos?" Preguntó la bruja, más bien por cortesía, pues sabía la respuesta.

"Nada. No haremos nada. Regresaré en la tarde para atenderlo un rato, usualmente reacciona a mi presencia." Koren comentó al borde del abismo. Su mente daba vueltas violentas que casi la hacían tambalearse, la impotencia ante la muerte la entorpecía. Ni siquiera supo como llegó de regreso a las oficinas reales a encontrarse con los militares, veía que sus bocas se movían pero le hablaban en idiomas extraños.

"Su majestad, los ogros están abandonando sus puestos. Debe entregarles a Grinda..." Sugirió un hombre que no recordaba haber visto antes, aunque estaba segura que tenía que haberlo visto, pues hacían juntos la guerra. Su mente regresó a Grinda, la ogra que había criado a Eligio, quien ahora estaba encerrada en las entrañas del castillo, siendo torturada a diario para extraerle información de la huida del príncipe. La ogra nunca hablaba, rugía con rabia y preguntaba que habían hecho con su hijo.

"La hemos torturado hasta el cansancio, no creo que sepa donde esta el muchacho. Al contrario, se pasa preguntando por él." El hombre reiteró.

"¿Pero por qué los ogros están tan interesados en ella?" Fue lo único que Koren logró decir, aunque era muy probable que ya había preguntado esto antes...

"No sé los particulares pero creo que la ogra es de la línea real de su raza, creo que tiene importancia para ellos. Su majestad, sin los ogros estamos perdidos, los lagartunos se tardan mucho en procrearse y los inhumanos son difíciles de controlar."

"Quiero verla." Declaró Koren segura de lo que hablaba, los hombres intercambiaron miradas confusas entre si, e hicieron llamado a los guardias para que llevaran a Koren a la celda de Grinda. Caminaron hacia los calabozos más oscuros del castillo, hasta el lugar donde el olvido no existía, donde solo el dolor y la locura forjaban los barrotes de metal.

"Grinda, voy a liberarte..." Koren habló en la penumbra.

"¿Dónde esta mi hijo?" La voz de Grinda áspera y gruesa habló casi sin poder entenderse lo que decía.

"No lo sé, ha huido."

"Lo mataste…"

"No. Desafortunadamente se me escapó de las manos… si tengo la oportunidad, lo mataré frente a ti, para que veas cuanto lo disfruto." Grinda rugió furiosa, golpeando la puerta de tal modo que las paredes temblaron, Koren comenzó a dudar que el edificio podría mantenerla encarcelada por mucho tiempo.

"Quiero hacer un trato contigo, Grinda. Si dejas que los ogros te vean, que crean que estas bien, dejo que regreses a la torre. Ordénales que nos sigan dando su apoyo. A cambio tendré piedad con Eligio cuando aparezca, porque créeme, lo hará." Grinda respondió con un gruñido, aceptando la oferta, más bien porque quería salir del calabozo con vida. Ya tendría el momento de cobrárselas a Koren…

Capítulo 7: A la espera del destino

"¡Guardias! Regrésenla a la torre de la reina, permanecerá como siempre en los aposentos del príncipe. Asegúrense que cuando la lleven de regreso la pasen por la plaza, es importante que los ogros la vean con vida. ¿Entendido?"

"Sí, su majestad." Koren dio media vuelta y se marchó nuevamente a su oficina en el palacio, sin importarle si los guardias podrían controlar a Grinda. Algo le decía que Grinda estaba muy débil como para ponerse a pelear, no habría percances. Sentada en la butaca que una vez fue de la Reina Violeta, se sintió como la farsa más grande de la historia, una mujer que reinaba sin ser reina, que no tenía ni la infinitésima idea de que era lo que estaba pasando bajo sus narices. Lo único que le importaba más que nada en ese instante era Orión, sus planes de salvarlo no se habían materializado, su única esperanza no se encontraba por ningún lugar. Eligio había desaparecido sin rastro por mucho tiempo, pero no había sucedido nada, no había rastro ni de él, ni de Ona. El único rastro que encontraron fueron los restos del Pegaso Zaur pudriéndose en medio del bosque.

"Koren, hay un hombre muy extraño aquí que exige hablar contigo, se ha peleado con los guardias y dice que sabe donde esta la Princesa Dorada." Lenna la arrebató de sus pensamientos haciéndola saltar de su asiento.

"¿De qué estas hablando?" Koren la miró fijamente.

"Hace unos días apareció un tipo aquí, los soldados lo tienen preso porque esta muy agitado, se pasa hablando de tonterías, creo que debemos mandarlo al calabozo de una vez." Koren no le habló a Lenna, pasó por su lado como un relámpago casi tumbándola al suelo. Lenna se irguió y la siguió sorprendida de su reacción. Koren llegó al cuartel causando un monumental revuelo, se hizo paso entre los soldados y sus cortesías hasta llegar a las celdas. La mayor parte de los prisioneros se escudriñaron al verla, menos uno, que estaba sentado tranquilamente en un banco de madera mirando sus manos intensamente como si estas fueran las dueñas de los misterios del universo. Koren se acercó hacia él después de haber abierto la celda de un manotazo para la sorpresa de todos los que presenciaban la escena. El hombre de ojos intensamente oscuros sonrió al verla, no veía el rostro que se escondía tras el paño de seda negro, pero sabía muy bien quien era aquella mujer.

"Koren, quiero ver tu cara otra vez." Pau comentó con una confianza fingida.

"Sígueme..." Koren ordenó a Pau, abandonando la cárcel de inmediato. Caminaron apresuradamente rumbo al palacio, donde se dieron cuenta que Lenna había estado junto a ellos en todo momento. Pau miraba a su alrededor admirando las riquezas que los rodeaban, era imposible no quedar afectado por semejantes alrededores. La majestuosa oficina real de Bandah, casi hizo que Pau perdiera su aliento, sintiendo nervios por primera vez en el día.

"¿Quién eres?" Koren exigió quitándose el velo de su cara para estar más cómoda y desarmar irreparablemente al hombre frente a ella, conocía bien sus armas.

"Tal vez no te acuerdas de mi, soy un trovador, un artista, nos conocimos una vez hace muchos años... He venido aquí porque por esas cosas de la vida tengo en mi poder una información que te interesaría bastante." Koren lo observó en silencio.

"Me llamo Pau..."

"Pau, me acuerdo de ti... cenamos juntos. Te ves muy distinto a como te recordaba."

"Tu, sin embargo te ves casi igual, tal vez mucho más bella que antes, pero igual."

"Usted, trátame de usted. Soy la Princesa Regente de Bandah, que no se te olvide."

"Si, su majestad."

"Ahora bien, dime que es esto que dices que me interesa. Esta demás la advertencia de que pagarías con tu vida si lo que me vienes a contar son tonterías."

"Antes que nada quiero, pedirle unas cosas a cambio de mi información." Koren enarcó una ceja, levemente entretenida por la osadía de Pau.

"No creo que estés en posición de negociación, pero dime cuales son tus exigencias."

"Quiero que me entregue una Amazona con el nombre de Zoia. La quiero muerta. Quiero dinero, posición..."

"Esta bien, continúa." Koren indicó empezando a perder la paciencia.

"Bickett y Ona están en Albah, con la Princesa Dorada, en el templo de Arkana. Se dirigen hacia Bandah." Las palabras fueron tan precisas, tan pesadas que Koren no las dudó, sin embargo las sintió como un golpe violento en su estómago. Estaban cerca, aun podía salvar a Orión, tenía que encontrarlos de inmediato.

"Lenna, lleva a este hombre a la sala de audiencias, dile al canciller que le den título de nobleza, el que se le ocurra. Lo que esté disponible. También que le den dinero para que viva cómodamente por el resto de sus días." Koren se alejó de la oficina sin hablar más nada, corriendo hacia donde estaba Orión acostado.

"Ha aparecido la Princesa Dorada, estas salvado." Koren susurró al oído de Orión quien se estremeció un poco en su estado comatoso, pero no logro hacer más nada.

"También Ona..." La imagen de su hija le vino a la mente llenándola de ternura y rencor. Había experimentado una fuerte sensación de traición cuando ella se había escapado con Eligio. Se quedó sentada al lado de Orión velando su sueño, mientras esperaba la noche, el manto oscuro le serviría de protección cuando visitara Albah. Sabía muy bien lo que tenía que hacer... A mitad de noche cerró sus ojos y pensó en el templo de la Demi-diosa Arkana, se transportó al lugar sin contratiempos. Convirtiéndose en una pequeña ave voló por cada rincón del palacio hasta ver que un grupo de personas dormían tranquilamente en la cama comunal de Arkana. Ona estaba allí, a su lado una joven de hermosos cabellos dorados quien supo de inmediato tenía que ser la legendaria princesa. Tuvo que hacer hasta lo imposible para contener su deseo de matarlos a todos, pero sabía que entonces no habría ninguna esperanza para Orión. Se posó en el pecho de Ona observándola con amor, no podía matarla a ella, la amaba a pesar de su abandono.

"Ona." La llamó varias veces sin que nadie la escuchara. Ona abrió sus ojos asustada, levantándose de la cama sin despertar a los demás. Koren continuó llamándola suavemente, haciendo seguir su voz hasta el exterior del templo. Ona estaba aturdida, medio dormida, tal vez pensando que se estaba inventando cosas. Siguió la voz misteriosa porque le había parecido familiar y no se dio cuenta del error que había cometido en dejar la seguridad del templo hasta que Koren finalmente se le presentó en la oscuridad. Ona trató de correr pero Koren la dejó paralizada.

"Mi niña, me hiciste sufrir tanto cuando te fuiste del castillo. Te perdono y quiero que regreses, con Eligio. Ya queda poco para que entre en edad…"

"Lo vas a matar." Declaró Ona acusativa.

"La situación es delicada… lo sabes. Sin embargo, veo que la Princesa Dorada está con ustedes, ni Eligio, ni yo seremos reyes de todos modos. Tu padre se está muriendo… necesito que ella lo cure… Puedo ofrecerle la libertad de Eligio a cambio de ello…pero necesito que él llegue al castillo antes que ella, sino pierdo control de la situación."

"¿Por qué no te lo llevaste ahora entonces?"

"Tienes que ir por él, si hago mucha magia allá adentro Arkana se va a dar cuenta de mi presencia."

"Bickett jamás me perdonaría si lo llevo de vuelta la castillo."

"De todos modos tiene que regresar, no le voy a quitar el hechizo a menos de que este allí, quiero que ella vaya ante mi. A menos de que… ella no tenga intenciones de salvarlo después de todo…" Ona permaneció callada pensando en todo lo que acababa de escuchar, su corazón le decía que gritara para alertar a los demás, pero sus dudas le decían que tal vez era mejor que regresara con Bickett. Kairi tenía que ir al castillo como quiera, al menos de ese modo le daba una oportunidad a su madre de salvarse, y a su padre también.

"Lo haré. Me iré contigo… Tienes que prometerme que no lo vas a torturar, que le quitarás ese abominable hechizo que lo tiene muerto en vida…"

"Eso no depende de mi, depende de la Princesa Dorada. Si hace lo que le pido no habrá problemas. Orión morirá de todos modos, pero no se irá a ser parte de las llamas negras, pasará por ellas hacia lo que va más allá de la muerte."

"¿Quieres salvar su alma?" Ona le recriminó un poco disgustada.

"Si."

"¿Y a ti quien te salva?" Ona se sintió a punto de llorar.

"Yo no tengo salvación, hija." Ona se sintió liberada en ese instante como si la fuerza que la mantenía inmóvil la dejara partir repentinamente. Sin pensarlo dos veces, regresó al templo, al calor de la inmensa fogata que acurrucaba los durmientes. Encontró el cuerpo del cachorro gris cerca de las piernas de Kairi quien parecía sonreír en su sueño tranquilo. Agarró a Bickett sigilosamente, salió del gran salón sin mirar hacia atrás sintiendo como su corazón se le desbocaba. Por suerte Ahmand estaba perdido en el bosque, pues le gustaba caminar en las noches para admirar la naturaleza, sino la hubiese detenido. Koren vió a Ona con un pequeño bulto en las manos y sonrió satisfecha de lo que había logrado.

"Has hecho lo correcto, verás que todo va a salir bien. De hecho, ¿Hay ahí una Amazona llamada Zoia?"

"Si, ¿Por qué?"

"Por nada." Koren llamó a Kalani sin que Ona la escuchara, dándole la orden de que se infiltrara en el templo y se raptara a la Amazona sin ser descubierta. Koren tomó a Ona de la mano, en un abrir y cerrar de ojos estaban en la torre de la reina en el castillo de Bandah. Una aprehensión súbita descendió sobre Ona, aquel lugar la oprimía de una manera increíble, colocó a Bickett en su camastro y le devolvió su forma natural disolviendo el hechizo de Kairi. Estaba aun inconsciente.

"¿Qué le pasa?" Gritó Ona al ver que Bickett no se movía.

"Lleva mucho tiempo en ese estado, tiene que haber sufrido bastante, tardara unos días en recobrar la conciencia." Un rugido ensordecedor se escuchó entre la oscuridad, haciendo que Ona se arrojara en una esquina temblando de miedo. La ogra Grinda se había percatado de la llegada de Bickett, avanzaba con angustia hacia el lado de su hijo postizo, con estruendosos pasos pesados.

"Grinda, más te vale que te controles, sino haré que tu adorado hijo no despierte jamás." Amenazó Koren.

"Prometiste que no le harías más daño." Reclamó Ona enfurecida.

"No le haría daño, solo lo dejaría dormido." En ese momento la presencia de Kalani se unió a ellas, llevaba en cada brazo a una Amazona inconciente.

"¿Dos Amazonas?" Koren preguntó sorprendida.

"No sabía cual querías y como te estabas transportando no te pude contactar, me traje a ambas." Kalani explicó encogiéndose de hombros.

"¿Qué hacen ellas aquí?" Preguntó Ona angustiada, temiendo la respuesta.

"¿Cuál es Zoia?" Koren preguntó fríamente.

"No te lo voy a decir." Contestó Ona desafiante.

"Pues yo se quien lo hará, es más así es mejor, porque este problema se solucionará más rápido. Kalani busca al huésped que se esta quedando en el ala de visitas." Koren hizo que unas sogas mágicas ataran los pies y manos de las Amazonas, también haciendo que en su boca apareciera una mordaza, a pesar de que en ese instante ambas parecían estar en un sueño profundo.

"¿Qué está pasando?" Ona insistió irrumpiendo en llanto. Sabía que ella había delatado la presencia de las Amazonas en el templo, por lo que se sentía responsable de cualquier cosa que estuviese a punto de suceder. Su temor se convirtió en furia cuando vio entrar a Pau en la habitación acompañado de Kalani.

"¿Qué hace este hombre aquí?" Gritó Ona enfadada. Pau la miró con una sonrisa malévola.

"Vengo a cobrar una deuda, le he dicho a tu madre en donde estaban ustedes, a cambio de Zoia... y otras cosas. La castración no me fue un asunto muy placentero."

"Te lo mereciste." Ona le escupió la cara. Las Amazonas estaban recobrando el conocimiento y al sentirse atadas luchaban inútilmente por liberarse. Ambas miraban a Ona suplicantes, tratando de entender que estaba sucediendo y cómo habían llegado a aquel lugar.

"Koren, por favor déjalas libres, estas mujeres llevan criaturas en sus vientres." Suplicó Ona llorando.

"Hice un trato con este hombre, tengo que pagar." Koren contestó fríamente. Algo que pareció una absurdidad enorme, pues no era secreto que Koren hacía lo que le daba la gana siempre.

"Este hombre fue castrado por Zoia porque trató de violarme... madre. No dejes que haga esto en contra de ellas, son buenas, sus hijos no se merecen esto tampoco." Ona hablaba a duras penas casi ahogada en su propio llanto. Koren miró a Pau en silencio.

"¿Es cierto lo que dice Ona?" Koren se dirigió a Pau.

"Su majestad, todo fue un mal entendido. Yo quería darle cariño porque estaba insegura, Ona ha compartido intimidad con el príncipe y teme perderlo ante Kairi."

"¡Eres un maldito!" Ona se arrojó encima de Pau para golpearlo a como de lugar. Koren la alejó fácilmente de un halón que la hizo caer estrepitosamente en el suelo.

"¿Kai'ri?" Koren tragó seco cuando habló el nombre… Lo pronunció como lo había escuchado años atrás en una celebración real…

"La Princesa Dorada, se llama Kairi, no Kai'ri." La corrigió Pau. Mientras tanto, las Amazonas no paraban de intentar de soltarse de sus ataduras, lo que las hacía viajar por el suelo como orugas contorsionistas.

"Kai'ri es su nombre verdadero. Yo estuve presente cuando se lo dieron, es la princesa de Astra." Comentó Koren atando cabos en su mente, pensando en la diminuta princesa que había dejado tirada en algún lugar del bosque años atrás. Niña que irónicamente había sobrevivido para ser su fin… Ó, su comienzo… Ona se quedó boquiabierta, lo que le faltaba, por encima de todas las cosas no tan solo Kairi era una leyenda viva, sino que era heredera legitima de Bandah por todas partes.

"Haz lo que tengas que hacer, no dejo deudas al pendiente." Koren miró fijamente a Pau, quien con gusto empezó a propinarle unas violentas patadas a ambas Amazonas indefensas. Ona escuchaba aterrorizada los gemidos de dolor apagados por las mordazas, el crujir escalofriante de huesos quebrándose. Sangre vibrante brotaba de sus bocas, narices, sus cabezas. El ataque era vicioso, Pau parecía estar poseído por una fuerza maléfica muy poderosa.

"Madre, te lo suplico, ayúdalas." Koren le dio la espalda a lo que estaba sucediendo, perdida en su pensamiento. Grinda se irguió iracunda, dispuesta a comerse a aquel malvado hombre vivo, pero Koren la hizo sentar nuevamente con una mirada fulminante. Zoia y Kanat miraban a Pau con los ojos llorosos, desorbitados, sus rostros desfigurados.

"Ahora no son unas guerreras formidables, me castraron a sangre fría y mira lo que son las cosas, que ahora están a mi merced." Pau sacó una daga afilada de su bota de cuero enseñándosela a ambas mujeres. Ona gritaba despavorida, se paró tratando de detener lo que estaba presenciando. Koren la pateó sin misericordia, una vez más mandándola a la esquina en donde había parado antes. Pau las apuñaló en el vientre, una después de la otra con una euforia siniestra, de tal manera que trocitos de carne, tripas y sangre, salpicaban las paredes y el suelo. Se irguió atónito al ver lo que había hecho, incrédulo del veneno que lo había poseído y el cual había depositado tan violentamente en el cuerpo de las difuntas. Pau se vomitó encima, mientras caía de rodillas al suelo en medio del charco de sangre que parecía agrandarse cada segundo que transpiraba. Ona aullaba como un animal sin cordura, soltaba gritos desgarradores, halándose el cabello ferozmente. En cierto momento se le apagó la voz, aunque trataba de seguir gritando secamente, quería morirse. Había visto el demonio de la maldad en el corazón de los hombres, ya no tenía fé en la humanidad…

Koren se acercó a Pau en silencio, observándolo, acechándolo, la lujuria de la violencia se veía en sus ojos. El olor a sangre había despertado la bestia con la cual ella cómodamente había convivido por años.

"Estoy muy impresionada. Semejante espectáculo que me has dado, lamento que no seas lo suficientemente fuerte para disfrutar tu obra maestra. Pareces arrepentido…" Pau sollozaba como un niño, reconociendo que lo que había hecho era una monstruosidad irreparable.

"Ahora estamos en buenas, te entregué la Amazona…Pero… énfasis en el pero, tu trataste de violar a mi hija." La voz de Koren era un susurro amenazante, casi inaudible, que hacía que la piel de todos los presentes se les erizara de miedo. Pau continuaba llorando, esperando la muerte en manos de Koren casi con alivio, pues no quería seguir con vida después de lo que había hecho. Koren sacó las afiladas garras de sus manos con delicadeza, las espetó lentamente en la espalda de Pau atravesándolo completamente, disfrutando de los gritos insoportables de dolor que producía éste. Koren entraba y sacaba sus garras lentamente haciéndolo sufrir sin matarlo, hasta que finalmente la sangre ahogó su aliento, brotándole por la boca en vez de los gritos.

"¿Es cierto que te entregaste al príncipe?" Fue lo próximo que Koren preguntó a Ona, quien estaba en posición fetal en el suelo.

"Lo amo." La respuesta casi ni se escuchó. Koren soltó una carcajada siniestra.

"Kalani, recoge estos cuerpos y tíralos en la entrada del templo de Arkana. Sabrán que tengo a Bickett, las reglas del juego han cambiado. Ona, vete a tu torre…" Koren le ordenó fríamente antes de marcharse. De inmediato se dirigió a la habitación donde Orión permanecía en su estado moribundo, agarrando sus manos entre las suyas. Sentía que el mundo se le venía encima, su hija amaba a Eligio... Ella recordó la intensidad del amor prohibido, del amor terco y poderoso. Se quedó inexplicablemente afectada por la noticia. Pudo entender el por qué Ona lo había ayudado a escapar, el por qué siempre lo defendía... Se dio cuenta que Ona podría ser en fin de cuentas, su peor enemiga, ya que haría lo que fuese por salvar a Eligio. La realización le apretó el alma extrañamente, estaba tan cansada de tener que escoger entre las cosas que amaba...

Ona se acostó esa noche en la cama lentamente, como si estuviese en un trance. No comprendía el por qué las cosas habían tomado un giro tan nefasto, la participación de Pau en todo aquello se le hizo tan inesperada. Hubiese dado cualquier cosa por estar en el templo otra vez dormida con los demás. Se imaginaba a Rómulo encontrando el cuerpo brutalmente mutilado de su amada Amazona, o que tal vez Ahmand llegaría del bosque con flores para Zoia para encontrarla descuartizada... charcos y charcos de sangre le inundaban la mente, los ojos suplicantes de Zoia llenos de lágrimas le resaltaban en el recuerdo, el horrible sonido de Kanat ahogándose en su sangre tras la mordaza le hacía eco en los oídos. No podía respirar, se sentía culpable por aquellas muertes, si tan solo no le hubiese dicho a Koren que las Amazonas estaban en el templo. Koren... si alguna vez hubiese imaginado un demonio, se hubiese quedado corto ante la realidad de ella. Veía en su mente como los ojos de su madre habían brillado ante la violencia, como se estremeció al sentir el deseo de venganza de Pau, era muy posible que Koren lo hubiese afectado para que llevara ese ataque tan salvaje. Koren y la muerte eran muy amigas, ambas disfrutaban el arrebatar vidas por puro placer. Ona se levantó de su cama, mirándose en el espejo llena de odio hacia el reflejo que estaba adentro, trataba de verse, pero solo lograba ver a su madre. Sintió que ella merecía morir, nada que se pareciera a su madre tenía derecho a andar por el mundo. Nunca había sentido ese ultraje emocional tan profundamente como hasta ese instante. La atacaban unas ganas insoportables de arrancarse la cara, de arrojarse por la ventana de la torre, pero era una cobarde. Pensaba en Bickett, no quería dejarlo solo... aunque no sabía como iba a poder mirarlo a la cara desde ahora en adelante.

Los gritos despavoridos de las ninfas alertaron a todos que una desgracia irreparable había ocurrido. Eran esos gritos de terror y desaliento que solo existían cada vez que alguien presenciaba una atrocidad. Kairi sintió un temblor en el cuerpo, casi ni quería levantarse de la cama porque estaba aterrorizada de saber que horrible noticia estaba a punto de recibir. Apretó sus ojos con fuerza, sintiendo su pecho encogerse cuando a sus oídos llegaron los gritos angustiados de Rómulo, aullidos estremecedores que le desgarraban el alma a cualquiera. Kairi no quería ni imaginarse qué cosa lo estaba destrozando tan cruelmente, pero algo le decía que tenía que ver con Kanat. Se sentó en la cama a esperar que más ruidos llegaran con el viento, no tenía la valentía de pararse a enfrentar el mundo. Estaba sola en la cama, no había rastro de Bickett, de Ona, de Kanat, de Zoia, sus amigos no estaban a su lado...un frío entumecedor le recorrió por los huesos. Una ninfa se acercó a ella con seriedad, dándole un abrazo silencioso, Kairi le permitió que lo hiciera mientras se dejaba llevar por sus piernas hasta la conmoción en el exterior del templo. Se sentía como que flotaba invisible entre los demás, quienes estaban corriendo de lado a lado sin dirección alguna. En cierto momento vio unos cuerpo tirados en el suelo cubiertos con unas frazadas de seda, que una brisa imprudente se llevó repentinamente, exponiendo a la vista la grotesca naturaleza de lo que escondían. Kairi observó unos cuerpos enredados, empañados de sangre seca, que parecían haber sido esculpidos como parte una obra siniestra. Pudo darse cuenta que eran las Amazonas antes de que lograran cubrir los cuerpos nuevamente, por el inevitable color verde de sus cabellos, a pesar de la sangre que los manchaba. Miró a su alrededor dándose cuenta que Rómulo estaba siendo sedado con tisanas por unas ninfas, quienes visiblemente habían recibido unos buenos golpes tratando de consolarlo. No veía rastro de Ahmand por ninguna parte, era muy posible que todavía no había regresado de sus caminatas nocturnas en el bosque. Un sentimiento de terror se formó en su pecho como un torbellino, buscaba con su vista por doquier y no divisaba a Ona. Regresó corriendo al salón donde habían dormido la noche entera, para cerciorarse con aplomo de que Bickett tampoco estaba en el lugar donde lo había dejado. Un martillar impresionante empezó a construir edificios lúgubres en su corazón. Volvió a salir para buscar a Arkana quien se encontraba hablando con las ninfas seriamente, afectada por los eventos de la mañana.

"Kairi." Arkana la vio llegar y corrió a ella para abrazarla con fuerzas.

"Kalani ha atacado a las Amazonas. Están muertas." La Demi-diosa le informó lo obvio.

"Ya me di cuenta. ¿Bickett? ¿Ona? ¿Ahmand?" Kairi respondió.

"No hay rastro de Bickett y Ona. Ahmand no sabe aun lo que ha sucedido."

"Es mejor que quememos los cuerpos antes de que llegue, debemos de evitar que la vea de esa manera. Hay que hacer los ritos de muerte ya." Kairi habló con certeza tratando de ahorrarle la desgracia a su amigo de ver a su amante y a su futuro hijo hechos pedazos.

"Daré la orden." Arkana aceptó la sugerencia tranquilamente. Kairi se alejó para acercarse a Rómulo quien parecía estar en otro mundo, los brebajes que le dieron apaciguaron su explosión, pero no lograron entumecer el dolor de su alma. Lágrimas brotaban en procesión cristalina desde sus ojos rojos, dibujando pequeñas sombras circulares en su pantalón.

"Ese dragón se ha llevado una vez más a alguien que amo. No me importa lo que tenga que hacer voy a destruirlo..." Rómulo confesó con amargura.

"No es ella la culpable, es Koren. Haremos los ritos de muerte para que te puedas despedir, si me permites me gustaría hablar con Kanat. Quiero que cuente lo que pueda, Bickett y Ona han desaparecido..."

"Lo se." Rómulo continuó su llanto amargo. Unas ninfas preparaban la hoguera lo más rápido posible, pero sin olvidar las costumbres ancestrales. Arkana misma pensaba llevar a cabo la ceremonia cremación, pues las sacerdotisas en el templo no se atrevían, Kairi tampoco se sentía con las fuerzas necesarias para llamar a los muertos, casi ni se sentía viva. Por desgracia en ese momento llegó Ahmand, justo antes de que pudiesen terminar de componer la hoguera, buscando sin cesar a Zoia entre las ninfas que no se atrevían a decirle lo que había pasado. Kairi corrió hacia él para abrazarlo antes de que se diera cuenta de los cuerpo inertes en el suelo.

"Ahmand, ha habido un ataque en medio de la noche. Kanat y Zoia están muertas."

"¿Ataque? ¿Cómo? ¿Cuándo?" Ahmand balbuceaba ignorando lo que acaba de escuchar. Kairi le apretó los hombros firmemente, sintiendo como su elegante cuerpo de mujer cedía ante la presión, desplomándose al suelo de rodillas para aceptar que le habían acabado de dar la noticia de la muerte de su amada. Se tapó los oídos para no escuchar, cerró los ojos para no ver, si hubiese podido se hubiese muerto para no sentir. Kairi trataba de consolarlo, aunque sabía que no la escuchaba. Ahmand abrió sus ojos repentinamente, buscando por todas partes algo... sus ojos se posaron en los cuerpos inertes al lado de la fogata que ya estaba lista para tragárselos. Kairi trató de agarrarlo, de detenerlo a toda costa, pero Ahmand la arrastraba fácilmente. Los gritos de Kairi hicieron que Rómulo saliera momentáneamente de su estado de estupor, para unirse a Kairi en sus esfuerzos inútiles de detener al dragón.

Ahmand observó los restos de Zoia con infinita tristeza, acariciaba la piel tiesa con ternura, le metió la mano en el vientre abierto para tocar su criatura deshecha. Rugió con un dolor tan fuerte que hizo temblar la tierra, los habitantes de las aldeas contiguas pensaron que era el presagio de un temblor de tierra que iba a acabar con el mundo. Agarró delicadamente los cuerpos mutilados de las Amazonas, posándolos en ceremonioso silencio encima de la hoguera. No dejó que las ninfas se acercaran, si lo intentaban las alejaba mostrándoles sus afilados dientes de dragón, solo permitió que Rómulo y Kairi permanecieran cerca. Arkana comenzó a crear un círculo alrededor de la hoguera con pétalos de rosas blancas. Kairi se enfangó los pies lo más que pudo con un fango espeso que había encontrado cerca del tronco de un gigantesco árbol y le indicó a Rómulo que hiciera lo mismo. Ahmand y Arkana no necesitaban hacer ese pequeño detalle del ritual, porque eran inmunes a las llamas negras. Una bocanada de fuego gris surgió de la boca del dragón incendiando la hoguera finalmente, las llamas negras rugieron con fuerza, anunciándose con un estruendo, como si estuviesen esperando en cada momento una incursión al mundo de los vivos. La imagen de Kanat apareció primero, buscó a su esposo de inmediato para sonreírle. Rómulo no pudo contener el llanto. Zoia apareció tranquilamente entre las llamas como si hubiese abierto una delicada cortina por la cual espiar el mundo.

"Lo siento." Kairi logró decir al verlas, estando pendiente de que Rómulo no se arrojara al fuego en un acto desesperado.

"No se como sucedió, estaba durmiendo y cuando volví en mi, estábamos en una habitación oscura. Ona estaba presente, estaba llorando, vi a un muchacho tirado en un camastro acompañado por una gigantesca ogra, supongo que era Bickett. Una mujer nos miraba fríamente, sin emoción alguna, era muy hermosa. También había otra mujer que estaba calva, muy pálida, también muy bella." Zoia comenzó a hablar pues sabía que no tenían mucho tiempo y quería contarles lo que había sucedido.

"Entonces apareció Pau... creo que le dijo a la mujer donde estaban Bickett y Ona a cambio de nosotras..." Añadió Kanat con tristeza. Kairi se cubrió la boca para no dejar escapar un grito, Pau les había hecho aquello, era casi imposible de creer. Maldijo la hora en que lo había conocido, el momento en que le había pedido ayuda, se sintió culpable por la muerte de sus amigas.

"Lo siento, lo siento..." Kairi les dijo suplicante.

"Kairi, no ha sido tu culpa. Tu no eres dueña de nadie, la gente actúa según su voluntad... Nosotras aceptamos el peligro de esta misión, todo es parte de lo mismo..." Kanat le habló llena de amor.

"Ahmand, perdóname porque no estuve contenta por nuestro hijo al principio, pensé que había cometido un error, pero el único error que ahora se que cometí fue no pasar cada segundo de mi existencia contigo. No hay nada mejor que la muerte para darte cuenta de lo que dejaste atrás..." Zoia miró a la hermosa mujer de ojos verdes, que sollozaba ante ella, con añoranza.

"Rómulo, te amé desde el primer momento en que pisaste la Amazonia. Gracias por las noches apasionadas que me diste, por aceptarme como esposa, sabemos bien que pudiste haberte negado..." Kanat soltó una carcajada alegre.

"Te amo, soy tu esposo, lo seré siempre. Nadie me obligó, me fui contigo a gusto, atado a tu cuerpo, a tu sonrisa... Cada noche antes de dormirme sonreía agradecido de que te había encontrado, nunca tuve una mujer como tu, mi pasión fue la milicia... me enseñaste a sentir... en tan poco tiempo." Rómulo dejó caer su pecho en un suspiro agudo, deseando con cada fibra de su ser que su esposa estuviese viva.

"Kairi, debes seguir adelante, debes seguir tu corazón... me salvaste de las garras de la muerte en Polaris, porque sabías que no podrías vivir sin haber intentado salvarme. Ese día supe que eras la Princesa Dorada, entendí por qué... Serás una excelente reina, por favor mándale un mensaje a mi madre que he partido, dile que la amo..." Zoia le pidió esto último como despedida, pues se dio media vuelta y sin decir adiós desapareció para siempre. Los sollozos de Ahmand se hicieron más amargos.

"No se si nos encontraremos otra vez, pero eso espero... Búscate otra esposa Amazona, eres un hombre Amazón formidable... Te amé y espero que no ciegues tu vida con la tristeza de mi partida." Kanat le arrojó un pícaro beso a Rómulo antes de marcharse. El fuego se extinguió súbitamente después de ello. La madera no consumida le hacía cuna a las cenizas de los cuerpos calcinados. Ahmand sopló los restos con fuerza disipándolos hasta lo más profundo del bosque. Acto seguido recobró su apariencia masculina, pero esta vez era un viejo, lánguido y decrépito. Rómulo, Kairi y Ahmand se sentaron en la tierra húmeda en silencio, observando como la vida continuaba tranquilamente. Arkana se les acercó para hablarles, pero desistió de la idea, sentándose con ellos. A su alrededor empezaban a brotar las semillas escondidas en la tierra, de tal manera que pronto estaban rodeados de vegetación. Ahmand fue el primero en marcharse, sin rumbo... nadie lo detuvo, ni le preguntó nada. Kairi se acercó más a Rómulo quien le echó el brazo a la espalda con ternura, aceptándola como lo único que le quedaba en el mundo. Ambos lloraron en conjunto, abriendo sus almas a las cosas que no pueden cambiarse, al dolor que no puede mitigarse, a los sucesos que no pueden entenderse. La vida se les presenció agridulce, por lo que aquel abrazo que compartían era como un salvavidas en medio del mar bravo.

Kairi no sabía que hacerse consigo misma, pensaba en donde depositar su torpe cuerpo, tal vez sentándose tranquila a esperar que pasara algo . Se sentía separada del mundo, respiraba sin que el aire le entrara, miraba sin ver. De vez en cuanto la agobiaba la pena porque esperaba que todo fuese una vil mentira, esperaba que Kanat saliera de entre los arbustos sonriendo en cualquier momento. Esperaba los pasos seguros de Zoia crujiendo hojas muertas en el camino, su voz melosa y contemplativa apreciando el día luminoso. Regresó al templo entrada la tarde, ni siquiera quiso probar bocado, Arkana la dejó tranquila. Se enroscó en posición fetal en una esquina de la cama, como si no se atreviera ocupar mucho espacio en el mundo, se sentía extrañamente culpable de estar con vida. Rómulo se le acercó entristecido, tampoco había podido comer, se acurrucó con ella como pudo, estando acostumbrado al calor de su esposa para poder dormir. Se durmieron sollozando tranquilamente. Kairi despertó atrapada en los brazos de Rómulo, ambos rodeados por ninfas que aun dormían placenteramente. Se escabulló sigilosamente del rompecabezas humano, para salir afuera a hacer su aseo matutino. En un hermoso estanque la Demi-diosa Arkana estaba disfrutando del agua con unas ninfas, Ahmand las observaba recostado en la frondosa grama de la orilla.

"Entra al agua esta deliciosa, tibia, refrescante..." Arkana le dijo sonriente. Unas ninfas desnudas salieron del agua a hacerse la tarea de quitarle la ropa a Kairi, embadurnándola de aceites florales y llevándola de la mano al agua.

"¿Has podido descansar?" Arkana se acercó a ella para frotarle aceites en la espalda, su toque era exquisitamente cálido, firme, tal vez hasta un poco sensual.

"Sí, he dormido. Estaba más preocupada por Rómulo, pero creo que ha logrado descansar. Creo que debo continuar sola hasta Bandah, ya he visto suficientes amigos morir..."

"Kairi, ellos han decidido estar contigo en este momento... no les quites lo que le queda..." La Demi-diosa le masajeaba el cuello, haciéndola quedar en un placentero trance.

"Tengo miedo." Confesó Kairi.

"Es posible que le temas a las cosas equivocadas..." Arkana habló crípticamente.

"No entiendo por qué Koren no me mató de una vez. ¿Por qué se llevó a Bickett a Bandah?" Kairi comentó confundida.

"Obviamente, quiere algo de ti. Sabe que llegarás de cualquier manera al castillo, se esta jugando la carta de que querrás salvar a Bickett."

"Tiene sentido, si no me importara su suerte, ya hubiese marchado abiertamente por el reino reclamando lo mío..."

"Creo que Koren ya ha deducido esto, me imagino que confirmará tus intenciones con Ona. Ahora todo depende de ti, si decides ir a ver que quiere, o ponerle fin a todo hoy mismo." Arkana la miró a los ojos penetrándola. Sonrió.

"Voy a comer algo..." Kairi salió del agua para regresar al templo, no sin antes vestirse y darle un abrazo a Ahmand. Éste también se dirigió al edificio, sufriendo de la misma aflicción que atrapaba a Kairi en ese instante, el no saber que hacerse consigo mismo. Las ninfas no tardaron en traer un generoso banquete, el cual todos apreciaron con harto apetito. Rómulo miraba a las ninfas con lujuria, como si tal vez pudiese olvidar la carne de Kanat, sintiendo otra... Repentinamente su mirada se nublaba, dejaba de sonreír, evitando el contacto accidental con las ninfas cual si fuesen veneno mortal. Ahmand casi no hablaba, echaba la comida de un lado al otro de su plato indefinidamente.

"Koren ya sabe que voy para Bandah, no tenemos que escondernos más. Iremos volando en Ahmand mañana temprano. No es un vuelo largo..." Kairi le informó al viudo y al dragón.

"¿Qué piensas hacer una vez llegues al castillo?" Rómulo indagó.

"Voy a entrar por la puerta ancha, por cual sea la entrada principal. No se que pasará entonces... no tengo un plan, quiero intentar liberar a Kalani. Luego, ajustaré cuentas con Koren, a ver que es lo que pretende pedir de mi. Si necesito ayuda haré las tormentas de fuego para avisar los regimientos."

"Me placería muchísimo si destruyes a la dragona Kalani. La Espada Dorada es la única que la puede liquidar." Rómulo sugirió con odio en la voz.

"Kalani es tan solo una esclava, no tiene control de sus actos, por eso también quiero liberarla. Es tan victima como los demás, Rómulo."

"Entonces quiero que destruyas a Koren, que la hagas sufrir, que muera lentamente. Entiérrale tu espada en las entrañas, para que sienta el dolor que Kanat debió haber sentido." El odio de Rómulo se esparcía en el lugar como un buitre hambriento.

"Rómulo, yo no soy Koren." Kairi le respondió con voz firme.

Bickett gritaba, gritaba hasta más no poder. Estaba encerrado en un lugar oscuro, que no reconocía pero que le era muy familiar. No olía nada, no escuchaba nada, no veía nada. Gotas de sudor estaban sobre su piel, no estaba seguro si se las estaba imaginando también. ¿Sería que sus parpados estaban cerrados? ¿Por eso no veía?

"¡Bickett, Bickett!" Los gruñidos familiares de Grinda lo halaban de la oscuridad hacia la luz, sus ojos se enfocaron en la enorme cara grotesca de la ogra. Estaba contento de verla, le sonrió. Grinda le dió un fuerte abrazo instantáneamente rompiéndole una costilla, el dolor fue una bofetada que lo hizo despertar de su estupor de una vez por todas.

"Ogra bruta, me has roto el torso... si te he sobrevivido a ti, sobreviviré todo." Le recriminaba Bickett mientras se le arrojaba encima nuevamente a abrazarla y besarla cariñosamente. Su buena disposición se esfumó al darse cuenta de sus alrededores, el corazón le latía fracasado al ver que estaba de regreso al castillo.

"No es posible...otra vez aquí...¿Cómo?" Bickett gritó enfurecido golpeando todo lo que encontraba en su paso. Grinda le rogó que se calmara, luego le contó todo lo que había sucedido antes que recobrara el conocimiento, desde la tortura que ella aguantó en manos de Koren, hasta la noche en que asesinaron las Amazonas.

"¿Ona esta bien?" Bickett habló preocupado.

"Eso creo... Estuve a punto de marcharme del castillo cuando te fuiste, pero me atraparon como te dije buscando información de tu paradero. Les había ordenado a los ogros que te buscaran por todas partes... nadie sabía nada de ti, pero estaba segura que regresarías."

"Ves que el hechizo no logró matarme." Bickett le demostró su cuerpo lleno de ironía. Fue entonces que notó algo extremadamente extraño en su piel, las profundas y numerosas cicatrices que tenía en la piel habían desaparecido...

"Grinda, mira..." Ambos estaban perplejos ante la milagrosa curación del joven.

"¿Cuánto tiempo dices que estuve desaparecido?" Bickett inquirió con emoción en el pecho.

"¡Bickett!" La voz emocionada de Ona acaparó cada esquina con su exhuberancia. Corrió de brazos abiertos a abrazarlo. Bickett le respondió con un medio abrazo incómodo, más pendiente del cambio en su piel que en la llegada de Ona. Ella lo admirada con idolatría, tragándose a sorbos la belleza de su cara, el plateado de sus ojos intensos...

"¿Has visto mi piel? Años de cicatrices han desaparecido..." Bickett le comentó mostrándole sus brazos.

"Te tengo muchas cosas que contar... La tarde que nos escapamos llegamos a un bosque en Astra donde nos topamos con una huérfana, que resulta también es curandera. Que resultó ser una princesa, que resultó ser más que una princesa..." Ona trataba de contar la historia a medias.

"Ona, cálmate. Estas hablando como una loca..." Le dijo Bickett malhumorado.

"Íbamos de camino a Ture..."

"Recuerdo exactamente nuestro destino. Recuerdo nuestro plan, recuerdo haberte dicho que eras La Princesa Dorada, que ya deduzco no eres, porque estamos de vuelta en este miserable castillo y todo sigue igual..." Gritó desaforado, lleno de rabia. Agarró a Ona por los hombros apretándola con fuerza.

"¡Te rogué de rodillas que me sacaras de este infierno!" Vociferó Bickett mientras Grinda lo agarraba por su camisa para controlarlo. El muchacho estaba débil sino hubiese sido difícil de controlar, pues su constitución normal era maciza.

"Kalani nos encontró y nos trajo de regreso, pero no importa porque ya pronto van a venir a salvarte." Las mentiras angustiadas de Ona se le escapaban sin remedio.

"¿Quién va a venir a salvarme? Estoy en las garras de Koren...¿Quién se va a atrever?" La voz potente de Bickett reverberó en la habitación.

"La Princesa Dorada ha aparecido..." La voz de Ona se encogió al darle las noticias.

"No me mientas..." Bickett entrecerró sus ojos amenazante, acercándose a Ona. Ella sintió un escalofrío al sentirlo tan cerca, su postura le causaba miedo.

"No te miento...es verdad. Estuvimos con ella hasta hace poco... Va a venir al castillo..."

"Así que no era tan solo una leyenda..." Bickett dejó escapar sus pensamientos en voz alta.

"¿Cómo que era una leyenda? ¿Acaso no estabas seguro de que yo era La Princesa Dorada?" Ona recriminó herida.

"Nunca pensé que era real, me convencí y te convencí de eso para poder huir del castillo." El peso que conllevaban aquellas palabras cayó sobre Ona despiadadamente.

"¿De qué más me convenciste para que te ayudara a escapar?..." Los ojos de Ona se nublaron, oscurecidos por la inminente llegada del dolor y las lágrimas que desbordaría. Su pecho estaba apretado, lo único que la había mantenido cuerda era el amor que creía existía entre ella y Bickett. Un dolor agudo le hizo un roto en el corazón, respiró agitada, tratando de buscar algo reconocido en los ojos plateados del príncipe de sus sueños.

"Ona, yo..." Bickett la tomó tiernamente de los hombros, sin poder decirle la verdad.

"Me usaste..." Ona lo acusó deshecha.

"Ona, no te usé... Sí, tal vez un poco, pero no como tu te crees. Fuiste mi consuelo todo este tiempo, una amiga..." Bickett trató de explicar, aunque se daba cuenta que Ona estaba en otro mundo. Sus ojos tiritaban de pena, su labio temblaba amargamente, el color abandonó su piel.

"¿Qué pensabas hacer una vez estuvieses a salvo si el plan funcionaba? ¿Tirarme a un calabozo? Nunca viste un lugar para mi en tu futuro, ¿Verdad?" Ona dejó de llorar, tratando de que su orgullo la mantuviese en pie, para no fracasar por completo.

"Nunca te haría daño... Tienes que entender que no podría tener un futuro contigo... Cada vez que te veo, solo pienso en tu madre..."

"¿Eso fue lo que pensaste en la intimidad que tuvimos?"

"Ona, eso solo fue una vez... Te he perdido perdón tantas veces... Fue un grave error de mi parte. Me dejé llevar..." Bickett no quería admitirle su egoísmo, el papel que jugó su odio por Koren, el cual trató de mitigar en ella.

Recordó la noche en que aquello había sucedido, él había estado cerca de Koren en la cena, observando el exquisito escote de su vestido, su piel cremosa, su cabello rubio plateado... Ona había ido más tarde a buscarlo en sus aposentos, en la oscuridad, para hablar en secreto como lo solían hacer... Ella le había parecido tanto a Koren en aquel momento que pensó que era ella... Había admirado los ojos turquesa con curiosidad, ojos que en vez de crueldad estaban llenos de vida... Estaba sediento de afecto, su cuerpo de hombre... listo. Había empezado a tocar a Ona pensando que era su madre, imaginando que la poseería de algún modo. Ona, había participado con esmero, porque ella sí lo amaba. Nunca más volvió a suceder, él se aseguró de eso, a pesar de que Ona lo sugería abiertamente.

"Ona, escúchame, yo te dije que había sido un error. Te dije mil veces que solo te veía como a una amiga... No sé qué pensabas que iba a suceder en el futuro, pero lo lamento..." Bickett trató de abrazarla, pero ella lo rechazó violentamente.

"Qué importa, ya te salvará la huérfana esa, si te da la gana... tírame en el mismo calabozo con mi madre." Escupió Ona.

"¡Cálmate! Necesito que me hables sinceramente..." Suplicó el príncipe. Ona no pudo resistir el magnetismo que desprendía de él, bajando la guardia.

"La Princesa Dorada puede vencer a Koren fácilmente... ¿Por qué no lo ha hecho?"

"Quiere intentar salvarte, también liberar a Kalani." Ona dijo sin expandir los particulares.

"¿Cuándo viene?" La emoción angustiada era notable en la voz del joven.

"En cualquier momento."

"¿Qué planes tiene Koren?" Bickett hundió su pregunta en los ojos de Ona.

"No lo sé.... Creo que va a pedirle que cure a Orión si te libera del hechizo."

"¡No! No lo permitiré... Orión se merece convertirse en las llamas negras... prefiero morirme antes de dejar que Koren se salga con las suyas." La agitación de Bickett logró llamar la atención de Grinda, quien gruñó molesta. Kalani también llegó al lugar al escuchar la conmoción.

"¿Qué sucede?... Ona, se supone que tu no estés aquí..." Kalani le dió un regaño a Ona, tras darle una mirada inquisitiva a Bickett.

"Ya me enteré que la Princesa Dorada viene de camino... "

"Bickett, no te emociones tanto, no sabemos que Koren piensa hacer... tal vez no puedan salvarte." Kalani le recordó, no porque quería herir sus sentimientos sino porque conocía muy bien la naturaleza malévola de Koren.

"Ni me importa... el hecho de que pronto Koren no continuará usurpando el lugar de mi madre me agrada más que la vida misma. Ya todo ha terminado para ella..." Una alegría enloquecedora recorría por el cuerpo de Bickett, de tal manera que saltaba en el aire como un cabrito montés.

"Me gustaría verla morir, ver como se convierte en las llamas negras, no... Me gustaría que la torturaran... Que le sacaran cada gota de maldad de su cuerpo a golpes..." Bickett continuaba su estado de frenesí.

"Kalani, ella también te quiere salvar a ti." Ona habló ignorando los ánticos de Bickett.

"¿A mi?" Sorprendida, Kalani sonrió llena de esperanzas.

"Ella sabe que fuiste esclavizada... se lo dijo la bruja que la crió."

"Ona, necesito que me cuentes lo que sabes... ¿Quién es esta mujer que dice llamarse La Princesa Dorada?" Kalani exigió de buen humor.

"Oh, pero lo es... se llama Kairi, es una joven no una mujer, tiene un año más que yo..."

"¿Kai'ri?" Kalani interrumpió a Ona al escuchar el nombre.

"Más o menos, Koren dijo lo mismo. Es Kairi, la princesa de Astra, supuestamente se crió en el bosque mágico con las brujas Altea y Lula." A pesar de que parecía que no fuese posible, Kalani palideció severamente. La imagen de una infante le regresó a la mente, no sabía a que lugar especifico la había llevado, aunque si recordaba haberle cantado la canción universal. Aquel presentimiento que tuvo en ese entonces le regresó al pecho con fuerzas... supo que se trataba inequívocamente de La Princesa Dorada. Luego, volvió su pensamiento al hecho de que Altea y Lula habían criado a la niña... Altea estaba con vida. El pensamiento la llenó de energía, de esperanza...

"Entonces, Altea sobrevivió el ataque de Koren. ¿La has visto?" Kalani quiso saber con urgencia.

"Sí, sobrevivió, pero no esta viva ni Kairi pudo salvarla. No me imagino como Koren piensa que Kairi va a salvar a Orión…" Comentó Ona.

"¿Salvar a Orión?" Kalani enarcó la ceja tratando de entender.

"Salvarlo como tal, no. Quiere que Kairi lo salve de las llamas negras…" Bickett se acercó a ellas en silencio.

"Prefiero morirme antes." La voz masculina declaró con aplomo.

Koren estaba encerrada en su habitación, no quería hablar con nadie, ni ver a nadie. Había estado un rato al lado de Orión, pero no soportaba su peste, ni su imagen demacrada. Estaba segura de que la Princesa Dorada llegaría en cualquier momento, tenía una curiosidad enorme por ponerle los ojos encima. Por medir su poder ante ella. Poder… esa palabra la tenía al borde del abismo porque no sabía que clase de poder tendría la princesa. Obviamente tendría la Espada Dorada consigo, pero que ella supiese la espada no le daría magia, solo protección infalible. Con la maldita espada podría destruir a Kalani… Su única opción era debilitarla de algún modo, hacerla usar grandes cantidades de magia para poder controlarla. El juego había acabado, sus años en el palacio serían más que un absurdo sueño, sus planes de vivir eternamente al lado de Orión eran tan solo un tonto cuento de hadas. No tenía amor, no tenía hijos, no tenía alma. La putrefacción que llevaba adentro era un testimonio a los actos de maldad que se le habían acumulado con el pasar de los años. Ni se atrevió a pensar en una existencia alterna a lo que había vivido, era muy tarde para esas banalidades. Era el ocaso de su vida, las lamentaciones no le apetecían. La maldad verdadera no conoce el arrepentimiento…

"¡Kalani!" Convocó a la dragona con urgencia.

"Dime." Apareció Kalani en medio de la habitación de inmediato.

"No seas altanera… ten cuidado." Koren la regañó.

"¿En que puedo servirle, ama?" Kalani contestó con una extraña ligereza.

"La Princesa Dorada se presentará en el castillo en cualquier momento, no se si se anunciará como tal… Si lo hace, la milicia no la atacará aunque yo lo ordene, por tanto la atacarás salvajemente tan pronto la veas, pero no la mates, ni te dejes matar... puede que te necesite más tarde." Koren ordenó claramente, dejándole saber sus intenciones.

"Ya perdiste, Koren." Kalani sonrió.

"No te devolveré tu corazón jamás, tendrá que matarte al fin y al cabo." Le advirtió Koren tratando de borrarle la sonrisa.

"Su mano es digna de cegar mi vida." Kalani volvió a sonreír.

"Dile a Lenna que mantenga a Bickett en sus mejores fachas reales, quiero que la princesa lo vea... su carita melancólica le va a partir el corazón... no podrá abandonarlo a su suerte." El tono burlón de Koren le dio escalofríos a Kalani.

"También quiero que tenga guardia en cada momento, no vaya a ser que se le ocurra hacer una estupidez..." Añadió Koren. La dragona asintió con la cabeza, emprendiendo a llevar a cabo las ordenes de su ama.

Lenna entró a la habitación de Bickett sin anunciarse, abriéndose paso entre los guardias que estaban de centinelas. Llevaba en sus manos una gran cantidad de ropa, de diferentes estilos y colores.

"¿Qué te propones?" Bickett la encaró con sospecha en la voz, observándola mientras posaba un sinnúmero de piezas de vestir encima de su escritorio.

"Koren ha ordenado que te vista como un miembro de la realeza." Lenna le dijo secamente.

"Me imagino que ya sabes lo que te espera... fuiste cómplice de Koren." Afirmó Bickett con alegría en la voz.

"Yo no fui cómplice de Koren en nada, yo tan solo seguí bajo el mando de quien reinara Bandah. Tendrían que matar la milicia y a todos los siervos de este castillo. ¿Quién me va a enjuiciar? ¿Tu?" Lenna lo miró a los ojos desafiante.

"Tal vez..." Bickett contestó con veneno en la voz, haciendo que Lenna retrocediera unos pasos. El príncipe se enfocó en la ropa que estaba a su alcance. Estaba impresionado de ver la alta costura de cada pieza, el cuero usado en los pantalones se veía flexible y suave, el terciopelo tenía los bordados más delicados que jamás había visto.

"Estoy muy impresionado Lenna, tantos años de humillación vistiéndome como un títere, o en harapos... ¡Y mira!" Bickett le tiraba enérgicamente las piezas de ropa a la cara, una a una.

"Por lo menos tienen la decencia de vestirme bien para recibir la muerte, porque ese es el plan, ¿No?" Gritaba Bickett enfurecido, los guardias se acercaron para ver que sucedía. Pasaron desapercibidos por el joven iracundo, quien sintiéndose que ya no tenía nada que perder, estaba listo a perder el control a su antojo. Un guardia lo agarro por el brazo, lo que hizo que Bickett le pegara de una forma tan violenta que le destruyo los dientes en la boca. Lenna, se quedó paralizada al presenciar la furia de Bickett. Grinda se acercó a su hijo, pero en vez de detenerlo, se interpuso entre los guardias y él.

"No te acerques a mi." Le advirtió Lenna sin convicción en la voz, sus piernas le temblaban un poco.

"¿O qué? ¿Vas a llamar a Koren? No me va a hacer nada, obviamente todavía le sigo siendo de valor con vida... Tampoco tu magia te servirá de nada, créeme no es tan poderosa como la mía... no me hubiese tardado mucho en destruir a Koren por mi cuenta..." El odio en la voz del príncipe se intensificó, los años de humillación y amargura en manos de Lenna tomando una forma concreta en su mente. Estaba cara a cara con ella, quien se veía agitada, sorprendida por el acoso de Bickett. Sin pensarlo dos veces él le puso la mano en el cuello, firmemente agarrándola, Lenna trataba de patear y arañarlo con garras para que la dejara libre. Grinda gruñó amenazante ante los soldados, quienes no se atrevían a interceder por Lenna ante el príncipe heredero de Bandah. Lenna estaba perdiendo el color de sus rostro, se estaba asfixiando, casi no podía mover su cuerpo por la falta de aire. Bickett la apretó con más fuerza, hasta sentir como la vida se le escapaba por la boca finalmente... Arrojó el cuerpo inerte de Lenna hacia un lado, caminó hacia donde estaba la ropa tirada, para escoger un nuevo atuendo...

"¡Bickett! ¿Qué has hecho?" La voz de Kalani lo sorprendió mientras corría a donde yacía el cuerpo de Lenna. Con un sentido de urgencia le apretó el pecho, soplándole aire en su cuerpo, como había visto a las curanderas hacer en el pasado. Lenna no respondía, Kalani siguió su auxilio llorando entristecida. De repente, Lenna reaccionó y con un estruendoso trago de aire recibió la vida en su cuerpo.

"Kalani..." Lenna la miró agradecida. La dragona la recogió en sus brazos y la sacó de la habitación sin decirle palabra a Bickett, quien ni se inmutó por la escena tan dramática. Estaba molesto... una vez más Kalani le quitaba el triunfo de asesinar a un enemigo.

"Bickett, no puedes dejarte ir..." La tersa voz de Kalani apareció de la nada.

"Estoy tan cansado de ti... " Él le respondió con desdén, mientras apreciaba su apariencia en el reflejo de una ventana.

"La convencí de que no le dijera nada a Koren, pero no es de confiar. Tienes que evitar que tu alma siga dándole la bienvenida al odio y a la maldad, la energía negativa solo engendra lo mismo... Tengo esperanza de que nos salvarán, podremos sanar todas las miserias que hemos sobrellevado..."

"Es el fin. No se si saldré de esto vivo... Lo que si sé es que en este mundo la justicia no es equitativa, no es satisfactoria... Explícame tu, que castigo tendría Lenna que la hiciera pagar por su traición, por su maltrato hacia mí." Exigió Bickett amargado.

"Tienes la razón, pero de la misma manera que sabes que no hay castigo suficiente, entonces entiende que no hay remedio suficiente... Es mejor que te preocupes por ti y por no ser como los malos. Siempre te he aconsejado que tengas fuerzas para elevarte más allá de la maldad de los otros. La vida es injusta, tal vez ni la justicia que sirve es buena, pero al menos tu conciencia estará limpia. Rehacerás tu vida..." Kalani le hablaba con paciencia, tratando de aliviar las llagas que supuraban dentro de su corazón.

"Kalani... Quería matar a Lenna, traté de matarla, la dejé por muerta... Ese es el problema... Yo no sé si será posible rehacer mi vida. Solo conozco el odio... he vivido tantos en años en compañía de la desolación, del dolor... ¿Cómo enderezo el tronco de mi vida torcida?" Bickett contestó con lágrimas en los ojos.

"No eres un árbol... eres un ser humano. La belleza del alma es que no tiene forma, uno se la da. Has sido valiente, aguantando tanto sin perder la cordura... tu instinto de vivir es más fuerte que tu instinto de odiar. Dentro de ti, vive el niño sonriente que una vez conocí. He visto como le acaricias las alas a los pajarillos del bosque, como dibujas paisajes en los muros, como siembras flores en la tierra... La sensibilidad de tu alma esta nublada temporeramente por lo que has sufrido, estoy segura de que una vez tengas la oportunidad de florecer, todo será diferente..."

"Eso son solo pequeñeces... Me gustaría creerte, pero ya dejé de decirme esas mentiras hace tiempo. Yo he perdido la esperanza, he perdido la humanidad..."

"Entonces encuéntralas nuevamente... sino te has unido a Koren en la oscuridad." Kalani se le acercó dándole un abrazo con el corazón abierto. Él la repudió, pues en ese instante no tenía el valor de ser vulnerable, de admitir que quería ser salvado. Cerca de la ventana Grinda observaba con falso interés, lo que había al exterior de la torre, se sentía como que estaba espiando algo que no era para ella ver. Kalani se marchó sintiendo una pena enorme, si hubiese tenido corazón, se le hubiese hecho añicos en ese momento. Su objetivo era tratar a como de lugar, que el alma de Bickett se mantuviese lo más sana posible, algo que bajo las circunstancias le estaba empezando a parecer casi imposible.

"No podrás irte aun, tenemos que darle aviso a las brujas de lo que esta sucediendo para que no ataquen los nuestros." Rómulo le anunció a Kairi.

"De acuerdo, ¿Cuánto tiempo tendré que esperar?"

"Un par de días solamente, Arkana ha enviado a sus ninfas a regar la voz, se sabrá pronto por cada rincón del reino."

"¿No querrán una prueba? Puede que piensen que es una treta de Koren, para ganar agarre en la guerra."

"No es necesario, Arkana esta hablando tu favor..." Ahmand se unió a la conversación.

"Odio la espera, me esta haciendo un roto en el estómago. Anoche estuve toda la noche despierta, chocando con la incertidumbre de lo que pueda suceder en

Bandah." Kairi confesó cándidamente. Ahmand y Rómulo le devolvieron sonrisas de apoyo.

"Creo que es muy noble, que trates de salvar a la dragona, nuestra raza te lo agradecerá siempre." Ahmand le dio un ligero apretón en la mano.

"Voy a intentarlo, aunque le tengo mucho miedo." Kairi admitió a carcajadas.

"Lo más importante es que no sueltes tu espada, te protegerá del ataque de cualquier dragón, también con ella puedes destruir un dragón, si llega el momento." Ahmand le informó.

"Realmente espero que ese momento no llegue..." Kairi volteó su mirada hacia el horizonte. El bosque alrededor del templo de Arkana, estaba vibrante, con el olor tan familiar que recordaba desde su primer recuerdo. El cielo estaba pintado de un azul claro, que de repente se veía intoxicado de alguna bandada de aves, o salpicado de encajes nebulosos. Los tres caminaron en conjunto por los alrededores del lugar, para pasar el rato en silenciosa compañía, en algún momento dado Kairi le agarró las manos a los hombres como gesto de agradecimiento. Su corta existencia había sido aislada de las figuras paternales, por lo que aquellos hombres a quienes admiraba intensamente, le llenaban un vacío inexplicable en su corazón. Ella miraba a Rómulo con una sonrisa ruborosa, reconociendo que era muy apuesto, mientras que Ahmand recibía una de complicidad. Aquellos hombres le enseñaron que al igual que existían mujeres fuertes, también existían sus complementos masculinos. En la noche las ninfas regresaron con la noticia de que los reinos de Nubis, Neris, Bedega, Runda y Ture ya estaban al tanto de la situación, listos para atacar una vez se les indicara. No tan solo eso, las noticias de que La Princesa Dorada había aparecido llenó a todos de jubilo, sin importarle si había que esperar un poco más, para que terminara la guerra. Misteriosamente, los ogros abandonaron todos sus puestos en la milicia, como si alguien les hubiese indicado que su rol en la guerra había terminado. Capitanes, generales y comandantes se quedaron sorprendidos ante los desertores en masa, que sin decir nada más que gruñidos, se llevaron las armas de reglamento y desaparecieron por los bosques. Los lagartunos, e otras criaturas que estaban al servicio del ejercito de Bandah al ver el éxodo de ogros, decidieron que tal vez no era buena idea permanecer en el bando que se estaba debilitando, por lo que también empezaron a desertar sin rendir razón a sus superiores. Al día siguiente, una gran cantidad de soldados humanos también había desaparecido de las barracas en medio de la noche. Un murmullo excitado arrullaba el reino con la tentativa noticia de que la guerra estaba a punto de ser ganada fácilmente por La Princesa Dorada. La gente mantenía sus corazones ensanchados de esperanza e ilusión creyendo en la leyenda ancestral.

Kairi estaba en el gran salón de estar en el templo de Arkana, las ninfas tocaban una música placentera, algunas servían comida y vino en abundancia. Rómulo se animaba de vez en cuando a bailar con alguna de las hermosas mujeres, mientras que Ahmand lo animaba para que hiciera picardías. El ambiente estaba ameno a pesar de que todos tenían en su mente la partida de Kairi en la mañana. Por más que Rómulo y Ahmand querían participar en los eventos que estaban a punto de darse, sabían que el peso de la misión caía en los delicados hombros de la joven. Ahmand miraba a Kairi con orgullo... El viejo dragón disfrutaba de los cascabeles exuberantes de su risa libre, miraba su constitución de adolescente que por suerte no era frágil, ni débil. Rómulo la sacaba a bailar y le halaba su cabello corto traviesamente, dando piruetas jocosas. Quería que todos disfrutaran este momento tan efímero, donde el miedo de la muerte era tan solo un pensamiento abstracto. Arkana bailaba con Rómulo de vez en cuando, aceptando los deleites mundanos con alegría. Alguna que otra ninfa distribuía coronitas de flores que adornaban las cabezas airadas. Una vez entrada la noche, Arkana abrazó a Kairi, depositando un tierno beso en su frente.

"Pensé que tenias que mantenerte imparcial a los mortales." Kairi sonrió.

"Tu no eres un mortal común y corriente..." Arkana enarcó una ceja, dejando a Kairi cuestionándose la veracidad de esas palabras.

"¿Por qué decidiste ayudar a Bickett? ¿Por tu bosque? ¿Por tu cuerpo?" preguntó Kairi llena de genuina curiosidad.

"Porque tampoco él es un mortal común y corriente... Te advierto que ha sufrido mucho, que es un rompecabezas que hay que armar con mucha paciencia..."

"Me imagino. Yo he experimentado el dolor que causa la maldad en terribles episodios, la muerte de las amazonas, la traición de Pau, entre otras cosas... Mientras que el príncipe ha estado sufriendo día tras día..."

"Kairi, es posible que aunque lo salves no puedas rescatarlo..." Arkana la miró fijamente a los ojos, dejándole saber que tal vez lo que encontraría en Bickett no era lo que esperaba.

"Puede ser, pero no puedo dejar de luchar por él. Me siento unida a él de una manera inexplicable. He escuchado su voz en el pasado, en mis sueños... Desde el momento en que Altea me habló de él supe que tenía que verlo, que tenía que terminar su suplicio, porque sino lo hago yo, nadie lo hará. Quiero darle una oportunidad a vivir, si no puede, ya será otra historia..."

"Te entiendo. Tu dedicación es admirable, solo quiero que no pongas tu vida en juego antes de terminar esta guerra, no seas terca, si tienes que dar la señal a los refuerzos sin haberlo salvado, hazlo." Arkana recalcó.

"No fallaré. La guerra tiene que terminar." Kairi sonrió y se alejó hacia la gran cama comunal, en la cual se trepó con la inútil intención de conciliar el sueño. Rómulo abandonó sus cortejos vacíos hacia las ninfas, para acostarse al lado de Kairi. Le pasaba su mano tiernamente por el cabello dorado, aprovechando de aquella cercanía tan grata y tranquila. Nunca se imaginó que su vida se concentraría en unas intensas semanas, de las cuales su único vivo recuerdo sería una vulnerable adolescente, con un gran destino. Kairi se dejó arrullar, se dejó vencer por el sueño, su último pensamiento regresando al príncipe aprisionado en la torre.

Capítulo 8: Enfrentamientos

Una lluvia tormentosa azotaba el bosque, sonoros estruendos recorrían el firmamento al comenzar el día. Kairi se levantó respirando agua, la humedad del clima empegostando todo a su alcance, se le ocurrió que esto iba más allá de la ironía, que el día más turbulento de su vida se convirtiera en una tormenta literalmente. Sonrió tranquila, nada, ni nadie la iba a detener de llegar a Bandah esa mañana. Ese era el día en que finalmente encararía a Koren, a Kalani y a Bickett... De todos ellos el que más que más le causaba revuelo era él. Tenía ansias de ver su rostro animado, de ver sus ojos de plata según los había descrito Ona... Tal vez escuchar su voz. Ona, estaría ahí de seguro, al lado del joven príncipe a quien amaba. Sabía que no se interpondría de ninguna manera entre ellos, no cabía en aquel cuadro...

Ceremoniosamente se dejó vestir con la ayuda de Rómulo y Ahmand, mientras Arkana les hacía compañía en silencio. El dragón le trataba de hacer una o dos trenzas en su corto cabello según la usanza de los dragones, las hebras de pelo entrelazadas siendo un símbolo de la unión entre los dragones, la vida y los elementos. Arkana le había regalado una hermosa tunica de seda gris la cual las ninfas habían adornado con bordados de oro, era una pieza liviana y elegante de mangas largas, que le llegaba un poco más debajo de la rodilla. Estaba segura que los bordados simbolizaban algo, pues era tradición de la realeza usar protecciones mágicas en su vestimenta. Había decidido ponerse los pantalones de gamuza que le obsequiaron en el reino Amazona, le hacían sentir como una guerrera, eran suaves y cómodos pero flexibles. Con minuciosos detalle se puso las botas Amazonas, el mejor par de calzado que había tenido en su vida, de cuero fuerte pero blando, que se amoldaba cómodamente a su pie y pantorrilla. El color verdoso de las botas le acordaba mucho al terreno vivo de la Amazonia. Ahmand le había entregado el abrigo de lana que había pertenecido a Zoia, ligero, práctico, tal como lo había sido ella. Se lo puso evitando las lágrimas, porque hasta olía igual que ella. El abrigo era de un color intensamente rojo, como la arcilla de algunos acantilados en la Amazonia, de donde las mujeres sacaban tierra para teñir sus telas. Rómulo le entregó, tratando de sonreír en vano, el cinturón de cuero de Kanat. Kairi se había negado inicialmente a recibirlo porque sabía que era el más preciado recuerdo que el viudo poseía de su difunta esposa. Rómulo le había dicho que sería un honor para él y para la memoria de Kanat, que La Princesa Dorada derrocara el reino de maldad en Bandah con él puesto. Ella sabía cuanto esto significaba para él por lo que no resistió más y aceptó el cinturón. El accesorio se había posado perfecto en las redondas caderas de Kanat, mientras que en ella parecía flotar, de todos modos le hacía bien llevar el cinturón pues tenía un lugar para colocar su espada. Entre sus pertenencias había encontrado el collar de Altea, que llevaba engravado en su interior el símbolo de la reina de Bandah, también se puso el saquito de viaje que perteneció a Lula. Estaba un poquito viejo y desteñido, aun así, era lo que Kairi más atesoraba en el mundo entero. Todos la observaban admirando la simpleza de su realeza, se sintió un poco avergonzada de ser el centro de atención.

Los truenos de la tormenta parecían una orquesta nefasta, cual si fuesen tambores de guerra. Kairi se despidió de una vez de las ninfas, agradeciendo su hospitalidad. Al llegar donde Arkana se perdió en un abrazo quimérico, la Demi-diosa quedó sorprendida cuando Kairi se le tiró encima, porque nunca había sido abrazada por un mortal. Arkana quedó abrumada por la energía y la fuerza existencial que residía en un humano, en como aquel corazón tan pequeño era capaz de regir un universo. Por primera vez en su existencia, desde el momento en que empezó a existir de la nada, Arkana lloró...

Rómulo le ofreció a Kairi una enorme capa de cuero negro que la protegería del clima cuando estuviesen de viaje en el lomo de Ahmand. Él también estaba vestido con su atuendo de militar Amazón, demostrando que aun se consideraba miembro de esa tribu. Kairi pudo notar que en algún momento en la moche, se había tatuado los símbolos de la línea de Kanat en su rostro, según lo hacían los hombres Amazonas. El corazón de Kairi dio un apretón al reconocer lo mucho que estimaba a aquel hombre, que de una manera tan inverosímil formaba parte de su vida. Ahmand fue el primero en salir del templo, su forma de mortal inmediatamente tragada por la espesa cortina de agua que descendía del firmamento enfurecido. Casi no se podía ver su figura, hasta que un enorme dragón gris extendió sus alas, soltando una bocanada de fuego al aire anunciando su poder. Unas ninfas se acercaron con un poco de miedo para ponerle los arneses en el lomo donde Kairi y Rómulo tomarían asiento. Kairi observaba todo aquello insegura de lo que estaba viendo, los relámpagos alumbraban todo con sus momentáneos centelleos, dándole una dimensión de surrealismo a la escena. Rómulo le hizo seña de que ya era el momento de partir, ambos se cubrieron con sus capuchas, aunque no había como esconderse del mal tiempo. Se sintió empapada en segundos tan pronto salió a la intemperie. La silueta imponente de Ahmand se distinguía entre la lluvia, como una estatua de acero en espera de la eternidad. No tuvo problema alguno al subirse al lomo de Ahmand, sus escamas a pesar de ser lizas, le daban un poco de tracción a sus botas. Se sentó al frente de Rómulo quien la aseguró en su lugar con sus poderosos brazos. El viento y las espesas gotas de lluvia les castigaban intensamente, como tratando de evitar que partieran del lugar. Kairi decidió nuevamente no tomar la tempestad como un mal presagio, si acaso era un recordatorio de que para apreciar la paz había que sobrevivir la tormenta. Ahmand abanicó sus alas con fuerzas, halando violentamente a los pasajeros de un lado a otro, le era difícil emprender vuelo a la merced de las poderosas ráfagas de viento, pero logró hacerlo en cuestión de segundos. Kairi hundía su rostro en sus brazos tratando de evitar los fuetazos del agua, el estruendo de las nubes chocantes le hizo perder la audición temporeramente, su nariz parecía una fuente interminable de mocos. Maldijo la tormenta para sus adentros, con gran fachas iba a presentarse a la batalla de su vida. El viaje se le hizo interminable, por lo menos hasta que pasaron las nubes tormentosas, luego se entretuvo expiando la tierra que pasaba en un santiamén bajo sus pies. Ni siquiera quiso pensar en la altitud en que Ahmand los llevaba, pues un extraño nudo se le hizo en el estómago con la amenaza cínica de la venganza del desayuno. Veía pueblos, aldeas, bosques y montañas desde arriba con una impresión salvaje, de todas las cosas que hasta ahora pudiese envidarle a los dragones, la del vuelo paso a ser la numero uno. Algún día, volaría por el reino a sus anchas...

Rómulo le llamó la atención apretando su hombro, luego señalándole a un hermoso bosque de gigantescos árboles al cual se dirigían. El bosque de Bandah.

Estaban en los predios del castillo… Con el descenso de Ahmand imágenes más claras se presentaban de inmediato, una ciudad enorme, vías transitadas, hogueras, establos, gente… La sombra de Ahmand en el pavimento había llamado la atención de los ciudadanos, quienes salieron huyendo al no saber si aquel dragón era amigo u enemigo. Alguno que otro que se armó de valentía recorriendo el tramo del dragón para ver en donde descendía y por qué. Ahmand escogió un pequeño claro justo al lado de la vía principal que llevaba directamente al castillo, el cual ya se veía a corta distancia. Kairi estaba nerviosa, el castillo parecía ser un edificio impenetrable de piedra de arquitectura rústica pero exquisita. Un grupo de personas curiosas se acercaron para echar un vistazo al dragón y sus pasajeros. Rómulo y Kairi descendieron rápidamente con el fin de poder estirar sus piernas y enderezar sus espaldas debido al difícil vuelo. Kairi bajó su capucha para que su cabello se secara, aunque el sol estaba escondido detrás de nubes espesas. Los presentes contuvieron el aliento al verla, su intuición les dijo con certidumbre que esa joven no era una joven cualquiera. Algunos de ellos experimentaron miedo, pues sabían que las jóvenes de extrema belleza solían causar muchos problemas…

"Súbditos de Bandah, soy Kairi, del bosque. No tengan miedo… Soy la Princesa de Astra y heredera legítima al trono de Bandah. Tengo en mi poder la Espada Dorada. Regresen a la seguridad de sus hogares, la guerra termina hoy." Estas palabras causaron un revuelo entre los presentes, quienes no vacilaron a arrojarse de rodillas ante ella, mientras echaban miradas de incredulidad a la amarillenta espada en el cinturón de Kairi. Rómulo se quitó la capucha también, mientras que Ahmand regresaba a su forma humana.

"Iremos hacia el castillo en pie. Enfrentaré la milicia abiertamente." Les dijo Kairi.

"Estamos contigo." Rómulo le sonrió. Los tres se apartaron del lugar sin decir más nada, ante los ojos incrédulos de los que estaban allí, quienes regresaron vociferando a todos lo que acababan de ver y escuchar. Una algarabía empezó a recorrer por todas partes, como un enjambre de excitación que envolvía el ambiente. Cada paso que Kairi tomaba para llegar al castillo se le hacía más ligero, como que tenía unas ganas irresistibles de enfrentar el destino y conquistarlo. Ya no habría más incertidumbre, ya no habría más penas para el reino, estaba agradecida de la magia que la puso en la tierra. Leyenda o no, era bueno tener la esperanza de saber que no todo estaba perdido, que cuando la oscuridad se hacía absoluta, la luz la conquistaría. Ella venía a restaurar el balance universal entre el bien y el mal, ambos tenían que vivir en conjunto, no uno a cuestas del otro... Tal vez alguien se cuestionaría porque el bien no podía siempre tener la ventaja, pero ella entendía bien que sin día no había noche.

Unas majestuosas puertas gigantescas, abrían paso directamente a un puente que les tomaría por lo menos más de una hora cruzar, que estaba suspendido sobre un río que rugía ferozmente. Aquel sonido ensordecedor del agua en las piedras le daba escalofríos a Kairi, pensando que ese río era un perfecto método de defensa de primera instancia para el castillo. La entrada principal que se divisaba daba la impresión de ser una boca cavernosa que estaba dispuesta a tragárselos, los centinelas ya les habían divisado y se acercaban a ellos.

"¿Qué negocios traen al castillo de Bandah?"

"Pido audiencia con la Princesa Regente de Bandah." Kairi habló firmemente, ante las miradas imprudentes de los guardias, obviamente no tomando en serio la visita de una adolescente, un viejo y un Amazón.

"¿De donde vienen? ¿Qué quieren?" Inquirió otro guardia impaciente.

"Venimos de muchas partes, ya les dijimos que queremos audiencia con Koren." Ahmand habló siseando, dejando que sus pupilas se encendieran para descubrir su verdadera identidad. Los guardias se armaron listos para la ofensiva al ver al dragón.

"No queremos pelear, cada súbdito del reino tiene el derecho de pedir audiencia con sus reyes." Rómulo les dijo.

"Esta bien, entren al cuartel con nosotros, pediremos permiso con el comandante para pedir audiencia. ¿A quien le digo que estamos presentando?"

"A Kairi, del bosque."

Los guardias caminaron al principio de la pequeña procesión, que causaba intensa curiosidad a los que los veían pasar. Kairi sentía un gran alivio porque no habían habido percances y todo había salido según lo habían planeado, no querían luchar de inmediato. Habían acordado que era mejor entrar al castillo civilmente para evitar casualidades innecesarias. No dejaba de espiar la belleza del castillo, más allá de las oficinas militares, se notaba una gran plaza que vibraba con los pasos de un lado a otro de los que habitaban el lugar. Les dirigieron a un enorme salón donde había unas butacas cómodas incitantes a la espera. Un hombre de buen porte, con muchas medallas militares se les acercó.

"Bienvenidos al castillo real de Bandah, soy el capitán Banam, director de este regimiento. Me han informado que quieren audiencia con La Princesa Regente, como entenderán esto se tiene que hacer como un pedido formal. Las audiencias de hoy ya están pautadas, tendrán que esperar hasta mañana para saber..."

"No esperaremos." Interrumpió Rómulo molesto.

"¿Perdón?" El militar quedó asombrado de la osadía del hombre Amazón.

"Ya me escuchó, no vamos a esperar, hable con quien tenga que hablar y déjele saber a Koren, que queremos audiencia. No venimos en paz." Ahmand se irguió de su butaca con toda la autoridad de su realeza y poder. El militar agarró su lanza de fuego amenazante.

"¡Espere! Señor, si quiere evitar una batalla en la cual va a perder la milicia del castillo, es mejor que vaya a pedir la audiencia. Sino, tomaremos asunto en mano." Kairi le habló con frialdad. Sus ojos delataban su certeza, por lo que el militar, retrocedió viéndose en desventaja ante tres contrincantes volátiles. El hombre se marchó apresurado, en seguida aparecieron más hombres, un grupo de al menos veinte y una hermosa mujer de pelo violeta y ojos intensamente azules. Kairi supo que era una hada por el vaivén delicado de unas alas transparentes que estaban en su espalda.

"Mi nombre es Lenna, les hemos estado esperando. Todos sabemos la situación en que estamos en este momento, por lo que asumimos que su presencia en este lugar es de negociación." Lenna le habló con voz incierta.

"Quiero ver al príncipe, saber que esta bien. También a Ona..." Exigió Kairi de inmediato.

"Koren esta en su oficina, les llevaré de inmediato con ella, síganme." Lenna salió del lugar seguida por los guardias y los visitantes. Kairi sentía su corazón palpitar estrepitosamente, el prospecto de ver a Koren por primera vez le helaba la sangre. Caminaron por la plaza, llamando la atención de todos, pasaron por unos hermosos jardines y de repente estaban en la entrada del palacio. Koren se quedó boquiabierta, ni en sus ensueños hubiese pensado que un lugar tan hermoso existiera. Trataba de mirar en vano cada detalle, era tanto que ver que sus ojos casi no podían defenderse del asalto visual. Llegaron a una exquisita antesala donde el suelo estaba tan pulido que parecía que estaba compuesto de bloques de hielo, sus reflejos parecían estar presentes en otra dimensión que existía bocabajo. Kairi hubiese deseado haber tenido tiempo, o otras razones por estar ahí para poder perderse por los senderos del palacio que espiaba por doquier. Un aire de austeridad congelaba los pasillos y las miradas de la gente con cuales se topaban, un ambiente así solo se lograba construir con el peso del miedo. Lenna le hizo seña para que Kairi entrara sola al despacho, Rómulo y Ahmand hicieron ademán de lucha, pero Kairi les hizo seña de que estaba bien, entraría sola.

Finalmente llegó al interior de una oficina amplia, elegante, donde había estantes llenos de libros, donde una esplendorosa ventana daba una mirada al mundo exterior. En ese lugar tan exquisito fue que Kairi encontró su némesis, Koren estaba tranquilamente sentada en el trono de la reina de Bandah. Un felino de gran tamaño estaba posado sobe el escritorio, mirando a todos con ojos severos, Kairi recordó haber visto animales similares en el reino Amazona. Los ojos de Kairi encontraron los de Koren, una corriente eléctrica le erizó los pelos a todos los cuerpos del castillo, un silencio de ultratumba se apoderó del lugar. Kairi no desviaba la vista, a pesar de que algo en su interior le decía que huyera de ese lugar, las fuerzas negativas que emanaba la mujer en frente suyo, eran unas garras magnéticas de mala intención. Sin embargo, quedó prendada del rostro perfectamente ovalado, del cabello rubio de hebras sedosas, del turquesa inigualable de sus ojos. Si la muerte fuera así de bella no todos la resentirían, pensó Kairi cínicamente.

Koren observó la joven sin emoción. Se dio cuenta que ya no era la mujer más bella del reino, al ver aquel rostro ovalado, los ojos café salpicados de increíbles destellos dorados, le pareció que la muchacha estaba hecha de oro. Tenía buen porte, era alta, delgada y elegante como una princesa debía ser, una guerrera. En sus ojos vio un poco de miedo, pero también vió el valor y la certeza de los que andan buscando justicia. Se fijó en su atuendo proveniente de las Amazonas, excepto por un pedazo de su tunica que denotaba algo más.

"Kai'ri. Es un honor… Te pareces a tu madre." La voz sensual de Koren recorrió la oficina como miel.

"No tuve la fortuna de conocerla, me alegro de que tengamos parecido. No he venido aquí ha hablar del pasado, porque como sabemos no hubo eventos particulares que quiera recordar. ¿Dónde esta el príncipe?"

"Viene de camino." Koren informó serenamente.

"Sabes que esto no es más que una visita tentativa, tu reinado ha acabado. ¿Qué tienes en mente?" Kairi habló sin rodeos.

"Muy sencillo… yo libero a Eligio de su hechizo, si tu le devuelves el alma a Orión."

"¿Quién es Orión."

"Es difícil de explicar… Te diré abiertamente, pues que más da, él es el hombre a quien amo, a quien amé ferozmente… hice todo lo que hice por amor."

"Es la excusa más estúpida que he escuchado en mi vida." Kairi espetó con desdén.

"Puede ser… De todos modos, eso es lo que quiero, que evites que se una a las llamas negras."

"Me sorprende que no me pidas que haga eso por ti." Sugirió Kairi incrédula.

"No soy tan ingenua, sé muy bien que no darías tu vida por la mía… Me imagino que tus fuerzas ya acechan el castillo para tomar posesión de todo. Salva a Orión y me rendiré sin luchar." Algo en la voz de Koren le dio escalofríos, sabía muy bien que sus intenciones no eran claras, que escondía algo. Kairi se concentró en su respiración, en su corazón, con el fin de considerar las opciones. Escuchó en secreto el corazón de Koren, espiando su latir fuerte y decidido. De momento algo le llamó la atención… Un latido pulsaba tranquilo, callado, como si estuviese escondido en algún lugar cercano. Kairi miró a su alrededor buscando el dueño de aquel corazón entristecido, definitivamente no era el gato que la miraba con sospechas… Tenía que ser el corazón de Kalani. La realización la hizo despertar de su trance, agudizar su mente para tratar de rastrear la procedencia del palpitar.

"¿Bueno?" Koren la sorprendió con su voz. Antes de que Kairi tuviese la oportunidad de responder, escucharon unos pasos acercarse a la oficina. Ella se volteó a ver quien llegaba, tan solo para encontrarse con los ojos plateados más abrumadores que jamás pensó existieran. Un muchacho corpulento, de alta estatura, de cabello negro como la noche que le caía en trenzas largas, se acercaba lentamente. Ona estaba a su lado con su cara nublada por algo parecido a la desolación. Kairi abrió su corazón de un estruendo, sabía que ya ninguna persona le afectaría de esa manera por el resto de su vida. Sus ojos se encontraron con los de él como si se hubiesen visto por cientos de años, como si ambos supieran que de ese momento en adelante habían echo un compromiso de amor irrevocable. Bickett revivió, ordenándole a sus piernas que lo llevaran lo más rápido posible en proximidad a ella, se le arrojó encima abrazándola como aquel que abraza un pedazo de madera cuando esta a la deriva en medio del mar. Se fundieron en un apretón lleno de ansias, tratando de decirse en silencio todo lo que con palabras no podían. Sus corazones se cantaban emocionados, secretos de amor y emoción. Kairi se tragaba avariciosamente el dulce olor que desprendía la piel de Bickett, sintiendo su cuerpo firme y tembloroso. Los sollozos amargos de Ona los hicieron volver a la realidad. Ona agarró a Bickett del brazo, sin lograr de que alejara su vista de Kairi.

"Bravo, muy enternecedor. Ahora, Princesa Kai'ri, dime tu respuesta." Koren habló con tono de burla.

"Voy a salvar a Orión." Declaró Kairi.

"¡NO! No lo hagas, prefiero morir." Exclamó Bickett asustando a todos con su explosión.

"Es igual de malo que ella, es una treta. Una vez que lo salves, estarás débil y te echará a la dragona encima." Bickett hablaba agitadamente. Koren se levantó de la butaca y se dirigió fríamente hacia donde Bickett. Alzó su mano para pegarle por su insolencia, estaba a punto de hacer contacto con su rostro, cuando una mano la detuvo. Kairi apretó la mano de Koren con una fuerza espectacular, rompiéndole los dedos al instante.

"Nunca jamás, nunca, le volverás a poner una mano encima." Kairi la miró iracunda, sorprendida de su fuerza, a la vez comprendiendo que el amor le daba la ventaja sobre todas las cosas que le deparara el destino. No tan solo eso, pero en ese instante se percató de un pequeño anillo que estaba en la mano de Koren de donde provenía sin duda alguna el latir del corazón de Kalani. Aquella trasgresión hacia Bickett por parte de Koren le había revelado el escondite mágico donde se encontraba aprisionado el corazón de la dragona esclava. Koren retiró su mano incrédula de la afrenta de Kairi, sanando inmediatamente sus huesos fracturados.

"Te vas a arrepentir..." Le advirtió Koren serenamente.

"Veremos. Por ahora quítale el hechizo a Bickett, quiero verlo salir caminando del castillo, una vez cruce el puente, curaré al tal Orión. Te doy mi palabra..." Koren asintió con la cabeza entendiendo que no había otro modo, la princesa no confiaba en ella, pero ella si confiaba en la princesa. Sabía muy bien que la palabra de la gente con escrúpulos era de fiar. Koren caminó hacia el umbral de la puerta urgiendo a todos que hicieran lo mismo, Kairi observaba su mano buscando la oportunidad de quitarle de algún modo el anillo del dedo. Se encontró en las afueras de la oficina con Ahmand y Rómulo quienes habían esperado con impaciencia.

"¿Qué esta pasando?" Murmuró Rómulo.

"Koren va a liberar a Bickett de su hechizo a cambio de que cure a un hombre, quiero que lo acompañen hasta el final del puente y se lo lleven lejos del castillo, a como de lugar. Puede que luche con ustedes, no importa, lo quiero lejos del alcance de Koren, sino tendrá algo más que usar a su favor. Ahmand, tan pronto pise el fin del puente protégelo de toda magia negra." Kairi susurró sin que los demás le escucharan.

"No podemos dejarte a solas..." Contestó Ahmand disimulando su enfado.

"Tienen que hacerlo, necesito saber que Bickett esta a salvo. Además, ya localicé el corazón de Kalani, solo necesito una oportunidad de atraparlo."

"Dinos donde esta y podremos buscarlo." Insistió Rómulo.

"No. Ya les dije lo que quiero que hagan." Afirmó Kairi. Todos caminaron en conjunto recorriendo el mismo camino por el cual habían llegado. Bickett estaba siendo arrastrado por dos grandes ogros pues luchaba por permanecer al lado de la princesa, le advertía que era una trampa... que lo dejara mejor morir. Le suplicaba a Kairi que tomara el reino de una vez, que se olvidara de salvarlo. Grinda apareció en la plaza y se unió a los dos ogros que arrastraban a Bickett, para hacerlo marcharse.

"Grinda, no dejes que me lleven, le van a hacer daño a la princesa." Suplicaba Bickett mientras luchaba violentamente.

"Tienes que saber si estas libre del hechizo." La ogra trató de razonar con el joven.

"Quiere salvar a Orión, Grinda, no puedo permitirlo." Bickett le respondía con furia.

"Algo tiene que ceder, tienes una oportunidad de salvarte, no seas tan terco." Grinda lo regañaba. Kairi miraba el conjunto alejarse, flanqueado por Ahmand y Rómulo que de vez en cuando se volteaban a mirarla inseguros de seguir sus ordenes.

"Quiero que Ona se vaya también." Kairi se dirigió a Koren.

"Eso no era parte del trato. Además, para que va a querer estar al lado de Eligio, ya hemos visto a quien prefiere. Le van a tocar tus migajas..." Koren se burló de Ona. Todos se quedaron parados por el largo rato que le tomó a Bickett a llegar al otro lado del puente, donde una vez que salieron de este, las puertas se cerraron de un golpe pesado. La última imagen que Kairi vió de Bickett fue su cuerpo erguido en la distancia, caminando a regañadientes, sabía que el hechizo había desaparecido...

Bickett llegó al otro lado del puente, escuchando como las puertas se cerraban, separándolo de una vez de su prisión. Aun pisando la tierra de Bandah su alma no estaba tranquila pues sabía que la princesa estaba sola con Koren. El temor le sofocaba, luchaba con los ogros para que lo soltaran.

"Tenemos que regresar, no podemos dejarla sola, ustedes no conocen a Koren. No importa cuan poderosa sea la princesa, Koren cuenta con la astucia de la maldad." Bickett suplicaba a Ahmand y a Rómulo que regresaran con él al castillo.

"Ella va a estar bien. Además, estaremos pendiente de la señal de ataque, no se va a comprometer por nada. Kairi es una joven muy inteligente." Le explicó Rómulo ablandado por el candor del joven.

"Es que va a hacer que Kalani la ataque."

"Kairi tiene la Espada Dorada, se defenderá con ella, si es necesario destruirá a Kalani." Ahmand trató de aplacar su preocupación.

"Es que acaso soy yo el único que puede ver las intenciones de Koren, si la princesa lucha con Kalani estará debilitada, entonces Koren podrá hacer con ella lo que quiera." Las palabras sonaron como una verdad obvia que estaba frente a ellos escondida. Todos se habían dejado llevar por la complacencia de Koren, por lo fácil que todo había salido, mientras que habían dejado a Kairi desamparada. Por más magia que Kairi tuviese si la atacaba un dragón sería vulnerable por haber utilizado tanta magia, ella no estaba acostumbrada a estar haciendo magia por lo que estaba en desventaja. Rómulo se acordó de los días que Kairi tuvo que reposar para recobrar sus fuerzas después de haber salvado a Zoia en Polaris. Su rostro se nubló precipitosamente… Kairi había caído en una trampa. No sabían con cuanto tiempo contaban para ayudarla. Ahmand trató de volar de inmediato al palacio pero una magia poderosa le impedía su entrada, sabía que podía entrar si lo seguía intentando pero se tomaría tiempo. Por su parte Rómulo y Bickett trataban de empujar las puertas que sellaban la entrada a el puente. Grinda y los ogros miraban sus esfuerzos inútiles sin querer ayudarles.

"¿Por qué no me ayudan?" Bickett le recriminó a Grinda.

"No quiero que regreses al castillo, no quiero que vuelvas a estar en peligro." Grinda le contestó firmemente.

"Madre, necesito tu ayuda." Bickett le suplicó nuevamente.

"Aunque crucemos el puente, la entrada principal al castillo es casi impenetrable." Grinda le informó.

"Tenemos que intentarlo." Grinda gruñó abandonando su determinación de permanecer a un lado. Le indicó a los ogros que le ayudaran a empujar las gruesas puertas. Bickett se quedó asombrado al ver que estos obedecían a Grinda prontamente.

"¿Por qué te obedecen así?"

"Soy la heredera del reino de los ogros, he permanecido fuera de mi reino para criarte, porque eres mi único hijo. Tu tienes poder sobre los ogros, por que algún día serás mi heredero..." Bickett la miró con adulación, sorprendido de que aquella ogra hubiese abandonado todo por criar un príncipe humano, que en tantas ocasiones la había maltratado.

"¡Soy un príncipe ogro!" Exclamó Bickett lleno de alegría. Por más que intentaban abrir las puertas, su peso era demasiado para ellos, por lo que Grinda decidió que necesitarían refuerzos. Empezó a emitir unos rugidos estruendosos que se perdían rápidamente en el viento. En menos de media hora ogros empezaron a surgir de entre los arbustos tras haber escuchado el llamado de Grinda.

Kairi se volteó hacia la plaza para regresar al castillo con Koren, Lenna y Ona. De repente, la figura de una mujer de exquisita piel perlina, disipó a todos los presente en la plaza. No cabía duda de quien era, la dragona Kalani. Todo el mundo corrió fuera del lugar, Lenna se alejó prontamente, mientras que Koren buscó un lugar cercano desde donde apreciar el espectáculo. Kairi se encaró a Kalani espada en mano, recordando las palabras de Ahmand de que siempre tuviese la espada consigo. Kalani llevaba una espada también, lo que le pareció raro pues los dragones podrían vencer un contrincante sin armas algunas.

Kalani inició su ataque con una potente bocanada de fuego, Kairi se cubrió el rostro, más bien por un reflejo que por haber pensado en como defenderse. La Espada Dorada se tragó el fuego con un hálito poderoso que brotó de la nada, causando un remolino de cenizas brillantes, que le quemó el cabello a Kairi. Kalani se quedó momentáneamente sorprendida, pero continuó su ataque con el impulso de las ordenes de su ama. Sus espadas chocaron finalmente disparando chispas por todas partes, el metal chillaba fuertemente, retrillando su falsetto cual penetraba agudamente los oídos. La espada de Kalani no duró mucho antes de partirse en pedazos ante la Espada Dorada, por lo que Kalani tuvo que usar sus brazos para atacar. Las dos se combatían con rapidez, Kairi iba sanando sus heridas según las recibía, al igual que la dragona. La intensidad de su lucha no disminuyó con el pasar de las horas, estaban perdidas en un universo alterno donde la batalla era el único modo de vida. Gotas de sudor bañaban a Kairi quien sentía como su cuerpo adolorido buscaba fuerzas de su alrededor para seguir luchando, se preguntaba cuanto era posible que la dragona aguantara. Se disparaban ataques mágicos a como de lugar, tratando en vano de subyugar a su contrincante. La vista se le empezó a nublar a Kairi, su boca estaba seca, su respirar le salía como bocanadas de vapor que le estaban quemando la garganta. Sus pies estaban perdiendo su ligereza, escuchaba a lo lejos una algarabía, los soldados luchaban con un enemigo a las puertas del castillo... Su mente ya no registraba imágenes, estaba perdida en el bosque encantado que la vio crecer, buscaba a Altea y a Lula para escuchar sus voces, no estaban ahí. Estaba sola enfrentándose a la derrota, su corazón latía con temor, dándole las malas noticias que se estaba quedando sin fuerzas. No podría hacer la tormenta de fuego para iniciar el ataque al castillo, sus piernas temblaban al igual que sus brazos. Dejando escapar un suspiro profundo cayó de rodillas ante Kalani, prefería morir que matar a la dragona esclavizada.

"¡Kalani!" La voz sonora de Koren detuvo el ataque que Kalani había emprendido sin ni siquiera haberse dado cuenta que Kairi se había rendido.

"No la mates." Koren ordenó mientras que Kairi se desmayó en ese instante.

"Encadena a la niña. Tráela hasta el cuarto de Orión." Kalani obedeció casi sin poder moverse, estaba también a punto de perder el conocimiento. Ona se unió a ellas, con ojos rojos de llanto.

"¿Qué piensas hacer ahora?" Ona le reclamó a su madre con repugnancia. No podía creer que en ese momento estuviese viendo a Kairi como si fuese una muñeca de trapo, verla de esa manera le partió el alma, a pesar de que le tenía rencor por haberle quitado el amor de su príncipe.

"Ah, hay gente que es tan predecible... por alguna razón admirable no ha matado a Kalani. Una vez que se perdió en la lucha, se le hizo difícil salir, ahora yo tengo la ventaja. La pondré al lado de Orión, así tan vulnerable como está, su energía se pasará al cuerpo de él..."

"La vas a matar." Acusó Ona desesperada al escuchar las intenciones de Koren.

"Si, se morirá. No le queda mucha energía. Todo regresará a la normalidad y le mandaré pedazos de su cuerpo a todos los reinos que se creyeron que la Princesa Dorada los iba a salvar. Es demasiado joven para controlar su magia, pobrecita." Koren le comentó a Ona con frialdad sin importarle ver el sufrimiento en sus ojos. Ona se le arrojó encima al cuerpo inerte de Kairi para evitar que Kalani la arrastrara hacia el palacio.

"Despierta Kairi, tu eres la Princesa Dorada, salvaste a Bickett, luchaste con un dragón sin morirte... no te dejes ir..." Suplicaba Ona entre lágrimas.

"Kalani, camina." La voz fría de Koren se hizo escuchar. Kalani llevaba a Kairi en brazos mientras lloraba amargamente, no le quedaba ni suficiente poder para dárselo a ella con el fin de que luchara contra Koren y lo que estaba a punto de suceder. Sus piernas le pesaban como rocas gigantes, sin querer perdió el balance y cayó de bruces, por suerte logró proteger a Kairi de la caída. Koren se detuvo molesta al ver que la dragona también estaba sucumbiendo al cansancio, Ona aprovechó la distracción para salir corriendo como un animal de caza al ataque. Koren ni se inmutó por lo que hizo Ona, pensando que la niña estaba reaccionando como una loca a todo lo que estaba sucediendo. Le quitó el cuerpo pesado de Kairi a los brazos protectores de Kalani. Un escalofrío le recorrió el cuerpo, la energía positiva que emanaba de la Princesa Dorada era abrumante, sabía que no tenía mucho tiempo antes de que la chica se recuperara del todo. Caminaba con pasos seguros, estaba tan cerca de salvar a Orión que una sonrisa placentera le iluminaba el rostro. Su amor podría morirse en paz...

Ona corrió lo más rápido que pudo, recorriendo los pasillos como un celaje. Sus piernas parecían flotar sobre el suelo, sus pasos tan ligeros que ni se escuchaban. Cualquiera que se topara a su paso era violentamente sacado de un empujón, tal era su determinación. Las brujas que guardaban la habitación donde estaba su padre la miraron atónitas, como si no creyeran lo que estaban viendo.

"¿Quién eres tu?" Preguntó una bruja desafiante.

"Soy yo, Koren. He querido cambiar mi apariencia un poco, para ver si Orión puede reaccionar." Ona se inventó lo primero que le salió de la boca. Hizo a un lado las brujas, cerrando la puerta tras ella, dejándolas que se resolvieran como pudiesen la intriga que todo aquello estaba causando. Las escuchaba murmurar entre sí preocupadas... Ona se disparó hasta el lado de Orión, asombrada de la pestilencia y lo poco que quedaba de su cuerpo.

"Orión." Su voz dulce hizo al hombre abrir los ojos repentinamente. Ojos verdes apagados que se fijaron en ella.

"Koren." Una débil sonrisa se depositó en sus labios. Ona sintió una enorme pena en su corazón, podía sentir como las llamas negras ya estaban devorando sigilosamente la existencia de su padre, como aquella energía negativa quería chuparse todo a su alrededor. El recuerdo de los momentos compartidos con él le dolió en el alma, más aun cuando sabía que una vez que Orión se uniese a las llamas negras, le esperaba una muerte horrible. Ella también estaba dando un paso más a las llamas negras...

"Eres un hombre malo, no mereces que Kairi se muera por ti, lo siento..."

"Koren..." Orión la miraba con la misma sonrisa amorosa, como si al ver a Ona, se había encontrado otra vez con el buen recuerdo de la Koren que conoció años atrás. Ona agarró una de las almohadas de la cama, sin pensarlo dos veces, se la puso en la cara y apretó con todas sus fuerzas. La lucha por parte de Orión fue débil, un intento frustrado desde el momento en que surgió, lo que le unía a la vida era tan poco que no fue difícil separarlo de ella. Ona sintió que su cuerpo temblaba, un olor extraño recorrió la habitación, la muerte... Escuchó unos gritos aterradores, sintió como su alma se retorcía violentamente, la energía negativa la estaba sofocando. Cayó de bruces al suelo, aterrorizada, unas horribles llamas negras parecían brotar de las paredes. El miedo, el odio, la insidia, pudo sentir todo lo peor de la humanidad, gritaba enloquecida...

Koren escuchó unos gritos escalofriantes provenientes de la habitación de Orión, su corazón empezó a temblar... Corrió con Kairi en brazos, perdiendo toda noción de la realidad. Las brujas que estaban de guardia trataban en vano de abrir la puerta, no lo lograrían, Koren había encantado la puerta para que solo ella pudiese abrirla una vez cerrada por dentro. De inmediato se interpuso ante las brujas, haciéndolas caer al suelo muertas, su furia cegando sus acciones. La puerta se abrió de un golpe, para darle acceso a la horrible escena que se combatía en el interior del lugar. La muerte estaba ahí a dentro, arrasando con el castigo de las llamas negras, al alma podrida de Orión. Ona estaba en un rincón del suelo retorciéndose a gritos, sin poder alguno en contra de la maldad desatada en el aire. Koren dejó caer a Kairi al suelo de un golpe, corriendo hacia el caparazón vacío que una vez fue su amado, inmune a las llamas negras. Ella sabía que algún día se la iban a llevar también...

La presencia de Kairi empezó a radiar su luz, disipando lentamente el terror de las llamas negras. Koren lloraba desconsolada al lado de Orión, sintiendo la inevitabilidad de la derrota, de saber que su alma se había unido a las llamas negras. Su amargura, su odio, la atacaban como dagas en el interior de su cuerpo. Sus ojos se fijaron en la figura de Ona en el suelo.

"Ona, mala hija. ¿Por qué has hecho esto?"

"Kairi no merecía morir por él... Ella es buena." La voz débil de Ona revivió sus labios.

"Eres una tonta, Kairi te ha quitado a tu familia, también a tu príncipe." Koren hablaba mientras se acercaba lentamente a Ona, odio brotándole a sorbos por los ojos.

"Nunca tuve una familia. Bickett tampoco me pertenece...puede escoger su destino..." Ona lloraba amargamente, reconociendo que a ella no le tocaba nada después de todo.

"Tu has escogido el tuyo..." Koren sacó sus garras asesinas, Ona la miró con ojos llorosos porque sabía lo que le esperaba. No le importaba morir, su determinación estuvo fija en su mente desde el momento que vio a Bickett salir del castillo. No había lugar en el mundo para la maldad absoluta, el bien y el mal convivían en el universo, pero de vez en cuando, había que decidirse a luchar por uno, u el otro. Ella no quería un reinado de Koren, donde la muerte, la intimidación y la miseria continuarían afligiendo a los súbditos. Ona quería un mundo nuevo, otra vida. Por lo menos le consolaba saber que Bickett estaría en ese mundo, mereciéndoselo por haber pasado tantos años sufriendo. La sombra de Koren se posó sobre ella lista para atacar, cerró sus ojos esperando el dolor, temblando estremecida...

Kairi estaba débil, pero al darse cuenta de que Koren estaba a punto de matar a Ona, sacó fuerzas del interior de su cuerpo para romper las cadenas de un golpe, de un salto arrojó su cuerpo a Koren logrando que ambas cayeran tumbadas al suelo. Koren trató de electrocutarla de inmediato, Kairi resistió su ataque, concentraba sus fuerzas en defensa mágica, por lo que no le quedaba más remedio que atacar mordiendo a Koren por donde pudiese, o halar su pelo con fuerza hasta arrancarlo de raíz. Kairi pensó que era la única oportunidad que tendría para rescatar el corazón de Kalani, pues Koren era más fuerte que ella y ya pronto el inesperado ataque de Kairi perdería la ventaja. Kairi le propinó unos puños salvajes en el rostro, mientras las garras de Koren se enterraban en el torso de Kairi. El dolor la hacía gritar con furia, pero le daba la motivación de atacar con más agresividad. Koren se sanaba las heridas prontamente al igual que Kairi, pero sus ojos estaban nublados por la sangre que les había salpicado cuando Kairi le rompió boca y nariz. Kairi agarró el musculoso brazo de Koren, recorriéndolo con su mano hasta llegar al lugar exacto donde su mano estaba clavada en su espalda. Con su otro brazo agarraba el pelo de Koren violentamente para jamaquear su cabeza de lado a lado en contra del suelo. Los dedos de Kairi sintieron el metal del anillo que frenéticamente buscaban, su propia sangre hacía su mano resbalar, mientras que Koren enterraba sus garras con todas sus fuerzas en su interior. De un halón Kairi le arrancó el anillo con todo y dedo, y garra, a Koren. Poseía el corazón de Kalani, ahora le pertenecía...

"Kalani, ven, defiéndeme de Koren." Kairi ordenó casi sucumbiendo al increíble dolor que sentía en el cuerpo. Koren se dio cuenta de lo que acababa de suceder por lo que sacó sus garras del torso de Kairi, la sangre empezó a brotar a borbotones por las heridas, Kairi se encogió en posición fetal aguantando firmemente el anillo y protegiéndolo con su cuerpo. Koren le tiraba potentes bolas de fuego que le hacían temblar cada fibra de sus ser, el ataque duró un par de segundos, Kalani se apareció de inmediato a luchar con Koren en mortal duelo. Aun estaba debilitada por su lucha con Kairi, por lo que se le hacía difícil contrarrestar los ataques de Koren, o propinarle uno decisivamente mortal. Kairi se arrastró apresuradamente a donde estaba Ona.

"Ona, gracias por salvarme la vida... Ahora, necesito que me digas si en algún lugar del castillo hay una estatua de la Reina Violeta." Kairi habló a duras penas.

"No creo... aunque en la habitación de Bickett había una estatua de piedra de su madre..." Contestó Ona confundida por la pregunta de Kairi.

"Tienes que llevarme a donde ella..." Kairi le rogó, aunque le quedaban pocas fuerzas. Su rostro estaba pálido, su cuerpo cubierto de pies a cabeza por su sangre. Un estruendo se escuchaba en las afueras del palacio, estaban atacando al castillo. Kairi no sabía quien atacaba, pero estaba segura que no estaba en lo que había planeado, pues no había enviado la señal de ataque a sus refuerzos. Kalani y Koren seguían combatiendo ferozmente, ninguna con la ventaja porque el poder de Kalani estaba mitigado, y el poder de Koren no era suficiente para entregarle un triunfo definitivo. Ona ayudó a Kairi a pararse y poco a poco lograron salir de la habitación, Kairi no podía decirle a Kalani que dejara de pelear ni tan solo un momento por que sino Koren le destruiría. Tampoco podía acercársele lo suficiente para entregarle su corazón, por lo que decidió que su mejor opción sería buscar la estatua de Violeta, confiando en su interior que Kalani aguantaría por un rato más. El camino hacia la torre de la reina era largo, la gente corría desorientada por los pasillos, alguien les informó que los ogros estaban atacando al castillo. Que estaban bajo el mando del Príncipe Bickett y un dragón. Ona les pidió a una brujas que las ayudaran a llegar a la torre de la reina, estas las asistieron un poco asustadas al ver la pinta de Kairi, sugiriendo que era mejor que se fueran al hospital. El caos reinaba por todas partes, la milicia real estaba llevando a cabo un ataque militar eficiente, embistiendo a los ogros con fuerza. La milicia no estaba al tanto en ese momento que estaban todos en el mismo bando...

Bickett luchaba ante los soldados con fuerza, agresivamente fulminando al que se encontrara en su paso. La entrada al castillo se había tomado una eternidad, los ogros y Ahmand después de horas de esfuerzo, habían logrado contrarrestar las fuerzas de la milicia y los gruesos muros de piedra para hacerse paso. La batalla comenzó de inmediato, la milicia de Bandah bien entrenada a defender el castillo de criaturas mágicas. Bickett, Ahmand, Grinda y Rómulo se hacían paso por la batalla poco a poco con la intención de llegar al palacio y encontrar a Kairi. Todos temían lo peor, pues no había señal alguna de Kairi después de tanto tiempo. Bickett sentía su pecho apretado, lleno de temor, lleno de angustia, no podía respirar sin pesar con tan solo pensar que algo malo le hubiese sucedido a la princesa Kairi. Estaba casi a punto de llegar al palacio, era difícil saber a quien atacar en ese momento, la gente corría despavorida buscando salvarse de la muerte en manos de un ogro, o un militar. Se escuchaban detonaciones, que asumió eran las poderosas bolas de fuego de Ahmand liquidando pelotones de soldados de un soplo. Los ogros disfrutaban de la batalla destrozando cada cosa a su paso. Espada en mano Bickett entró al palacio, teniendo que vencer guardia tras guardia, su cuerpo entero le dolía por lo que estaba agradecido de toda la experiencia militar que Grinda le había dado. No sabía a donde ir primero, había recorrido el palacio miles de veces en la oscuridad, sabía que era un laberinto gigante, que escondía a Kairi en algún lugar. De seguro Koren la habría llevado a la torre del rey, al aposento de Orión, nunca había ido a esa parte del palacio, por lo que sentía una extraña incertidumbre. Corrió hacia el interior del palacio, preguntando a quien podía de vez en cuando, alguna dirección que le pudiera llevar a la habitación de Orión. Escuchó un estruendo proveniente de un piso superior, sonaba a fuego... Se dirigió en esa dirección, una lucha indescriptible se estaba llevando a cabo en el interior de ese lugar. Se asomó sigilosamente para observar con cautela lo que se estaba desenvolviendo. La imagen de Kalani recibiendo ataque tras ataque de Koren, le asaltó la vista, la dragona estaba desgastada, luchaba con un hilo de alma. Por primera vez vio la delicadeza de la piel de Kalani, tan blanca y pura como la nieve, ríos virulentos de sangre empañaban la pureza del lienzo. El miedo se reflejaba en sus ojos porque sabía que en su estado de esclava no era inmortal, la muerte estaba esperándola tranquilamente, era tan solo cuestión de que Koren se decidiera a despacharla. Bickett sentía un apretón en el pecho, quería correr a clavarle su espada por la espalda a Koren, sin embargo sus piernas se sentían paralizadas. La odiaba intensamente, pero el terror que le había inculcado por años tenían un extraño poder sobre él. Kalani tiraba bocanadas de fuego casi apagadas, sus garras intentaban atacar en vano pues Koren se defendía con furia.

Bickett agarró su espada con fuerzas, era ahora o nunca, la mujer que lo había torturado por tanto tiempo finalmente sucumbiría ante él. Enfocando sus hombros en la espalda de Koren, en el lugar donde sus hombros se encontraban, ahí fue su espada a dar un golpe acertado. El filo se hundió en la carne con facilidad, un horrible sonido espeso se escuchó en el aire. Koren recibió el zarpazo sin perder el aliento, sabía lo que había pasado pero no estaba dispuesta a rendirse. Su corazón latía con fuerzas, su magia tratando de salvarla a como de lugar, se dejó caer de rodillas, cerrando sus ojos para esperar las llamas negras que vendrían pronto a arrancarla del mundo. Bickett le sacó la espada dejándole una herida sangrante, sin embargo al hacer esto le dio la oportunidad a Koren de curar su herida.

"¡Bickett, entiérrale la espada!" Ordenó Kalani casi quedándose sin aliento. Alzó su arma nuevamente para terminar con Koren, pero ella le disparó una bola de fuego que lo hizo volar por el aire hasta caer inconciente en el suelo. El ataque no fue lo suficientemente fuerte como para matarlo, solo había quedado aturdido temporeramente. Kalani se irguió volviendo a ponerse a la ofensiva, no quería morir en manos de Koren, ni tampoco quería que Bickett lo hiciera. La lucha continuó con esmero, como si la breve interrupción, fuese imaginada.

Kairi estaba perdiendo el conocimiento y arrastraba sus pies, apoyándose de Ona. Entraron finalmente a un apartamento espacioso, aunque extrañamente vacío. Más bien parecía un calabozo que una morada, el lugar era deprimente. Con arduo trabajo, ambas chicas se adentraron a los aposentos que una vez Bickett había ocupado. Kairi miraba todo con tristeza, pensando en las miserables condiciones en que él había vivido por tanto tiempo, lágrimas le empañaban sus ojos cansados.

"Él vivió aquí…" Kairi declaró aquellas palabras con una profunda pena, buscando en su ser una explicación para el trato tan cruel que eran capaz de darle a una persona. Lo habían deprivado de la luz, de la comodidad, del calor… por encima de haberle quitado todo lo demás. Sentía unas ganas de abrazar a Bickett inmensas, no sabía si eso sucedería otra vez, pues por primera vez estaba dudando de si sería capaz rescatar el reino. Ona la dirigió hacia un lugar tan lúgubre que parecía un pesebre abandonado, una cama sencilla estaba en una esquina, cerca de una mesita de noche que tenía unos libros abiertos sobre ella. En otra esquina había un camastro de paja que Kairi supo de inmediato tenía que ser un lugar ocupado por un ogro. Sus ojos se dirigieron sin perder más tiempo a la estatua de piedra que estaba junto a la ventana, una escultura de la Reina Violeta sentada, mirando hacia delante sorprendida, como si una palabra se le hubiese congelado en los labios. Kairi corrió hacia ella usando casi todas las fuerzas que le quedaban, tocando la mano de la soberana sentada, pronunció las palabras que romperían el hechizo. Un remolino de viento místico sopló apresurado alrededor de la estatua, levantando consigo el polvo de la piedra hasta que no quedó más nada de él. Lo que quedaba era el cuerpo de carne y hueso de la Reina Violeta. La mujer dió un respiro agitado, recibiendo el aire después de tantos años de suspensión mágica en el olvido. Trató de dar un paso, sus piernas le fallaron y cayó de bruces en el suelo. El castillo tembló. La manos de la reina se abrieron, acariciando las piedras del piso, recibiendo la energía de la magia en el edificio. Kairi la miraba en un trance, Ona se había desmayado del susto. Kairi pensó que la mujer era increíblemente bella, su piel morena le recordaba las castañas claras de primavera, mientras que sus ojos plateados le recordaban a su príncipe… Su mente se dirigió a Kalani.

"Kalani, ¿Qué esta sucediendo?" Kairi preguntó.

"Ama, estoy muy débil, creo que voy a morir… Bickett esta aquí, tiene que regresar porque estoy segura que Koren lo matará cuando acabe conmigo." La voz angustiada de Kalani le golpeaba la mente.

"No te preocupes Kalani, tenemos ayuda…" Kairi sonrió como si estuviese segura que su sonrisa le había llegado a Kalani, de hecho si le llegó, pues la esperanza revivió en la dragona quien luchó con más animo.

"Su majestad… Bickett esta en peligro, esta en la torre del rey… en una habitación casi en el medio de ella… Koren batalla con Kalani, quien ahora es mi esclava, tengo su corazón…" Kairi hablaba a punto de perder el conocimiento.

"Pregúntale a Kalani en cual habitación están…" Violeta ordenó con urgencia.

"Kalani…Precisamente…¿En qué habitación estas?" Kairi se concentró con fuerzas.

"Estamos en la vieja habitación del Rey Papo, tienes que apresurarte…" La voz de Kalani habló con claridad.

"Están en la vieja habitación del Rey Papo…" Kairi cerró los ojos, cayendo al suelo como una liviana hoja de otoño. Escuchaba el trino de las aves en el bosque, el canto del riachuelo acariciando las rocas, el sonido del viento escudriñándose entre las ramas de los árboles…

"Koren…" Una voz melodiosa se apoderó de la habitación con tan solo pronunciar ese nombre. Koren se quedó paralizada al escuchar su nombre, teniendo que buscar en el lugar más oscuro de sus recuerdos a quien le pertenecía aquella voz tan hermosa.

"Por tantos años tuve que ver como maltratabas a mi hijo, lo vi deshecho, llorando a solas en la oscuridad, clamando la muerte misma… Hubiese preferido estar muerta a tener que presenciar que ni siquiera le dieras migajas de humanidad." Violeta habló fríamente. Koren se volteó para mirarla desafiante, tratando de figurarse de donde había salido.

"Su majestad…" La voz débil de Kalani logró decir afectada de emoción, sus ojos no podían creer lo que estaba viendo, pensó que tal vez ya la locura había descendido sobre ella por luchar tan arduamente.

"No se ni que hacer contigo Koren, ni el fuego negro es suficiente castigo para ti, sin embargo, cada minuto que existes es una afrenta a la vida. Quiero hacerte sufrir, hacer que sientas el desprecio, el deseo de estar junto a los que amas, tenerlos cerca sin poder tocarlos..." La reina se acercaba a Koren, quien permanecía callada. Inesperadamente, saltó por el aire y llegó justo al lugar donde estaba Bickett tirado. Una garra afilada brotó de su dedo índice, la cual colocó en el cuello del príncipe indefenso. Violeta detuvo su marcha, sintiendo como su corazón se apretaba al ver su hijo tan vulnerable, una vez más cerca de la muerte...

"Si querías tanto a tu hijo, lo primero que debiste haber hecho es irte a su lado, no estar pensando en que hacer conmigo. Eres tan estúpida como la otra chica, o como Kalani Todos sus sentimientos de nobleza, de justicia, siempre fabulan en contra de ustedes. Si alguna da un paso le cortaré la cabeza..." La amenaza de Koren se hizo real cuando unas gotas de sangre relucieron a la luz bajo la garra amenazante de Koren. Un silencio cayó en la habitación cada cual introvertida en sus cavilaciones, pesando apropiadamente sus acciones y como proceder. Kalani se desplomó al suelo incapaz de seguir de pie, miraba con ojos llorosos la escena frente a ella, el príncipe a quien había tratado de proteger por tantos años estaba al borde la muerte. Esta vez más cerca que nunca.

"¿Cómo te atreves?" La reina habló fríamente. Koren sintió como una poderosa descarga eléctrica le corrió por el cuerpo, de una forma tan intensa y violenta, que le explotó los ojos y los oídos. Intentaba contrarrestar el ataque, era en vano, sentía como si el castillo completo la estuviese quemando viva. Una vez más una nueva descarga se apoderó de ella, su boca se llenó del sabor metálico de la sangre, su cuerpo le dolía tanto que su mente erráticamente trataba de funcionar. Una horrible sensación de miedo le estaba entrando al cuerpo, una desesperación miserable le ahogaba el pecho, estaba experimentando un vértigo abominable. Un gran vacío se abría ante ella, formado de unas llamas negras que traían consigo la pestilencia de la inmundicia, del odio, de la maldad. Miraba aquel abismo aterrorizada de perderse en él, su corazón latía con fuerzas agarrándose a la vida para no caer en aquel horrible infierno. En un momento de lucidez miró los ojos plateados de Violeta, ojos que una vez la habían mirado con ternura, vio los ojos apagados de Kalani, que una vez la habían mirado con desprecio. Todo acababa allí. Con un gesto de su mano le enterró la garra en el cuello de Bickett, no le daría la satisfacción a Violeta de ver a su hijo vivo... La oscuridad la rodeó, gritaba sintiendo como era atacada por el veneno de la muerte, ni un momento de alegría vino a socorrerla, escuchaba gritos escalofriantes que tal vez eran los suyos... Empezó a suplicar por su alma, rogaba que la salvaran... Ya era muy tarde...

Violeta corrió al lado de su hijo, viéndolo sangrar profusamente, al haber sido herido de muerte.

"Eligio, hijo, despierta, aférrate a la vida por favor..." La reina lloraba desesperada mientras trataba en vano de salvarle la vida a su hijo. Algunas veces ni siquiera la magia más poderosa del mundo era capaz de vencer la muerte, de hecho, ningún mortal era más poderoso que la muerte. Kalani empezó a llorar amargamente, había amado al joven como a nadie más en el mundo, se sentía culpable por haber sobrevivido en vez de él.

El sonido metálico de una espada cayendo al suelo hizo que Violeta y Kalani brincaran del susto. Kairi estaba en el umbral de la puerta, pálida, demacrada, casi muerta. Al ver a Bickett muerto en el piso en brazos de su madre, se le cayó el alma al suelo. Jamás pensó que presenciaría lo más triste que nunca se atrevió a imaginar... Se arrodilló al lado de Bickett, a mirar su rostro tranquilo, había muerto en una placentera inconsciencia. Le acarició la mano, pues su madre lo apretaba sollozando amargamente. Recordó haberlo amado desde siempre, cuando lo sintió cerca fue una revelación de los misterios de la vida. No podía aceptar que estuviese muerto... Lo reclamaría. La determinación se le puso en la mente como aquel que finalmente se encuentra cara a cara con su destino, su destino no era salvar un reino, era salvar un príncipe... eso haría. Empujó a la reina Violeta con todas sus fuerzas, arrojándola cerca de donde estaba Kalani postrada. Antes de que la reina pudiese incorporarse nuevamente, Kairi dibujó un circulo de sangre lo más rápido que pudo alrededor de ella y Bickett. Cerró sus ojos y se concentro en el fuego negro, en el dolor de la muerte, en el dolor de la vida... Las llamas negras se encendieron feroces, codiciando la energía que siempre querían tragarse. Altea le había advertido que no tocara las llamas negras, pero las tocó. Su mano sintió una ligereza inexplicable, sintió que nada existía, ella no existía, era un sentir placentero… casi ni se acordaba de quien era, ni que estaba haciendo, ni donde estaba… Su cuerpo parecía una luminosa esfera tan hermosa y vibrante, que ella solamente quería disiparse en aquella dimensión tan quimérica. Soy Kairi, del bosque. Soy la princesa de Astra. Soy La Princesa Dorada. Soy Kairi. Con estas palabras comenzó a ver su cuerpo más definido, su mente aclarándose…

"¡Bickett! ¡Bickett!" Empezó a gritar despavorida.

"Kairi, ¿Qué haces aquí?" Bickett se acercó a ella sin causar el magnetismo que hubo entre ellos antes.

"Abrázame fuerte, no me dejes ir." Le suplicó ella, amándolo a pesar de que se suponía que en aquel lugar no se sintiese nada.

"Kairi, tienes que regresar… creo que estoy muerto… no siento nada…" Comentó Bickett calmado.

"Sí, estas muerto. Yo estoy casi muerta, por eso estoy aquí. No regreso sin tí, sino seguimos adelante…"

"¿Podemos seguir juntos como estamos?"

"No se que hay más allá, es posible que no sepamos que somos, o quien. Solo hay un lugar, una existencia en la que somos, debemos aprovecharla."

"No siento nada aquí, no siento penas, no siento dolor…"

"La vida esta llena de sufrimientos, de injusticia, no puedo asegurarte que no lo seguirá siendo. Lo que si sé, es que nunca se debe de dejar atrás la oportunidad de vivir, es lo más preciado que tenemos. Abrázame por favor, vive por mí…" Kairi le abrió los brazos sintiendo como la energía positiva de la vida la halaba hacia ella, sabía que si Bickett no la abrazaba pronto, habría perdido la oportunidad de regresar a la vida. Bickett le sonrío negándose con su cabeza, la vida no le atraía tanto… Kairi comenzó a llorar, para el asombro de ambos, pues en aquel lugar no existía el sentir. Bickett corrió hacia ella, arropándola con sus brazos…

"Verte sufrir es lo peor del universo…" Una luz incandescente los arropó por completo, haciendo sus cuerpos revolverse con fuerza, de momento, un intenso dolor les inundó sus cuerpos… estaban vivos.

Capítulo 9: Siempre escoge a la vida

Kairi regresó a la vida tragando un aliento ahogado, estaba sudada, las llamas negras habían desaparecido por completo. Se volteó hacia el cuerpo inerte de Bickett, posando su cabeza en su pecho... El ritmo de su corazón cantaba silenciosamente, su canción tenue luchaba por encender las chispas de su alma.

"Kalani acércate, dale de tu sangre a beber." Ordenó Kairi con urgencia, la dragona se arrastró en seguida atónita de lo que estaba viendo. La reina corrió para ayudar a Kalani, llevándola cerca del cuerpo de Bickett, donde le arrancaron parte de un dedo a Kalani para que la sangre fluyera libremente a los labios del joven. La reina comenzó a sanar la herida del cuello de Bickett, casi sin poder ver lo que hacía por el fluir de su copioso llanto. Bickett inspiró con fuerzas de un sopetón, abriendo sus ojos plateados de una vez. La Reina Violeta se le arrojo encima para abrazarlo desesperadamente, sin poder creer que estaba vivo. Los ojos plateados de madre e hijo se encontraron finalmente, diciéndose todo y nada, pues la emoción era muy grande como para poder hablar. Kairi se alejó de ellos, acostándose cerca de Kalani en el suelo, ninguna de las dos podía moverse. Kairi extendió la mano en que llevaba el anillo que le había arrancado de la mano a Koren, un pedazo de dedo todavía permanecía con él. Se lo puso encima del pecho de Kalani, donde abrió su mano. Escuchaba como el corazón de Kalani empezaba a latir ferozmente, revivido estando en proximidad del cuerpo al cual pertenecía. Un estallido aterrador surgió del anillo, causando un remolino de fuego del cual a penas Kairi podía salvarse. La reina al darse cuenta de aquello, protegía el cuerpo de Bickett y el suyo. Kalani se sentó al ver como un hueco se le abría en su pecho, del cual salían unas llamas intensas, algunas de las cuales parecían tentáculos que acariciaban al corazón latente. Las llamas guiaron el corazón a su lugar, el pecho se lo tragó avariciosamente, cerrándose de una vez para contener el poder adentro.

"Estoy libre." Kalani acarició las palabras en su boca, llena de alegría. Kairi sonrió débilmente.

"Kalani, debes hacer una tormenta de fuego... es la señal para mi ejército..." Diciendo estas palabras Kairi se desmayó.

"¿Esa niña es…?" La Reina Violeta se quedó boquiabierta observando a Kairi, comprendiendo que un ser tan mágico solo podía tener una identidad…

"La Princesa Dorada…" Kalani sonrió mientras se recostaba al lado de la joven. Estaba exhausta, aunque disfrutando del eco de los latidos de su corazón en su pecho. Bickett se levantó lentamente del suelo, su madre incapaz de dejar de mirarlo, tocarlo.

"Madre…" Bickett se le arrojó encima a Violeta llorando amargamente, tantas veces soñó con poder hacerlo que en ese momento, aprovechaba perderse en el seno materno. Kalani se irguió, yendo a la ventana cercana, con una bola de fuego hizo el cristal desparecerse en diminutos pedazos de ceniza. Alzó sus manos al firmamento y desató un torbellino de fuego, que encendió el firmamento de colores rojizos. Nubes de cenizas se formaban revoltosas, chocando estruendosamente, dejando escapar chispas y relámpagos que descendían como látigos en la tierra. En un abrir y cerrar de ojos, en medio de la tempestad infernal se vieron las alas poderosas de miles de dragones que descendían en Bandah. Cada mortal estaba seguro de que el fin del mundo había llegado… Violeta se levantó del suelo, dejando a Bickett sentado, mientras ella miraba hacia el exterior. Se concentró lo más que pudo haciendo aparecer el cetro de Bandah en su mano, salio de la habitación con prisa, volando ágilmente por los pasillos hasta llegar a la plaza del castillo. El lugar era un hostil campo de batalla, la milicia real trataba de luchar con valentía, a pesar de que los ogros seguían llegando. Violeta golpeó el cetro levemente en la tierra, haciéndola temblar súbitamente, logrando que todos cayeran sin balance al suelo.

"La guerra ha terminado… Soy Violeta, Reina de Bandah, enviada de su majestad Kai'ri de Astra, La Princesa Dorada. Suelten sus armas." Una a una se escuchaba el metal de un arma caer al suelo, un soldado se sentaba en el suelo rendido, algún ogro se dejaba caer sin fuerzas… el alivio del fin de la batalla cayó sobre todos como un aire refrescante. Los dragones del firmamento, descendieron para tomar sus formas humanas y ver que había sucedido. Las brujas volaban con prisa adentrándose en la plaza listas para luchar, al igual que las ninfas y Amazonas.

"Saludos, Reina de Bandah. Soy Ahmand, rey de los dragones, la señal de guerra se ha dado, ¿Dónde esta Kairi?"

"Su majestad, La Princesa se encuentra en el interior del palacio. Esta muy débil, debemos auxiliarla. He venido a acabar la guerra, que se corra la voz en el reino de las noticias. Venga conmigo." La reina se volteó para guiar a Ahmand hacia el palacio. En unos segundos ya estaban en proximidad a la habitación.

Ahmand vio que Kairi yacía como si estuviese en un sueño profundo, estaba escandalizado por su apariencia. Kairi estaba en harapos, cubierta de sangre, con su cabello medio tostado, pudo imaginarse que clase de batallas tuvo que luchar para quedar ene se estado. Se arrodilló a su lado, escuchando con alivio el corazón alegre de la chica, se mordió un dedo haciéndolo sangrar para dejar unas gotas caer en los labios de Kairi.

"¡Ahmand!" Exclamó Kairi con alegría al abrir los ojos.

"Cálmate, todavía estas débil. Veo que lograste todo lo que te habías propuesto, desafortunadamente Rómulo y yo hemos hecho un desastre del castillo." Ahmand sonreía enternecido de ver a Kairi contenta. La abrazó fuertemente, soltando lágrimas de amor y euforia, dándose cuenta de que si ella hubiese muerto hubiese sufrido por siglos.

"Kairi, en verdad eres algo. Ahora, debes descansar..." Diciendo estas palabras Ahmand posó su dedo en la frente de Kairi y la sumió en un sueño profundo.

"Debemos llevarla a descansar." Comentó Ahmand tomando el cuerpo de Kairi en brazos.

"Ningún lugar en este castillo es digno de ella." Violeta respondió mientras ayudaba a su hijo a caminar.

"Haremos campamento en las afueras del castillo." Ahmand declaró mientras se alejaba. Kalani no estaba segura de que hacerse consigo, siempre había seguido ordenes, había estado cerca de Koren. La reina se dió cuenta de su vacilar.

"Kalani, eres libre puedes hacer lo que quieras..." Kalani respondió encogiéndose de hombros, siguiendo a Ahmand de cerca, sin perderlo de vista.

La noticia de que la guerra había terminado recorrió el reino como una llamarada que se tragaba todo a su paso. La gente jubilosa salía a las calles a celebrar las nuevas fuerzas que restablecerían la paz. En el castillo de Bandah el arduo proceso de enjuiciar a los malvados había comenzado. Ahmand y Violeta asumieron el cargo de ajustar cuentas, pues Kairi aun permanecía en un estado de inconsciencia recuperándose de su odisea. Algunos fueron condenados a muerte, otros relegados de sus puestos, otros comandados a otros, otros sentenciados al calabozo. La Reina Violeta ni parpadeó cuando le tocó sentenciar a Lenna, se acercó a ella haciéndola voltear y con un fuerte halón le arrancó sus halas mágicas delegándola a la mortalidad sin magia. Lenna gritó amargamente, arrepentida de haberle servido a Koren. Acto seguido la Reina la envío al destierro, donde un hada sin alas era desgraciada hasta el fin de sus días. Mendigaría la tierra como una paria, hasta que la muerte le tuviese piedad. Lenna no sabía como aceptar ese prospecto, arrastrando sus pies pesados de vergüenza, salió del castillo de Bandah bajo las miradas de odio de los que la veían pasar. Una vez llegó al puente que la llevaría al mundo más allá del palacio se arrojó al vacío, cayendo en el salvaje río que colindaba el castillo. El gato de Koren fue enviado a la Amazonia, para que las mujeres hicieran justicia con él como creyesen necesario. Se decretó oficialmente que aquellos que habían ayudado a destruir el reino de Bandah, tendrían la obligación de reconstruirlo. La milicia se convertiría en el cuerpo de ingenieros que edificaría nuevamente el reino. No tan solo eso, pero estaría para ayudar a los pueblos a recobrar todo lo que habían perdido en la guerra; incluyendo sembradíos, dinero y armas. El Palacio Real de Bandah se selló de una vez, nadie podría habitarlo ni visitarlo desde ese momento. El palacio adyacente que fue una vez de las embajadas se convertiría en vivienda de los que estaban en el palacio tratando de gobernar. Se daría la orden oficial a su debido tiempo de que se destruyera el Palacio Real, una ardua tarea que solo los ogros y los dragones podrían llevar a cabo.

Bickett le rogó a la reina que lo dejara entrar al bosque mágico por tan solo una vez más, pues había algo que tenía que sacar de allí antes que demolieran todo. Todos se llevaron una gran sorpresa cuando Bickett salió del palacio acompañado por un hermoso niñito de unos dos años. Ona reconoció a su hermano de inmediato corriendo hacia él para abrazarlo y besarlo, incrédula de que estaba vivo. Sintió rabia al comprender que Bickett le había mentido por tanto tiempo; sí había sabido donde estaba su hermano y de hecho él lo había encantado. La Reina se acercó al niñito sorprendida por su parecido a Orión, deduciendo de inmediato que el chico tenía que ser hijo de este.

"A ver, ¿Cómo te llamas?"

"Me llamo Ander." El chiquillo comenzó a llorar asustado.

"¿Dónde estabas?" Le preguntó la reina cariñosamente, haciéndolo relajarse.

"Estaba en un árbol, Bickett me puso ahí." Ander señaló a Bickett con miedo.

"Ha sido algo muy mal de su parte, yo se lo que es estar atrapado dentro de un objeto mágico, yo era de piedra..." Comentó la reina despertando la curiosidad del niñito, quien la observaba con intensos ojos verdes.

"¿De piedra? ¿Y a ti quien te puso ahí?" Ander preguntó.

"Una bruja ... Lo que importa es que ya estamos libres. Es más, de ahora en adelante si tu quieres yo te puedo cuidar." Ofreció la reina abrazando tiernamente al niño.

"¡Madre! ¡No puedes hacer eso! Es el hijo de Koren..." Bickett le reclamó airado.

"No tiene la culpa, no tiene a nadie en este mundo. Ni él, ni su hermana." Bickett se tragó la rabia al ver la determinación en los ojos de su madre.

"Todos nos iremos del castillo. Le daré mi resignación a Kai'ri tan pronto como pueda. Si todavía tenemos familia en Ture, nos darán ayuda." La reina le indicó sus planes a Bickett, quien los aceptó callado. El prospecto de nunca más ver el castillo le apetecía, lo único que le daba conflicto era Kairi...

Kairi abrió sus ojos lentamente, dejando que la luz del día registrara las imágenes irreconocibles en su mente. No sabía donde estaba, pero era un lugar lleno de opulencia. Su cama parecía una nube acojinada en la cual su túnica de seda se perdía como liquido blanco. La habitación era gigantesca, una hermosa ventana le daba la vista a un día claro y vibrante. En una esquina había un escritorio, una butaca y un florero lleno de hermosas rosas azules. Recorrió su vista por el lugar tratando de buscar algo familiar, una sonrisa se le plasmó en el rostro al ver a Rómulo placenteramente dormido en una acojinada butaca al pie de su cama.

"¡Rómulo¡" Kairi gritó traviesamente haciendo que el hombre se sobresaltara asustado.

"¡Kairi!" Su amigo corrió hacia ella para darle un fuerte abrazo, contento de verla resplandeciente.

"Llevas semanas durmiendo, Ahmand pensó que era mejor mientras sanabas tu cuerpo para que no sintieras dolor."

"¿Semanas? ¿En serio?"

"No, estoy bromeando... Llevas una nada más." Rómulo soltó unas carcajadas burlescas. Sus voces atrajeron la presencia de Kalani, quien se asomaba tímidamente, mirando a Rómulo de reojo. La primera vez que se habían encontrado de frente Rómulo le había caído a golpes a la dragona quien no por voluntad propia había matado a su mujer y a su hermano. Kalani se dejó golpear sumisamente para que Rómulo se sintiera vindicado, logrando establecer una extraña paz entre ellos. Unas brujas también se les unieron, otras salieron corriendo a dar la noticia de que Kairi estaba despierta.

"¿Puedo pasar?" Kalani preguntó con timidez.

"Por supuesto."

"Solo quería agradecerte lo que hiciste por mí... Soy testigo de cuanto luchaste y sufriste... Pudiste haberme matado y sin embargo decidiste salvarme." Unas lágrimas le rodaban a Kalani por su rostro de mármol.

"No hay lugar en mi mundo para la esclavitud, de cualquier manera que se presente." En ese momento Ahmand entró a la habitación con una enorme sonrisa, acercándose a Kairi para besar su frente.

"Ah, La Princesa Dorada, la leyenda..." Kairi dejó escapar unas risitas avergonzadas al escuchar aquello.

"La reconstrucción del reino y el restablecimiento de la justicia va viento en popa. Ya está casi todo en orden para que empieces a tomar riendas." Ahmand le comentó lleno de orgullo.

"¿Tomar riendas? ¿Pero y Violeta?... Ella es la Reina de Bandah." La confusión estaba aturdiendo a Kairi, parecía que le estaban echando demasiada información encima. No se esperaba en realidad que tendría que tomar riendas del reino en ningún momento.

"Kairi, tu eres la verdadera monarca de todos los reinos. Regirás como Princesa Regente con la ayuda del gabinete que escojas y cuando entres en edad pasarás a ser reina. Tu sangre tiene que correr por el reino, tienes que restablecer la magia positiva a este mundo." Ahmand le explicó.

"No entiendo. ¿Dónde esta Violeta?"

"Ella ha partido, hemos puesto el reino en orden como pudimos. Queda mucho trabajo por hacer, pero ella ha sido excelente ayuda encaminando todo en la dirección correcta..."

"¿Y Bickett?" Un nudo se le formó en la garganta a Kairi.

"También ha partido... Violeta se ha marchado a Ture con él y los hijos de Koren. Tiene un modesto palacio en las afueras del desierto. Ha dejado atrás su corona y quiere vivir como un súbdito cualquiera. Obvio, le hemos estipulado una cantidad mensual que la mantendrá cómoda por el resto de su vida, no le faltará nada."

"¿Hijos de Koren? ¿Plural?" Fue lo único que Kairi pudo decir.

"Ona y Ander, el niño aparentemente había sido encantado por Bickett; quien lo había atrapado en un árbol en el bosque de la torre... La reina decidió adoptarlo... Lo criará al igual que a su hermana." Un pesar descendió sobre Kairi, no había podido despedirse de Bickett. Tal vez lo había perdido para siempre, ella era ahora una pertenencia del reino. Sería capaz también, que él se diera cuenta que Ona era su destino después del todo...

"Su majestad, yo quisiera permanecer en su corte." Comentó Kalani llena de dudas, no sabía si Kairi la repudiaría por haber matado a sus padres.

"Sí. Tengo planes para ti..."

Esa tarde se envió un cuerpo de ingenieros hacia Astra con el fin de empezar la tarea de reconstruir el castillo de Astra en su totalidad. Kairi quería que lo dejaran idéntico a como estaba el último día en que sus padres lo habían habitado. Les había indicado a todos que nuevamente el reino de Astra volvería a ser uno independiente.

Enviados de todos los virreinatos llegaban a diario a dar su apoyo y sus felicitaciones a la nueva monarca de Bandah. A pesar de todo lo que hacia, un vacío existía en su ser, lo único que recordaba era aquel abrazo fuerte que le había dado a Bickett. Recordaba claramente la manera en que se había sentido en sus brazos.

Día tras días las sesiones legislativas eran desgastantes, sin la ayuda de Ahmand se le hubiese hecho imposible asumir cargo del reino. Estudiaba sin cesar en la biblioteca real tratando de en unas semanas tragarse la información que durante años se aprendía. A veces lloraba frustrada, odiando el prospecto de ser reina y pensaba sin cesar a quien entregarle el trono. La vida en la corte y en la legislación eran abrumantes, se había que tomar demasiadas decisiones importantes que afectarían a muchos. El tiempo volaba pues siempre había algo más que hacer. Kairi comprendió la relación agridulce que llevan los humanos con el tiempo. El resentimiento ante su despiadado poder y su increíble impotencia cuando se le escapaba...

Capítulo 10: Nupcias y coronación

La restauración del castillo de Astra se tomó dos años eternos, pero cuando Kairi llegó a él se encontró con el edificio más bello que había visto en su vida. Rómulo y Kalani la acompañaron, ambos dando fé de que una copia exacta se posaba donde el original había estado. Desde ese momento en adelante Kairi declaró que reinaría desde Astra, dejando el castillo de Bandah abandonado (salvo por los espectros del pasado ó por los que esperaban los nuevos reyes de Bandah). Kairi se dedicó a pasar tardes enteras en la biblioteca del castillo de Astra, la cual le abría todos sus secretos después de haber estado enterrada bajo ruinas por tantos años. Con la calma de la paz llegó el desconcierto de pensar, pues su pensamiento siempre volvía a Bickett. No había sabido más de él. Había enviado carta tras carta a Ture tratando de buscar información, todo fue en vano. Nunca hubo respuesta de su parte.

Violeta le escribía de vez en cuando, contándole como por mucho tiempo Bickett estuvo encerrado dentro de si, luchando con los demonios de su pasado. El príncipe pasaba de la felicidad a la pena erráticamente, indeciso de cual aceptar finalmente. A pesar de todas las invitaciones de Kairi para que Violeta y su familia visitaran Bandah, la negativa era rotunda. Ninguno quería empañar la tranquilidad de sus vidas con recuerdos tristes. Una vez que estaba establecida en Astra, Kairi nuevamente les extendió la invitación cuando la reina Violeta le informó que Bickett había desaparecido repentinamente, por lo que no tenía animo de visitar. Aquella misiva tan vaga dejó a Kairi enloquecida, no podía entender como Violeta le decía tan casualmente que Bickett se había marchado.

Su fama de buena monarca se extendía por toda la tierra, la gente prosperaba atesorando la paz con recelo. Sus días se pasaban de audiencia en audiencia, entrenamientos reales, lecturas, decisiones importantes... Se sentía muy sola, en las noches volaba al bosque mágico que la vió crecer para sentarse junto a un árbol a platicar de las ocurrencias del bosque. Escuchaba atentamente los cuentos de las hadas, no fuese que por casualidad mencionaran a un príncipe perdido que necesitaba quien lo rescatara. Regresaba al palacio inquieta... cada pensamiento, cada suspiro le pertenecía a Bickett. Lo había convencido de regresara con ella al mundo de los vivos, por ello no entendía su ausencia... ¿Sería posible de que Bickett estuviese arrepentido de no haber muerto aquel día? ¿La culparía a ella de haberlo obligado a vivir? Las preguntas, las dudas, le quemaban el pecho. Si tan solo pudiese hablar con él. La soledad le caía encima a golpes en esos instantes en que se sentía tan vulnerable. Ahmand había regresado a su reino. La despedida había sido dolorosa aunque se prometieron verse seguido. Rómulo se había convertido en el máximo general de las fuerzas de Bandah y Astra por lo que casi no lo veía. Rómulo tenía que reestructurar el ejercito y purgarlo de lo que Orión había instituido en él. Kalani ayudaba a Kairi en todo lo que podía aunque se mantenía aislada, extrañaba a Bickett, a Grinda y a Ona. Tal vez un poco más que Kairi...

"Estas pensativa." La voz imponente de Rómulo asaltó el silencio de la oficina de Kairi.

"No hay mucho en que pensar... Mis días están pautados. ¿No te parece injusto que una muchacha sea líder de tan semejante reino?"

"Hasta ahora has hecho bien tu trabajo. Lo que sí veo es que estas muy seria todo el tiempo. ¿Es por el muchacho no?" Kairi bajó la vista, no podía esconderle la verdad a su único amigo cercano.

"Hace dos años que no tengo ni palabra de él... Honestamente pensé que... supuse..."

"Kairi, Eligio vivió muchas cosas intensas, no se por qué se ha alejado de ti pero tiene que tener sus razones. Creo que debes de olvidarte de él y seguir adelante con tu vida. Lo que pasó en aquel entonces fueron sucesos extraordinarios... Es posible que todos sentimos demasiado porque estábamos expuestos de una manera formidable..."

"Como si fuese tan fácil... Tu tampoco te has casado nuevamente." Kairi le recordó.

"He estado ocupado, su majestad." Rómulo respondió de forma jocosa.

"¿Te gustaría ser rey?" La pregunta brotó de los labios de Kairi de la nada.

"¿Rey? ¿De qué estas hablando?" Rómulo preguntó escandalizado.

"No, tonto. No casándote conmigo, sino de Bandah." Explicó ella.

"¿Has perdido la cabeza?"

"No, en serio. El trono de Bandah esta vacío, yo necesito un aliado fuerte que establezca su línea. Ya ha venido una procesión interminable de nobles cortejando sus prospectos al trono... Yo necesito a alguien que tenga toda mi confianza. Estamos en tiempos de paz y estas desperdiciando tus talentos en el ejército..."

"Kairi, yo no se que decir... estas loca." Exclamó Rómulo sin poder creer lo que escuchaba.

"Se te haría más fácil encontrar una esposa." Sonrió Kairi.

"Dime que estas bromeando, además, tendrías que tu ayudarme a escoger la reina." Continuó Rómulo bromeando.

"Es una orden." Declaró Kairi seriamente. Rómulo la miró fijamente a los ojos reconociendo que sería definitivamente el nuevo rey de Bandah.

"Su majestad." Kairi añadió guiñando su ojo. Fue así, de ese modo tan sencillo, que el nuevo rey de Bandah fue escogido para la sorpresa de todos y el desaire de algunos.

La coronación de Rómulo se había pautado para llevarse a cabo dentro de unos dos meses mientras se organizaba una ceremonia digna de la ocasión. Se les mandó invitación formal a todos los virreinatos. Kairi se ocupó personalmente de firmar la invitación de Ture pensando que tal vez llegaría a ojos de Violeta. Las Amazonas enviarían una comitiva impresionante pues era la primera vez que un hombre Amazón estaría en el trono de Bandah. Los virreinatos inevitablemente enviarían sus más suntuosas comitivas y sus más bellas doncellas pues la noticia de que el futuro rey estaba soltero era comentada de boca en boca. Mientras miles de mujeres suspiraban en silencio. Rómulo sentía la presión de su soltería más que nadie. Cada fémina que cruzaba su camino hacía un despliegue de artes de seducción para ver si lograba conquistarle lo que le causaba gran mortificación. Pasaba noches despierto, asustado de ser un rey y asombrado de las vueltas inesperadas que daba su vida. Sobre todo sabía que la que importaba en el reino era la reina, su línea era la que verdaderamente se establecía en la monarquía. No podía escoger a una mujer que no fuese formidable, que no tuviese buen carácter ni sentido de justicia, entendía la obligación tan enorme a conseguir buena esposa. Se sintió traicionado por Kairi al haberle puesto esa gigantesca misión en sus manos.

Una noche en que andaba con insomnio, cansado de leer y de pensar, Rómulo se dirigió a los jardines cercanos del palacio real de Astra. Su hogar era un apartamento en el complejo militar, pero tenía acceso libre a los predios del castillo. La noche estaba fría y tranquila, la luna ni siquiera tenía ganas de mostrar toda su belleza. Caminaba respirando sus alrededores a la vez que la humedad nocturna le inflaba el pecho con su olor. Estaba cerca de los jardines cuando observó lo que le pareció ser una figura astral sentada en el suelo con su cabeza entre sus brazos, su cuerpo consumido por el llanto. Reconoció de inmediato la resplandeciente piel blanca y la calvicie de Kalani. Pensó en marcharse para dejarla en paz aunque sabía muy bien que sus pasos ya lo habían delatado, uno nunca sorprendía a un dragón. Se acercó un poco más a ella para darle la opción de hablarle si así lo deseaba. A pesar de que en un momento la había atacado a puños, no tenía resentimiento alguno hacia ella; al contrario, la admiraba. Había visto la humildad de la dragona, como ayudaba prestamente sin hacer alarde de su raza. También notó como ella se entristecía cada vez que la miraban con terror. Por tantos años la pobre había sido el símbolo de la maldad de Koren y mensajera de la muerte, que pocos la querían cerca. Reconocía que Kalani buscaba a Kairi a como de lugar, tal vez porque sus instintos protectivos estaban acostumbrados a buscar gente sin familia. Sin embargo, una amistad definitiva las eludía.

"No puedo pretender que no sabes que estoy aquí... Buenas Noches." Rómulo habló de una vez. Kalani se volteó a mirarlo descubriendo ante él su rostro lloroso, donde sus ojos rojos hubiesen sido enternecedores de no ser por su aspecto tan temible.

"No te preocupes, no te voy a caer a golpes..." Rómulo alzó sus manos con un gesto de derrota. Kalani tuvo que sonreír a pesar de todo, pues obviamente Rómulo intentaba establecer una tregua entre ellos.

"Es una noche hermosa, lamento que estés triste." Rómulo tomó asiento en una esquina de un banco cerca de Kalani.

"Si, es una noche hermosa, General." Kalani respondió con voz quebrantada.

"No me gustan los rodeos... ¿Por qué lloras?"

"Como si tuviese que explicarlo, General. No hay lugar para mi en este mundo..."

"Pudiste haberte ido con Ahmand, te pidió que lo hicieras."

"Es que no creo que pertenezca ahí tampoco. Suena extraño pero era tan fácil solamente obedecer."

"Oh, no digas eso. Que horror… Con el tiempo aprenderás a decidir, a vivir; es parte de todo el proceso. Si lo piensas bien todo fue relativamente hace poco, sufriste mucho como los demás. Uno no se olvida fácilmente de lo que sufre…" Un silencio incomodo surgió entre ellos, cada cual recordando que la muerte le sobrevino al hermano de Rómulo en manos de Kalani.

"El pasado ya hay que dejarlo atrás, te dije que te perdonaba y así lo siento en mi ser. Eres una dragona especial, a pesar de haber sido esclavizada trataste a como de lugar de proteger a los demás. Kairi llegó al bosque gracias a ti…"

"Es que no tengo ninguna familia, Koren me la quitó toda. Bickett ha desaparecido y no puedo pretender que Kairi me acoja de la misma manera para ella soy una extraña…"

"Dale tiempo, es una joven extraordinaria, se que te aprecia. Recuerda que ella también esta pasando por demasiado, no creo que nadie ha tenido que vivir ni la mitad de lo que le ha tocado a ella en tan poco tiempo. Digo, bajo las circunstancias…"

"Yo estoy muy contenta de que le hayan hecho el rey de Bandah. Le admiro mucho, General." Kalani le dijo sintiéndose cómoda con la presencia de Rómulo finalmente.

"Ah… Sí, fue una gran sorpresa para mi. Un día soy un militar y el próximo rey. Aunque estoy acostumbrado a que las mujeres me digan lo que tengo que hacer… Mi esposa me escogió y no me pude negar."

"¿Esta casado?"

"Sí… NO. No estoy casado, soy viudo… Mi esposa fue victima de un ataque… era una Amazona." Kalani sintió un nudo en la garganta al escuchar aquello, estaba casi segura que se trataba de una de las Amazonas descuartizadas que Koren la mandó a llevar al templo de Arkana.

"Lo lamento."

"Ya estoy mejor. Cuando le hicieron los ritos de muerte me ordenó que continuara con mi vida… Así era ella."

"Suena que usted la amaba mucho."

"Si. La amaba. Se lo merecía pero ahora ya vez, tengo que buscar una reina." Rómulo soltó una carcajada.

"Cualquier mujer estaría muy alegre de estar con usted, General." Ambos presintieron como ella se sonrojaba en la oscuridad.

"¿Por qué sigues calva?" Rómulo cambió el tema.

"Costumbre, supongo."

"¿De qué color te crece el pelo?"

"Bueno me crece blanco, pero como sabe usted podemos cambiar nuestra apariencia a gusto."

"No, no cambies tu apariencia eres muy bella. La primera vez que te ví pensé que eras una exquisita estatua de nácar. Me dabas miedo pero ya no… Costumbre, supongo." Ambos rieron amigablemente.

"Gracias por hablarme, después de Bickett no he tenido pláticas amenas con nadie…"

"Ha sido un placer. De verdad." Rómulo se levantó del banco, despidiéndose con un saludo militar. Ambos rieron nuevamente.

"Kairi, hay algo que necesito decirte." Rómulo estaba en la oficina de Kairi leyendo unos informes militares que habían llegado esa mañana. Los reinos más lejanos enviaban confirmación de que todo seguía en orden.

"Sí, habla. Llevas días que estas muy raro. Si vas a decirme que no quieres ser rey ni lo intentes porque estoy decidida."

"No, no es eso. Es que… he encontrado una reina." La noticia dejó a Kairi boquiabierta.

"¿Cómo? ¿Cuándo? Apenas sales del castillo… ¿Es una de las cancilleres?" Preguntaba Kairi llena de emoción.

"No." Rómulo respondió tersamente.

"Ay, déjate de tonterías y dime de una vez de quien se trata." Exclamó Kairi impaciente.

"Kalani." El nombre cayó como un relámpago en la habitación, logrando que una corriente chocara a Kairi de la sorpresa.

"Sí, como lo oyes... Me topé con ella hace unas noches en el jardín. Creo que ella tanto como yo siguió regresando en la noche con la esperanza de toparnos el uno con el otro. No se lo he dicho todavía, pero si me acepta quiero que sea mi reina." Kairi estaba anonadada, se había olvidado momentáneamente de cómo hablar.

"Se que muchos no entenderán y tal vez se armará un escándalo. La quiero, de verdad..." Confesó Rómulo.

"Pues que se va a hacer, si la quieres no hay más remedio que luchar por ella. El único problema que veo sería el de que los dragones no acepten su unión, podemos comunicarnos con Ahmand y sugerirle que te de su apoyo. No creo que a estas alturas ningún dragón se atreva a meterse con él."

"Tienes razón. ¿Entonces estas de acuerdo?"

"¡Ja! La que tiene que estar de acuerdo es ella." Sonrió Kairi acostumbrándose a la noción de Kalani y Rómulo juntos. Lo pensó bien, dándose cuenta que era una buena idea a pesar de lo descabellada que parecía a primer instancia. Kalani provenía de una buena línea de dragones que le devolvería la magia al castillo de Bandah. Le daba miedo el tan solo pensar que Kalani se negara, tal vez no querría casarse con un inmortal, ni tampoco regresar a Bandah...

Esa noche Rómulo se preparó con su mejor vestimenta militar, sentía que caminaba hacia la batalla más importante de su vida. Kalani estaba en el jardín esperando... La neblina espesa de la noche la hacía ver tan hermosa, que el corazón de Rómulo se apretó de emoción. Kalani pudo presentir de inmediato que algo estaba a punto de suceder, se movía inquieta de lado a lado, cambiando el peso de su cuerpo.

"Te ves inquieta..." Rómulo le dijo lo obvio.

"Te ves tenso... ¿No te gusta el cambio?"

"¿Qué cambio?"

"Ni te habías dado cuenta..." Kalani jugó con su cabellera sedosa.

"Sí, es un gran cambio. No me di cuenta... Aunque sí me hubiese dado cuenta, es que... Estaba concentrado en otras cosas..." Rómulo balbuceó al ver la cara de decepción de Kalani. No se había fijado en lo absoluto en el hermoso cabello castaño que le caía casi a media espalda. No tan solo eso, pero el intenso color sangre de sus pupilas había sido reemplazado por un castaño claro.

"No tenías que cambiar nada, siempre has sido tan bella... De hecho este cambio es algo chocante para mí."

"Entonces, no te gusta..."

"Si, me gusta. Me gusta mucho, me gustas mucho... Estas noches que hemos estado compartiendo me he sentido muy a gusto. Veo en ti la comprensión, la amistad... algo más." Rómulo le agarró las manos dejándose perder en los ojos llorosos de Kalani, quien estaba afectada de emoción.

"Me harías tan felíz si te casaras conmigo." Susurró tiernamente al oído de ella.

"No sabes lo que dices..." Respondió ella con el corazón apretado, queriendo creer con toda su alma que lo que había escuchado era verdad.

"Kalani, se muy bien las consecuencias de escoger un dragón como pareja, las acepto. Ya he hablado con Kairi y ella esta de acuerdo con mi decisión, es más me ha dicho que le pidamos a Ahmand su apoyo." Rómulo la tomó en brazos de una vez.

"Yo no se que decir..."

"Dime... que sí..."

"Sí."

Kairi supo de inmediato que Rómulo y Kalani se traían algo entre manos. En las audiencias del día se miraban cuando podían, sonrojándose y sonriendo cada vez que lo hacían. Varias veces Kairi tuvo que repetirle lo mismo a Rómulo para que ejecutara alguna orden pues su cabeza andaba en las nubes. Se había sorprendido del cambio físico de Kalani, ya que después de haberla visto tanto tiempo calva y de ojos incendiados, ahora era todo una hermosa doncella de apariencia humana. Kairi terminó la asamblea un poco frustrada con el impedimento que los amoríos estaban causando en sus sesiones, pidiéndole al final a Kalani y a Rómulo que permanecieran atrás.

"Me pueden explicar por qué los dos están tan tontos…" Kairi comentó sonriente.

"Me dijo que sí…" Rómulo fue a abrazar a Kairi al darle la noticia.

"Estoy muy alegre por los dos y lo digo de todo corazón. Kalani, se que serás una buena reina y una buena esposa. Rómulo es un buen hombre."

"Lo sé, aunque estoy un poco preocupada…" Confesó Kalani enternecida ante el afecto que Kairi y Rómulo compartían.

"No te preocupes tienen mi aprobación y me imagino que Ahmand compartirá mi opinión. Nadie se atreverá ni tan si quiera a alzar una ceja."

"Gracias, su majestad." Kalani empezó a llorar, inundada por la felicidad que finalmente la vida le estaba regalando.

"Soy Kairi, del bosque." declaró Kairi con un guiño de ojo.

"Ya era hora de que el reino celebrara en grande, cambiaremos la ceremonia de coronación de Rómulo a una ceremonia de matrimonio. Despúes los coronaré a ambos en el nuevo reino de Bandah." Kairi exclamó emocionada, mientras contagiaba a todos con su energía.

La voz se corrió de inmediato, Kairi dando ordenes de hacer una celebración en grande para festejar los comprometidos. Ahmand llegó unos días más tarde para estar con sus amigos en medio de los preparativos, aunque no lo admitía al haber regresado a los tranquilos palacios de su mundo le hizo mucha falta la algarabía de los mortales.

"Estaba muriéndome de aburrimiento…" Confesó el viejo Ahmand alegremente.

"Ya sabemos como liquidarte." Kairi sonreía mientras bebía de su copa de vino dulce.

"Entonces, el Rómulo se nos casa. Claro, se ha buscado una relación difícil que le puede costar la vida, en la cual envejecerá y morirá antes que su pareja y sus hijos… Pero, se ve feliz." Ahmand comentaba a carcajadas.

"Ambos están felices." Kairi dejó un suspiro escapar.

"¿Y tu? ¿Nada? ¿Acaso no hay un galante príncipe que venga a conquistarte?"

"No."

"¿Todavía no has sabido de Eligio?"

"Nada." El rostro de Kairi se apagó al escuchar ese nombre. Su vista se enfocó en los detalles del suelo, en sus zapatillas de cuero delicadamente bordadas de hilo dorado.

"Kairi, tu hiciste tu parte. No puedes hacer más nada."

"Ese es el problema, resignarse. Yo sentí una intensa unión entre nosotros, sueño cada día con ese abrazo tan fuerte que nos dimos. Recuerdo su olor, su rostro, sus ojos, sus botas de cuero negro... ¿Cómo me saco todo esto del alma? Me fui hasta la muerte a arrancárselo de las garras... Ni siquiera una nota de cortesía diciéndome que sigue su vida en otra parte..."

"No esperes más, busca otro amor. Estas tan joven como para estar viviendo pasiones tortuosas. Debes estar disfrutando de tu belleza, de tu juventud, no solamente deseando a alguien que ha decidido probablemente dejarte atrás... tal vez con el resto del dolor del pasado."

"Tienes razón. Dos años en silencio hablan más que las palabras. Pienso en esto, pero como quiera parte de mi lo reclama." Kairi suspiró nuevamente, rendida ante la incertidumbre de su estado emocional.

"Mi consejo es que en la boda de Rómulo, la pases fenomenal y estés con el ojo abierto. Estoy seguro de que todos los virreinatos enviaran sus mejores prospectos con tal de tener el honor de que La Princesa Dorada escoja a uno de los suyos. La vanidad siempre suena tonta, pero es real..." Ambos se rieron a carcajadas ante el prospecto.

Kairi se levantó temprano en la mañana de las nupcias de Rómulo para no perderse ni un segundo de aquel día que tan minuciosamente habían planeado. Un ejercito de dragones ya rodeaba los predios del castillo de Astra donde se celebrarían los ritos matrimoniales, no fuese que algunos dragones renegados atacaran. Las puertas de Astra estaban a su vez guardadas por un batallón de ogros que tenían la orden de destruir a cualquier dragón que intentara atacar ese día, todos estaban en alerta y ninguna precaución era demasiada. No era secreto que algunos dragones miraban como una aberración absoluta la unión de un mortal y un dragón. A pesar de todos los refuerzos tomados, el castillo, el palacio y todos los demás edificios vibraban con vida. Desde el observatorio de las nubes, miles de hadas salpicaban gotas de euforia para causar un estremecimiento total que se difundía con la brisa del viento. El reino completo había hecho un alto en honor a la gran celebración. La Academia Real de Astra y el Centro de Gobernación permanecerían con puertas cerradas ese día para que todos los dignatarios pudiesen unirse a los festejos.

Kairi observaba el correteo de la gente desde lo más alto de su torre, estaba muy emocionada, era la primera que vez que oficiaba un evento real y no quería fallarle a sus amigos. Había discutido hasta el cansancio los detalles con los cancilleres, las brujas, las sacerdotisas, las hadas, los dragones... Casi hasta el punto de agobiar a la pobre pareja de novios quienes tan solo querían una ceremonia sencilla.

Su dama de servicio llegó para prepararla. Había escogido un vestido sencillo de seda roja para ese día, aunque se dio cuenta que las hadas se habían tomado la libertad de embellecerlo sin pudor. Su cuerpo de mujer adolescente se dejaba apreciar elegantemente. El vestido tenía un escote modesto, no tenía mangas y rasgaba el suelo con ligereza. Los bordados de flores negras en la seda la hacían sentir más sensual que de costumbre, estaba casi segura que Ahmand le había ordenado a las hadas, o ninfas, que le pusiesen esfuerzo al atuendo. Arkana le había regalado un hermoso collar de perlas doradas de varias delicadas hebras justo para la ocasión, al igual que unos pendientes de las mismas piedras preciosas. Se sintió inquieta con la mujer que la miraba en el espejo, estaba complacida, y quería resplandecer por si acaso... El pecho se le apretó de esperanza, sería tan feliz si él llegara con la comitiva de Ture. Se apuró a ponerse un poco de rojo en los labios acentuando el dorado de su piel y su sonrisa perfecta.

"Su majestad, se ve muy hermosa." Le dijo Emé sonriente.

"Gracias, Emé. Es un día muy especial..."

"Ya pronto llegan las comitivas de los reinos, tenemos que terminar de prepararla."

"No se que hacer con mi cabello..." Kairi miraba los indomables bucles dorados.

"Puedo hacerle trenzas aunque creo que me gusta que su cabello este suelto, es hermoso."

"Si, lo dejaré suelto."

"Su majestad, es mejor que se ponga su capa de cuero, la mañana esta un poco fría, va a estar horas recibiendo comitivas en el claro y es mejor que este cómoda."

"Tienes razón, no puedo creer que el día este tan frío..."

Una vez Kairi estaba lista fue directamente a su oficina donde le esperaban los generales de su milicia, Patak y Kajet.

"Su majestad todo esta en su lugar, los dragones aseguran el complejo en su totalidad y los ogros están a la puerta, no dejaran pasar a nadie que no tenga invitación suya." Informó Kajet, un hombre de mediana edad con aspecto severo, cual parecía tenso ante su presencia.

"Perfecto. ¿Ya está la embajada dispuesta para todos nuestros huéspedes?"

"Sí, su majestad, el palacio esta listo en su totalidad." Afirmó el general.

"¿Cuál comitiva esta pautada para llegar primero?" Inquirió Kairi.

"Kaniba, su majestad. Los virreyes llegan con la familia del General Rómulo."

"Muy bien, den la orden de que las comitivas estén listas para recibir los invitados ya." Ambos hombres dieron un saludo militar y se marcharon de enseguida. Un alivio descendió sobre Kairi, sabía muy bien que su presencia incomodaba a algunos, su leyenda se extendía más allá de su existencia. Todavía no se acostumbraba por completo a los cambios en su destino. Que la gente la mirara con adulación, que le llamaran por títulos, que tuviese tanto poder. Dejó escapar un suspiro y se dirigió al área en el claro donde estarían llegando las comitivas. Estaba muy emocionada porque según le habían contado cada reino siempre quería relucir ante el gran reino de Astra. Caminó tranquilamente entre las formaciones de soldados. Todos vestidos con los colores oficiales de Astra, marrón oscuro y turquesa, con todos los detalles en oro. Kairi les sonreía a los soldados coquetamente intentando hacerlos sonrojar, lo que lograba fácilmente con una mirada. Le encantaba observar los apuestos jóvenes perder la compostura por un efímero instante al igual que ver los militares de alto rango sucumbir de manera similar. Tal vez Ahmand tenía razón, no debía estar esperando por Bickett, estaba joven y las penas eran una absurdidad.

Como si lo hubiese llamado con el pensamiento, Ahmand se unió a ella, acompañándola hasta su lugar en el claro. Una hermosa caseta sin paredes se había establecido para crear un perfecto salón de espera en el cual recibir los dignatarios antes de que entraran al palacio. Los dragones rugieron una señal de que una comitiva se acercaba. El corazón de Kairi, comenzó a palpitar nervioso, lleno de anticipación. La comitiva que se acercaba en formidables caballos resonaba como un trueno sobre la tierra húmeda, solo de cerca se podía admirar que los equinos eran pegasos pues sus alas los delataban. Las banderas de Kaniba, cada una con el símbolo de sus familias ancestrales, estaban erguidas entre las hileras de jinetes en perfecta formación. De repente unos hermosos caballos blancos de manchas negras salieron del centro del grupo , saltando elegantemente en sus patas traseras. Los hombres en sus lomos le agarraban el cabello de la crin con naturalidad. Un hermoso espectáculo ecuestre se llevó ante los ojos adulantes de Kairi quien quedó deleitada con las destrezas de los jinetes y sus bestias. Unas trompetas en la distancia anunciaban la llegada de una segunda comitiva, en la cual unas enormes aves casi nublaban el cielo con sus frondosas alas Kairi supo que semejantes aves tenían que provenir del virreinato de Cyrus. La decepción más profunda le sobrevino cuando llegó la comitiva de Ture… No había señal de Violeta, ni de ninguno de sus hijos.

El día se le fue volando, las comitivas eran cada una más hermosa que la otra y los regalos para ella iban más allá de lo que ella hubiese imaginado pudiese existir. El regalo que más la llenó de alegría fue el de las brujas de Nubis, quienes le regalaron un pequeño cuaderno que le perteneció a Altea cuando estuvo haciendo su internado de brujería en el templo de Nubis. Las lágrimas le inundaron los ojos al ver las letras precisas, pequeñas y firmes que recorrían el papel. Una bruja que estaba cercana le dio un tierno abrazo. Todos estaban en el gran salón del palacio de Astra donde finalmente Kalani y Rómulo hicieron su aparición. Rómulo vestía una hermosa tunica de lana de un exquisito color marrón, que estaba incrustada de piedras preciosas. En su cabeza se posaba elegantemente la corona del reino de Bandah, que pronto sería suya. Kalani resplandecía a su lado como una visión celeste, su exquisita tunica de seda azul bordada con miles de perlas, la hacia parecer un pedazo de cielo caído. Su hermoso cabello castaño estaba bordado en delicadas trenzas y sobre su cabeza se posaba la imponente corona de la reina de Bandah, la cual solo se usaba en ceremonias especiales. Al verlos los presentes cayeron en una rodilla, admirando la belleza y el esplendor de la pareja de futuros soberanos. Kairi lloraba desconsolada, tenía tantos sentimientos en el pecho que la estaban agobiando y sin querer se apoderaron de ella, dejándola completamente vulnerable en el peor de los momentos. Un silencio absoluto se apoderó del lugar, haciendo que los llantos ahogados de Kairi recorrieran el vacío de las enormes cúpulas del salón. Todos los oficiales se miraban entre si incómodamente, pues no sabían que hacer. Kalani y Rómulo, se bajaron de sus tronos a pesar de sus elegantes atuendos y corrieron al lado de Kairi para darle un caluroso abrazo.

"Lo siento, lo siento." Kairi trataba de disculparse avergonzada.

"Su majestad, no tiene por qué disculparse." Le dijo Kalani con ternura.

"Kairi, no vas a estar sola, siempre nos podremos visitar." Rómulo le besó la frente presintiendo uno de sus temores.

"Kairi. ¿Qué sucede?" Ahmand le preguntó acercándose con alarma.

"No pasa nada, es que todo esto me ha afectado. Regresen a sus lugares, ya estoy bien, lamento mi falta de decoro." Kairi habló mortificada. Los demás decidieron obedecer para no dar más atención a la situación. Kairi inhaló con fuerzas y se ordenó paz. La ceremonia continuó sin percances, aunque cuando las sacerdotisas estaban haciendo los rituales de matrimonio, Kairi soltó un par de lagrimas. Ella y Ahmand hicieron el honor de ser testigos de la unión entre Kalani y Rómulo, por lo que todo el mundo vio a la Princesa Kairi mocosa y llorona, en las nupcias de los futuros monarcas de Bandah. El baile que siguió la ceremonia fue exquisito, las hadas salpicaban euforia por todas partes, las ninfas bailaban con sensualidad dejando a todos en un trance y las Amazonas tocaban los tambores con alegría para que la gente bailara a gusto. Kairi observaba a todos los jóvenes disfrutar de la ocasión particularmente interesada en los apuestos solteros del lugar. Ahmand le señalaba uno a uno los que le parecía serían buenos prospectos, dejándole saber su ancestrío.

"Su majestad, hay una joven que requiere audiencia con usted." El noble Canciller Aufre quien parecía estar un poco bebido, se dirigió a Kairi. Ella lo estimaba por que era el legislador más reputable de su concilio, un hombre serio y honesto, quien siempre estaba con algo más que hacer.

"¿Quién es?" Preguntó Ahmand un poco molesto al sentirse invadido en su juego íntimo con Kairi.

"Es una doncella de Ture, su nombre es Ona."

"¡Ona! Tráela enseguida." Exclamó Kairi saltando de su trono. Su corazón empezó a latir ferozmente.

"Kairi, tu corazón te traiciona..." Sonrió Ahmand.

"Ten cuidado con ella, nunca me cayó muy bien..." Añadió el dragón.

"Ella me salvó la vida, Ahmand. A pesar de que sí fue imprudente, que más se podía esperar si creció en extremas circunstancias..." Aufre regresó tomando de la mano cortésmente a Ona, quien se arrodilló ante Kairi como era la costumbre.

"¿Qué haces? ¡Levántate!" Exclamó Kairi corriendo a abrazarla, genuinamente contenta de verla. Ona se veía tan hermosa como siempre, su cabello negro sedoso, era un manto de noche sobre su piel de luna llena.

"Violeta no sabe que estoy aquí, cree que todavía estoy en la Academia Real de Ture. No me dijo que no viniera, pero es que piensa que debo concentrarme en otras cosas. Estoy estudiando leyes."

"Ona, estoy muy orgullosa de lo que me dices. Me alegro que estés estudiando, Ture es muy reconocido por sus escolares. Aunque creo que debiste avisarle a Violeta que estarías aquí."

"Ya le contaré. Es la mujer más divina del mundo, nuestro hogar es tan cálido... Ander hasta le llama mamá." Ona le contó con su rostro lleno de alegría, dejándole saber que finalmente la felicidad había llegado a sus existencias.

"Me alegro que todos estén bien. Llevo mucho tiempo tratando de recibir noticias de ustedes... Violeta suena contenta. ¿Y Bickett?" Kairi preguntó lo último fingiendo hablar casualmente. El rostro de Ona se nubló.

"Oh, Kairi, ha sido difícil para él. Estaba resentido con Violeta por habernos recogido. Se pasaba horas caminando, a veces se quedaba en la intemperie por varias noches. Violeta lo ama hasta lo más profundo de su ser, pero había algo en él que luchaba por aceptarlo. Nos hablaba a todos con cortesía, se sentaba a la mesa, hasta jugaba con Ander de vez en cuando... pero siempre estaba ausente. Ayudó mucho en Ture para la reconstrucción, su fuerza de ogro lo hacía una ventaja para todos. Estudió ingeniería por un tiempo... Hace unos meses desapareció sin decir nada." Declaró Ona finalmente dejando caer sus hombros.

"Lo lamento. Me consolaba pensando que él estaba contento con su vida..."

"Kairi, yo se que él piensa en ti. Tuvimos oportunidad de hablar algunas veces y siempre me preguntaba algo acerca de ti."

"¿Cómo qué?"

"Cosas raras... que si que te gustaba comer, que te gustaba hacer, tu color favorito, que zapatos te pones, que música te gusta...Yo le decía que sería mejor si te lo preguntara a ti. Siempre se entristecía y me decía que, qué cosa podría un príncipe caído darle a una princesa verdadera. Yo le decía que no fuera tonto, pero igual no me hacía caso."

"Mi consejo ha sido que Kairi se busque un buen hombre... No merece que la tengan esperando por migajas." Ahmand interrumpió su silencio para compartir su opinión.

"Él es un buen hombre." Ona espetó dándole una mirada fulminante a Ahmand.

"Estoy de acuerdo con los dos... Pero creo que por ahora, es mejor que dejemos el tema y nos unamos a la celebración de bodas que se están llevando a cabo a nuestro alrededor." Kairi sonrió a ambos halándolos por la mano para llevarlos al salón de baile.

"Dale mis saludos a Violeta. Me gustaría verla en algún momento." Kairi abrazó a Ona cuando llegó el amargo momento de la despedida.

"Entonces deberías visitar. Nuestro palacio es grande, ella estaría encantada de recibirte."

"Me gustaría pero todavía tengo mucho trabajo que hacer para reestablecer los reinos. Imagínate, estamos enderezando los mores que se instalaron en algunas ciudades en tiempos de guerra. Ni te imaginas las cosas que la gente se inventa cuando están traumatizados, tiran la razón por la borda. Ahora me toca a mi ser prisionera del palacio..."

"Eso no es broma." Le reclamó Ona.

"Perdón, fue de mal gusto. ¿Qué piensas hacer después que termines tus estudios?"

"No lo he pensado."

"Sabes que las doncellas de extraordinaria belleza pueden trabajar en la corte de la reina... Me gustaría que estuvieses aquí."

"No, Kairi. No quiero estar en un castillo otra vez. Gracias de todo corazón, pero espero que no me ordenes a hacerlo porque no sería felíz."

"Te entiendo. No te lo ordenaré." Ambas sonrieron y se abrazaron dejando escapar lágrimas espesas, sabiendo en su interior que tal vez ya nunca más sus destinos se cruzarían. Kairi la despidió con unos hermosos regalos de exquisitas joyas que le ayudarían a financiar su futuro si fuese necesario. Esa despedida le dolió más de lo que jamás hubiese imaginado... Tres espinas se le clavaban en el corazón con más fuerza. La desilusión, la tristeza y la soledad...

Unos meses más tardes las invitaciones se enviaron a todos los reinos para celebrar la coronación de los nuevos reyes de Bandah, oficiada por La Princesa Regente de Astra, Kairi. Desde la boda de Rómulo no habían habido momentos de festejos por lo que todos estaban emocionados de emprender viaje hacia Bandah. Kalani y Rómulo ya residían en el castillo desde el momento en que se habían casado y Kairi los extrañaba mucho por lo que se encontraba ansiosa de partir. No tendría una enorme comitiva porque en lo que a ella se refería no le gustaba la ostentosidad, viajaría solamente con Ahmand y un grupo de dragones que le servirían de escolta. Muchos dignatarios y miembros de su gabinete andaban con rostros sombríos pues hubiesen deseado ser parte de las festividades, por lo que decidió darles una orden oficial de hacer una comitiva aparte a la suya como representación del reino de Astra.

Esperaba a Ahmand en su traje de vuelo, todo de cuero, cual ella misma había escogido de un intenso color rojo para hacerlo más femenino. Ya estaba completamente adepta al uso de la magia por lo que sería capaz de volar a Bandah por su cuenta con los dragones. Las pocas veces que había incursionado en los cielos se había quedado anonadada de la belleza que observaba, aunque el acto de volar en sí le fastidiaba un poco.

"Vaya, vaya, pareces una reina dragona." Ahmand anunció su llegada.

"Ya era hora que te aparecieras, quiero llegar a Bandah lo antes posible. Estoy ansiosa por ver lo que han hecho en el castillo. Me imagino que lo habrán restaurado apropiadamente."

"Por supuesto, Kalani vivió allí durante el reino de Violeta de seguro lo devolverá a su majestuosidad."

"Violeta también estará allí, tiene que entregarle a Kalani el cetro..."

"Él, no va a estar..." Advirtió Ahmand sin pronunciar el nombre que ambos estaban pensando.

"Veo que te has quitado unos años de encima, me alegro." Comentó Kairi observando a Ahmand en su forma de hombre joven para cambiar el tema. El dragón había regresado a su cabello rubio y largo, sus ojos verdes sin cataratas... su piel sin arrugas.

"Sabes muy bien que van a haber bastantes doncellas apetecibles... algunos tenemos debilidad por las mortales. Nunca he sido inmune a sembrar mi semilla en la raza humana." Ahmand le comentó sensualmente sirviéndose una copa de vino. Kairi lo observó fijamente, dándose cuenta finalmente que Ahmand tal vez le estaba haciendo un ofrecimiento. Decidió hacerse la que no escuchó nada, todavía le faltaba un año para entrar en edad y no quería tener que estar agobiada con amantes. Además, no podía verlo como otra cosa que un amigo y el recuerdo de Zoia como pareja de Ahmand también le creaba una barrera ante el prospecto de una unión.

"Debemos irnos." Kairi sonrió tranquilamente. Ahmand se tragó el vino de su copa de una vez devolviéndole la sonrisa.

"Kairi, se que me escuchaste..." Ahmand insistió.

"Eres rey de los dragones..." Contestó ella como excusa.

"El reino de los dragones no necesita un rey..."

"Pues tal vez el de Astra tampoco..." Ambos se miraron en silencio hasta que Ahmand sonrió vencido, aunque tan solo por el momento. Se encontraron con seis dragones quienes habían decidido tener la exacta apariencia humana, gesto que le molestó un poco a Kairi. Con su dedo fue cambiando el color de los cabellos a cada uno le gustara o no, poniéndoselos de colores brillantes para que la próxima vez le pusieran más atención a su apariencia. Ninguno se atrevió a cambiar los colores de su cabello, pero estaban visiblemente mortificados, en especial al que le tocó el color verde lima encendido. Decidieron que Ahmand sería el líder ya que tenía una excelente recolección de la geografía de casi todos los reinos. Una vez ascendieron el viento frío le recordó a Kairi la incomodidad de volar, se puso sobre su cabeza la solapa especial de cuero para volar, con el fin de proteger sus ojos. Ahmand aceleró sin mirar atrás, ella tuvo que usar casi toda su concentración para no perderlo de vista. El mundo se convirtió en un borrón de colores frenéticos que le atropellaban los sentidos. Ni siquiera se atrevía a voltearse para ver donde estaban los otros dragones jurándose a si misma que la próxima vez usaría un modo distinto de transportación para viajar. La frialdad del aire se intensificó, empezó a sentir sus manos entumecerse. Casi leyendo su mente Ahmand soltó una bocanada de vapor que le devolvió el calor al cuerpo. El frío era indicativo de que se estaban acercando a Bandah.

El descenso fue ligero y eficaz, Kairi intentó aterrizar tan elegantemente como los dragones. Sin embargo debido a sus piernas adormecidas por el frío, rodó por el suelo dando torpes tumbos. Los dragones fueron a socorrerla de inmediato, Ahmand se reía a carcajadas.

"¡Uf! Aterrizaje forzoso." Ahmand se burlaba.

"Muy chistoso." Kairi se sacudió la tierra de su vestimenta y su cabello para verse un poco más decente a su entrada al castillo.

"Estamos en el bosque cercano al castillo es un corto tramo de aquí al palacio."

"¿Es allí donde vivió Koren, no es cierto?" Kairi le preguntó a Ahmand.

"Sí. En una casita del bosque, me imagino que casi nadie visita ese sendero."

"Y pensar que las dos crecimos en una casita en el bosque..." Comentó Kairi.

"Ella escogió un camino, tu el otro..." Ahmand platicaba mientras se dirigían al castillo.

"Es tan extraño pensar en ella. A veces sueño que se me aparece mal vestida, llorando, rogándome por un abrazo..."

"Tal vez no es un sueño. Tal vez su alma era tan negra que ni el mismo fuego negro la quiso, por lo que tiene que vagar por una eternidad de sufrimiento pidiendo el perdón de todos. "

"No se. Yo tan solo he estado muerta una vez y fue muy extraño..." Ahmand le tomó la mano apretándola un poco, radiando a pesar de su frialdad, el calor intenso de los dragones.

"Me alegro que estés viva."

Una comitiva de soldados les dió la bienvenida al palacio una vez que se identificaron apropiadamente. Ahmand demostró el sello de los dragones que llevaba en una medalla de oro colgando de su pecho, mientras que Kairi enseñó su espada. La Espada Dorada era única en el mundo y era muy fácil de distinguir de las demás, no era distinta a las otras, pero al verla uno intuía que se trataba de ella. Una conmoción hizo correr a todos los habitantes del castillo al correrse la noticia de la llegada de la legendaria princesa. Todos querían verla, querían acercarse. A un lado quedaron arrojadas las formalidades y el decoro, pues nadie quería perder semejante oportunidad. Kairi sonreía ante los halagos, ante las genuflexiones de la gente, ante los pétalos de flores que le llovían por doquier. Los dragones crearon una barricada a su alrededor sino se les haría imposible hacer paso entre la creciente multitud. Los soldados trataban en vano de contener la emoción de los presentes, algunos mismos atacados por la curiosidad de ver la joven princesa. Ahmand le ordenó a los dragones que desprendieran calor, haciendo que su temperatura radiante lograra que la multitud se alejara lo suficiente para que Kairi tuviese espacio de caminar. La llegada de más soldados para establecer un perímetro y el orden, resultó ser un alivio para todos pues Kairi estaba empezando a sentirse agobiada por la adulación de la gente. Entraron finalmente al Nuevo Palacio Real donde Kairi quedó boquiabierta al ver su hermosura. Arkana estaba esperándola junto a un grupo de ninfas quienes cantaban hermosas melodías.

"Kairi, querida, quería recibirte. Los demás te esperan en el jardín." Arkana le sonrió llenándola de luz y una increíble calma. Kairi le dió un abrazo que la Demi-diosa aceptó gustosa.

"Mírate, estas hecha toda una mujer." La apreció Arkana con orgullo.

"Gracias."

"Ahmand, que gusto verte a ti también. Te ves muy bien." Arkana observó al dragón con algo de sospecha.

"Vayamos con los demás, estoy loca por verlos." Kairi sugirió antes que la conversación se volviera incómoda. Caminaron por unos pasillos engravados con minucioso detalle, luego hasta un hermoso jardín. Una glorieta de bronce se posaba en el medio, inundada por el ruido de la brisa, las risas y el agua de numerosas fuentes cercanas.

"¡Kairi!" Rómulo exclamó alegremente corriendo hasta ella, donde le dio un abrazo tan fuerte que casi le quita el aliento. Kalani lo siguió para darle un abrazo tentativo de bienvenida, el que Kairi devolvió sin incertidumbre. Violeta se irguió del banquito y les sonrió. Kairi quedó derretida por el calor de su sonrisa, por su hermosura y por su increíble olor a jazmines. Al lado de la reina un niño jugaba con una pequeña brújula mágica que daba vueltas sin parar.

"Su majestad." Violeta se arrodilló ante Kairi. Al verla Kairi perdió el color del rostro.

"Por favor, párese. No se arrodille ante mi, se lo prohíbo." Kairi balbuceó mientras la ayudaba a pararse.

"Estábamos esperando su llegada para tomar el té." Comentó Kalani.

"Aquí estoy, tomemos el té." Les dijo Kairi sonriente. Estaba muy incómoda ante las nuevas formalidades. Sus amigos la trataban como si ella no fuese ella y las personas quienes ella admiró tanto se arrodillaban ante ella... no le parecía bien todo aquello. La tarde se les escapó en plática amena y luego asistieron a una cena liviana donde Kairi tuvo la oportunidad de hablar un poco con la familia de Rómulo, quienes ya había tenido la oportunidad de haber conocido. El padre estaba retirado del ejército, pero se mantenía ocupado entrenando caballos de guerra, mientras que la madre se ocupaba de la salud equina. La hermana de Rómulo, Sarissa, era en efecto la nueva General de las fuerzas armadas de Kaniba. Era una joven muy elegante, fuerte, de buen carácter y quien parecía estar a la altura de su rango a pesar de su juventud. Sus ojos oscuros al igual que su cabello la hacían tal vez un poco severa, aunque su sonrisa era hermosa. El parecido de Sarissa con su hermano era muy marcado, no tanto en lo físico sino en su porte de militar.

"Gracias por toda la ayuda que nos han dado en Kaniba, su majestad, se nos ha hecho fácil reconstruir y crear fortalezas en las áreas más penetrables de nuestras fronteras. Ha habido un poco de revuelo en las tierras de los ogros recientemente, era de esperarse."

"Me alegro que Astra este llevando acabo su misión." Sonrió Kairi complacida. Rómulo y Kalani se paseaban entre todos los presentes a la cena, dándoles una grata bienvenida al palacio. Kairi no pudo contenerse más y en un momento oportuno logró sentarse al lado de Violeta para hacer plática. Ander le sonreía amistosamente tratando de llamar su atención.

"Espero que la estadía en el castillo sea de su agrado." Kairi le comentó a Violeta.

"Sí, me trae buenos recuerdos a pesar de todo. Han logrado devolverlo a su antigua belleza. Creo que usted ha escogido muy bien los futuros monarcas, están muy felices y comprometidos. No tan solo con sus parejas, sino con el trono." Violeta le comentó con sinceridad.

"¿Cómo esta Ona? La vi cuando celebramos las nupcias de Rómulo."

"Si, ya estoy al tanto que vino sin mi permiso, es muy testaruda. Esta en la Academia Real, desafortunadamente se distrae demasiado... Me llegan muchas quejas de los profesores, es como si ella no tomara nada en serio. Yo hago lo que puedo para encaminarla, una vez que ya termine sus estudios estará libre de escoger lo que ella crea sea lo mejor."

"Ander se ve que esta muy contento con usted." Kairi le sonrió al niño.

"Su majestad, mi mamá es la mejor del mundo. Todas las tardes me lleva a cabalgar en mi caballo, Feroz." Ander le dijo lleno de emoción.

"¿Tu caballo se llama Feroz?" Comentó Kairi enarcando una ceja.

"Sí, su majestad, pero es un viejito contento." Ander le contestó a carcajadas.

"¿Y Bickett?" Kairi preguntó en voz baja casi con vergüenza de hacerlo.

"No se nada de él. Me imagino que Ona le habrá dicho que nos dejó hace tiempo. No estaba falto de amor, ni de familia, estaba falto de paz interior..." Violeta sonrió tranquilamente, como si ya hubiese aceptado mil veces en el fondo de su ser, que su hijo tenía que buscar la paz de la tormenta lejos de ella.

"¿Cree usted que regresará?" Kairi dejó que la angustia permeara su pregunta.

"Yo no lo esperaría..." Violeta le sonrió tiernamente, apenada al ver el rostro de Kairi afligido por la falta de esperanza. Sintió que no podía darle un falso aliento que no poseía. Ambas permanecieron en silencio hasta que Ander las interrumpió con una pregunta acerca de las hadas. Kairi aprovechó la oportunidad para apartarse de ellos y regresar a su lugar en la mesa. Se tragó el vino en su copa de una vez, haciéndole señas a las ninfas que le sirvieran más... y más. El mundo empezó a darle vueltas después de varias copas y su cabeza sentía un enjambre de abejas dando zumbidos en ella. Ahmand la observó con curiosidad y se empezó a burlar de ella.

"Mi querida Kairi, has cometido el descaro de emborracharte en una cena formal. Finjamos que estas indispuesta y te llevaré a tu recámara." Ahmand llamó a Rómulo con disimulo explicándole la situación al oído y este fue a buscar a su esposa para que ayudara. Kalani tomó a Kairi de un brazo para darle apoyo en lo que se incorporaba de su asiento, evitando a como de lugar atraer la curiosidad de los invitados. Se escabulleron sin ser vistas dirigiéndose a la nueva torre de la reina, donde estaba la habitación de Kairi, mientras Ahmand las seguía a corta distancia. Kairi se detuvo a mitad del jardín a devolver su cena, alegre de que nadie podía verla en aquel estado tan vergonzoso.

"Su majestad, beber tanto no es bueno para usted." La regañó Kalani.

"Kalani, ahórrate los comentarios. Creo que no le sirven de nada en este momento." Ahmand salió en defensa de Kairi quien comenzó a llorar. Después de llegar a la habitación, Kalani y Ahmand desvistieron a Kairi para recostarla en su cama.

"Enviaré las curanderas. Voy a regresar a la cena." Kalani les indicó mientras partía. Unos minutos más tarde llegaron dos brujas con unos brebajes para Kairi que pronto la hicieron sentir mejor. Ahmand estaba sentado en una butaca cerca de ella observándola tranquilo.

"Mi querida Kairi... Todos los días me recuerdas la exquisita fragilidad de los mortales..."

La semana antes de la coronación se pasó volando, había tantos detalles que atender, que era una escena caótica en cada rincón del castillo. Kairi se mantenía ocupada en las mañanas atendiendo asuntos legales de Astra que le llegaban con urgencia en manos de algún mensajero. Por las tardes se iba con Ahmand a cabalgar por los predios del castillo. En una ocasión tuvieron la osadía de visitar la ciudad de Bandah, pero fue tan grande el furor que causó su visita que tuvieron que regresar al castillo de inmediato. Le era muy difícil pasar desapercibida, la gente reconocía su imagen gracias a pedestales y tapices que se habían puesto en su honor. También la Espada Dorada que siempre llevaba consigo era como un anuncio definitivo de su identidad. No se atrevía dejar la espada en ningún lugar ya que sabía que era además de un artefacto mágico, un símbolo de la virtud de la justicia. No quería ser ella quien la perdiera de ninguna manera. Le había sugerido en varias ocasiones a Arkana que se llevara la espada a su templo pero cada vez la respuesta fue negativa. La Espada Dorada le pertenecía a La Princesa Dorada hasta el día de su muerte. Aquello le había sonado como una sentencia cruel. El ser responsable de semejante símbolo de la humanidad le daba más miedo que ser responsable de varios reinos.

El día de la coronación de los reyes de Bandah amaneció hermoso. Las nubes, el cielo, el viento y el sol se pusieron en concierto para lograr que los ánimos se elevaran a lo máximo. Kairi se levantó contenta ensayando varias veces todas las ceremonias que debía llevar a cabo. También todos los encantos que debía recitar y todas las palabras formales que habría que decir... Las damas de servicio la ayudaron a vestirse en el elaborado atuendo que le habían diseñado las ninfas del palacio. Sintió como si la estuviesen convirtiendo en un edificio, capa tras capa parecía perderse entre telas y decoraciones.

"¿Es necesaria toda esta ropa?" Preguntó Kairi preocupada.

"Su majestad, usted representa todas las líneas ancestrales de las reinas de Bandah y Astra, no cabían todos esos símbolos en un pedazo de tela." Una de las mujeres sonrió comprensiva. Una gigantesca corona de platino y diamantes le fue depositada en la cabeza, encogiéndola con su peso. Kairi suspiró con desaire pensando que la ceremonia duraría casi todo el día y ella iba a estar en esas insoportables fachas. Ahmand le había hecho entender la importancia de las ceremonias y la tradición, era importante siempre recordar el legado del pasado.

Casi no podía caminar, decidió usar un poco de magia para alivianar su atuendo, así que finalmente logro descender hasta la sala de coronación. Los pasillos del palacio estaban preñados de las más hermosas flores y guirnaldas de perlas adornaban todo, pues eran las piedras preciosas que Kalani había escogido para representarla. Un pelotón de soldados vestidos de negro y plateado, los colores de Bandah, la esperaban para escoltarla hasta su lugar en medio del salón. Un gigantesco trono de oro se posaba en un pedestal supervisando el local. A sus pies estaban dos tronos, donde Kalani y Rómulo esperaban sentados. Sus caras estaban serias y pálidas. Gotas de sudor se deslizaban estrepitosas por la sien de Rómulo y en pequeñas gotas sobre el labio de Kalani. El vestía un hermoso atuendo de cuero negro, con exquisitos bordados plateados y una capa de suntuosa gamuza verde que denunciaba su tribu Amazona. Kalani vestía una hermosa tunica de terciopelo rojo cubierta por un chaleco de malla de metal. Llevaba en su pecho el medallón de oro representando el reino de los dragones. La Reina Violeta en toda su regalía estaba sentada en un pequeño trono al lado izquierdo de Kalani con el cetro de Bandah en las manos. Las sacerdotisas se acercaron para acompañar ceremoniosamente a Kairi a su lugar en el trono donde una vez estuvo sentada, tuvo que encarar la multitud de personas presentes en la coronación. Sus ojos buscaban en la multitud con disimulo, por si acaso lograban ver de repente unos ojos plateados que pertenecieran a un príncipe perdido. Se le hacía difícil ver más allá de las primeras filas de los presentes, pues debía haber miles y miles de personas en aquel salón.

Kairi se levantó de su asiento alzando su espada hacia el firmamento, como le habían indicado en los ensayos, para dar comienzo a las ceremonias. Sin embargo, aquel gesto tan sencillo atrajo un relámpago del firmamento que logró hacer un hueco en la cúpula del salón y un despavorido estruendo. La Espada Dorada de inmediato se tragó el relámpago por completo, no sin antes dejar los pelos erizados y los oídos temporeramente ensordecidos. Unas ninfas se hicieron a la tarea de reparar la cúpula en un santiamén, mientras que otras recogían los vidrios de las ventanas explotadas en el acto. Después de un breve corre y corre, la ceremonia continuó, aunque Kairi estaba aterrorizada de mover su espada. Continuaron con las innumerables introducciones y formalidades, los relatos de los ancestros, la historia de Bandah; solo después de todo aquello finalmente le tocó a Kairi posar las coronas en las cabezas de los nuevos reyes.

"Kalani de Talma, esta corona representa la justicia, el poder y tu consagración al reino de Bandah. De este momento en adelante serás las luz del reino. Regirás con paz, valentía, dignidad, orgullo y sobre todas las cosas con honor. El reino no te pertenece, tu le perteneces al reino. Tu deber es guiar a tus súbditos para que tengan una vida sana, educada, pacifica y libre. Tu línea se establecerá en esta monarquía y llevará adelante el reino menor de Bandah hacia un futuro prospero. Es tu deber también de cuidar de la tierra, tu magia recorrerá la venas del reino. Con la autoridad del reino mayor de Astra, establezco el reino de Bandah bajo tu mando." Kairi posó una hermosa corona de plata incrustada en perlas en la frente de Kalani, entregándole una sonrisa. Kalani le sonrió casi a punto de llorar, la emoción desbordándosele por los ojos.

"Rómulo de Fabius y Janna, esta corona representa la justicia, el poder y tu consagración al reino de Bandah. De este momento en adelante serás la mano derecha de la reina de Bandah. Regirás su legislación con justicia, esmero y dignidad. Tu máxima prioridad será la de guardar el bienestar de la reina y por ende la del reino. Serás el alto jefe militar, aunque la paz y la prosperidad deben ser tu misión absoluta. Con la autoridad del reino mayor de Astra, establezco el reino de Bandah bajo tu mando." Kairi posó la corona tiernamente en la frente de Rómulo, quien le guiñaba el ojo pícaramente. Ella casi no pudo contener unas risitas tontas que aquel gesto le causaron. Kairi caminó hasta Violeta quien extendió el cetro de Bandah para posársselo en manos de Kairi.

"Violeta, recibo el cetro de Bandah y acepto tu resignación a la monarquía. Durante los años que le serviste a tu pueblo sin la intervención de la maldad de los que atacaron tu reino, tu reino fue pacifico y próspero. De este momento en adelante quedas libre de tus obligaciones al reino de Bandah." Kairi retrocedió unos pasos para entregarle a Kalani el cetro. Kalani se levantó de su trono, golpeando levemente el suelo con el cetro, lo que causó un golpe estremecedor que casi hizo que Kairi perdiera el balance. Ambas sonrieron desarmadas ante las peripecias de los objetos mágicos y sus volátiles sorpresas.

"Damas y caballeros, los nuevos reyes de Bandah." Exclamó Kairi de una vez para dar por terminada la ceremonia. Un arrollador grito de algarabía surgió de los presentes. Era el añorado comienzo de una nueva vida para su reino, cual trataría de enterrar en el pasado la maldad que había reinado por tantos años. Rómulo dejó atrás el decoro para darle un beso apasionado a su esposa mientras que ella lo abrazaba tiernamente. Kairi se sonrojaba al verlos, inundada de emoción ante la oportunidad de ser parte de la historia de un pueblo. Ahmand se le acercó para abrazarla, dándole las felicitaciones por haber oficiado su primera coronación. Rómulo soltó a Kalani dirigiéndose a Kairi, con un gran abrazo le dió una vuelta en el aire a pesar del atuendo que traía ella.

"Nunca pensé que sería un rey." Exclamó Rómulo con ojos abiertos de emoción.

"Felicidades." Respondió Kairi besándole los labios con ternura.

"Kairi, desde el momento en que te vi supe que no eras una persona cualquiera. No tuvo nada que ver con tu extraordinaria belleza, sino que radiabas una energía magnética incomprensible... En ese momento decidí creerte y irme con tu grupo a pesar de que no estaba seguro de nada. Gracias por darme una vida, tu misión se convirtió en la mía... Gracias... Por todo." Rómulo dejaba escapar unas lágrimas, mientras que Kalani le agarraba la mano amorosamente.

"Gracias a ti, Rómulo. No hubiésemos llegado tan lejos si no hubiese sido por ti. Algunas veces la vida se fija en lo que hace y le da meritos a los que se lo merecen, esta vez nos tocó a nosotros. Tenemos que aprovechar la oportunidad, ser agradecidos y sobre todo... felices." Kairi les dijo llena de emoción. La multitud se esparció por todas partes buscando una oportunidad de darle las felicitaciones a los monarcas, ó, a echar un vistazo a Kairi. Esa noche Kairi y Kalani caminaron solas hasta el corazón del castillo, donde había una gruta en la cual se encontraba una pequeña fuente cristalina. Allí Kairi le cortó un poco el dedo a la dragona derramando unas gotas de sangre que dejaron caer en el agua. Ambas sonrieron.

"Ya esta. Ahora eres oficialmente la reina de Bandah."

Kairi permaneció una semana más en Bandah tan solo para disfrutar de la compañía de Rómulo y Ahmand por más tiempo. El prospecto de regresar a la soledad del magnífico castillo de Astra no le apetecía demasiado. Ahmand estaba sentado en la grama junto a ella casualmente jugando con una copa de vino en sus dedos, que de momento se llevaba a sus labios carnosos.

"Deberías dar un viaje al reino de los dragones, Kairi."

"Tengo que regresar a Astra. Aun no hemos decidido que hacer con parte de los prisioneros de guerra. Los lagartunos nos piden que le devolvamos los suyos. Dicen que ellos harán justicia pero no les creo."

"¿Qué harías tu con ellos?"

"Preferiría matarlos a todos pero eso desataría la guerra." Contestó Kairi fríamente.

"Entonces déjalos encerrados." Ahmand le sonrió. Ambos se quedaron en silencio pensativos, cada cual perdido en el momento apacible que les tocaba el alma.

"Kairi, yo sería un buen rey para Astra..." Comentó Ahmand con voz sedosa.

"No tengo duda de eso Ahmand, es que solo te veo como a un amigo."

"Podrías amarme con el tiempo. He vivido tanto tiempo... se todo del amor..."

"No seas arrogante. No sabes nada del amor... Si lo supieras sabrías que no se puede abandonar así por que sí. Que el amor no se olvida, no se controla." Kairi se rió a carcajadas.

"Estas equivocada, el amor es un acto, amas porque decides hacerlo. Algunas veces esa decisión es inconsciente, pero es un verbo activo en tu corazón. Es verdad que a veces hay un magnetismo entre individuos que los hace creer que es amor pero eso tan solo es pasión. También la he conocido..." Ahmand se acercó más a ella. La brisa le movía su sedoso cabello rubio, como largas fibras que trataban de acariciar la cercanía de Kairi.

"Dame tiempo... No estoy diciendo que no pueda suceder... Por ahora estoy segura de que mi corazón esta en otro lugar..." Kairi lo miró tristemente dejándole entender que no podía aceptarlo. Ahmand dejó su cuerpo caer en la grama, perdiendo su mirada en el cielo nebuloso. Ella admiraba su belleza. La forma humana de Ahmand era alucinante, sin pensarlo dos veces se arrojó a él y le besó los labios. La sensación de su boca fue increíble... sentir la piel tersa y tibia de un beso robado le hizo el corazón saltar. Ahmand se sentó de inmediato, la atrapó en un abrazo y la besó apasionadamente. Kairi se dejó llevar, estuvieron besándose por largo rato...

"Lo siento." Kairi se alejó de Ahmand avergonzada.

"¿Por qué? Te gustó tanto como a mi..."

"No es que no me haya gustado es que soy una cobarde, te estoy usando. No quiero una relación contigo. Tengo que buscar a Bickett para salir de esta duda tan horrible. Te prometo que si él me dice que ya no me quiere para nada te buscaré. Si me aceptas después de todo eso..."

"Kairi, has lo que tengas que hacer. Yo tengo todo una eternidad para esperarte, mi única esperanza es que el príncipe tonto ese no sepa lo que le conviene." Ahmand la interrumpió riéndose. Ambos jóvenes regresaron al palacio con una nueva complicidad entre manos.

La despedida se le hizo dolorosa a Kairi después de haber pasado tantos días felices en el castillo de Bandah. Violeta le pidió que fuera a visitarla, lo que dejó a Ander lleno de emoción. Ahmand la abrazó con fuerza. Ella se teleportaría a Astra por lo que no necesitaría que la acompañase en el regreso. El dragón la miraba intensamente como si esperara que ella le diera una señal en cualquier momento. Ahmand esperaba una palabra o algún indicio de que ella lo deseaba y lo dejaría regresar con ella a Astra. Kairi no le dijo nada. Tan solo se despidió de todos llorando amargamente cuando desapareció de su vista, tan solo para reaparecer en la soledad de su habitación en el palacio real de Astra. Corrió hasta su lecho donde se echó a llorar con pesar... De qué le servía ser princesa, ser reina, tener riquezas y tener un castillo, si no tenía lo más importante del mundo... estaba sola.

Capítulo 11: Desolación

Los días, las horas, las estaciones y las noches serenas encontraban a Kairi
hundida en la rutina de su diario vivir. Miraba siempre hacia fuera de su ventana
añorando estar libre por el mundo sin tener que asistir a otra sesión legislativa, ni a
otra audiencia real. Se escapaba cuando podía hacia el bosque mágico para correr
descalza con los unicornios y las hadas. Hablaba a diario con los árboles contándole
de su nueva vida, de su hermoso castillo de mármol blanco aunque sabía que los
árboles sabían como se sentía en realidad. Entraba a la casita que la había visto
crecer, ya abandonada en el bosque, buscando el recuerdo y el calor que la pequeña
hoguera en su seno le brindaba. La casita del bosque ya no le pertenecía, el bosque
la había consumido poco a poco, dejando rastros de una infancia irrecuperable. Kairi
se despojaba de sus vestidos reales y se vestía con sencillas ropas de lana, tal como
lo hubiese deseado siempre para recorrer el bosque a su gusto. Era lo único que
lograba levantarle el ánimo... Sus amigos se comunicaban con frecuencia, sin
embargo no lograban aliviar su sensación de abandono. Rómulo la contactaba casi a
diario para pedirle ayuda en algún tema referente a las formalidades de la corona.
Mediante uno de esos contactos se había enterado de la noticia de que Kalani ya
estaba con criatura en su vientre lo le dio mucha alegría a Kairi, quien aceptó ser la
madrina de inmediato. Ahmand la buscaba a seguido y de vez en cuando recibía una
carta de Violeta, quien siempre le extendía una invitación a su hogar.

"Dile a la canciller que quiero verla en mi oficina de inmediato." Kairi le indicó a
Emé cuando regresó del bosque al palacio. La mujer se retiró en seguida. Una vez
que Kairi se cambió de ropa caminó con un poco de prisa hasta su oficina. Malén,
una elfa de aspecto muy oscuro le esperaba sonriente.

"Su majestad ha pedido mi presencia."

"Canciller, he decidido que estaré un corto tiempo en Ture. Iré al palacete de
Violeta de visita, envíenle un mensaje de inmediato. Haga los arreglos para que el
concilio siga operando eficientemente durante mi ausencia. Ninguna ley se ratificará
hasta que yo regrese, todo sigue igual. Cualquier asunto militar lo puede atender

Patak, o Kajet. Si es algo de urgencia que contacten a la reina de Bandah, si no me logran contactar."

"Su majestad, me alegro que se tome usted tiempo para disfrutar su juventud. El reino estará en buenas manos hasta que usted regrese... Le prepararemos una comitiva de viaje..."

"¡No! No quiero nada de eso. Viajaré como los demás, a monta." Le interrumpió Kairi.

"Su majestad, no es buena idea, permítame recordarle el revuelo que su presencia causa en cada lugar que se presenta. No se olvide tampoco que tiene que estar de regreso para planear los por menores de su coronación..."

"No hay mucho que planear, Malén. Ya he dicho que no habrá una celebración espectacular. Las riquezas que se gastarían en banquetes para un sinnúmero de nobles, que las repartan mejor entre la gente y que vengan solo los virreyes con sus familias. No hay nadie sobre mí que me pueda poner la corona en la cabeza, yo misma me la pondré... El evento más aburrido del mundo..." Comentó Kairi irónicamente.

"Su majestad, estamos todos muy honrados de ver una leyenda viva. Tal vez tenga usted dificultad en ver su importancia en este mundo, pero todos nosotros los que sufrimos la maldad, la guerra, el odio... apreciamos su existencia."

"En algún momento alguien los hubiese salvado de Koren de todos modos..."

"Su majestad, esta siendo usted muy obstinada. Koren era muy poderosa, nadie la podía detener, usted lo logró porque usted tiene poder sobre todos incluyendo los dragones..."

"Basta. Ya se, ya se..." Le interrumpió Kairi molesta.

"¿Puedo sugerirle por lo menos que viaje en un Pegaso?" Ofreció Malén.

"Esta bien. Gracias... Perdóname por portarme como una adolescente obtusa." Kairi se disculpó.

"Su majestad, todos hemos sido jóvenes." Malén le sonrió antes de marcharse.

Ture era una ciudad al borde del desierto con colinas salpicadas de verdor, donde el calor se sentía agudo durante el día y estrecho durante la noche. Kairi se dirigió hacia las afueras de la ciudad espiando como el verdor y las viviendas se hacían aun más escasas. Cerca de un pequeño lago colindante a un hermoso viñedo pudo divisar desde el lomo de su Pegaso el blanco palacete de Violeta. Un edificio majestuoso, aunque simple, que contaba con extensos jardines de rosas a su alrededor. Una brisa cálida y refrescante se deslizaba por los predios como una fluida serpiente buscando un lugar en la sombra. Una pequeña comitiva del servicio del palacete le esperaba en perfecta formación al lado del enorme portón de hierro. Violeta le saludaba afablemente mientras que Ander brincaba de lado a lado lleno de alegría, no por verla a ella, sino por que había visto un Pegaso en vuelo. Kairi descendió sin problema alguno, unos mayordomos se le acercaron para retirar su monta y sus pertenencias, mientras que las mucamas le ofrecían agua de rosas y té frío para refrescarse.

"Bienvenida a Kalaján, su majestad." Violeta la abrazó.

"Gracias por la invitación. Creo que el aire árido me va a venir muy bien."

"¿Crees que pueda montarme en tu Pegaso?" Ander le dijo abruptamente.

"Si Violeta lo permite, no veo por que no." Sonrió Kairi.

"¿Mamá?" Ander le arrojó a Violeta una mirada suplicante.

"Claro, esta bien. Solo para montarlo, no creo que es buena idea que vueles solo por ahí. Kairi acaba de llegar y tiene que descansar un rato." Ander corrió hasta los establos donde estaba el Pegaso.

"Está muy guapo." Comentó Kairi apreciando al niño.

"Uf, es la misma cara de su padre…" Comentó Violeta encogiéndose de hombros.

"Ven, déjame darte un paseo por los predios. Veras que finalmente tengo una vida tranquila y sosegada, podremos platicar con calma." Violeta entrelazó su brazo con el de Kairi y la guió hasta el interior del palacio.

El palacio estaba completamente forrado de mosaicos y azulejos de vibrantes colores por todas partes, las decoraciones estaban hechas de bordes de madera y madre perla, lo que le daba a todo una elegancia etérea. Los salones eran altos al igual que las entradas y las cúpulas, para dejar que la brisa los recorriera llevándose el calor consigo. Llegaron a una plazoleta donde una fuente cristalina resplandecía bajo el sol, decorada con pétalos de rosas que perfumaban su canto eterno. Una dama les trajo el té en una delicada bandeja de madera, con tacitas de barro.

"Me encanta su hogar."

"Gracias. Es mi lugar favorito. Era la casa de verano de mi familia, por lo que aquí habitan gratos recuerdos de juventud. Papo vino a presentarse ante mis padres en este lugar..." Su voz acarició el pasado.

"¿Y Ona, como esta?" Kairi interrumpió sus cavilaciones.

"Tal vez nos acompañe luego, ahora esta tomando sus examinaciones de fin de año. Se ha comprometido para casarse hace poco..." Comentó Violeta casualmente.

"¡Está muy joven! No ha entrado en edad todavía..." Exclamó Kairi un poco escandalizada.

"Tiene sus quince primaveras, le falta muy poco para entrar en edad. Después que termine sus estudios le he dicho que puede hacer lo que quiera. Además, el chico es muy bueno, es el hijo de unos pescadores de Stella Maris. Creo que lo mejor que le puede pasar es que siente cabeza y sufra una vida normal..." Violeta le dijo riéndose a gusto.

"A mi me gustaría tener una vida normal..." Kairi comentó dejando escapar un suspiro.

"Me imagino, se muy bien a que te refieres... como todo en la vida cada cosa viene con sus ataduras. Todos te agradecemos tus sacrificios. Los reinos están en deuda eterna contigo, nos has devuelto la paz y la prosperidad. Los bosques han comenzado a recuperar el esplendor de antes, los ríos cantan abundantes y los mares vibran de alegría... Las hadas del desierto están alegres de que una vez más puedan recorrerlo a su gusto ya que casi nadie se esconde ahí." Violeta dijo haciendo énfasis en las ultimas palabras. Kairi no sabía a que se refería exactamente... Sin embargo algo le decía que tenía que ver con Bickett.

"He estado buscándolo por todas partes... Le he pedido a los árboles, a las hadas, a las ninfas, a todos que lo busquen... y no aparece." Añadió Violeta sin mencionar nombre alguno aunque las dos sabían de quien se trataba.

"Si uno sabe mucha magia no hay nadie que lo pueda encontrar. Según tengo entendido Bickett es muy proficiente…"

"Sí. Entre Kalani y Grinda lograron hacerlo un mago poderoso. No tengo la menor duda que si el tiempo le hubiese dado la oportunidad se hubiese deshecho del hechizo que Koren le puso. Por suerte todo acabó antes de eso, no quiero imaginar que su tortura hubiese durado más tiempo. Lo vi sufrir tanto, vi las barbaridades que se llevaron a cabo en su contra…"

"¿Por qué me dices todo esto?" Preguntó Kairi con lágrimas a punto de derramársele de los ojos.

"Kairi, no se si regresará. No se si podrá amar a nadie… Traté de darle mi amor como pude, pero su alma esta tan llena de odio que lo ataca ferozmente. A veces se quedaba en silencio por días, luego demolía una habitación en segundos… Todos estábamos aterrados de su volatilidad. Tuve que paralizarlo una vez y casi ni pude, su poder excede lo que yo pensaba. Es más ogro que humano…" Una lágrima atrevida descendió por la sedosa mejilla de Violeta.

"Yo sentí su amor…" Kairi logró decir a pesar del apretón que ahogaba su pecho.

"No tiene nada que ver contigo, Kairi… es él." Violeta tragó un sorbo de su té y volteó su vista para dejarla perder en el horizonte.

"Me gustaría recostarme antes de la cena…" Kairi a penas pudo contener la cóngoja en su alma.

"Te llevaré a tu habitación." Violeta le dijo mientras apretaba su mano, demostrándole su apoyo. Ambas caminaron en silencio, de vez en cuando escuchando las carcajadas de Ander inundar el aire. Kairi pudo entender que después de todo el niño había sido una bendición para Violeta, una manera de sobrellevar el desconsuelo de haber perdido a su hijo nuevamente. Sus pasos hacían un suave eco por las lozas pulidas. Llos pasillos largos y al aire libre, las exponían a la luz brillante del día. Violeta la llevó a una enorme habitación que contaba con una cómoda antesala, dos recámaras, un extenso tocador y una sala de baño. Una muchacha estaba parada en una esquina esperando órdenes.

"Aimé te atenderá muy bien." Violeta le dijo retirándose de la habitación.

"Su majestad, es un honor servirle..." La muchacha de hermosos ojos claros le declaró sonrojada.

"¿Hace cuanto tiempo trabajas aquí?" Comentó Kairi.

"Desde que la Dama Violeta llegó a Ture, fui escogida entre mis hermanas para trabajar aquí." Le respondió la chica llena de orgullo. Kairi sabía que muchos saltaban a la oportunidad de trabajar con los nobles pues devengaba estatus y riqueza.

"Debes saber entonces donde quedan los aposentos del príncipe Eligio, necesito que me lleves ahí sin que nos vean..."

"Su majestad, Violeta le ha prohibido la entrada a todos a esa ala del palacio." Aimé le informó asustada por el pedido.

"Esta bien, no me acompañes. No tiene nada malo si me dices más o menos como llegar..." Sugirió Kairi.

"El palacio es como un rectángulo y esta ala es el Norte, Violeta y sus hijos habitaban el ala Sur justo en frente de este edificio. Después de un tiempo el príncipe se relocó al ala oeste, se dará cuenta porque el edificio tiene mucho daño en las paredes. Ese muchacho era un demonio en el palacio, su majestad."

"Te prohíbo que lo llames eso." Kairi la regañó haciéndola palidecer.

"Esta bien, ahora dime todo lo que sabes..." Kairi la sonsacó nuevamente.

"Pues, el joven casi siempre estaba callado y a solas. A veces salía a cenar con todos y pude verlo... OH ¡Que hermoso era!... Paseaba a caballo en las tardes, era muy buen jinete y usaba los falcones de caza adeptamente. Siempre pasaba la hora del té en compañía de su madre aquien prefería sobre todos... Casi no hablaba con la Doncella Ona, creo que ni quería mirarla. Sin embargo, compartía con el niño Ander largos ratos. Le enseñaba a usar la espada, a cabalgar, hasta le regaló un hermoso falcón entrenado..." Aimé pausó.

"Continúa, te lo ordeno." Kairi la miró fijamente.

"En muchas ocasiones el amo perdía la cordura... Una rabia inesperada se apoderaba de él haciéndolo explotar como un monstruo. Todo quedaba destrozado a su paso, ni siquiera las paredes de piedra eran capaces de aguantar su furia. Solo su pobre madre lograba apaciguar su alma, muchas veces le tuvo que poner cadenas mágicas para evitar que destrozara el palacio completo. En las noches gritaba aterrorizado, alguien lo torturaba... Recuerdo que gritaba el nombre suyo antes de sumirse en un aterrorizante silencio..."

"¿Mi nombre? ¿Pero qué decía?" Kairi preguntaba angustiada, tratando de unir las piezas de la escena tan horrorosa que se estaba pintando ante ella.

"Él quería que usted lo matara, su majestad..." Aimé le dijo temblorosa. Kairi sintió que su corazón le estalló en el pecho, un intenso dolor se le afincó en su ser. Todo este tiempo Bickett continuaba en las tinieblas torturado por los recuerdos del pasado y deseando mejor haber muerto, algo que ella le había negado. Ella arrogantemente había pensado que lo había salvado, sin embargo lo había condenado a otro tipo de prisión.

"Su majestad, no se ve bien. Yo creo que es mejor que descanse, olvídese de visitar esa parte del palacio..." Imploró Aimé.

"Tienes razón, prepárame el baño. Luego me recostaré un rato..." Después del aseo Kairi se acomodó en la suave cama para tomar una siesta. Le pidió a Aimé que le avisara una media hora antes de la cena, y que por favor no la molestara nadie. Tan pronto sintió los pasos de la mujer alejarse por el pasillo dio un salto fuera de la cama lista para irse a investigar. Su corazón palpitaba asustadizo, no sabía cual sería la reacción de Violeta si la atrapaban husmeando por el palacio. Los pasillos estaban desiertos, una tarde tranquila se desenrollaba melosa mientras que los sonidos de la vida silvestre salpicaban el silencio. Caminó despacito para que sus pisadas no la delataran, logró escuchar unas voces en la terraza, que pertenecían a los miembros del servicio. El ala Oeste estaba sombría, se podía apreciar que las paredes recién habían sido reparadas en algunas secciones. Parte del estuco estaba desprendido, denotando que las reparaciones fueron hechas de improviso. Se veían varias entradas, se le iba a ser difícil saber cual de las puertas daba a los aposentos de Bickett. Abrió la primera puerta para mirar al interior del lugar y se sorprendió al verlo desecho, como si un equipo de demolición hubiese visitado sin pudor. Los tapices estaban deshilados, sillas rotas, espejos, paredes... había pedazos de madera y concreto por todas partes.

Kairi caminó entre la desolación de aquel paisaje crudo, sintiendo como si estuviese pisando minas activas de dolor. La habitación estaba unida a la otra contigua por medio de un enorme roto en la pared. Ella se adentró hasta llegar a un dormitorio en cual el techo estaba medio deshecho que dejaba filtrar hileras de luz brillante. Había una cama revuelta, ropa tirada por todas partes y un escritorio recostado de un lado, falto de una pata. Las paredes tenían unas extrañas manchas rojas que le dieron escalofríos a Kairi al darse cuenta que eran sin duda de sangre... Alguien se había golpeado violentamente contra esas paredes, casi derribándolas por completo. El calor de sus propias lágrimas la asustaron al deslizarse por su rostro, su pecho se esforzaba por respirar de tan agobiada que estaba. Podía palpar el dolor en ese lugar. Se acercó a la cama agarrando una camisa tendida en esta, llevándosela a la nariz. Un dulce olor a piel la sorprendió, salpicado del olor a cuero y sudor... Era el olor de él... Aquí había dormido, aquí había sufrido.

Una pequeña cajita de madera le llamó la atención. Estaba tirada en el suelo adyacente a la cama, siendo la única pieza de aquel lugar que no había sufrido daño físico. La tomó con manos temblorosas para espiar sus entrañas. Su corazón palpitó con tanta fuerza que le dolía el pecho al darse cuenta que en aquella cajita estaban guardadas todas las cartas que ella le había mandado a Violeta. Él sabía muy bien que ella había tratado de contactarlo... que siempre preguntaba por él. Sin embargo, nunca le había ni siquiera escrito un saludo. Kairi dejó que su corazón se le rompiera, no había manera de vivir ese momento con ilusiones falsas. Por años ella había esperado una respuesta que no llegaría. Bickett resentía estar vivo, no quería buscarla, no quería saber de ella. Como una autómata regresó las cartas a donde pertenecían y se retiró a su habitación sigilosamente. Nadie se dio cuenta de su excursión, lo que le dio un gran alivio. Ya sabía el por qué Violeta nunca le contestó... Le debió haber dado pena tener que decirle lo que estaba pasando con su hijo... Se tendió en la cama a llorar un buen rato, quedándose profundamente dormida.

El resto de la semana en el palacio de Violeta le brindó una estadía tranquila. Ambas apreciando su mutua compañía y dotando a Ander con su atención. Kairi se despidió de ellos con ternura, prometiendo regresar a visitarles, a pesar de que su corazón quería huir para siempre de aquel lugar.

"Sería un honor si usted asistiera a mi coronación." Le dijo Kairi humildemente.

"Entonces allí estaré."

"Gracias por todo, esto ha sido muy bueno para mí... Déle muchos saludos a Ona de mi parte, lamento no haber podido verla en esta ocasión." Se dieron un firme abrazo mientras el mayordomo esperaba que Kairi terminara de despedirse, cerca del Pegaso. Ella se montó sobre la bestia volteándose a mirar sobre su hombro una vez más y despidiéndose de ellos con un adiós de su mano. La llegada a su castillo se le hizo agridulce, en vez de sentirse más descansada después de sus vacaciones, se sentía envejecida. Le pidió a Emé que le trajeran la cena a su habitación. No quería cenar con los demás miembros de la corte esa noche... necesitaba pensar a solas.

"Rómulo me ha dicho que no estas de buen humor, por lo visto no estaba equivocado." Ahmand le comentó impaciente.

"¿A qué has venido?"

"Algunos miembros de tu corte me han mandado a buscar, creen que estas muy deprimida..."

"¡Ah! Lo que me faltaba... ¿De cuándo a acá mi concilio se toma estas libertades? Hago mi trabajo, oficio el gobierno... ¿Qué más quieren?"

"Kairi, todos te queremos. Tenemos tu bienestar en mente. Estas joven y hermosa, debes de estar disfrutando un poco más y trabajando menos. El reino esta saludable, la gente esta en paz y contenta, ¿No es hora de que tu también tengas una vida?"

"Les agradezco a todos su preocupación, pero esta es MI vida. Soy la Princesa Regente de Astra, en unos meses tomaré el mando absoluto como reina. No estoy segura que esperan de mi... ¿Bailes? ¿Orgías?..."

"No seas terca, nadie esta insinuando cosas insólitas solo queremos verte sonreír. Debes traer jóvenes al castillo, que te hagan compañía. Debes tener música, tu palacio es muy austero..."

"Hay bastantes jóvenes en la corte y en realidad no tenemos mucho de que hablar. Sino te acuerdas yo crecí en el bosque, liberé un reino y tengo el poder máximo de la tierra. Ahmand, nadie me ve como una persona común y corriente. Los jóvenes me miran como una rareza, les hablo y tiemblan… Las ninfas se pasan haciendo fiestecitas a la hora del té pero yo siempre termino sola en una esquina, intimido a todos. No me interesa hablar de moda, de caza, de tonterías… Estuve en un grupo de escolares escuchando un coloquio, pero fui demasiada distracción para los demás… Para completar cada vez que hablo todos se creen que es un decreto…"

"Entiendo que no tienes una vida convencional pero tampoco es razón de arrojarte al abismo. Eres joven Kairi, eres hermosa por dentro y por fuera. Eres humilde y eso es lo que los demás deben ver…"

"Gracias, Ahmand. No es tan fácil como crees."

"Si me dejaras ser tu rey todo cambiaría…" Sugirió Ahmand casualmente.

"¡Claro! Con eso todo se arregla." Ella respondió cínicamente.

"No se arregla nada, pero me tendrías a mi contigo siempre. Un amigo, un amante dispuesto. Nuestra línea será la más poderosa de la historia…"

"Ya me imaginaba, soy víctima de tu vanidad…"

"Déjate ya de tonterías, sabes que es la verdad. Ningún ser viviente se te compara. Y yo soy el único dragón que no ha hibernado, el más viejo de todos, el más poderoso. Soy digno de ti…" Ahmand le agarró la mano tiernamente rogándole con sus ojos que lo aceptara.

"Muy bien, anunciemos un compromiso. Pero no me quiero casar todavía, ni tampoco muy joven. Después de mi coronación quiero tomar la decisión final… Es posible que cambie de opinión o que me tome algunos años…"

"¡Acepto!" Sonrió Ahmand besándole la mano a Kairi. Ambos sabían que ella no reemplazaría el lugar que Zoia había ocupado en el corazón de Ahmand, ni que él el de Eligio, pero aceptaban la posibilidad de encontrar una relación juntos.

La noticia del compromiso entre el rey de los dragones y La Princesa Dorada recorrió el reino como una llamarada hambrienta. En cada boca se murmuraba de la unión más poderosa entre humano y criatura mágica que jamás hubiese existido. Debido a que la coronación de Kairi sería un evento muy privado, la gente tenía la esperanza de que tal vez la boda real sería espectacular y todos tuviesen la oportunidad de ser parte, de alguna forma, de semejante evento. Las cartas de felicitaciones llegaban de cada parte de los reinos, mientras que afiches con la imagen de Ahmand y Kairi se entregaban a los interesados como razón de conmemoración. Algunos jóvenes de alcurnia sintieron sus ilusiones hacerse añicos pues la princesa si antes le había parecido difícil de cortejar, con un dragón en guardia sería un imposible. Arkana no se tardó en visitarla al recibir la noticia. Kairi la recibió en su sala de música para que la Demi-diosa estuviese a gusto.

"He quedado sorprendida con la noticia, para serte honesta. Eres muy joven, ni siquiera estas a mitad de tu vida. Comprometiéndote con Ahmand posiblemente le estas cerrando la puerta a otras oportunidades...."

"Solo hay una persona en este mundo a la cual mi corazón le pertenece y esa persona no siente lo mismo por mi...Desde el momento en que lo vi le entregue mi corazón de niña, de mujer, de vieja... Desafortunadamente, el destino ha tomado cargo de la situación y no es lo que yo esperaba... Ahmand es un buen amigo y será un buen rey, el bienestar de Astra es lo que más me interesa."

"Astra esta y estará muy bien en tus manos siempre. Me preocupa que Ahmand te esté obligando a un compromiso que no estas lista para hacer." Le comentó Arkana con preocupación en los ojos.

"Él no me ha obligado a nada. También le he advertido que es un compromiso que puede ser nulo en cualquier momento... Además, yo soy la futura reina de Astra. Si decido casarme con otro después, puedo anular mi matrimonio con Ahmand en cualquier momento."

"Solo creo que te adelantaste demasiado con este asunto del compromiso. Ningún caballero se va a atrever a acercase a ti sabiendo que estas comprometida con un dragón...¿Y si Bickett aparece? ¿Qué crees que va a pensar cuando escuche esta noticia?"

"Sé que lo estimabas, pero él ha sufrido mucho después de su salida de Bandah... No creo que esté interesado en cortes ni nada por el estilo, probablemente sintió por mi solamente el agradecimiento de la salvación. Fui yo quien entendí otra cosa..."

"Kairi, todas las heridas toman tiempo en sanar... Las de él eran muy profundas... Antes de poder vivir plenamente hay que estar bien de cuerpo y alma..." Arkana le dijo con serenidad, dejando que Kairi recibiera el impacto de aquellas palabras tan simples pero tan verdaderas. Un escalofrío le recorrió el cuerpo a Kairi. La veracidad de lo que Arkana le indicaba se le hundía en la mente con un peso certero. Había tomado una decisión muy rápida, tal vez era obvio que Bickett estaba luchando con su pasado y ella había caído tontamente ante la impaciencia.

"No sé que hacer..." Declaró Kairi derrotada.

"Desafortunadamente, esa es la eterna queja de los mortales. Lo que pasa es que siempre se olvidan de que llevan dentro las respuestas, pero no quieren verlas..."

"Ahmand estaría destrozado si le digo que no quiero el compromiso..."

"Yo no te puedo decir qué hacer, tus acciones te han llevado a un lugar, tus acciones te sacaran de allí. Todo tiene consecuencias." Arkana le advirtió.

"No sabes como desearía que mi vida fuese diferente..."

"Kairi, no pierdas tiempo enfocándote en las cosas que no puedes cambiar... Aunque renuncies al reino y te escondas en una cueva, o te desaparezcas de la faz de la tierra seguirás siendo Kairi, la del bosque. Hija de Risa y Olan, reyes del reino Mayor de Astra, ser legendario por ser dueña legítima de La Espada Dorada... Kai'ri... En unos meses serás la reina, te espera una larga vida de servicio. ¿No es mejor que seas una monarca feliz? Tu sangre correrá por el reino dándole vida... Te aseguro que hay una diferencia entre una reina feliz y una reina infeliz..."

"No quiero seguir hablando..." Kairi respondió con ojos nublados de tormenta. Arkana le ordenó a las ninfas que tocaran una pieza alegre sirviéndole otra taza de té a Kairi. Líquido que misteriosamente parecía un brebaje colorido, perfumado exquisitamente con el aroma de las flores silvestres. La princesa se llevó la bebida a los labios y de inmediato sintió un placer tranquilo recorrerle el cuerpo...

"¿Te podrías quedar en Astra hasta mi coronación?" Kairi le suplicó a Arkana.

"Sabes que no puedo meterme demasiado en la vida de los mortales... Mi presencia en el templo fortalece al bosque de Albah..."

"Entiendo... Sé que hiciste una excepción enorme al encariñarte con Bickett. Me gusta tu compañía, me siento tan sola... Solo quise..."

"No tienes por qué disculparte. Es más, sí me quedaré una temporada en Astra. Quiero compartir contigo... Albah no me extrañará, haré que las ninfas se hagan cargo de todo en mi ausencia." Kairi sonrió alegremente dándole un fuerte abrazo a Arkana, quien por primera vez en su existencia sintió el calor de un mortal que la amaba de tal manera. Arkana resplandecía de alegría, resintiendo el no haber descubierto antes el placer de ser amado y necesitado tan abiertamente...

Ahmand no estuvo muy contento al saber que la Demi-diosa estaría en Astra por una visita extendida. Se sintió intimidado y entendió de inmediato que quedaría a un lado pues Kairi encontraba en Arkana la madre que siempre añoró tener. Ambas mujeres se pasaban el día platicando cuando estaban libres, o caminando por el bosque mágico, lo que le venía de provecho a Kairi. Ella escuchaba atentamente las historias ancestrales del mundo, de los reinos, de la humanidad... Ahmand se sentaba con ellas cuando le permitían acompañarlas y añadía alguno que otro detalle desde su punto de vista. Poco a poco él se estaba acostumbrando a la presencia de Arkana y había dejado de verla como contendiente por las afecciones de Kairi, sino como una añadidura positiva en sus vidas.

El día de la coronación de Kairi se acercaba por lo que existía un furor en el castillo. A pesar de que Kairi había ordenado una ceremonia sencilla, las ninfas, las elfas, las hadas y cada otra criatura mágica hacían hasta lo imposible por decorar todo hermosamente; planeando cada detalle con recelo. Doce virreyes estarían presentes al igual que delegados de las ciudades más importantes. También se habían incluido los reyes de algunos reinos de criaturas mágicas y de reinos lejanos... Violeta y Ander llegaron dos semanas antes de la coronación para pasar tiempo con Kairi, al igual que Kalani quien estaba a finales de su embarazo. Kairi estaba muy interesada en los particulares de este suceso, pues si llegaba a casarse con Ahmand quería saber lo que le esperaba.

"¿Te has sentido bien?" Preguntó Kairi mientras observaba el pequeño bulto que se escondía bajo la tunica de Kalani.

"Sí, muy bien. Aunque estoy un poco preocupada por Rómulo. Creo que piensa que me va a salir un lagarto del vientre..."

"¿Acaso no le dijiste como es? Leí en un libro que las uniones entre dragón y humano, siempre resultan en que el infante tenga forma humana..."

"Si, es cierto. Pero él ha sabido de casos en que la criatura sale con aspecto de dragón, hay que entonces esperar unos años en lo que puede controlar su magia para tomar forma humana… Yo tuve forma humana desde temprano, por tener tanta magia…"

"De todos modos van a querer la criatura igual, les deseo que sea hembra." Comentó Kairi haciendo un brindis por la supuesta futura heredera de Bandah.

"Lo son." Declaró Kalani sonriente.

"¿Más de una? ¡Oh, felicidades!" Exclamó Kairi sonriente, mientras que Arkana frotaba el vientre de Kalani con ternura. Ahmand estaba callado tratando de evitar el momento, pues en su memoria estaba latente el recuerdo del hijo suyo que llevaba Zoia en su vientre en el momento de su muerte…

"Rómulo esta histérico, creo que está más asustado con el prospecto de ser padre que con gobernar un reino, que en efecto lo ha hecho muy bien." Añadió Kalani. Todos rieron amenamente disfrutando de la tarde tranquila, de su compañía y del momento. Kairi sintió una complacencia serena que no había experimentado en mucho tiempo, agradecida de la presencia de todos ellos en ese momento, en ese lugar. Violeta y Arkana platicaban como viejas amigas que eran, Kalani se reclinaba tranquila acomodándose en los cojines, observando como Ahmand correteaba a Ander por el lugar. Kairi sonreía, por primera vez no se sentía sola, se sentía parte de algo…

Capítulo 12 : El ogro y la Reina de Astra

La nieve caía como un blanco manto sobre la tierra escudriñándose en cada rincón posible. Una brisa violenta azotaba de vez en cuando levantando remolinos de frío que atropellaban el paisaje. En toda la historia de Astra no se había sentido un día tan inclemente, Kairi lo tomó como un halago pues hasta el clima quería lucirse el día de su coronación. Los predios del castillo estaban desolados, los guardias habían sido ordenados de permanecer en el edificio militar, no era necesario que sufrieran la tormenta. Eran pocos los que querían estar correteando en las afueras de sus respectivos edificios sin tener una buena razón. El palacio real estaba aislado del mal tiempo, adentro parecía un hermoso día primaveral con tantas flores y decoraciones llamativas. Fuegos mágicos y coloridos saltaban vibrantes en el corazón de las chimeneas, logrando una temperatura cálida y confortante.

Kairi se había levantado temprano y se había dado un largo baño de agua caliente para aliviar los nervios un poco. Después de tantos años finalmente el reino de Astra tendría una reina… ella. Ya había cumplido sus dieciséis primaveras lo que dictaba que ya había entrado en edad y tendría que asumir el mando oficial del reino. No podía creer lo que el tiempo hacía… Emé llegó acompañada de un enorme ogro quien cargaba con sus vestimentas para la coronación, las cuales por poco la hacen desmayarse al ver su complejidad. Su suplica a las elfas de que le hicieran un traje sencillo había caído en oídos sordos por lo visto. El vestido estaba hecho completamente de oro, incrustado con diamantes y decorado con delicados bordados de platino. La artesanía de los elfos con el metal era incomparable, pero ella no entendía como era posible ponerse semejante monstruosidad de metal.

"¿Cómo se supone que me ponga esto?"

"Su majestad, las elfas han dicho que una vez usted se lo ponga no pesará más que la seda…" Comentó Emé encogiéndose de hombros. Kairi se adentró en el vestido, para su sorpresa la pieza no pesaba más que el terciopelo ya que seguramente lo habían encantado.

"Su majestad, se ve hermosa. Es toda una visión gloriosa…" Declaró Emé casi sin aliento. El ogro gruñó de acuerdo.

"Dale aviso a todos que ya estoy lista… iré a mi oficina para iniciar la procesión desde ahí."

"Sí, su majestad." Emé se arrodilló ante ella para besar el tren de su traje.

"¿Qué estas haciendo mujer? ¡Levántate! Tu has sido una buena compañera y trabajadora todos estos años. No soy tan distinta a tí, las dos somos humanas." Kairi le dijo sonriente mientras le daba un abrazo, cual hizo que la mujer casi perdiera el aliento. Emé salió de la habitación en seguida asustada de haber sido tocada por Kairi, como si aquel gesto en vez de abrevar la brecha entre ellas, la aumentara. El ogro también se alejó después de hacer una cortesía, sus pasos haciendo resonantes ecos pesados en el pasillo. Ella se observó una vez más en el espejo riéndose tontamente de la absurdidad de su atuendo, deseando estar más que nada en sus cómodas túnicas de lana. Se apreció satisfecha de que a fin de cuentas era una joven presentable. Su cabello rubio era un poco rabioso, pero le daba un halo de energía que la hacia sentir libre. Caminó por los pasillos arrastrando el largo tren de su vestido y de vez en cuando encontrándose con alguien que quedaba paralizado al verla. Le molestaba cuando todos se tiraban de rodillas ante ella, insegura de donde había salido esa mala costumbre. En su oficina le esperaba Malén, elegantemente vestida de un color vino intenso que destacaba sus uñas negras pulidas al máximo. Arkana estaba vestida con una tunica casi transparente que llegaba hasta el suelo. En su cuello llevaba un sinnúmero de hermosos collares de diferentes tamaños que la adornaban como exquisitas guirnaldas colgantes. Ahmand estaba vestido de gris grafito, en honor a su color original de dragón. Era un joven hermoso… su largo cabello rubio recogido en las pequeñas trenzas simbólicas de su raza, enmarcaban su rostro perfecto. Aun así Kairi evitaba sus ojos.

"Kairi, tendrás que añadir a todos tus elogios el de ser la reina más hermosa en la historia de Astra." Ahmand la abrazó depositando un tierno beso en su boca. Kairi se sintió un poco incómoda habiéndosele olvidado que Ahmand era su prometido, por lo que debía esperar algunos contactos íntimos de su parte.

"Estoy lista. Terminemos con la ceremonia pronto." La voz temblorosa de Kairi traicionó sus nervios. Malén iría dando paso a la procesión, pues estaba encargada de cargar la corona de Astra. La habían reconstruido exactamente como la que existió antes de que el castillo sufriera el ataque que lo destruyó completamente. Era una corona hermosa de platino y diamantes, con afiladas puntas que hacían parecer como si de la cabeza de la reina salieran rayos de luz. Después de Malén caminarían Arkana y Ahmand, las personas escogidas por Kairi para acompañarla en sus últimos instantes como princesa. Kairi sería la ultima en entrar, como siempre con su espada en su cinturón y esta vez no la alzaría al aire pues sabía que con la tormenta rugiendo afuera del palacio atraería demasiados relámpagos. Arkana le había explicado que ella podía con su espada atrapar un rayo y luego usarlo en contra de un enemigo.

Los presentes se levantaron de sus cómodos asientos para recibir la comitiva real, apreciando boquiabiertos el espectáculo de la majestuosidad de Kairi. Ella buscaba rostros conocidos en la multitud. Violeta le sonreía emocionada con lágrimas de cariño en sus ojos con Ander a su lado. Rómulo y Kalani tomados de la mano, le saludaban secretamente con el brillo de sus ojos. Ese era todo el conjunto de personas que su presencia más le importaba en ese momento. Se sentó en el trono a encararlos a todos mientras que las sacerdotisas empezaron sus ritos. Las ninfas cantaban melódicamente canciones de magia e historia mientras que las hadas esparcían zumo de alegría por todas partes… Malén se dirigió a la concurrencia para empezar la ceremonia, Kairi oía la voz de la elfa pero no escuchaba sus palabras, el palpitar emocionado de su corazón le impedía hacerlo. Quería salir corriendo del salón, directamente al bosque encantado donde había crecido. La gloria y el poder le parecían tan absurdos, mientras menos había tenido, más feliz había sido. Uno a uno los reinos le presentaban regalos para celebrar su nuevo título, el reino de Bandah le otorgó un cetro de platino idéntico al que usaba la reina de Bandah. Cyrus le entregó una hermosa capa de colores hecha en su totalidad de diminutas alitas, que la protegerían de cualquier clima. Nubis le regaló una copia del libro de hechizos más venerado por las brujas, quienes lo atesoraban más que a nada en su reino. El reino de Polaris le entregó un cofre lleno de las joyas más hermosas que los elfos y duendes pudiesen haber confeccionado. El reino de Stella Maris le entregó el canto de las sirenas en una concha de mar, collares de perlas, vino de algas dulces y otras delicias del mar. La reina Amazona le entregó un hermoso arco dorado, con flechas mortíferas del mismo color. También le entregó un batallón de Amazonas para que se unieran al cuidado de la seguridad del castillo y la metrópolis de Astra. Los Virreyes de Neris la sorprendieron con baúles de gamuza, cuero y otras finas telas con las que jamás podría hacer suficientes vestidos en toda su vida. Solaris le dio muestras de todos los frutos del desierto para abastecer las bodegas por meses, un mapa mágico que le demostraba secretos del desierto y especias fragantes. Bedega le llenó sus almacenes de vinos, granos y frutas. Kaniba le regaló el más hermoso corcel que ella había visto. Un caballo gigantesco de color negro, con cabello largo y resplandeciente de orejas orgullosamente erguidas. Ella pudo apreciar que el animal era un ejemplar ecuestre invaluable. Ahmand se arrodilló ante ella cuando le tocó su turno para entregarle una exquisita sortija repleta de rubíes, que parecía como si pequeñas gotas de sangre hubiesen salpicado el oro... Las demás comitivas continuaron con sus regalos, cada uno exquisito y sorprendente.

"Kai'ri de Olan y Risa, heredera legítima al trono de Astra desde este momento eres reina. El reino no te pertenece, le perteneces al reino, tu deber será cuidar el bienestar de tus súbditos, de la tierra... Fuiste escogida por la magia ancestral para liberar nuestros reinos de la maldad, contigo llega la justicia, la dignidad y la paz." Malén habló a toda voz. Le entregó la corona a Kairi quien se levantó de su trono para recibirla, el frío del metal hizo contacto con sus manos temblorosas para despertarla de su trance. El momento había llegado, sería una reina. Ese era su destino desde el día en que había nacido, lamentaba terriblemente que sus padres no estuviesen presentes para verla en ese momento tan importante, tal vez su madre la hubiese coronado. Una lágrima se le escapó con la imagen de su madre que había visto en lienzos. Arkana tenía razón, ella tenía que buscar la felicidad sino la vida no tendría sentido.

Se posó la corona en la cabeza con la intención de ser la mejor reina posible, de amar intensamente, de vivir intensamente... Los aplausos tronaron por el salón con un golpe estruendoso. Extrañamente una ráfaga de frío se adentró en el lugar causando un pequeño revuelo. Los guardias corrieron a la entrada del palacio a asegurarse que las puertas estuviesen cerradas. Una conmoción se estaba desatando en los pasillos del palacio y los invitados comenzaron a inquietarse en sus asientos, tratando de ver que estaba sucediendo. Se oían muchos pasos pesados y el indiscutible chillar de unas cadenas gruesas de metal arrastrando algo muy pesado por el suelo. Kairi estiraba el cuello para ver más allá de los presentes tratando de averiguar que estaba sucediendo. Un soldado corrió apresurado hasta Malén susurrándole algo al oído, quien corrió a su vez a donde Kairi.

"Su majestad, los ogros están aquí, dicen que tienen un regalo para usted. No son de confiar, le suplico que le pida a los dragones que los saquen del palacio, puede ser una situación explosiva..." Malén le informó mientras el tumulto en el pasillo se hacia más audible. Ahmand se había levantado de su asiento al igual que Rómulo, listos para ir a contener cualquier situación indeseable.

"Déjenlos, no han sido invitados pero igual tienen sus reinos y hay que tomarles consideración. A lo mejor esto conlleva a mejores relaciones diplomáticas entre nuestras razas." Kairi le ordenó a Malén, quien se dirigió de inmediato al soldado para relegar la orden. El hombre desapareció del salón. Unos minutos después entraron dos gigantescos troles de pinta temerosa, sus cuerpos casi ocupando toda la altura del salón. Cuatro ogros de diferentes tamaños y formas se presentaron detrás de ellos dando paso a un ogro que comparado con los otros era más pequeño, pero no de aspecto menos aterrorizante. Estaba vestido con los chalecos de cuero y pieles de animales que los ogros solían llevar, y con las botas de armazón de metal. Su pelo estaba en hileras de enredos y su rostro cubierto por la grotesca mascara de metal que los ogros solían usar en la guerra. El ogro llevaba en sus manos dos gruesas cadenas parecidas al tronco de un árbol, de las cuales arrastraba una enorme piedra cristalina que dejaba un surco en las perfectas lozas de mármol del palacio, para el enfado de los elfos presentes. El ogro desprendía el olor repugnante de su raza, y caminaba goteando fango por todas partes gracias a la nieve derretida que traía consigo. Caminó justo hasta frente del trono arrastrando la piedra todo el tramo, escandalizando a todos los presentes. Kairi se levantó de su trono un poco molesta e incrédula ante el espectáculo que el ogro estaba llevando a cabo.

"Su majestad, perdone nuestro atrevimiento. Soy Grunden, Príncipe de los reinos de Urduk y Ganghan. A pesar de que hemos sido aislados de todas las celebraciones reales... Las nupcias del Rey de Bandah, la coronación de los reyes de Bandah, su festejo de compromiso... Le traemos un obsequio en su coronación como un gesto de buena voluntad." El ogro habló con voz áspera, casi difícil de entender.

"Príncipe Grunden, algunos de los ogros han sido aislados de nuestro gobierno debido a su pasada colaboración con agentes en contra del bienestar de los reinos unidos de Astra y Bandah. Fueron aliados de las fuerzas armadas de La Princesa Regente Koren y el General Orión. Esos eventos han quedado en el pasado, pero le recuerdo que de no haber sido por la ayuda que les dieron sus reinos, el poder de ellos no hubiese sido ejercido tan brutalmente." Le dijo Kairi con firmeza.

"Su majestad, no soy responsable del pasado, pero si del futuro. Nuestra raza es muy volátil... Aun así quisiera hacer un tratado de paz con usted... He escarbado hasta el corazón de la tierra, este es el diamante más grande del universo. Si es que hubiese otro que lo superara, también lo buscaría. Es para usted..." Un suspiro de impresión recorrió la concurrencia al ver el tamaño de la piedra. Los elfos no pudieron contenerse y se acercaron para ver semejante curiosidad, aprobando de inmediato el calibre del diamante.

"Muchas gracias, Príncipe Grunden..." Kairi comenzó a hablar.

"Es usted un atrevido, hacer semejante escena en la coronación de la Reina de Astra... Su regalo es un insulto." Vociferó Ahmand airado acercándose al ogro.

"Señor rey de los dragones, entiendo que su raza esté un poco molesta con la nuestra, les intimidamos..." Grunden se dirigió a Ahmand con burla.

"Los ogros no nos intimidan." Ahmand espetó con obvia furia.

"Por supuesto, pero ustedes han sido nuestras cenas en varias ocasiones..." El ogro se rió a carcajadas causando un revuelo en los miembros de la audiencia.

"Su majestad, le ruego que saque estas criaturas deplorables de su ilustre palacio." Ahmand se dirigió a Kairi obviamente tenso.

"Príncipe Grunden, acepto su regalo pues rechazarlo sería una afrenta para su reino. En lo que se refiere al tratado de paz, use las vías correspondientes para establecerlo. No es la ocasión para indagar en esos asuntos diplomáticos. Tampoco quiero confrontaciones, ni ofensas… Le pido que se retire de una vez." Kairi le habló.

"Su majestad, me voy. No sin antes pedirle algo…" El ogro se arrodilló ante ella. Los presentes saltaron de sus asientos asustados, observando la escena boquiabiertos e intentando averiguar que era lo que el otro se traía entre manos.

"Vivimos en tierras inhóspitas, en el frío, en el fango… Soñamos con la belleza de las flores que nuestras torpes manos estrujan al tratar de tocarlas. Somos una raza violenta, llena de fuerza física y magia ancestral. Nuestros corazones no añoran la paz porque no la conocen… A mi reino llegó la voz anunciando la existencia de una princesa mágica… Hermosa… Con ojos, piel y cabello dorado. Me pregunté si sería la princesa como la miel… ¿Cómo una criatura tan deforme y asquerosa como yo se atreve en pensar en una tan perfecta como usted? Ahora que la veo, me doy cuenta que he sido una bestia… que siempre seré una bestia. Este diamante no es suficiente para pagarle a usted el privilegio de posar mi vista en su semblante…"

"¡Ogro, acaba de decir qué quieres!" Rugió Ahmand impaciente. Kairi le hizo un ademán para que se calmara y dio un paso alejándose de su trono. Luego extendió su mano para ayudar a que el ogro se irguiera. La imponente estatura de Grunden la hacía parecer tan frágil que Ahmand corrió a su lado para protegerla.

"Príncipe Grunden, ¿Qué es lo que quiere?" Kairi exigió tranquilamente.

"Su majestad, he conocido la soledad y el vacío, pero nunca he conocido el amor. Ni siquiera se que hace la gente para tenerlo… Quiero que tenga pena de mi… Quiero un beso… de sus labios." Las palabras del ogro fueron una afrenta extravagante para los presentes, muchos sacaron sus armas, sobretodo Rómulo quien ya se acercaba al ogro lleno de rabia. Los murmullos de los ofendidos eran un marullo que arropaba el salón de esquina a esquina ante el pedido tan absurdo.

"¡Basta! Príncipe o no, está insultando a la reina de Astra. No tan solo eso, pero esta mujer es mi comprometida… Sus palabras me ofenden, una más y tendrá que verse en un duelo conmigo." Ahmand amenazó enfurecido.

"Acepto el duelo." Respondió el ogro tranquilamente.

"¡No! Aquí no habrá duelos ni nada por el estilo. Les ordeno a los dos que mantengan la compostura." Kairi habló a toda voz, paralizando la concurrencia. Le dió una mirada furtiva a Ahmand que lo hizo regresar a su asiento aturdido. Los demás siguieron su ejemplo y regresaron a sus lugares.

"Grunden, me ha tomado por sorpresa. Pensé que el día de hoy iba a ser menos peculiar... Sus palabras me han conmovido y quiero que sepa que todos somos capaces de añorar el amor, la belleza y la compañía de un ser querido. Si cree que con un beso de mis labios su vida será mejor no veo porque no dárselo."

"¡Jamás! No voy a permitir que te ensucies los labios con esta bestia." Exclamó Ahmand alzándose de su silla enfurecido. Se acercó al ogro con sus garras expuestas dispuesto a atacar mientras que el ogro cerró sus puños listo para defenderse. Kairi sacó sus espada amenazante.

"¡Basta! Si quieren hacer alardes de su fuerza masculina, lárguense de mi palacio. ¡Tontos!"

"Lo siento, su majestad. Yo me iré, no fui invitado. Ha sido suficiente con poder verla y con escuchar su voz, este recuerdo me lo llevaré conmigo hasta mi último aliento. Le deseo que sea felíz al lado de esta criatura que ha escogido, que aunque muy bonita por fuera, creo su interior está hueco. Que pena que no fuese yo un hermoso príncipe... tan solo un triste ogro." La voz ronca de Grunden temblaba de emoción y pena. Kairi sintió como sus ojos se nublaron observando al ogro con tristeza, la realidad era que una Reina como ella estaba muy lejos de un príncipe como él. El ogro bajó su cabeza humildemente y se dio la vuelta para marcharse ante los ojos acusativos de los demás, sabía que todos lo odiaban en ese momento por su intrusión tan absurda en el palacio. Los troles se alejaron seguidos por los ogros y el príncipe, aun cabizbajo.

Kairi los observó marcharse con un apretón en el pecho. A sus pies se le había arrodillado un ogro pidiéndole un beso, haciéndolo de la manera más desgarradora posible, tan solo para irse más ogro que nunca. ¿Qué era un beso? Era tan solo un acto de afecto, a veces un acto de salvación, un acto de caridad... No lo pensó más, ante la sorpresa de todos salió disparada tras los ogros dispuesta a darle un beso al príncipe de los ogros. Ahmand trató de detenerla, pero ella le dio semejante empujón que lo dejó aturdido y enterrado en la pared. Nadie más se atrevió a metérsele al paso. Logró ver que los ogros estaban ya saliendo del palacio mientras que ráfagas de nieve se hacían paso abruptamente por las puertas que los guardias trataban de mantener abiertas justo lo necesario para dejarlos ir. Kairi les ordenaba a los guardias que detuviesen al príncipe, pero ellos no podían escuchar lo que les gritaba por el rugir del viento. No le quedaría otra opción que salir a la tormenta… Los guardias se asustaron al verla de repente, más aun cuando abrió las puertas de par en par dejándose azotar despiadadamente por la nieve fría. Podía ver la imagen de los ogros y los troles alejándose por la plazoleta con rapidez. Trató de correr en vano para alcanzarlos, su estúpido traje de metal convirtiéndose en una enorme bandeja para la nieve. No le quedó otro remedio que quitarse el vestido, enfrentando la tormenta en su ropa interior, una simple camisilla y pantalón de lana. Sus delicadas zapatillas de seda estaban empapadas de agua helada, pero sus pies hicieron caso a su urgencia llevándola lo más pronto posible hacia el ogro.

"¡Espere!" Le gritó Kairi mientras recibía los fuetazos de la tormenta, estaba segura que todos saldrían a buscarla en un segundo. Los ogros se voltearon sorprendidos por la voz tratando de ver entre la nieve quien los seguía. Grunden corrió hacia ella arropándola con su cuerpo.

"Su majestad, ha perdido la cordura." El ogro la tomó en sus brazos tratando de buscar con urgencia un albergue cercano que les diera protección de la nieve.

"Le debo un beso…" Logró decir Kairi tiritando de frío. Grunden hizo un albergue mágico que los protegería del inclemente clima, parecido a una caseta de cristal. De inmediato encendió una hoguera de fuego azul que le devolvió el calor al cuerpo de Kairi.

"¿Qué de los otros ogros y los troles?" Añadió Kairi.

"Están bien, nosotros vivimos en esta clase de clima estamos hechos para esto. No debió usted haber salido, se puso usted en peligro mortal…"

"¿Quiere usted su beso, o no?" Preguntó Kairi desafiante, no quería escuchar regaños.

"¿En verdad se va a casar con ese dragón?" La voz gruesa de Grunden salió triste desde su mascara.

"No se por que esto le importa, pero no, no me voy a casar con él… Aunque no veo como esto cambie la situación en la que nos encontramos…" Kairi se rió a carcajadas dándose cuenta que la caseta ya estaba enterrada bajo la nieve, que se encontraba en proximidad de un horripilante ogro que no olía nada de bien, y estaba en su ropa interior.

"Esto lo cambia todo..." Con un lento movimiento de su mano el ogro se quitó el casco y la máscara de guerra. A pesar de que su rostro estaba incrustado de sucio era imposible no fijarse en los hermosos ojos plateados que resaltaban en él. Kairi se llevó la mano a la boca para suprimir un grito... Él se acercó más a ella extendiéndole sus enormes brazos, hacia los cuales ella se arrojó con abandono. Sus ojos llorosos se buscaron llenos de amor, de ansiedad... Kairi cerró sus ojos para esperar un beso, para sentir el poder del universo definirse en un segundo... Su corazón un mundo de posibilidades. El roce de sus labios cálidos y agrietados por el clima la hicieron temblar de pies a cabeza, una electricidad maravillosa le erizó cada cabello de su cuerpo. Se besaron una vez, dos veces, sonrisas se entremetían de vez en cuando, tres veces más... Lágrimas...

"Pensé que te habías ido para siempre..." Kairi suspiró sin poder dejar de aguantarlo.

"Kairi, tuve que huir... No fue fácil de repente estar vivo... libre. Me fui con Grinda a ocupar mi lugar con los ogros, soy el primero en la línea de Grinda al trono. Allí logré encontrarme... entre los golpes y el trabajo pesado. Ella tiene ahora una hija, ya no tengo que estar allí si no lo deseo ... No pensé en regresar con los humanos. Hasta que un día Arkana me mandó un mensaje... Cuando escuché de tu compromiso con el dragón se me rompió el corazón en pedazos. Supe que lo merecía por haberte ignorado por completo... ojalá me perdones. Yo solo quería verte. Ver tus ojos una última vez y escuchar tu voz... La última vez que nos vimos estábamos en manos de la muerte. Tu estabas herida y ensangrentada, no importó, eres una hermosa luz que resplandece en cada dimensión que tocas. Tenía que verte hoy. Jamás hubiese podido asistir a tus ceremonias de bodas..." Kairi comenzó a llorar aturdida por la emoción, su corazón comprimido finalmente desbordándose de amor y de alegría de un golpe.

"No me iba a casar con Ahmand... Tomé la decisión en un momento de debilidad. Acepté después que fui al palacete de Ture..."

"Oh, viste eso... Kairi, fue difícil... Traté de ser normal, de estar tranquilo con todos. No podía mirar a Ona sin que sintiera un repudio total, la magnitud de la atrocidad que se llevó en contra de mi por tantos años se me hizo tan clara una vez estuve libre... Solo veía a Koren cuando la miraba. Ander es la misma cara de Orión, sin embargo, sintiéndome culpable por haberlo metido en aquel árbol pude aceptarlo uno poco más... No podía seguir así... Mi madre estaba sufriendo sin poder ayudarme. Huí porque no sabía que más hacer, deseaba morirme..."

"Yo te hubiese ayudado..."

"Kairi, eras tan solo una niña. Además no quería que me vieras así. Estaba avergonzado de la putrefacción que se ensañó en mi ser, avergonzado de mí... no quería sufrir la muerte de tu desprecio..." Las lágrimas le rodaban por su sucia mejilla dejando rastros de su dolor.

"Nunca te hubiese despreciado... nunca. Mi Bickett..." Suspiró Kairi besándolo nuevamente con ternura.

"No... Soy Grunden. Eligio nunca existió y Bickett está muerto... Grinda escogió ese nombre para mi, significa cicatriz. Una cicatriz es el símbolo de sanación. Tuve tantas cicatrices en mi vida pero me hacían recordar que era posible sobrevivir, curarse..."

"Por favor quédate en Astra, no regreses a los ogros. Si te vas, me voy contigo..."

"!Ja! No le desearía eso ni a mi peor enemigo, ganarme el respeto de los ogros fue la tarea más ardua de mi existencia... Lo único que me salvo fue ser el hijo adoptivo de Grinda." Grunden sonrió encogiéndose de hombros.

"¿Entonces te quedarás?"

"Creo que debo pasar un tiempo con Violeta, le debo eso. He aceptado que es posible ver a Ona y a Ander sin tener que ver los fantasmas del pasado... al menos eso espero."

"¡Violeta esta aquí! Pueden quedarse en el castillo..."

"Tendré que batirme en duelo con un dragón..." Comentó Grunden jocosamente.

"Claro que no, no lo voy a permitir..."

"Tenemos que regresarte al palacio, todos deben estar preocupados por ti. Creo que se van a escandalizar cuando llegue contigo semi-desnuda y llorosa." Kairi se sonrojó al recordarse de sus fachas. Grunden le acarició el rostro tiernamente, sonriendo, expresándole con cada gesto de su cuerpo que la amaba más que a nada en el mundo.

"Eres tan hermosa…" Con esas palabras Grunden la tomó en brazos haciendo desaparecer la caseta, con sus pies firmes en la tierra aguantó el peso de la nieve en su espalda, la cual derritió para que no se ahogaran en ella. La tormenta aun continuaba en su apogeo, pero él no tuvo ningún problema en regresar al palacio.

"¿Y tu comitiva?" Kairi le preguntó a Grunden recordándose de los troles y los ogros.

"Van de camino a casa nosotros nunca miramos atrás, el ogro que se queda, se queda…" Sonrió él mientras pateaba con fuerza las enormes puertas del palacio. Los guardias abrieron la puerta de inmediato al ver que el individuo que habían asumido era un ogro, cargaba en brazos a la joven reina.

"¡Kairi!" Exclamaron Ahmand y Rómulo al verla, sus rostros llenos de preocupación.

"¡Eligio!" Exclamó Violeta desmayándose. Un tumulto de personas los rodeó, unos atendiendo a Violeta, otros tratando de atender a Kairi quien estaba empapada y temblando de frío. Ahmand la dirigió hasta el frente de una intensa hoguera, sin mirarla a los ojos.

"Nos tenias preocupados, te habíamos dado por perdida…Encontramos tu vestido, sin entender que había sucedido…"

"Ahmand, lo siento…" Kairi le dijo serenamente.

"Entonces, es él… Me di cuenta en seguida, por eso lo invité a un duelo. No tenía el olor legítimo de los ogros…"

"Lo querías matar…" Kairi interrumpió a Ahmand sintiéndose disgustada.

"No, quería que me matara. O que me hiciera hibernar finalmente… no quería tener que pasar la desgracia de perder en dos ocasiones a alguien con quien quería compartir la vida…" Ahmand le contestó adolorido.

"Sabías que era un riesgo… ha regresado y yo lo quiero a mi lado."

"Es un ogro." Comentó Ahmand despectivamente.

"Casi, casi." Kairi asintió con su cabeza encogiéndose de hombros.

"Su majestad, creo que es mejor que regrese a sus aposentos para que pueda cambiar su atuendo." Malén se acercó a ellos preocupada.

"Dile a los invitados que las celebraciones han terminado, están libres de regresar a sus reinos en la mañana. El Príncipe Grunden se hospedará con la Dama Violeta y su hijo, has los preparativos para que le acomoden..."

"Entonces no es un ogro..." Declaró Malén confundida, pero a la vez entendiendo mejor.

"Casi, casi." Repitió Kairi sonriente. De camino a su habitación pudo espiar el grupo compuesto de Arkana, Kalani, Ander y Violeta alrededor de Grunden. Un inmenso alivio se le posó en el corazón.

"Yo me voy ahora..." La voz triste de Ahmand la detuvo repentinamente. Se volteó a mirarlo, con el corazón apretado.

"Ahmand, gracias por haber estado a mi lado cuando te necesité, pero si crees que es necesario que te vayas no te lo voy a impedir."

"Por ahora, es necesario. No quepo en el castillo..." Ahmand le extendió sus brazos a Kairi y ella los aceptó para recibir un tierno abrazo angustiado. Él dio un paso hacia atrás y desapareció de vista. Kairi se quedó mirando el espacio vacío, realizando que ese espacio le pertenecía a Ahmand y nada podría llenarlo...

Emé la ayudo a vestirse lo más pronto posible, quería regresar a la sala oficial de visitas para ver que estaba sucediendo. Corrió por los pasillos para encontrarse con una hermosa escena. Violeta estaba abrazada de su hijo platicando amenamente con Kalani y Rómulo. Grunden se veía con una cara tranquila, placentera. Su sonrisa era casi tímida, pero encantadora. De vez en cuando algún virrey se le acercaba a darle la mano, posiblemente alegres de ver al joven de buen carácter, pues todos en aquel lugar conocían su historia. Violeta estaba radiando energía como una estrella resplandeciente, su sonrisa denotaba que sentía en su corazón el cambio en su hijo. Kairi casi ni se atrevía a unirse a ellos pues estaba disfrutando de lo que veía demasiado, tenía miedo de que rompería esa hermosa escena con su presencia. Rómulo fue el primero en verla y corrió hacia ella para abrazarla fuertemente.

"Nos tuviste tan preocupados, me hubieses roto el corazón si algo te pasaba." Rómulo le besaba despavorido la cara por todas partes. Ella sonreía coquetamente aguantando al ataque de su amigo ante los ojos incrédulos de los presentes.

"Rómulo, compórtate. Estas apretujando la reina de Astra…" Le advirtió Kairi a carcajadas. Agarrados de la mano se unieron al grupo. Kairi estaba con la cara encendida, sus mejillas ardientes evitaban que subiera el rostro, no podía encarar a Grunden. Ni a Violeta, ni a nadie.

"Su majestad, estamos muy alegres de verla sana y salva." Kalani le dio un abrazo.

"Gracias Kalani, ha sido un día inolvidable. Lleno de acontecimientos… inesperados." Kairi sonrió robándole una tímida mirada a Grunden.

"Ustedes me han hecho vibrar de emoción con sus peripecias de mortales, estoy muy alegre de verlos a todos aquí en este momento." Declaró Arkana apretando la mano de Grunden.

"Grunden me ha dicho que usted nos ha invitado a permanecer una temporada en el castillo, estaríamos muy complacidos…" Violeta comentó casualmente.

"Sería de mi agrado si permanecieran en mi hogar…" Kairi sonrió casi temblando.

"Con mucho gusto, su majestad." Respondió Grunden. Sus ojos se encontraron nuevamente y el resto de la gente despareció ante ellos. Kairi escuchaba atentamente el latir del corazón de Grunden… Fuerte. Sonoro. Intenso. Tranquilo…

Esa noche Kairi no pudo dormir, se pasaba caminando intranquila por su habitación sabiendo que su amor estaba en el castillo. Sabía donde estaba quedándose, su mente recorría los pasillos que tendría que caminar para llegar a su puerta. Decidió ir hasta su habitación y tal vez espiar su sueño. Recorriendo en silencio el castillo durmiente, sonreía con picardía porque solo quería estar cerca de él. Se adentró en el apartamento que Violeta ocupaba en la torre… Todo estaba oscuro y tranquilo. Mantenía su respiración adentro, sintiendo miedo de ser descubierta. Pasó frente a la puerta entreabierta donde dormía Violeta… La de

Ander, hasta llegar a la última habitación. La puerta estaba cerrada, su pecho se le desinfló desairado. No sabía que era lo que esperaba después del todo era la mitad de noche. Posó sus manos delicadamente en la puerta, luego su frente, sintiendo el frío de la madera en su piel. Maldecía aquella puerta que encerraba el sueño de su príncipe, presentía que estaba tan cerca... Lo que no sabía era que adentro de la habitación el príncipe estaba sentado en su escritorio, mirando hacia afuera de la ventana y viendo la nieve caer porque el sueño también le eludía. Él sintió un leve sonido proveniente de la puerta y se dirigió a ella para abrirla. Algo lo hizo detenerse, alguien estaba al otro lado... Pudo sentir su presencia de inmediato. Era ella.

La puerta cedió repentinamente haciendo que Kairi perdiera el balance y entrara torpemente a la habitación.

"Su majestad, estas no son horas de visita..." Grunden la regañó pícaramente.

"Lo siento, lo siento de verdad, no quise molestarte... no podía dormir... y..." Kairi se disculpó avergonzada.

"Kairi relájate, no me molesta que estés aquí. Yo tampoco podía dormir. Saber que estas bajo el mismo techo y no a mi alcance es frustrante..."

"Estoy aquí ahora..." Kairi sonrió a punto de arrojársele encima.

"Puedes acercarte, ven, ya estoy limpio." Grunden comentó de buen humor.

"No es eso... no se. Es tan extraño que estés aquí, tan real. Por tantos años fuiste algo tan misterioso..."

"Tu también..." Ambos se sentaron en una cómoda alfombra en el suelo, de lado a lado, viendo sus perfiles a la luz de una tenue lámpara.

"¿Cuál es el siguiente paso?" Preguntó Kairi.

"Yo te cortejo, te demuestro mi amor... Me iré al servicio militar mandatorio, terminaré mis estudios en el cuerpo de ingenieros... Nos casamos, si quieres... Tu eres la reina, yo soy tu siervo." Grunden le agarró la mano besándola con ternura.

"¿Y cómo yo te demuestro mi amor?" Indagó Kairi coquetamente.

"¿Me amas?"

"Sí."

"Eso es todo lo que necesito…" Grunden le sonrío mientras intentaba besar su mejilla. Kairi volteó su rostro para encontrar sus labios con los suyos, una fuerza primordial la envolvió de tal manera que su cuerpo se convirtió en una ráfaga de energía voraz. No quería otra cosa que tocarlo. Tocar su piel, su cuerpo, su rostro…

"Hace mucho tiempo sané todas tus cicatrices, veo que ya tienes más…" Comentó Kairi sintiendo el relieve de la piel de Grunden bajo sus manos.

"Ah, puedes borrarlas otra vez. Solo tu lograste lo que muchos intentaron… borrar las cicatrices del pasado. Solo tu."

"¿Regresarás a Ture?" Kairi le dijo entristecida.

"Si, creo que es mejor que haga el servicio militar cerca de mi madre."

"¿Por qué te empeñas tanto en hacerlo?" Exigió Kairi molesta.

"Creo que es mejor si tengo un semblante de vida normal, además quiero darte tiempo… ¿No preferirías mejor casarte con un hombre educado?"

"Soy una reina, no nos faltaría nada. Te puedes educar cuando tu quieras… Pondré la biblioteca real a tus pies al igual que a los sabios del reino… No quiero ser yo quien decida tu vida. Si quieres hacer el servicio militar, hazlo. Si quieres estudiar, hazlo. Nos casamos después, es así como la gente normal suele hacerlo…" Kairi le dijo tratando de evitar que él no notara su decepción. Si fuese por ella se casarían al día siguiente, la idea de no estar con él por cualquier cantidad de tiempo, se le hacía muy dura.

"Te veo pensativa, háblame…"

"Te voy a ser honesta. Desde que vivía en el bosque escuché tu voz, desde que Altea me habló de ti, supe que existías… Nunca hubo un momento en que alguna parte de mi no se sintiera tuya… Cuando estuviste a punto de morir me di cuenta que no me importaba más nada en este mundo sino tu vida, junto a la mía. Te conozco en la penumbra y en la luz, en la miseria y en la redención… Me has hecho sufrir, pero me has hecho amar… Ahora que te he sentido, que me has devuelto la esperanza, pienso que es una absurdidad estar separados. No quiero pasear por los jardines sola, no quiero volar sin rumbo. Quiero temblar de emoción en tus brazos, soy una joven mujer, estoy lista… Cuando te dije que te seguiría hasta el reino de los ogros lo dije en serio, nada, nada, me vale más que tu." Grunden la abrazó tiernamente llorando al escuchar sus palabras. Su alma estaba vulnerable, pero tranquila, finalmente en un lugar seguro.

"Tengo miedo…" Confesó Grunden.

"Estaré siempre a tu lado para darte apoyo… el pasado nos afectó a los dos. El futuro nos compensará…"

"Tengo varias inseguridades… tengo partes del alma definitivamente oscurecidas…"

"Te amo tal como eres… Te acepto. Presiento la pureza de tu alma, sino jamás hubiese accedido a amarte por completo, hay cosas que ni por amor se pueden aceptar. Cuando pensé que no me querías, decidí darme valor y comprometerme con Ahmand, pensando que si alguien te ama no te hace sufrir en vano. Ahora entiendo y perdono tu silencio, sufrí mucho… Pero te sigo amando…" Kairi le habló temblando, con sus ojos cerrados. Evitando pensar en lo vacío que hubiese sido su futuro si las cosas hubiesen terminado de otra manera.

"Perdóname si alguna vez te hice daño. Estuve en un lugar muy oscuro, con el alma quebrantada y no hubiese sido justo llevarte conmigo… Tu hiciste tu parte por salvarme, el resto me tocaba a mi… Tuve que entender que no podía amar sin amarme. Ni sin atar los pedazos de mi alma uno a uno, poco a poco, para reconstruir el semblante de un hombre capaz de vivir plenamente. Si quería presentarme ante ti como un hombre digno, tenía que perdonar, olvidar, aceptarme… buscar fuerzas en mi interior para merecerte. En un momento dado me hubiese gustado morir, ahora te estoy tan agradecido de que me salvaras la vida… La sonrisa de mi madre se me prende al corazón, tus labios resucitan mi fe en la humanidad, en el universo… en mi." Kairi posó su cabeza sobre su pecho, el día los acechaba… El sueño la venció.

Grunden la llevó a su lecho, acostándose a su lado a respirar su aroma, a sentir su proximidad. Acariciaba su pelo y la suavidad de su piel, trataba de mirarla pero las lágrimas le inundaban imprudentemente la vista. Su pecho le dolía, no de pena como tantas veces en el pasado, sino porque no podía contener su emoción. La observaba serenamente dormida, vulnerable, hermosa… Casi le daba miedo cerrar los ojos. Temía que todo aquello era una cruel broma de un inmaterial perverso que todavía no se había saciado de su miseria. El llanto lo hacía temblar… Una vez más estaba su alma abierta y él sin saber que hacer. Había soñado tantas veces con el abstracto de Kairi, que tenerla cerca lo dejaba descompuesto, ella sobrepasaba todo lo que jamás había atribuido a una princesa salvadora. Su pecho saltaba ahogado en llanto, su vida llena de soledad jugándole una ultima mala cuartada y se tuvo que aferrar a ella con urgencia. Kairi se despertó estremecida al verlo en aquel estado. No eran necesarias las explicaciones, aquellas lágrimas eran el lenguaje mudo de su pena, de su alma dolida.

Se besaron ansiosamente, luchando con la torpeza de no conocer sus cuerpos. La luz del sol pintaba de colores el alba reluciendo brevemente entre la pausa de la nieve invernal. Aquel momento tan frágil los hacía sentir como si el tiempo hubiese pausado para ellos, dándoles un momento para respirarse el uno al otro… Kairi descubrió cada una de las cicatrices que el tiempo había depositado en la piel de su príncipe, mientras que él se rindió por completo a la seducción de su cuerpo sedoso. Los estragos del pasado que los habían unido quedaron vencidos momentáneamente. Sonreían por su inexperiencia, por su intimidad turbia debido a su emoción descontrolada. Delicadamente, Kairi rozaba sus labios en las heridas más grotescas para hacerlas desaparecer, besando con ternura cada pedazo de piel que sintió la amargura del odio. Besaba los ojos cerrados de su amado para borrar imágenes de dolor, su frente para bendecirlo, sus labios para robarle cada aliento de amor y su rostro para tragarse la sal que sus lágrimas surcaron… Sus ojos se encontraron con los de él, oro y plata. Fundiéndose para formar un metal eterno, acto seguido sus gemidos se entrelazaron en una canción estrepitosa que hacía el castillo estremecerse. La luz del sol brilló con fuerzas, envolviéndolos en un halo de lucidez, tal vez más pálido que la luz que resplandecía en sus almas. En cada rincón del castillo un secreto a voces tiritaba en las paredes. Algunas finas ventanas de cristal explotaron de la presión alarmando a alguno que otro que se despertaba ante el temblor del castillo. La livianez de la entrega corporal los hacia reír, incrédulos de estar en tan afónica armonía. Descubrieron que a pesar de todo, sus sonrisas hilaban más historias que sus lágrimas, que sus cuerpos se comunicaban deseos que ni siquiera ellos conocían.

"¿Qué se siente estar casado con una leyenda?" Kairi preguntó sonriente.

"¿Casado?" Grunden enarcó las cejas confundido.

"Como la autoridad máxima de los reinos, decidí casarnos esta madrugada…"

"Supongo que tienes la autoridad… Aunque debemos hacer una fiesta, mi madre va a querer entregarme a mi esposa como se debe…"

"Es broma, no quisiera obligarte jamás a hacer nada. Ya me dijiste tus planes y… creo que puedo sobrevivir mientras haces lo que crees necesario hacer…"

"Me gustan más tus planes. Yo accedí a casarme contigo mil veces… esta madrugada… hoy, mañana… ya el ayer no existe. Me arrodillo ante ti soberana de los reinos, de mi cuerpo, de mi ser…"

"Con toda la autoridad que en mi reside te declaro el Rey Grunden, mi esposo." Ambos rieron a carcajadas. Un leve golpe en la puerta los hizo sobresaltarse.

"¿Grunden? Han venido varios miembros de la corte preocupados, la reina no esta en sus aposentos…" La voz melodiosa de Violeta provenía del pasillo trayendo consigo la sonrisa que seguro se posaba en sus labios.

"Madre, la reina esta aquí… Dile a todos que esta dormida tranquilamente al lado de su esposo el Rey Grunden…" Las risitas de Kairi inundaron la habitación.

"¿Rey Grunden?" Violeta preguntó casi sin aliento.

"Me obligó a casarme anoche con ella, no he podido negarme… Ella misma ha oficiado…" La voz alegre de Grunden le llegó a Violeta al otro lado de la puerta como un fuerte aliento de vida.

"Entonces, sus majestades, descansen. Les doy mis bendiciones, ya luego planearemos las ceremonias pertinentes… Quiero entregarle mi hijo a la reina como se debe…" Violeta comentó agarrándose del marco de la puerta, pues sus piernas amenazaban fallarle. La promesa de un futuro feliz para su hijo la agobiaba de emoción. Su pecho pulsaba con fuerzas, el llanto feliz una imposibilidad de evitar…

"Eso pensé madre, se lo he advertido a la reina…Dijo que no le importan las celebraciones, ni nada. Que solo esta feliz porque soy suyo…"

"¿Y tu, hijo, estas feliz?" La voz temblorosa de Violeta delataba el amor materno ensanchado de esperanza e ilusión.

"¡Si!" La exclamación reverberó por el silencio, por el universo, por la eternidad…

FIN.

www.ingramcontent.com/pod-product-compliance
Lightning Source LLC
Chambersburg PA
CBHW030112180626
46812CB00002B/391